KB261225

네 가지 비밀과
한 가지 거짓말

네 가지 비밀과
한 가지 거짓말

방현희 장편소설

자음과모음

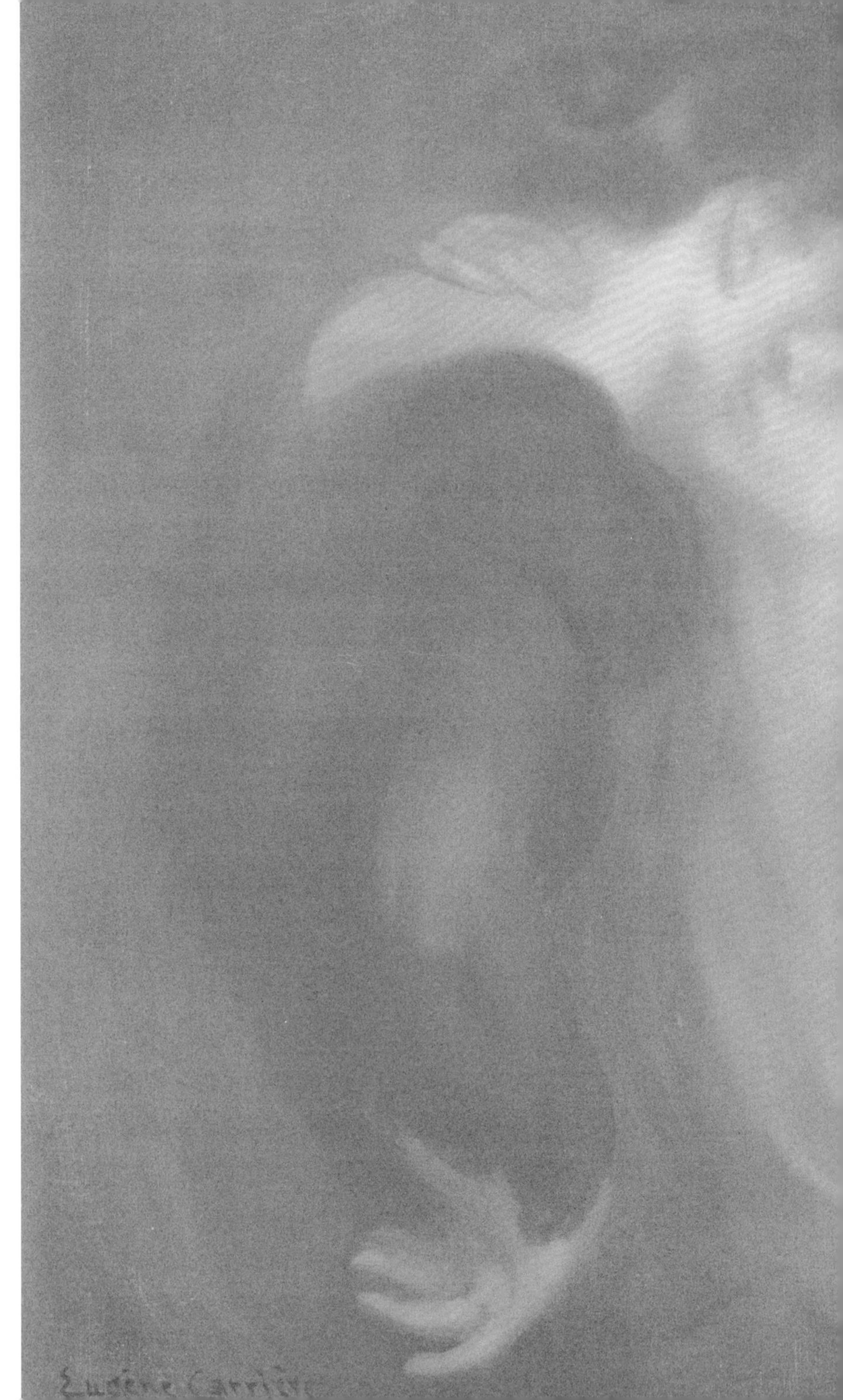

차례

수신인이 결정되지 않은 이야기를 하는 성기들이 있다. 마르셀부터 정을 지나 장의 이야기를 거쳐 마쓰코까지. 이제부터 그 이야기를 할까 한다.

이를테면 이렇게.

\#

마르셀의 성기가 입을 열었다. 마르셀, 우린 평소 전혀 모르는 사이였다가 섹스를 하기 시작하면 하나가 되고 그 중심에 이르면 서로를 죽이고 싶어 하며 끝나고 나면 아주 냉랭한 사이가 되지. 가장 격렬한 그 순간 우린 서로가 죽음을 부르게 될까 봐 서로를 두려워하지. 그러니까 우린 죽음 뒤에나 서로를 사랑하게 될 거야.

\#

닥터 정의 성기가 비웃었다. 이마에 하는 키스가 성스럽다고? 당신, 여자의 이마를 길게 빨아본 적 있어? 이마와 머리카락의 경계에 가까울수록 입술만 가까이 가도 그녀의 척추는 경련을 일으킬걸. 그럼 손등은 어떤가? 그건 존경의 의미를 띤다고? 발등에 맞추는 입술은? 섹스에서 가장 먼 곳을 건드려서 섹스를 울리는 것, 그것이 관능이야. 제발, 머리로 사랑하지 말아줘. 그까짓 눈으로만 사랑을 하려 하지 마. 네 머릿속에 가득한 지식들은 이제 쓰레기통에 처박아버려. 그녀를 사랑하면 어머니와 섹스하는 게 될까 봐 두렵다구? 그녀는 그저 그녀일 뿐이야. 어떤 그녀도 너의 어머니가 되지는 않아. 내가 왜 그렇게 자주 거절당하는지, 정말이지, 당신은 너무 모르고 있어.

#

장의 성기가 미쳐 날뛰었다. 내 손에 잡히면 죽음이 뭔지 비로소 알게 될 거야. 그래, 작은 죽음이 아니고, 진짜 죽음 말이야. 죽음에 쫓기지 않고 죽음에 이르지 않는, 그 따위 가벼운 몸 관계를 내게서 바라지 마.

#

마쓰코, 넌 언제나 내게서 도망치지. 넌 단 한 번도 나를 제대로 알려 하지 않았어. 내가 무엇을 원하는지, 내가 정말 무엇인지. 내가 가장 탱탱해지고 윤기가 흐를 때 넌 나를 지겨워했어. 우린 깊은 우울 속에서만 서로를 염려하지. 하나가 아예 죽어버릴까 봐, 그래서 가끔씩이나마 장난을 치던 몸조차 영영 잃어버릴까 봐.

1

마르셀

마르셀은 깊은 어둠 속으로 나서자마자 흰나비 떼에 둘러싸인 줄 알았다. 처음도 끝도 없는 어두운 시간과 공간 속에 흰점들의 미미한 흐름만이 끝없이 이어졌다. 그것들이 그녀를 휩싸고 아주 서서히 소용돌이가 되어 한 뼘쯤 위로 솟구치자 그녀는 흰 점들에게 몸을 맡겼다. 그녀는 이렇게 시작되는 것이 좋았다. 천지에 가득한 농밀한 눈발이 하늘로 다시 날아올라 눈발에 갇힌 모든 사물이 두둥실 떠오르는, 이 정도의 비현실감은 오히려 그 무엇보다 현실적이었다. 그녀는 문간에 있는 작은 행랑채를 나서서 작은 마당을 가로질러 장의 처소가 시작되는 한국 전통 가옥의 아치형 나무 문 앞에 섰다.

그녀는 이 문 앞에 여러 번 섰었다. 문고리를 잡아 살며시 밀어

본 적도 여러 번이었다. 물론 한 번도 열리지 않던 문이었다. 그녀가 이 집에 싼값에 세 들 수 있었던 이유는 주인이 오랫동안 집을 비우는 일이 잦아서 집을 돌봐줘야 할 사람이 필요해서였다. 그런데도 그녀는 문간에 있는 세 칸짜리 작은 집 말고는 여태 안채를 돌볼 일이 한 번도 없었다. 그녀가 이 집에 들어온 지 2주일이 넘었고 집주인은 처음에 한 번 봤을 뿐 그 뒤로 내내 외국에 나가 있었는데도 말이다.

그녀는 손잡이가 매달린 꽃 모양의 납작한 쇠 장식을 손가락 끝으로 살짝 만져보고는 둥그런 쇠고리 손잡이를 잡았다. 한겨울 냉기가 잔뜩 밴 쇠고리가 손끝에 착 달라붙었다. 찬물에 적신 차가운 손이 사타구니 속으로 쑥 들어올 때처럼 등줄기가 흠칫 떨리며 둥글게 휘었다. 그건 이상하게도 배척한다기보단 강력하게 끌어당기는 흡인력에 가까웠다. 그녀는 차가운 손가락이 더욱 깊숙이 들어오도록 손목을 끌어당기는 것처럼 손잡이를 당겼다. 둥근 문은 마지못한 듯 무겁게 열리면서 은근한 소리를 냈다. 문 안쪽으로 발을 들이밀자 모든 무게를 잃고 몸이 쑥 빨려 들어갔다. 그 안은 더욱 농밀한 눈발이 바닥에서 하늘로 치솟아 마치 거꾸로 선 것 같았다. 거꾸로 서서 깊은 물속으로 내려가면 내리누르는 물의 압력 때문에 오히려 하늘로 솟아오르는 느낌이 드는 것처럼 위와 아래를 구분할 수 없었다. 저 앞에서 아름다운 기와집이 짙은 눈발에 잠긴 채 아주 엷은 빛으로 그녀를 끌어들였다.

그녀는 조금 전에 집주인인 장으로부터 메시지를 받았다. 안

채로 오세요. 차가 끓고 있어요. 그녀는 그가 자기를 부를 것이라 짐작했었다. 이 집을 찾아와 처음 그를 만났을 때 그녀를 휘감던 시선에서 그것을 직감했다. 누군지 모르고 찾아왔지만 이미 알고 있는 사람이었다. 규가 찾아가라고 적어주었던 한국 남자의 이름은 사실, 혼동하기 쉬웠다. 더구나 1년 전에 업무로 만났던 사람 이름까지 금방 기억해낼 수는 없는 일이었다. 그녀는 장의 얼굴을 떠올려보았다. 처음 업무로 만났을 때와, 그 뒤 한참 만에 이 집에 처음 와서 만났을 때의. 그 둘은 서로 무척이나 달랐다.

화강암 댓돌을 네 개 올라서 아름다운 지붕의 곡선 아래로 네모난 나무 창살이 수없이 많은 두 쪽의 문 앞에 섰다. 하얀 종이가 발린 길쭉길쭉한 창문이 양옆으로 한 쌍씩 몇 개 더 길게 이어졌고 그 옆으로 디근자로 튀어나온 황토색 벽에도 같은 길이의 창문들이 나 있었다. 그 모든 하얀 문들이 바람결에 일제히 활짝 열리는 것 같았다. 부드럽고도 연약하며 그러면서도 지속적일 게 분명한 희미한 빛이 그 모든 문에서 스며 나왔다.

안채의 문을 열고 마루에 올라서기 전에 마르셀은 방이 양옆으로 죽 늘어서 있는 것을 보았다. 맨발이 기름기를 먹은 반질반질한 마룻바닥에 닿았다. 마르셀이 한국에 대해 갖는 첫번째 이미지는 바로 맨발에 닿는 매끈하면서도 착 달라붙으며 때로 서늘하고 때로 따뜻한 촉감의 온돌 마루였다. 그 촉감은 언제나 종아리의 살갗을 타고 올라와 온몸으로 번지곤 했다. 그런데 이 마루는 한겨울의 냉기를 그대로 그녀의 발바닥에 전달했다. 흠칫 몸을 떨었고 얼른 방으로 들어가고 싶어졌다. 그런데 어느 문을 열어야 그가 오라고 한 방인지 알 수가 없었다. 두리번거리며 한 발짝 걸음을 떼었을 때 마침 맞게 손바닥에서 휴대폰이 진동했다. 오른쪽으로 두번째 방입니다. 그는 왜 문을 열고 맞아주지 않는 걸까. 게임을 하자는 건가, 아님, 놀래주려는 건가.

두번째 미닫이문 앞에 섰다. 옅은 어둠이라 해야 할지, 옅은 빛이라 해야 할지, 창호지로 나뉜 안과 밖은 같은 농도의 빛이랄까 어둠이어서 얇은 문은 물고기의 얇은 눈꺼풀보다 가벼웠다. 그녀는 이 얇고도 가냘픈 경계를 열면서 이제부터 전혀 다른 세계로 들어서는 것이라는 점을 분명하게 알았다. 이 안으로는 넘어오지 마시오, 안전을 책임질 수 없습니다, 라고 쓰인 노랑 표지판보다, 힘주어 잡아당겨야만 겨우 열릴 만큼 위압적으로 느껴지는 두꺼운 철문보다, 이건 왠지 너무 얇아서 부지불식간에 넘어 들어갔다가 혼쭐이 날 수도 있을, 그런 문이었다. 그녀는 뭔지 모를 전혀 다른 두 개의 세계가 공존할 것 같은 방문을 살며시 열었다.

물고기의 눈이 두 뼘쯤 열렸을 때, 꽃이 타는 냄새와 함께 뽀얀 김이 오르는 게 보였다. 장은 멀리 그 뒤에 앉아 있었다. 문을 다 열었지만 그의 얼굴은 꽃 타는 냄새와 하늘하늘 피어오르는 끓는 차의 수증기에 가려 보이지 않았다. 장이 앉은 그곳이 가장 밝았고 거기서부터 점진적으로 빛이 사라졌다. 그녀의 발목은 어스름에 잠겼다. 그를 향해 발을 내딛자 그녀의 발바닥에 부드럽고도 소름끼치는 무언가가 물컹 밟히고 발가락 사이로 밀려 올라왔다. 그것이 그녀의 성기를 갑작스럽게 울렸다. 사타구니가 찡하게 울리고 뿌듯하게 부풀며 아파왔다. 발밑을 보았다. 옅은 어둠이 깔린 방바닥에 갸름하면서도 둥글둥글한, 주먹만 한 물체들이 빽빽이 깔려 있어 그것들을 비켜 걸어갈 재주는 없었다. 장의 얼굴을 바라보았지만 그 눈이 지긋이 그녀를 바라보며 미소 짓고 있다는 것만 알 수 있을 뿐, 아무런 말도 없었다. 그건 어쩜 밟고 걸어오라고 깔아놓은 것이라는 뜻 같았다. 그녀는 허리를 숙여 그것 중 하나를 집어 자세히 보았다. 한 손에 쏙 들어오는 말랑한 감촉, 도톰하게 갈라진 두 개의 둔덕 사이로 내민 입술 같은 것. 금방 빚은 듯 손바닥에 물기가 묻어나는 진흙과 밀랍으로 빚은 그것은 여자의 성기였다. 비슷하기도 하고 서로 다르기도 한 여자들이 방바닥에 죽 깔려 있었고, 그녀는 그것들을 밟고 장에게로 가야 했다.

마르셀은 몸을 곧게 세우고 그를 멀리 바라보면서 발을 내딛어 그것을 두세 개 밟았다. 물컹, 진흙과 밀랍이 함께 뭉그러지면서 발가락 사이로 쭉 밀려 올라왔다. 보들보들하게 착 감겨드는 촉감이 그녀의 종아리를 타고 올라와 등뼈를 간지럽혔다. 뒤꿈치를 다시 내려놓을 때 물큰 앞으로 밀려나며 불룩 솟는 밀랍이 발의 아치를 살짝 찔렀다. 그것은 또 아주 가는 바늘을 그녀의 둥근 엉덩이 사이로 찔러 넣는 것 같았다. 나지막하게 내려앉은 어스름이 수많은 여자들의 성기에 빛과 그림자를 드리웠다. 그것들은 바닥에서 얼마쯤 떠 있는 것 같았다. 어떤 입술은 뾰족하게 내밀어져 있었고, 어떤 입술은 도톰한 볼에 숨어든 것처럼 보였다. 어떤 입술은 유난히 커다랗게 피어 있었고 어떤 입술은 꼭 다물려 있었으며, 어떤 입술은 금방이라도 바르르 떨릴 것처럼 살짝 벌려져 있었다.

그녀는 발바닥에 와 닿는 야릇한 촉감을 기대하며 발가락을 좌악 펴서 다시 한 발 내딛었다. 진흙은 그저 발바닥에 닿았을 뿐인데 그녀의 전신을 어루만지듯 보드랍고 말캉하게 밀려 올라왔다. 그녀는 보드라움과 아찔한 혼란에 휘감겨 한 발 한 발 장을 향해 나아갔다. 양옆으로 늘어선 맑은 소나무 속살로 짜인 선반에는 수많은 그릇들이 진열되어 있었다. 그릇들은 저마다의 은밀한 광택으로 고요한 허공에 떠 있는 듯했다. 장은 방의 안쪽에서 꼼짝도 하지 않은 채 바닥에 깔린 여자들을 밟으며 건너오는 그녀를 응시하고 있었다. 당황하여 떨군 고개, 조심스럽게 내딛는 발, 그 종아리의 떨림, 그러다 어느 순간 꼿꼿해지며 그를 곧게 응시하는 그녀를.

방의 한가운데 이르러 그의 눈과 마주쳤을 때 그릇들이 와르르 쏟아져 바닥에서 부서졌다. 은은하던 광택들이 산산이 깨져 수많은 빛을 뿌렸다. 파편이 튀어 올라 그녀의 팔과 다리를 찔렀다. 그중 하나가 그녀의 목덜미에 와서 박혔다. 그녀의 머리가 휙 뒤로 젖혀졌고, 목이 무방비하게 내밀어졌다.

날카롭고 깊게 그녀의 긴 목덜미에 키스한 것은 장이었다.

와사사 빛을 번쩍이며 바닥으로 부서져 내렸던 그릇들이 다시 살포시 선반 위에 올라앉았다. 어느 결에 다가온 장의 입맞춤에 부서졌던 건, 그러니까 그녀의 눈이었다.

엷은 빛을 머금은 둥근 백자들과 나직나직한 다완들, 자그마한 접시와 자기 주전자들이 수많은 등처럼 점점이 떠 있는 넓은 방. 초가 타는 냄새와 꽃이 타는 연기가 가늘게 똬리를 틀며 피어올라 몽롱한 공기 중에서 궤적을 그리며 천천히 흘렀다. 마르셀은 물컹물컹한 진흙들이 알몸 아래에서 짓이겨지는 것을 느꼈다. 부드럽고 축축하게, 또 선뜩하고도 차지게, 등줄기를 감싸는 것이 장의 몸인지 수많은 여자들의 성기인지 알 수 없었다. 장의 피부는 잘 빚은 도자기처럼 미끈했고 피부 속은 찰흙 덩어리처럼 탄력 있었다.

그는 자기의 살 아래에 눌린 그녀의 등허리 아래로 손을 넣어 짓이겨진 진흙을 쥐고 그녀의 허리에서부터 등줄기의 오목한 선을 따라 바르며 젖가슴 쪽으로 움직였다. 그의 손을 따라 그녀의 온몸의 곡선들이 물결치듯 파동을 일으켰다. 그녀의 코에서 뜨거운 숨과 함께 한없이 높이 올라가는 가늘고도 낭창낭창한 소리가 울려 나왔다. 그녀는 겨드랑이 깊숙한 곳을 물리고 싶어졌다. 그의 둥근 머리를 감싸 겨드랑이에 밀어 넣었다. 그의 혀가 겨드랑이에 머물다가 1인치쯤 아래로 내려왔다. 거기! 그녀는 부르짖었다. 그녀의 엉덩이가 높이 치켜 올리 말려들었다. 장이 보드랍고 보송보송하며 살갗 속으로 불빛을 숨긴 듯이 은밀하게 빛나는 둥근 엉덩이를 움켜쥐었다. 엉덩이 사이로 깊이 갈라진 틈을 장이 열었다. 열릴 듯하던 틈은 다시 닫혔다.

그녀의 몸 위에 온몸을 올려놓은 장이 마치 배 위에서 가랑이를 크게 벌려 배의 양옆을 딛고서 배를 이쪽저쪽으로 흔드는 것처럼 몸을 굴렸다. 그녀의 등 아래에서 진흙들이 짓이겨지고 미끄러졌다. 그녀는 미끌미끌한 등과 허리에 와 닿고, 엉덩이와 엉덩이 골 사이로 밀려드는 진흙들과 몸 위에서 밀착되었다가 미끄러지고 다시 밀착되었다가 미끄러지는 장의 살을 구분할 수 없었다. 그것들은 차지게 그녀에게 밀착되었다가 한없이 미끄럽게 떨어지곤 했다. 거기로 들어가기 위해 장이 몸을 심하게 흔들었다.

　─이것 봐, 너의 아랫배가 얼마나 요동치는지 알아? 네 아랫배에서 물결이 이는 것 같아.

　그녀의 몸은 높이 솟아오르는 서프처럼 둥글게 말려 올라왔다. 그리고선 먼 바다로 끌려 나가는 서프의 아랫부분처럼 포옥 밀려 내려갔다. 장은 요동치는 그녀의 몸에 올라타려고 그녀의 두 팔을 한 손으로 꽉 잡고 다른 한 손으로는 그녀의 엉덩이를 움켜쥐었다. 그의 근육들이 불끈불끈 일어섰다. 그녀의 눈이 몽롱하게 감겨들자 그의 눈빛이 잔혹해졌다. 입술이 비틀려 올라갔고 뺨이 움푹 파였다. 그녀의 뱃속 깊은 곳에서 파동이 밀려오자 관능의 절정에서 그는 그녀의 젖가슴을 열렬하게 깨물었다. 그녀는 자기도 모르게 고함을 지르며 상체를 비틀어 그에게서 몸을 빼려 했다. 그러나 그가 그녀의 어깨를 꽉 움켜쥐고 혓바닥으로 젖꼭지를 핥아주었다. 날카로운 아픔이 지나가는 걸로 봐서 이빨에 살갗이 찢겨졌을지도 모른다. 그녀가 가까스로 고개를 들어 젖가슴을 보았지만 그의 머리에 가려 보이지 않았다. 그가 그녀의 젖꼭지를 문 채 말했다.

　─여자 엉덩이의 살을 프라이팬에 구우면 살살 녹는대. 맛있

는 참치 살처럼. 젖가슴도 그럴 거야.

그의 이빨이 다시 젖가슴으로 파고들었다.

—네 젖꼭지가 꼬들꼬들해지는데, 정말 맛있겠어.

깊이 꽂히는 장의 몸과 날카롭게 물어뜯는 장의 이빨에 그녀는 깊이깊이 가라앉으며 죽을 것처럼 몸을 길게 뻗었다. 가장 높이 휘몰아친 서프가 해변에 철썩 부딪쳐 물을 쏟아붓듯 그녀가 물을 쏟아놓을 때 사타구니에서부터 배꼽을 거쳐 젖가슴을 타고 올라온 장의 손이 점차 그녀의 목덜미께로 올라갔다. 그는 그녀의 긴 목덜미를 두 손아귀에 쥐고 조금씩 힘을 주었다. 꼭 감겼던 눈꺼풀이 스르르 올라갔다. 장의 손아귀의 압력이 점점 강해졌고 바들바들 떨리는 눈꺼풀 사이로 핏줄기가 몰렸다. 눈이 터져 나갈 듯 압력이 높아지고 숨이 뚝 끊기자 그녀는 어느 순간 까무룩 죽음에 가까워졌다. 그건 굉장하게도 자연스럽게 느껴졌다. 그가 손아귀를 풀고 목덜미를 쓰다듬으며 그녀의 몸에서 내려왔다.

막혔던 숨통이 트이자 숨을 훅 내쉬고 눈을 꾹 감았다 뜨면서 그녀는 어쩌면 여기서 자기 눈알이 다시금 조각조각 부서져 내릴지두 모른다는 예감을 받았다. 그러나 아무리 놀라운 예감이라 해도 그녀를 이 방에서 빠져나가게 할 수는 없을 거라는 것도, 다시 이 방으로 들어오지 못하게 할 재주도 없을 거라는 것도 그녀는 알았다. 그건 한편으로 아주 선명한 선택이었다. 새로운 부서짐이 엄마와 아버지의 죽음에 대해 이미 부서져버린 눈알의 감각을 둔화시킬지도 모르니까. 그러니까 너무 커서 도저히 해결할 수 없는 큰 상처를 스스로 초래한 작은 상처들로 덮어버리고 싶은 것이랄까.

그리고 그건 뭘까. 상처가 큰 사람이 제 상처를 그대로 되입혀 줄 희생자를 한눈에 알아보는 것. 그리고 상처가 이미 지긋지긋할 만큼 많은데도 자기도 모르게 그의 희생자가 되어버리는 것. 거기 엔 어떤 역학 관계가 있는 걸까. 스스로 불구덩이로 걸어 들어간 희 생자는 절대 그 사이클에서 빠져나오지 못하는 걸까?

마르셀은 장의 방문을 열었을 뿐인데 어느새 아치형 문을 훌 쩍 나서 있었다. 마치 밀도 높은 곳의 공기 알갱이들이 그녀의 몸을 꽉 붙잡고 있다가 툭 놓아준 것처럼 그녀의 몸은 가뿐하고도 상쾌 했다. 그녀는 장의 마당을 가로질러 온 기억이 없었다. 퍼붓던 눈은 완전히 가셔 있었고 장의 방에서 벌어졌던 일은 막 밀려온 청량한 대기와 함께 사라져버렸다. 벌거벗은 긴 다리에 달빛이 어렸다. 그 녀는 몸을 뒤로 돌려 아치형 문을 돌아보고는 마치 처음 본 듯한 기 분에 다시 몸을 되돌리지 못했다. 추위에 맨다리가 꽁꽁 얼어붙어 서야 그녀는 정신을 차리고 자기 방으로 돌아왔다. 침대에 몸을 던 지자마자 금세 잠이 들었다.

그 어느 때도 꾸지 못했던 자유로운 몸이 된 꿈을 꾸었다. 하 늘 높은 곳으로부터 내리는 찬란한 햇빛이 깊은 물을 투과하여 바 닥까지 해 그림자로 일렁이게 만들었다. 그녀는 검은 레이스의 수 영복을 입고 물속으로 뛰어들었다. 높은 곳에서 뛰어내릴 순서를 기다리고 있던 또 한 여자는 검은 레이스의 그녀가 발치에서 유영을 하며 멀리 나아가는 모습을 바라보았다. 기다리던 그 여자가 뛰어내렸다. 그 여자는 하얀 레이스가 달린 속옷을 입고 있었다. 다른 여자가 또다시 그 자리에 서서 물속을 유영해 멀리 나아가는 그녀를 내려다보았다. 차례를 기다리던 마지막 여자는 알몸으로 물속에 뛰어들었다. 그녀의 몸 위로 일렁이는 해 그림자가 오래도록 따라갔다. 마르셀은 그렇게 여러 여자의 모습으로 멀리 멀리 나아갔다. 그 끝, 물이 폭포가 되어 떨어져 내리는 곳에 한 여자가 등을 돌린 채 앉아 있었다. 엄마 같다는 생각을 하는 순간 그녀는 깊은 잠으로 떨어져 내렸다.

잠 속으로 흰나비 떼 같은 눈발이 밀려오고 마르셀은 어딘가를 향해 길을 나섰다. 인천공항에서 여기까지 오게 된 경로가 농밀한 눈발을 헤치고 그녀 앞으로 하나하나 드러났다. 인천공항, 폭발, 추락, 아버지의 죽음, 엄마의 죽음, 인천공항, 청담동, 그리고 규. 규가 이끌어다준 쾌락의 장소, 장의 집. 장의 집에서 벌어진 일.

마르셀이 인천공항에 막 발을 디뎠을 때, 그녀의 아버지가 프랑스로 돌아가는 비행기의 꼬리가 폭파되는 바람에 수많은 가방들과 함께 미끄러져 바다로 떨어졌다는 것을 알았다. 아버지는 이틀 전에 단단히 못을 박은 관 속에 누운 채 드넓은 인도양으로 가라앉아버렸다. 파리에서 아버지의 시신이 도착하기만을 기다리던 할머니로부터 연락을 받은 그 순간 마르셀은 머리끝에서부터 발끝까지 모든 것이 정지되었다. 입국장의 싸늘한 철제프레임마저 불행이란 불행이 한꺼번에 쏟아진 그녀로부터 멀어지겠다는 듯 은빛으로 번쩍번쩍 빛나며 어둠 속으로 성큼 물러났다. 구두 굽이 미끄러질 정도로 매끈한 바닥에서 휘청거리던 그녀는 가로로 길게 놓인 벤치에 주저앉았다. 양손으로 끌고 오던 커다란 여행 가방이 툭탁 넘어졌다. 무한한 공간 속에 그녀 혼자 남겨지자 마치 모든 것의 끝이 이제 시작된 것처럼 정지된 화면이 하나씩 하나씩 끊긴 채 그녀의 눈앞에 나타났다. 그러자 영화 〈레퀴엠〉에서처럼, 그녀의 눈동자가 조각조각 부서져 하나에 한 장면을 담고 빠르게 사라졌다.

#

하늘에서 추락하는 검은 관이 열리고 무게를 잃은 듯 팔다리를 활짝 벌린 아버지가 허공을 날았다. 관을 채웠던 장미꽃들이 아버지보다 먼저 날아올라 아버지를 감싸고 함께 날았다. 아버지는 이글이글 끓는 인도양에 머리부터 떨어졌다. 다행히 이미 생명이 떠난 터라 중력에 저항하지 않아서 박살이 나지도 핏물이 솟구치지도 않았다.

#

바닷물에 내려앉아 마른 잎을 활짝 펴고 뜨겁게 향기를 발산하는 장미 때문에 그 부근이 온통 붉게 물들었고 그 순간 지금껏 참았던 숨을 한꺼번에 들이켜다가 향기를 흠뻑 들이켠 마르셀은 속이 메슥거려왔다. 토할 것 같았다. 부서진 눈동자 조각 하나에 화장실 표찰이 한 조각 다가왔다.

#

전 세계의 방송이 에어프랑스의 화물칸을 부숴버린 테러리스트의 입에 카메라를 들이댔다. 그는 카메라에 대고 소리쳤다. 크리스마스에 뉴욕이 불탈 거예요! 우리는 피의 싸움을 계속할 겁니다! 크리스마스까지는 불과 이틀밖에 남지 않았다. 그는 비행기를 잘못 탔다. 그의 최종 목적지는 뉴욕이라고 했다. 어쨌든 상공에 높이 뜬 시간에 맞춰 터지도록 설치된 폭탄은 제시간에 터졌고 비행기를 반 토막 냈어야 할 폭탄은 예상 밖으로 화물칸만 부수고 말았다.

#

테러리스트는 스스로를 불태우려 했으나 용감한 탑승객들에 의해 저지되었다. 그의 부릅뜬 눈이 화면 가득 잡혔다가 멀어졌다. 멀어지면서도 그는 무슨 말인가를 외쳤다. 그는 마르셀이 아버지를 따라 동남아시아의 여러 나라에서 살 때 이웃이었고 친구였던 수많은 무슬림 중 하나였다.

#

겨울 한낮의 우울한 햇살이 엄마의 상처에 깊숙이 내리꽂혔다. 엄마는 파리 뒷골목에서 죽었다. 살해됐는지도 모른다. 지저분한 빗물인지 눈물인지가 고인 작은 골목 구석에 엄마는 이상한 자세로 구겨져 있었다. 누군가가 아무렇게나 집어 던진 것 같았다.

\#

얼굴에 긴 상처가 난 젊은 남자가 칼끝으로 엄마의 젖가슴을 건드린다. 엄마는 검은 실크 슬립을 한쪽만 내린 채 남자의 칼끝이 긋는 선을 내려다보며 웃는다. 칼끝이 젖꼭지에서 오래도록 머물며 점점 깊이 들어간다. 외교관의 아내인 엄마는 창녀가 되어 은밀하게 남자를 받았다. 얼마나 오래 그 짓을 했는지 모른다. 한낮에만 스스로 창녀가 되어 낯선 남자들과 관계를 나눴다. 오랜 시간 혼자였던 엄마는 사랑 대신 매춘을 택했다. 그리고 채찍인지 칼인지에 온몸이 찢겨서 죽었다. 언제나 그날 중 햇빛이 가장 강할 때만 매춘을 했던, 그리고 우울한 겨울 중 가장 날선 햇빛 아래서 죽은, 엄마.

몇 조각의 화면이 그녀의 숨통을 막아버릴 만큼 빠르게 나타났다 사라졌다. 그녀는 한참이나 움직일 수 없었다. 그 모든 일이 며칠 사이에 벌어졌다. 그녀의 귀로는 머리통을 쩡쩡 울리는 레퀴엠이, 그녀의 조각난 눈에는 낱낱이 흩날리는 붉은 장미가, 그녀의 코로는 상처의 비릿함과 시신의 부패 향과 함께 그것들을 강하게 덮어버리고 차단하는 짙은 장미 향이 밀려들어왔다. 슬픔과 분노와 절망감. 그 어느 것도 지금 당장은 그녀를 분명하게 차지하지 못했다.

황망하고 분별없는 의식 속으로 막연하게나마 생각이 떠올랐다. 그건, 이제 아버지의 무덤에 꽃을 놓으러 프랑스로 갈 일이 없어졌구나, 하는 것이었다. 테러리스트는 마르셀에게서 마지막 끈을 뺏어버렸다. 오랫동안 멀리 떨어져 있었고 서로가 무엇을 하는지조차 모르고 지냈던 엄마와 아버지는 살아 있을 때 그리 먼 존재가 아니었건만 죽는 순간 닿을 수조차 없이 멀고 먼 존재가 되어버렸다. 엄마의 시신은 그 황당한 죽음으로 혼쭐이 난 외가에서 부검을 마다하고 황급히 수습해 숨기듯 처치해버렸다. 화장을 해서 물에 뿌렸는지 어딘가 몰래 무덤을 만들었는지 알 수가 없었다.

그녀는 파리에서 태어나 어린 시절은 고스란히 파리에서 자랐지만 열세 살 이후로는 외교관인 아버지를 따라 동남아시아 여러 나라를 돌아다녔다. 그녀는 서울에서 1년간의 어학연수를 끝내고 정식으로 영문학 석사과정을 시작하기 전에 6개월 남짓 쉬는 동안 파리에 있는 엄마에게 갔다가 여러 나라를 여행한 뒤에 아버지에게 가서 며칠 나른하게 쉬고 다시 서울로 돌아와 공부를 할 예정이었다.

마르셀이 여행을 끝내고 아버지에게 갔을 때 그녀가 오기만을 기다렸던 아버지는 앉아 있던 일인용 소파에서 일어나 책상세로 갔다가 다시 돌아와 그녀가 앉은 소파 옆에 풀썩 주저앉았다가 벌떡 일어나 책상으로 와서 의자에 앉았다가 하면서 안절부절못했다. 수백 년 동안 아주 천천히 바랜 돌바닥의 무늬조차 아름다운 남국의 커다란 집. 언제나 활짝 열려 있던 창문을 꼭꼭 조여 닫은 거실에서 그녀의 아버지는 커다랗던 거실이 점점 좁혀지면서 바짝 조여와 숨통을 막는 것처럼, 그래서 마치 그렇게 하면 거실이 다시 넓어질 것처럼 이 끝에서 저 끝으로 불안하게 오가며 서성거렸다. 그러더니 마침내 그녀와 마주 보는 소파에 털썩 주저앉았다. 아버지는 그녀를 차마 바로 보지 못하고 등을 돌리더니 울음을 터트렸다.

첫울음을 용케 목구멍 속으로 삼킨 아버지가 다시 벌떡 일어나더니 의자와 탁자, 소파와 소파 사이를 더듬고 다녔다. 그리고 선 채로, 의자에도 소파에도 책상에도 기대지 못하고 등을 잔뜩 구부린 채 손으로 얼굴을 가린 아버지는 마침내 그녀에게 털어놓았다. 엄마는 이제 어디에도 없다고. 아버지가 울음 끝에 토하듯 소리쳤다. 차라리 누군가를 사랑하지 그랬어! 어디로 흩어졌는지 모를 엄마의 시신을 향해 아버지가 뜨겁게 외쳤다. 진즉 나를 떠나지 그랬어!

마르셀은 자기가 모를 이야기가 두 분 사이에 산더미처럼 쌓여 있다는 것을 알았다. 유럽의 축축한 겨울을 싫어하던 엄마가 아버지에게로 와서 건기의 마른 태양을 쪼이고 가곤 했던 건 벌써 오래전 일이다. 그것은 엄마가 자기 방에 뜨거운 색깔의 벨벳 소파를 들여놓기 시작한 뒤였다고 생각된다. 엄마는 그것을 와일드 벨벳이라고 불렀다. 그리고 언제부터인가, 온 대륙을 두터운 정적 속으로 밀어 넣어 사람과 사람 사이를 모호하게 떼어놓던 스산한 안개와 빗줄기가 엄마의 와일드 벨벳 앞에서 힘을 잃기 시작했다. 그 벨벳 소파는 벌거벗은 채 앉기만 하면 부드러운 솜털 같은 것이 점점 부풀어 올라 사타구니 사이로 밀고 올라와서 그 속을 터트려 마침내 뜨거운 햇살 아래의 강렬한 정사를 선물했을지도 모른다.

마르셀은 그날 밤 욕조에 뜨거운 물을 받아놓고 들어앉아 찻주전자 가득 담아온 뜨거운 커피를 머리 위에 부었다. 햇빛 속에 던져져 헤벌어진 상처를 드러내고 누운 엄마를 욕조에 담가 깨끗이 씻긴 뒤에 정성껏 내린 커피를 부어주고 싶었다. 무엇 때문에 그렇게 죽어야 했는지는 묻고 싶지 않았고 다만 엄마가 쓰라린 커피 목욕을 좋아했다는 것만 떠올렸을 뿐이다. 욕조의 물이 투명한 갈색으로 물들었다. 버려진 엄마 얼굴에 끼얹힌 진흙의 물빛을 그녀는 오래 내려다보았다.

차디찬 공항에서 망연자실 넋을 놓고 있던 마르셀은 간신히 정신을 차리고 얼마나 시간이 흘렀는지 알기 위해 우선 주변을 두리번거렸다. 그녀는 모든 공항에 내릴 때 언제나 그 공항만이 가진 특별한 냄새를 한껏 들이마시곤 했다. 그리고 그 공항의 냄새로 이어진 낯선 도시를 향해 무한한 호기심을 갖고 기운차게 나서곤 했었다. 인천공항은 이제 그 어느 공항보다도 강렬한 냄새를 가지게 되었다. 부패 향과 장미 향을, 거기에 싸늘한 쇠의 비린내를 함께 지닌.

공항 밖은 깜깜해졌고 함께 내린 승객들은 서둘러 빠져나갔다. 어디로 갈 수 있을까. 그녀는 중얼거렸다. 어디로 갈 수 있을까. 아무 데도 갈 곳이 없다는 생각이 너무 강했는지 인천공항행 비행기를 탔던 목적조차 까맣게 잊고 지금 어디로 갈 수 있는지 머릿속을 더듬거렸다.

　　한참 지나 그녀는 규를 떠올렸다. 그랬다. 그녀는 규를 만나러 청담동으로 가려던 참이었다. 파리에 갔을 때 만나서 한눈에 사랑에 빠져 거의 3개월 내내 함께 여행을 다녔다. 규 또한 석사과정을 마치고 박사과정에 들어갈 새 학기가 시작되기 직전의 황금 같은 시간을 여행에 바치는 중이었다. 규의 여행 노선이 그녀의 여행 노선이 되었다가 그녀의 일정이 그의 일정으로 뒤바뀌곤 했다. 그건 아무래도 상관없었다. 어차피 그들은 서로 어슷비슷한 곳을 어슷비슷한 시간만큼 어슬렁거릴 생각이었으니까.

　　택시를 타고 청담동으로 가는 길에 눈이 내렸다. 라디오에서 폭탄이 내린다고 했다. 폭탄. 그녀의 귓속으로 또 다른 레퀴엠이 쇳소리를 내며 찌르르 파고들었다. 한국은 북한이라는 위협적인 나라가 붙어 있는 곳. 가끔씩 핵탄두를 장착한 로켓을 발사하겠다고 전 세계를 위협하는 나라를 끼고 사는 곳. 뉴스를 전하는 사람들의 목소리는 평소보다 두세 음계쯤 높았다. 그 목소리들이 폭탄이 쏟아진다고 했다. 그러나 심각한 음색들은 아니었다. 그건 들뜬 목소리에 가까웠다. 그리고 너무나들 빠르게 말을 내뱉었다. 그녀는 들뜬 목소리와 창밖의 상황과 폭탄이라는 말을 연결시키려 애를 썼다. 그녀는 이제 폭탄을 맞게 될지도 모른다고 생각했다. 그런데 그녀가 탄 택시도 그 옆을 지나가는 다른 차들도 긴급히 피신하려는 것 같지는 않았다. 무슨 일인가 알기 위해 택시 기사의 옆얼굴을 뚫어지게 바라보았다. 그녀의 눈길을 느낀 기사가 그녀를 돌아보더니 난처한 듯이 투덜거렸다. 갑자기 웬 눈 폭탄이지! 그리고 그녀에게 정중하게 말했다. 폭설이 내려서 목적지까지 가는 데 시간이 좀 걸리겠어요. 눈에다 폭탄이라는 말을 연결시키는 나라. 그녀는 무슨 말인지 알아들었고 마음을 놓았다.

택시 기사는 전방과 후방을 번갈아 쳐다보며 아주 신중하게 운전을 했다. 천지에 가득 내리는 눈이 허공에 높이 뜬 길고 긴 도로를 휘감고 커다란 물결인 듯 일렁였다. 노면은 얼어붙기 시작했고 하얗게 달려드는 폭설로 차가 휘청거려서 그녀는 허공으로 둥실 떠오르는 것 같았다. 몽롱한 의식 사이로 알아들을 수 없는 들뜬 목소리들이 거침없이 들어왔다 나갔다. 그 목소리들은 차츰차츰 멀어지면서 언젠가 지금처럼 눈이 끝없이 내려 깊은 밤처럼 느껴지던 고요한 바렌 거리의 상담 카우치에 누워 읊조렸던 자신의 목소리로 바뀌었다. 이름이 엥게 아니면 잉글라드*였던 정신과 의사는 웅얼거리는 그녀의 이야기에 귀를 기울이고 그녀는 허공에 뜬 것처럼 전혀 무게가 느껴지지 않는 몸의 감각에 집중하며 낮은 목소리로 말했다.

—열여섯 살이었어요. 시몬을 사랑하게 되었죠. 힌칭 인기 있던 배우 가스파르 울리엘을 꼭 빼닮은 시몬은 나보다 열 살쯤 많은 스쿠버 트레이너였죠. 완전 핫 가이였어요. 치명적인 어둠을 품은

미소와 결기 서린 눈빛과 순진한 소년 같은 무표정이 교차하는 남자 말이죠. 왼쪽 뺨에 개에게 물린 자국이 있던 가스파르처럼 시몬도 상처가 있었죠. 찔린 것인지 긁힌 것인지는 모르지만 보조개처럼 파인 자국이 있었고 거기에 어둠과 분노 같은 게 고여 있다고 나는 생각했어요. 나는 깊은 물속에서 세상과 단절되어 오직 그와 함께 있었어요. 내 숨소리만 들릴 뿐 완벽한 차음 속에서 그가 내 발뒤꿈치 쪽에 있을 때면 나는 우주 속에 홀로 있는 듯한 기분이 되곤 했어요. 그건 자꾸 어느 순간인가를 연상시킬 듯 나를 간지럽혔죠. 세번째 날이었어요. 한참 동안 유영하고 있는데 그가 천천히 내게 다가와 내 두 발을 꽉 움켜잡았어요. 난 순식간에 깊이 곤두박질쳤죠. 겪어보셨나요? 실에서 풀린 꼭두각시처럼 휙 고꾸라지는 거요. 호흡기를 물고 있었지만 거꾸로 떨어지는 순간 너무 놀라 숨을 멈춘 나는 숨통이 꽉 막힌 줄 알았어요.

　─내가 몸이 빳빳이 굳은 채 떨어지니까 조금 뒤에 그가 내 몸을 붙잡고 돌려 세웠어요. 나는 그때까지 숨을 쉬지 못했고 눈을 꼭 감고 있었어요. 그가 내 얼굴을 붙들고는 자기 눈을 보라고 두 손가락으로 찌르는 신호를 보내더니 엄지손가락을 위로 치켜들었죠. 위로 올라가야 한다는 신호였어요. 고개가 자꾸만 아래로 툭 꺾였어요. 시몬이 튼튼한 두 팔로 내 몸을 잡고 위로 밀어 올렸죠. 그제야 정신이 들어서 고개를 위로 치켜들고 팔다리를 곧게 내리고 하늘로 올라갔어요. 그런데 시몬이 따라 올라오다가 나를 아래에서부터 쓸어안듯 안았죠. 내 엉덩이가 다시 그의 두 팔 안에 갇혔어

요. 다리를 저을 수가 없었어요. 그가 나를 안은 채 수면으로 솟구쳤어요. 나는 그가 두려워 그의 품에서 벗어나고 싶은 마음뿐이었어요. 그런데 수면 위로 올라와 마스크를 벗더니 내 마스크를 벗기고는 키스를 했어요. 참을 수가 없다고, 하더군요. 붉어진 눈자위로 나를 뚫어지게 바라보는 그에게 나도 걷잡을 수 없이 빨려 들어갔어요. 그 한 번의 키스에 나는 내장까지 뽑히는 거 같았어요. 왜 그랬을까요. 그는 나를 공포로 밀어 넣은 사람인데. 그는 내 귓불을 씹으며 숨을 불어넣고 말했어요. 헤드 퍼스트 잠수하는 기분이 어땠어? 아, 나는 귓불이 그의 이빨에 잘근잘근 짓씹혔으면 좋겠다고 느꼈어요. 그는 날 죽일 수도 있고 살릴 수도 있는 사람이었어요.

그를 우리 집으로 데려왔어요. 그런데 그가 무엇 때문인지 엄마의 방을 엿봤어요. 그 방문이 활짝 열려 있었는지, 그건 모르겠어요. 아마도 내가 엄마 방이라고 말한 것 같아요. 아무 말도 하지 않고 고개만 젓던 그는 안절부절못하다가 집을 나갔고 나는 그가 무엇을 봤는지 끝내 알 수 없었어요. 엄마 방에 들어가봤지만 내 눈에 띄는 건 아무것도 없었거든요. 무엇을 봤을까요. 너무나 평범한 방이었는데.

어둠 속으로 눈이 느릿느릿 끊임없이 내리다가 한없이 가벼이 날아올랐다. 방향 없이 무게도 없이 눈송이들이 떠도는 차창 밖으로 몇 달 전 마지막으로 머물렀던 엄마의 방이 어렴풋하게 떠올랐다. 밤이나 낮이나 황금빛 커튼이 활짝 젖혀 있었고 창 옆에 비스듬히 세워둔 하얀 지중해풍 유리 장에는 새하얀 리넨 시트며 이불잇이며 베갯잇들이 차곡차곡 쌓여 있었다. 엄마는 아침이면 반드시 시트를 갈았다. 눈이 오나 비가 오나, 맑거나 흐리거나, 아무렇지도 않거나. 마르셀과 아빠는 자주 엄마의 결벽증을 가끔 놀리곤 했었다. 네 엄마는 성모마리아 같아. 새하얀 리넨을 뒤집어쓴 성모마리아 말야.

새하얀 리넨 시트가 깔려 있는 침대 옆으로 나지막한 서랍장과 그 위에 빼곡히 올려놓은 그녀와 엄마와 아빠의 사진들. 엄마 방에 특이한 것이 있다면 그 새하얀 가구와 직물들 사이, 창문 아래 혼자 짙붉게 놓인 벨벳 소파 하나뿐. 햇살이 튀어 오르는 환한 날에 방심한 채 문을 열면 모든 색이 날아가서 햇빛 속에 단 하나의 벨벳 덩어리만 놓인 것 같던, 그것밖에는.

무엇을 보고 시몬은 뺨을 움푹 파이도록 비틀고 나가버린 것일까. 그는 문가에서 방을 조감한 것이 아니라 침대 곁에서 어슬렁거리다가 고개를 삐딱하게 젖히고는 턱을 한 번 쓱 훔치고 돌아섰었다. 그곳에는 얼굴이 클로즈업된 가족사진밖에 없었다.

―스쿠버 강사는 바뀌었고 그는 어디론가 사라져버렸어요. 나는 버림받은 느낌이었고 아주 기분이 나빴어요. 한참 뒤에 다시 시몬이 나를 찾아왔을 때, 나는 그를 만나고 싶지 않았어요. 냉담하게 손을 휘젓고 나가버리던 뒷모습에서 피어난 어떤 의심이 그를 거부하게 만든 거죠. 그는 나를 여러 번 찾아왔어요. 다섯번째로 찾아왔을 때 집 앞으로 나가 그를 마주보자마자 다짜고짜 물었죠. 그

때 왜 그렇게 떠났냐고. 그는 대답하지 않더군요. 뺨이 우묵하게 파이도록 입술로만 미소 지으며 나를 깊숙이 바라보았어요. 너를 상처 입히고 말 거야, 라고 그 눈이 말하고 있었어요. 하지만 그 눈을, 그를 만나지 않았으면 모를까, 거부할 수 없었어요. 시몬의 친구 두 명이 내 양옆에 바짝 붙어 섰어요. 가고자 하는 방향을 향해서요. 자기들을 조용히 따르기를 강요하는 마피아처럼. 나는 그들 사이에 서서 그들이 가는 방향으로 자동적으로 걸었어요. 시몬은 몇 걸음 앞서 걸었어요. 한 번도 뒤돌아보지 않고 건들거리면서. 그들이 함께 대마초를 피우고 아편을 피우는 연기가 가득한 낡은 아파트로 말이죠. 얼룩진 창문에서 비쳐드는 뿌연 햇빛과 방 안에서 피어오른 푸른 연기가 서로 서로 휘감고 뒤엉켜 빠져나가지 못했어요. 가구도 없이 휑한 바닥에 깔려 있던 인도풍의 거친 카펫이 기억나요. 나는 거기 눕혀졌죠. 아편을 피우는 친구들 사이에. 나는 왜 그를 거절하지 못했을까요. 그는 의심스러운 사람이었는데.

All ladies do it. 친구들이 내게 말했어요. 그래요, 모든 여자들이 그걸 해요. 그러니 나는 죄책감 같은 걸 가질 필요는 없어요. 그런데 나는 죄책감을 가졌어요. 내가 그의 무엇을 의심했는지 당신은 아시겠어요?

아주 가끔 라디에이터에서 공기 방울이 물의 흐름을 방해하는 소리가 들렸을 뿐 깊은 정적에 잠긴 상담실을 휘감고 눈이 느리게 내렸다. 이야기를 하면 할수록 그녀는 몽롱해졌고 몸은 조금 더 허공으로 떠오르는 것 같았다. 엥게인지 잉글라드인지 하는 상담 의

사는 그녀의 의혹에 끝내 대답을 하지 않았다. 바렌 거리에서의 상담은 문제가 해결되지도 않았는데 끝나고 말았다. 아무것도 해결해주지 못하는 닥터와 계속해서 의혹을 만들어내는 시몬에게서 벗어나기 위해 그녀가 파리를 떠났기 때문이었다.

얼마 안 되는 차량들이 엉금엉금 기어갔다. 창밖을 두리번거리며 뭐라 뭐라 중얼거리는 기사에게서 초조함이 묻어났다. 타이어가 살짝 살짝 미끄러졌다. 앞좌석 머리받이에 이마를 찧고서 그녀는 청담동에 도착한 것을 알았다. 택시는 높다랗게 솟은 빌딩 앞에 그녀를 내려주고 쌩하니 떠나버렸다. 그녀는 규가 적어준 쪽지를 펼쳤다. 22층 2215호. 어림잡아 22층쯤 되는 곳을 올려다봤지만 점점이 뜬 작은 불빛들만 짙은 눈발에 휩싸여 둥둥 떠 있었다.

규는 조금 연 문틈으로 그녀를 확인하고는 전혀 예상치 못했던 일이 벌어졌다는 듯 눈을 휘둥그레 뜨더니 재빨리 밖으로 나와 등 뒤로 문을 살짝 닫았다. 마르셀에게는 그런 규가 겨우 일주일 전에 헤어지면서 열정적으로 끌어안고 꼭 자기 집으로 오라고 말한 남자가 아니라 몇 년 전 운명의 엇갈림으로 인사도 없이 헤어졌다가 전혀 기대하지 않은 상황에서 불쑥 맞닥뜨린 남자처럼 느껴졌다.

그녀는 엉겁결에 한 발짝 뒤로 물러나 이마로 흘러내려 물이 뚝뚝 떨어지는 금발을 위로 치켜 올리면서 며칠 사이에 크게 달라진 규를 낯설게 바라보았다. 규는 윗부분만 올려서 묶고 나머지 뒷머리는 어깨까지 늘어뜨리고 다녔던 머리를 아이비리그의 모범생처럼 앞머리는 둥글게 내려 자르고 뒷머리는 아주아주 단정하게 올려쳤으며 흐늘흐늘한 셔츠에 면바지를 분방하게 걸치고 다니던 것과 달리 분명 자기 집에서 편안히 휴식하고 있었을 시간임에도 커다란 아가일 체크무늬의 브이넥 스웨터 속에 짙은 보라색 셔츠까지 받쳐 입고 있었다. 방금 외출에서 돌아온 것일까도 싶었지만 바깥의 차가운 바람 냄새랄지 발그레한 코끝이랄지 하는 게 보이지 않았다.

규가 먼저 알아본 표정을 짓지 않았다면 그녀는 잘못 찾아왔다고 생각할 뻔했다. 옷차림으로 보나 당황하는 모습으로 보나 적절치 못한 시간에 찾아온 것이 분명했다. 마르셀은 한껏 너그럽게 봐주려 했지만 정말이지 어이없다는 얼굴로 현관문 안쪽을 가리켰다.

—좋지 않은 시간에 왔나 봐. 여자?

규는 황급히 손을 내저었다.

—여자 아냐. 엄마가 저녁 해주러 오셨어. 조금 뒤에 가실 거야.

—너의 엄마라구? 그럼, 나 좀 들어갈 수 있어? 너무 피곤해서 쉬고 싶은데.

그녀는 규의 어깨를 살짝 밀치고 문 쪽으로 몸을 밀어 넣었다. 당장 침대에 몸을 던질 수만 있다면 모든 것을 용서할 수 있을 것 같았다. 그가 방금 잠자리에서 뒹굴던 여자든 아기에게 밥을 해주러 온 엄마든. 그런데 규는 두 손으로 그녀의 어깨를 움켜쥐고 무너지듯 밀고 들어오는 그녀를 막으며 간청하는 눈빛을 보냈다. 어찌된 일인지 그는 자기 집에 그녀를 들여보내는 데 전혀 결정권이 없어 보였다.

　—들어가서 쉴 수 없는 거야? 너의 엄마에게 양해를 구할게.

　규가 검지를 세워서 입술에 댔다. 그녀의 지친 목소리가 그리 크게 들린 걸까.

　—그럴 순 없어. 마르셀, 미안한데 지하로 내려가면 바가 있어. 거기서 조금만 기다려줄래? 엄마는 조금 뒤에 돌아가실 거야. 곧바로 데리러 갈게.

　며칠 사이에 고등학생이 된 듯 쩔쩔매는 코앞의 규를 그녀는 멀게도 바라보았다. 그리고 22층 아래로 곧장 무너져 내릴 것 같은 몸을 간신히 돌려세웠다. 벌써 지하로 내려가버린 것 같은 무거운 가방을 끌고 마르셀은 엘리베이터를 탔다. 세계의 절반을 돌아온 그녀는 잊고 있었다. 여기는 한국이라는 것을. 게다가 그의 부모님 또한 그 나이대 대부분의 한국인들이 그렇듯 복숭아 빛 피부에 금발 미녀든, 밤낮없이 퍼붓는 빗줄기와 사방을 뒤덮는 커다란 잎사귀 속에서 수줍게 자란 완벽한 반구형 엉덩이의 아열대 지방 여자든, 빽빽이 자란 곱슬머리에 참나무처럼 곧게 뻗은 다리와 탱탱한 엉덩이를 가진 적도 지방의 흑인 미녀든, 자기 아들이 다른 인종의 여자와 어울리는 것을 용납하기 어렵다는 것을 깨달았다. 더구나 커다란 가방을 챙겨 아들의 거처에 살러 온 것처럼 보이는 여자를, 다른 인종이 아니더라도, 반겨줄 부모는 거의 없다는 것 또한 깨달아야 했다. 자기 아들이 아무리 사랑하는 여자라 해도. 그 아들이 미성년자가 아님은 물론이고 서른을 바라보는 성인이며 자기 일은 그 무엇이든 스스로 결정해야 하는 남자라 해도. 시몬이라는 어두운 터널에서 빠져나와 처음 만난 규. 규의 엄마가 규의 집을 지키고 있었다. 한국에서 그녀는 엄마라는 존재가 있는 한 한밤중에 남자의 집에 불쑥 들어갈 수 없는 존재였다.

밤새 불이 켜져 있을 편의점 옆에 엘리베이터가 섰다. 지하의 아케이드엔 편의점 말고는 모든 상점에 불이 꺼져 있어서 거의 동굴처럼 느껴졌다. 거기 발을 들여놓고 싶은 마음이 전혀 없었지만 선택의 여지도 없었다. 몇 걸음 걸어가자 바의 유리문을 투과한 옅은 빛이 간신히 눈에 띄었다. 입구도 좁았고 안도 좁고 길었다. 안쪽 깊은 곳에 한 사람이 앉아 붉은 와인을 기울일 뿐 아무도 없었다. 자기만의 방으로 올라가기 전에 외로움을 달래며 한잔하는 사람들이 들르는 곳일까. 붉은 액체가 출렁이는 잔을 바라보며 천천히 취한 그들에게 20층 높이에 떠 있는 작고 고독한 방을 잊게 해주는 걸까.

바텐더가 옅은 불빛에 와인 잔을 비춰보며 하얀 천으로 세심하게 닦고 있다가 그녀를 보고 고개를 살짝 숙여 인사를 했다. 정성 들여 닦는 와인 잔이 불빛에 반짝 빛났다. 그건 규아이 잔자리를 기억하게 했다. 그녀 몸의 모서리와 틈새마다 퍼부어지던 애정 가득한 키스와 속삭임은 연애에 흔히 따르는 고통이라는 것을 안겨주지 않았다. 그래서 아, 이런 연애도 있구나, 하고 감탄했었다. 그녀는 자리에 앉기도 전에 와인을 시켰다. 그때까지 전혀 마시고 싶은 생각도 없었는데 갑작스러운 갈증에 사로잡혔다. 그리고 바텐더가

와인을 따르자마자 맛이 어떤지 느낄 겨를도 없이 급히 마셔버렸다. 투명한 잔 속에서 출렁이는 짙고 붉은 와인에 무엇인가가 용해되어버리길 원한다는 것을 느꼈다. 그러나 그다지 효과는 없었다. 규는 그 잠자리까지 포함해서 그녀에게도 그 자신에게도 아무것도 아닌지도 몰랐다. 기쁨도 고통도 슬픔도, 아무것도.

규는 생각보다 늦게 내려왔다. 마르셀은 아무것도 묻지도 말하고 싶지도 않았다. 다만 침대에 몸을 던지고 싶을 뿐이었다. 지금 그녀는 이곳을 찾아오게 된 형편을 설명할 만큼 머릿속이 정리된 상태가 아니었다. 아직 그녀의 눈은 조각조각 부서진 상태로 각각 하나씩의 이미지를 품고 있고 아직도 귓바퀴 안에서는 레퀴엠이 징징 울리고 있었다. 규의 어머니는 돌아갔을 텐데도 그녀의 가방을 끌고 가는 규는 여전히 초조한 표정을 풀지 못했다. 둥그렇게 내려온 앞머리에 살짝 가려진 미간이 뻣뻣해진 걸 보면 어쩌면 지금의 상황 자체를 받아들일 수 없는 것인지도 몰랐다. 그녀는 신세를 져야 할 사람의 눈치를 보지 않을 수가 없었고 불시에 방문한 것에 대해 사과를 하지 않을 수 없었다.

—미안해. 갑자기 찾아와서, 전화할 여유가 없었어.

규는 괜찮다든지, 갑작스럽게 와서 당황했다든지, 기다리게 해서 미안하다든지, 하는 대답을 하지 않았다. 긴 복도를 걸어가면서 불편하기 그지없는 침묵을 지키더니 결심했다는 듯 그녀 쪽으로 얼굴을 반쯤만 돌리고는 침을 한 번 꿀꺽 삼켰다. 그의 목울대가 크게 오르내렸다.

─솔직히 말하면 정말 나를 찾아올 줄은 몰랐어. 여행지에서 만나 여행하는 동안 사랑했다가 각자 자기 나라로 돌아가면서 헤어지는 거 아니었어?

그는 목울대를 크게 울린 것치고는 자그맣게 말했다. 그녀는 지금 자기가 규에게 무슨 짓을 하는 것인지 알았다. 규는 끝내야 할 때 끝이라는 말을 하지 못한 벌을 뒤늦게 받는 거였다. 여행이 끝남과 동시에 규는 완전히 그녀를 잊기를 원했고 실제로 그랬다. 그로서는 아주 예쁜 프랑스 여자를 만나 〈비포 선 라이즈〉 한 편을 찍은 것뿐이었다. 당시엔 속편은 생각지도 않았으니 그 영화는 거기서 완벽하게 끝났어야 했다. 그는 그의 세상 밖으로 잠시 외출했던 것이고 세상 밖은 그의 세상과 그다지 긴밀하게 연결될 조짐도, 필요도, 상관도 없었다. 그래서 그는 세상 밖에 선 채로 세상 안에서의 다음을 약속하고 말았다. 열정적 어조와 열정적 몸짓으로, 열정적인 날들의 연장선에서 타성에 젖어, 또 그렇게 해야 멋질 거 같아서. 그건 규만의 탓은 아니었다. 정면에서 맺고 끊음을 어려워하는 한국인 특유의 성격 때문이었다.

이제라도 그녀가 둘의 관계를 명확히 해줘야 할 거 같았다.

─아, 끝났었던 거구나.

규를 위해 그 말을 내뱉었지만 그 순간 시몬과의 긴 시간을 뒤덮고 있던 터널이 그녀가 걷고 있는 복도 중간에서 검은 입을 벌리는 것을 보았다. 그녀는 터널에 빨려 들어가지 않기 위해 황급히 몸을 돌리면서 규의 손에서 가방을 뺏듯이 잡았다. 다른 손은 습관적으로 치켜들어 인사하려 했다. 그 서슬에 규가 반사적으로 가방을 더욱 꼭 쥐었다. 가방을 잡은 엉거주춤한 자세로 두 사람의 눈이 마주쳤다. 규는 마르셀의 눈에서 두려움에 크게 뜨인 푸른 동공과 미세하게 떨리는 눈꺼풀을 보았다. 당황해서라기엔 너무 심하다 싶은 반응이어서 그는 놀랐다. 마르셀은 규의 눈에서 초라한 현실로 돌아와 소심함을 들킨 민망함으로 인해 생기를 잃긴 했어도 낯선 곳으로 뛰어나가려는 여자에 대한 걱정을 보았다.

　―이 시간에 어딜 가려고. 들어와서 자고 가.

　그렇다, 이렇게 늦은 시간에 좋은 추억을 남기고 끝내준 여자를 밤거리로 돌려보낼 만큼 모질지도 못한 게 한국 남자다. 그렇게 지금은 아무 관계도 아닌 여자를 위해 선심을 쓰고 나서야 규의 얼굴이 조금 풀렸다.

　규는 침대를 내줘야 할지 소파를 내줘야 할지 잠시 고민한 뒤에 침대를 내줬다. 그것은 다른 의미가 아니라 긴 여행에 지친 사람에 대한 배려에서였다. 그리고 그녀 곁으로 파고들까 말까 망설이지도 않고 제법 흔쾌히 소파에 몸을 던졌다. 그가 소파에 몸을 던지는 순간 두 사람 사이는 명확해졌다. 그녀도 이렇게 지친 날 굿나잇 키스를 하지 않고도 잠들 수 있다는 게 오히려 좋았다.

　푸른 물속으로 깊이깊이 가라앉는 검고 육중한 관과 허공을 가득 메운 붉은 재인지 붉은 안개인지 모를 것을 번갈아 꿈꾸고 난 뒤 마르셀은 침대에서 일어나 앉았다. 맨발로 디딘 바닥이 따뜻했다. 이건 서울에 있는 동안 항상 느꼈던 것이지만 언제 느껴도 좋은 온도였다. 커리 향기가 등 돌린 규의 손끝에서 솔솔 날아오르고 있었다. 막 잠에서 깬 그녀를 보고도 아침 키스를 하지 않는 것은 물론이고 전혀 특별하지 않은 얼굴 그대로 그녀를 힐끔 돌아보고는 냄비 속의 커리를 젓는 규를 보니 차마 집을 구할 때까지 같이 있으면 안 되겠냐는 말을 할 수 없을 것 같았다. 그것보다는 집을 구하는데 도와줄 수 있는지를 묻는 게 나아 보였다.

엄마가 만들어주고 간 치킨 커리를 따뜻한 밥 위에 얹어 식탁에 놓으며 규가 앉으라고 손짓을 했다. 잘 잤는지도, 괜찮은지도 묻지 않았다. 그는 마르셀이 마주 앉자마자 다짜고짜 말했다.

—당분간 머물 집을 소개해줄게.

이 집에 있을 수는 없다는 것을 전함과 동시에 그녀의 문제도 분명하게 짚어주는 말이었다. 그는 알고 보니 아무 관계도 아닌 사람과는 참으로 간략하게 말하는 사람이었다. 학업에 관한 것을 물으러 온 학생에게 단숨에 해결책을 제시하듯 순식간에 문제를 해결해주는 타입이었던가 보다. 시험을 보지 못해서 낙제의 위험이 있는 학생에게는 대체할 리포트를 내주고, 경제기 이려운 학생에게는 장학금을 알아봐주는 식으로. 파리에서, 말레이시아에서, 캄보디아에서 그녀와 함께 나누었던 풍부하고도 다채롭던 감성은 현지에 넘쳐나는 그림엽서나 기념카드처럼 그곳에서만 살 수 있고 손바닥만큼만 보여주는, 딱 그만큼만 유효했던 것이었던가 보다.

어쨌든 영리한 규는 그 밤중에 그를 찾아온 이유 중에 하나는 정확히 파악하고 있었던 것이다. 그러니까, 남녀 간의 약속이야 벌써 잊어버렸지만 당장 갈 곳이 없어 보인다는 것만은 바로 알아차린 것이다. 규는 어쩌면 사랑 같은 데 쓰는 에너지는 그리 풍부하지 않지만 살아가는 데 꼭 필요한 일은 그때그때 명확히 해결하는 사람인지도 모른다. 학업과 강사 생활을 병행하면서 학생들에게 벌어지는 여러 가지 문제를 해결해주는 능력을 제대로 키워온 것 같았다. 자기 자신의 독립된 생활이야 어쨌든.

　─여길 찾아가. 잘 아는 분인데, 이분이 집을 봐줄 사람을 찾고 있어. 일 때문에 외국에 자주 나가거든.

　마르셀이 찾아가야 할 집은 청담동에서 보자면 한강을 건너 반대쪽에 있는 북촌이라는 곳이었다. 그곳이 학교에 다니기도 좋을 거야, 라고 규가 간단히 말했다. 그곳은 한국의 전통 가옥이 모여 있는 곳이라고도, 고요하고 한적한 곳이라 분위기가 좋다고도, 그 집은 개조를 해서 보통 한옥과는 다르다고도 하지 않았다. 규는 집주인이라는 사람에게 전화를 걸어 집의 위치를 자세히 묻고 아주 상세한 지도를 만들어서 그녀 손에 쥐어주었다. 규가 마르셀을 떠나보내는 방법은 간단하고도 깔끔했다.

　북촌이라는 곳에서 전통 가옥 밀집촌을 마주하고 마르셀은 그녀가 지금껏 걷고 자고 쉬고 먹었던 높은 빌딩들이나 아파트촌과는 전혀 다른 새로운 세상 앞에 서 있음을 깨달았다. 이제부터 그녀는 관광지나 TV로만 이따금 보아온, 전통적인 의복을 갖춰 입은 지극히 예의 바르고 매사에 신중하며 높은 지식을 갖춘 사람들 사이로 가는 것이라고 생각했다. 그녀 자신도 그 골목의 분위기에 걸맞게 18세기의 살롱에 첫발을 딛는 숙녀가 된 듯 허리를 더욱 곧추세우고 골목 안으로 발을 디뎠다.

그녀는 좁은 골목에 들어서 높다란 담장과 지붕에 옴폭 싸인 듯한 집들을 살피며 천천히 10여 미터쯤 걸어가다가 급하게 나오던 중년의 남자와 딱 마주쳤다. 검은 코트에 실크스카프를 목에 두른 남자에게 미안하다는 눈인사를 건네고 옆으로 비켜 가려는데 남자도 비켜 가려다가 그녀 앞을 가로막게 되었다. 서로 비켜 가려고 하다가는 같은 방향으로 오락가락하기 십상이라는 걸 잘 아는 그녀는 침착하게 남자가 비켜 가도록 몸만 조금 틀고 가만히 서서 다시 한 번 예의상의 눈인사를 했다. 그런데 웬일인지 남자가 비켜 가지 않고 그녀를 지그시 바라보았다. 서로의 입김까지 가닿을 만큼 가깝게 마주 선 그 남자의 눈빛은 어느새 붉게 물들었고 촉촉한 입술엔 미소가 흘렀다. 그녀의 행동을 오해한 걸까? 그녀는 눈을 치켜뜨고 남자를 쏘아보았다. 남자는 이내 웃음을 거두고 발길을 돌려 급히 걸어가버렸다.

그녀는 이렇게 코끝이 빨개질 만큼 싸하니 바람이 불고 오후 네시에 벌써 초저녁처럼 푸른 어스름이 내리던 지난해 겨울 어느 날, 재외국인 등록을 하러 대사관을 찾아가던 날이 기억났다. 버스에서 종로라는 안내 멘트를 듣고 그녀는 종로2가에 내리게 되었다. 그러나 버스에서 내려 주변을 돌아보고 나서 종로2가에서 세종로까지는 한참 걸어야 한다는 걸 알았지만 어디로 얼마나 가야 하는지 몰라서 누군가에게 길을 물어야 했다.

그녀는 금강제화 모퉁이에서 오가는 사람들을 두리번거리다가 마침 가까이에 서 있는 남자에게 다가갔다. 그렇잖아도 좀 전부터 그녀를 힐긋거리던 남자는 그녀가 막 입을 떼려 할 때 대뜸 물어왔다. "얼마야?" 그녀는 어리둥절했다. 뭐가 얼마냐는 거지? 어디야? 라고 묻는 것을 잘못 들은 걸까. 하지만 잘 갖춰 입은 감청색 슈트 속의 넥타이를 늦추며 입술을 한번 핥던 남자의 혀와, 그녀를 한눈에 훑어보던 끈적끈적한 눈길에서 그녀는 세상의 모든 뒷골목에서 벌어지는 흥정의 냄새를 맡았다. 그녀는 휙 돌아서서 냅다 추위 속을 걸어갔다.

그런 일은 한 번으로 끝나지 않았다. 학교 근처에서는 그다지 벌어지지 않는 일이 종로의 뒷골목이나 홍대 부근에서는 종종 일어나곤 했다. 물론 한국에서만 그런 것은 아니었지만 공공연하게 제안하는 다른 나라들과 달리 한국에서는 한층 은밀하고 이중적이며 질척한 냄새를 풍겼다. 몇 번 겪고 나서 그녀는 동양 남자에게 일종의 편견을 갖게 되었다.

아름다움의 한복판에서 겪은 작은 삽화 때문에 그녀는 기분이 울적해졌다. 잠시 걷기를 멈추고 망설이다가 한숨을 푹 내쉬고 메모지를 꺼내 잘못 온 게 아님을 확인하고는 힘을 내어 걸음을 떼었다. 목을 칭칭 감은 머플러를 벗겨내자 찬바람이 왈칵 앞가슴으로 파고들었다.

그녀는 메모지에 그려진 그림과 골목의 꺾임을 확인하며 집을 찾아가면서 점차 그 거리의 아름다움에 푹 빠져 조금 전에 겪었던 기분 나쁜 일이며 제 처지를 잊고 전통 가옥 안에서의 생활에 대해 강렬한 호기심을 느꼈다. 동남아시아의 여느 집들과 달리 문이 꼭 꼭 닫혀 있었고 기와를 얹은 담장은 높았으며 소리도 새어 나오지 않아 뭔지 모를 은밀한 기미가 넘쳐흘렀다.

장의 집은 길고 긴 좁은 골목 끝에 있었다. 문패를 확인할 필요도 없어 보였다. 그녀는 어찌어찌 경치에 홀려 걷고 걷다 보니 어느 결엔가 깊은 산속으로 들어서고 만 것을 깨닫는 것처럼 폐부 깊숙한 곳에서 뱉어내는 숨소리로 가득한 가옥의 분위기를 알아차렸다. 그녀를 둘러싼 집과 집은 마치 지붕에서 지붕으로 끝없이 연결된 것 같았다. 그런 상상을 하는 중에 장이 대문을 열고 나오자 지붕이 지붕을 타 넘고 넘는, 끝없는 지붕의 회색 물결 속에서 소리 없이 유영하는 남자를 본 것 같았다.

—여자가 찾아올 거라고는 안 했는데. 이제 보니 마르셀이었군.

장이 첫눈에 그녀를 알아보고 미소 짓자 옴폭 파이는 볼에서 그녀는 시몬을 떠올렸다. 거기엔 익숙한 어둠과 슬픔이 고여 있었다. 그는 한껏 느슨하게 웃고 있었지만 결기 서린 눈가의 붉은 실핏줄과 볼의 상처에서는 숨기려야 숨길 수 없는 어두운 성정이 엿보였다. 10여 년 전의 시몬이 그만한 세월 뒤에 홀연히 그녀 앞에 나타난 것 같아 그녀는 흠칫 몸을 떨었다.

그럼에도도 도톰한 실로 짜인 품 넉넉한 카디건을 입고 느슨하게 등을 젖힌 장은 얼핏 보면 방송국에서 볼 때와는 사뭇 달랐다. 일로 엮여서 진땀깨나 빼게 했던 사람이라고는 생각되지 않을 정도였다. 일을 할 때의 그는 무자비한 면이 있어서 마르셀은 그에게 별다른 관심을 갖지 않았을 뿐만 아니라 혹시라도 가까워지지 않도록 무표정하게 대했던 것이 기억났다.

다문화주의를 표방하는 프로그램이었던 〈세상의 모든 아침〉을 연출하고 있는 장은 지나치게 많은 분량을 찍는 데다 아마추어인 리포터들에게 프로페셔널 이상의 연출을 요구하기로 유명했던 사람이었다. 각 나라 안에서도 특별히 외국인들이 모여 사는 곳을 선택하여 그들이 현지에 적응하는 방식이며 현지인들이 그들을 받아들이거나 배척하는 방식이며, 그들 사이에 일어나는 문제들을 비교적 상세히 알아내서 전달하는 프로그램이다 보니 리포터들이 때때로 위험한 상황에 놓일 수 있었다. 그런데 장은 리포터들에게 위험한 상황을 감수하도록 요구하곤 해서 전문 리포터들이나 전문 리포터가 되고 싶어 하는 사람들을 제외하고는 대부분의 외국인 유학생들은 호기심에 한번 일하고 나면 다시 함께 일하고 싶어 하지 않는다는 소문이 돌기까지 했었다. 여차하면 아버지의 도움을 받을 수 있었던 그녀조차 한번 일해보고 손을 털었으니까, 장의 악명은 소문만이 아니었던 것이다. 그런데 고풍스러운 전통 가옥에서의 그는 표정도 태도도 말소리마저 다른 색깔을 띠었다. 마르셀은 자기도 모르게 장에게 이끌렸다.

마르셀은 장이 안내하는 대로 낯선 가옥의 높직한 문턱을 넘어 들어갔다. 그녀의 눈앞을 막아선 건 마당 건너 또 하나의 아치형 문과 그 양옆을 둘러친 나지막한 돌담이었다. 장은 대문 오른편에 있는 작은 집의 현관문을 열었다. 마르셀은 꼭 닫힌 둥근 문에서 시선을 떼지 못한 채 작은 집으로 들어갔다. 그곳은 개조된 행랑채랄까. 앞쪽으로는 긴 쪽마루가 놓여 있어서 방에서 바로 밖으로 나올 수도 있었지만 대체로는 옆으로 난 주방을 통해 드나들게 되어 있었다. 들어서니 나무 질감 그대로인 식탁과 의자가 놓인 주방이었고 한 층 높은 방으로 올라서자 자그마한 휴식 공간이 나왔다. 그 건너에 침실이 있었다.

마르셀은 발바닥에 찰싹 달라붙는 매끈한 마루의 질감과 천장을 받친 정갈한 목재들과 창호지 문을 통해 비치는 부드러운 햇빛과 오래된 목재 선반이며 낮은 탁자, 거친 마직의 테이블클로스들에 마음을 뺏겼다. 그녀는 밖으로 난 문을 살며시 열었다. 삐거덕거리며 열린 문 밖으로 눈이 소복이 깔린 마당이 내려다보였다. 땅에서 높이 올라온 방의 위치도 마음에 들었다. 침실은 거실보다 한 뼘 정도 낮아서 더욱 아늑한 분위기를 느끼게 했다. 우묵한 안쪽으로 나지막한 침대가 있었고, 머리맡에는 맑고 투명한 질감이 조각보가 걸려 있었다. 밖으로 난 문 옆으로 작은 탁자가 놓여 있었다. 그녀는 방마다 높낮이가 다른 것도 신비롭게만 느껴졌다. 골목으로 난 작은 창문을 열어보려고 고리를 벗기다가 그냥 돌아섰다. 다음에 열어봐야지. 손끝으로 낯선 사물들을 만지며 눈에 익히는 그녀를 장은 지그시 응시했다. 낯선 장소가 이토록 푸근하게 안아주

리라고는 예상하지 못했기 때문에 조금 당황하여 그를 돌아보았을 때 그녀는 익숙한 장의 미소를 보게 되었다. 급격한 변화를 겪고 낯선 장소에 놓인 마르셀의 영혼이 그때 어떻게 움직였는지 그건 그녀 자신조차 알 수 없는 일이었다.

이것이 장과의 첫 만남이었다.

마르셀은 아주 개운하게 일어났다. 지난밤의 특별한 정사는 기억나지도 않았다. 그녀는 아침부터 몹시 바빴다. 깜박 잊고 있었던 석사과정 등록 기한이 바로 오늘이었다는 것을 깨닫고 부랴부랴 서류를 작성하다가 아버지의 유품들이 아직도 도착하지 않았다는 할머니의 전화를 받았으며, 작성하던 학교의 홈페이지 창을 열어놓은 채로 침대 밑에서 여행 가방을 꺼내 앞부분의 지퍼를 열고 지난 여행에 쓰였던 서류들을 뒤져서 운송장을 찾았다. P.T. 프라임 운송회사의 홈페이지에 접속하는 사이에 할머니의 성마른 독촉이 이어졌다. 마르셀의 휴대폰은 다른 기능은 다 좋은데 음성은 금속성이다 못해 찢어지도록 귀청을 파고드는 게 유일한 흠이었다.

—오, 마르셀, 아가야. 아가야, 어서 찾아봐라. 내가 죽을 것 같구나.

애처롭게 울부짖는 할머니의 목소리는 그저 찢어지는 높은 음으로만 전달되었다. 아가라고 불린 마르셀은 늙어가면서 애착과 어리광만 남은 할머니를 위해 엄마와 아빠 죽음의 뒤처리를 깔끔하게 마무리해야만 했다. 애를 끓이는 할머니는 20분 간격으로 전화를 해댔고 그녀의 머리꼭지 역시 열을 푹푹 품어내기 시작했다.

—걱정 마세요, 할머니. 할머니, 걱정 마세요. 조금만 기다려보세요. 알아보는 중이에요.

동시에 몇 가지 작업을 병행하고 있는 그녀는 똑같은 말을 반복할 뿐, 다른 말로 달랠 여유가 없었다. 운송 현황을 뒤졌지만 찾을 수 없어 다시 여기저기 기웃거리다가 새벽같이 말레이시아로 떠났다는 장의 메시지를 받았다. 그녀는 그처럼 복잡한 상황에서 낯선 문자 메시지를 보고 발신자가 떠오르지 않아 고개를 갸웃거리다가 내용을 읽으면서 아, 장! 이라고 조그맣게 부르짖었다.

—나는 고양이를 키우지도 강아지를 키우지도 않고 실내에 화초를 기르지도 않아. 그러니 특별히 내 집을 돌보느라 할 일은 없을 거야. 혹시나 돌아오기 직전에 청소를 부탁하게 될까. 마당에 있는 나무들은 이 겨울에 해줄 게 별로 없지. 그저 사람이 살고 있는 것만으로도 이 집은 살아 있을 거야.

집이란 오래 비워두면 사람 아닌 것들로 채워지게 마련이라는 거, 잘 알고 있었지만 어차피 장은 집 열쇠를 맡기고 가지도 않았고 말은 그렇게 했지만 청소를 부탁할 것 같지도 않고 보이히니 특별히 주의해야 할 것도 없어서 알았다는 답신만 짧게 보내고 메시지를 삭제했다. 바깥채만 살아 있어도 되는 거라면 장의 말이 틀린 건 아닐 테니까.

지난밤 얼핏 보았을 때 장의 집은 방이 여러 개인 것 같았고 각각의 방마다 용도가 다른 것 같았다. 혼자 사는 남자라고 해도 하

는 일이 방송국 PD이고 여러 프로그램을 맡아서 하는 걸 보니 필
요한 자료들도 많을 것이고, 청소를 한다면서 아무렇게나 물건들
을 옮겨놓으면 안 될 수도 있을 것이었다. 양옆으로 이어지던 몇 개
의 문을 떠올려보다가 그 이상의 관심이 사그라지자 당장 처리해
야 할 일을 생각했다.

아버지의 유품들은 그녀가 직접 정리해서 운송회사를 통해 배
편으로 부쳤다. 예정대로라면 이틀 전에 모든 짐이 파리의 집에 도
착했을 터였다. 텅 빈 파리의 집에는 할머니가 오가며 아버지의 짐
을 받을 준비를 하고 있었다.

요리가 취미였던 아버지는 오랜 외국 생활을 하면서 몸담고 있
던 나라에서 전통적인 요리 관련 용품을 수집하는 취미를 가졌었
다. 그래서 파리의 집은 각종 프라이팬과 식기, 요리용 칼들로 가득
찰 것이었다. 할머니는 엄마가 죽자마자 엄마의 물건들을 모두 외
가로 보내버린 것 같았다. 그러지 말라고 그녀가 간곡히 말했건만,
할머니는 죽은 엄마와 아빠의 유품이 정확히 분리되는 길을 택해버
렸다. 마르셀은 엄마의 그림자조차 깡그리 사라진 집에 아빠의 요
리 용품들만이 뒤죽박죽으로 쌓여 있는 것을 보고 싶지 않았다.

그녀는 아빠와 엄마가 함께 살 때의 집 안을 돌이켜보았다. 아
빠의 서재는 따로 있었지만 거실에서도 침실에서도 두 사람의 물건
들은 사이좋게 뒤섞여 있었다. 거실의 소파와 테이블은 아빠가 읽다
둔 책을 엄마가 읽다가 그대로 둔 것들이 몇 권씩 쌓여 있었고 두 사
람에게 온 잡지와 우편물들은 함께 뒤섞여 있었으며 귀국할 때마다

들고 들어온 프라이팬들은 때로 가족사진을 붙여놓은 훌륭한 액자로 변신해 있곤 했다. 커다랗고 둥근 스틸 프라이팬과 구릿빛이 생생한 편수 냄비들이 주방 벽에 크기별로 주루룩 걸려 있었다.

침실은 한층 더했다. 키 큰 검은 목재 인형은 엄마의 목욕 가운을 들쓰고 있기 일쑤였고 엄마의 슬립이 나동그라진 침대 발치의 작은 윙체어에는 아빠의 책도 던져져 있었으며, 잠이 덜 깬 채 서로의 슬리퍼를 꿰어신었다가 맞지 않는 걸 느끼고 피식 웃기도 했고 엄마의 찻잔과 아빠의 찻잔은 자주 혼동되어 서로 이름을 새겨야겠다고 농담을 하기도 했다. 이제 그 모든 것 중에서 엄마의 물건들만 치워졌을 집을 떠올리자 그녀는 가슴이 아파왔다. 할머니가 가장 먼저 없앤 게 와일드 벨벳이었겠지.

어느 겨울이었던가. 뼛속으로 스며드는 스산한 겨울비가 북국으로부터 차츰차츰 내려올 즈음 아빠는 엄마에게 어서 빨리 남국으로 오라고 연락을 했지만 엄마는 아무런 대답이 없었다. 전화를 받지도 않았고, 응답기를 확인하지도 않았으며 전화를 걸어오지도 않았다. 며칠 동안 연락을 기다리던 아빠와 그녀는 이상한 낌새를 느끼고 파리로 달려왔다. 하얀 시트가 덮인 엄마의 침대 옆에서 외할머니가 수프 그릇을 든 채 눈물이 가득한 눈으로 맞아주었다. 엄마는 침대에서 적어도 일주일은 일어난 적이 없는 게 분명해 보였다. 외할머니가 정성스럽게 보살펴주었을 테지만 오래 갈아주지 못한 시트는 달라붙은 머리카락과 구김과 땀으로 예전 같지 않았다.

우울증의 가장 큰 부작용은 무기력함과 함께 자신의 무기력에 대한 극도의 절망, 그리고 절망 속에서 점점 죽어가기를 택하는, 그 어느 것에도 털끝만큼의 의욕도 없다는 점이었다. 침대에서 일어나는 것도, 샤워하러 가는 것도 공포라면 사람들은 믿을 수 있을까. 엄마는 아무렇지도 않은 행동 하나도 할 수 없을 정도로 공포에 질려 있었다. 그리고 그런 자신에게 절망해서 눈을 뜨려고도 하지 않았다. 눈을 뜨고 자신을 바라볼 수가 없었다. 깊이 잠들게 해줘, 깨어나지 않도록. 그게 엄마가 가까스로 두 사람에게 전한 진심이었다.

혼자서는 결코 그 터널에서 빠져나올 수 없다는 것을 깨닫고 두 사람은 엄마를 입원시키기로 했다. 눈꺼풀을 들 힘도 없었던 엄마는 거부하지도 동의하지도 않았다. 그때의 엄마는 아빠와 마르셀에게는 물론이고 그 자신에게서조차 가장 먼 존재가 되어 있었다. 휠체어에 옮겨져 방을 떠나면서 간신히 입을 열어 했던 한마디가 전부였다. 천장이 그대로네. 엄마는 천장이 무너져 거기 깔려 꼼짝 못하고 있었다고 생각했던 것일까.

퇴원을 하고 어느 정도 기운을 되찾은 엄마가 벼룩시장을 돌다가 사들인 게 와일드 벨벳이었다. 봄이 돌아왔고 벨벳에 내리쪼이는 햇살을, 햇살을 가득 품고 점점 부풀어 오르는 소파를 한참 지켜보던 엄마는 거기 앉아 자기를 찾아가기로 마음먹었다. 문득 마르셀은 아빠를 대신할 수 있는 물건은 무엇이 있을까, 하는 데 생각이 미쳤다. 그녀가 지키지 못했던 엄마의 와일드 벨벳 대신 아빠의 무엇을 지켜야 할까. 만약 아빠라면 엄마 곁에 무엇을 두고 싶었을까. 탁 트인 정원을 향해 놓여 있던 아빠의 커다란 업무용 탁자, 그 위에 놓인 엄마의 젊은 시절 사진, 애지중지하며 끌고 다니는 오디오 시스템, 엄마를 위해 손수 스튜를 끓이던 반짝이는 황동 냄비.

하루 종일 화물의 행방을 찾으러 P.T. 프라임 운송회사의 운송 현황을 뒤지고 여기저기 전화를 걸어대던 마르셀은 저녁녘이 되자 운송장 번호가 끊임없이 떴다 사라지고 또다시 떴다 사라지며 어지럽히는 머리를 식히기 위해 푸르스름한 어둠이 깔린 마당으로 나왔다. 그사이 한차례 눈이 내려 장의 아치형 문에서부터 그녀의 방으로, 또 대문으로 오간 발자국들을 뒤덮었다. 그녀는 내친김에 골목 밖으로 산책을 나가볼까 하고 새롭게 깔린 눈을 밟으며 무심결에 장의 아치형 문까지 걸었다.

심심해서 한번 해보는 것처럼 쇠고리를 잡아들고 톡톡 두들겨보다가 문득 시선이 아래쪽을 향했는데 이상한 점을 발견했다. 그녀는 몸을 굽혀 문턱을 자세히 살펴보았다. 어제 두텁게 쌓인 눈 위로 그녀가 넘나들면서 코트 자락으로 쓸어내린 자국과 그 위로 다시 덮인 눈. 그런데 다시 덮인 눈 위로 조금 전에 그랬을 듯 그 눈마저 쓸려내려 목재가 그대로 드러난 곳이 눈에 띄었던 것이다. 그리고 그 바로 아래에 여자의 구두 자국이 틀림없을 작은 발자국이 하나, 어제 오늘의 그녀와 장의 발자국에 겹쳐지지 않고 또렷이 찍혀 있는 것도 발견했다. 마르셀은 곧장 허리를 펴고 그 발자국을 되짚어 따라갔다. 대문까지 이어진 어지럽게 겹친 발자국 위로 살포시 덮인 눈, 그 위로 난 자그마한 하이힐 자국. 그녀가 그 발자국에 자

기 발을 겹쳐보니 적어도 3인치는 작아 보였고 이전에 찍힌 발자국
들에서 벗어나지 않으려 조심한 것이 확연했다.

장이 돌아온 것은 아닌 것도 분명했다. 누굴까? 누가 빈집에
들어간 걸까? 장의 여자일까? 왜 장의 여자가 장도 없는데 왔을까?
가끔 빈집을 청소해주는 사람이 온 것일까? 그렇게도 생각해보았
지만 그건 말도 안 되는 얘기였다. 아님 장의 열쇠를 갖고 있는 옛
여자가 장을 잊지 못해 몰래 들어와서 자고 가는 걸까? 그녀는 이
리저리 가능한 상상을 해보았다.

그녀는 다시 아치형 문 앞으로 다가가 좁은 틈으로 눈을 바짝
들이밀었다. 이쪽보다 훨씬 이전에 밤이 찾아온 듯 장의 아름다운
기와집은 벌써 어둠에 잠겨 있었다. 불빛이라곤 작은 라이터 빛만
큼도 보이지 않았다. 여자는 이미 집을 나간 걸까? 아니면 어둠 속
에서 뭘 하는 걸까?

마르셀은 한참을 서성거리다가 방으로 들어왔다. 자정이 넘도
록 되풀이해서 운송 현황을 뒤지다가 마침내 그녀가 보낸 운송장
번호를 발견했고 배달 완료 문구를 보았다. 그녀는 하루 종일 비상
벨이 울리던 머릿속이 잠잠해지는 걸 느끼고 한숨을 몰아쉬었다.
그래, 아빠의 손때 묻은 물건들마저 바닷속으로 가라앉아서는 안
되지. 요 근래 이 대륙의 *끄트머리*, 저 대륙의 먼 섬 지방에서 지진
이 일어나고 해일이 덮치는 이변이 연달아 일어나곤 했다. 그 때문
이든, 단순한 기상의 변화 때문이든 먼 바다를 항해하는 선박들은
자주 예정에 없던 지점에서 피신을 해야 하는 일이 벌어졌음이 분

명하다. 그래서 도착하기로 정해졌던 날보다 며칠 늦을 수도 있겠지, 싶었다. 내일 아침 할머니에게 전화를 해서 확인해야겠다고 중얼거리며 느긋하게 잠자리에 들었다.

창호지를 통해서 새어 들어오는 부드러운 푸른 어둠은 그녀가 이곳에서 처음 느낀 새로움 중 하나였다. 그것은 눈 위에 내린 푸른 어둠을 그대로 그녀 주위에 깔아놓은 것 같았다. 아빠의 반짝이는 구리 냄비들이 푸른 바다를 건너 엄마의 주방에 안착하는 것을 그리면서 그녀는 깊은 잠에 빠져들었다.

똑바로 누운 채 눈을 떴을 때 그녀는 조금도 잠이 든 적이 없었던 것 같은 기분이었다. 한껏 소리를 낮추었지만 본래 가는 고음이었을 여자와 머리를 맞대고 누운 채 가만가만 얘기를 나누던 중인 것만 같았다. 그녀는 몸을 움직이지 않고 조용히 귀를 기울였다. 바로 조금 전까지 귓전에서 맑고 낭랑하며 가벼운 목소리로 또렷또렷 얘기를 하던 여자는 그 목소리의 잔음을 문밖 어디론가 끌고 가고 있었다. 그녀는 행여 그 소리를 덮을까 조심조심 일어나 두툼한 코트를 걸쳤다. 혼자 있는 공간에 침입한 낯선 여자에 대한 경계심은 어디로 가고 그녀는 홀린 듯 따라갔다.

그사이 마당은 포슬포슬한 눈으로 또 한 겹 덧씌워져 있었다. 마치 그녀가 집 안으로 들어갈 적마다 무언가를 은폐하기 위해 눈을 뿌리는 것 같았다. 아직도 귓속말을 속삭이는 듯한 목소리는 장의 처소 쪽으로 흘렀다. 그녀는 아무도 밟은 적이 없는 눈 위에 발을 찍으며 아치형 문에 다가가 문을 밀었다. 문은 열리지 않았다. 차갑고 맑은 물에 씻긴 듯 예리해진 여자의 육감은 분명 문 너머에 또 하나의 육체를 직감했지만 문은 꼭 닫혀 있었고 그녀 자신의 발자국 외에 아무 발자국도 보이지 않았다.

그녀는 문틈으로 눈을 바짝 갖다 붙였다. 그녀는 보았다. 집 안의 깊숙한 곳에서 스며 나오는 빛을. 그리고 그 빛을 가렸다 드러냈다 하며 움직이는 그림자를. 그녀는 구부린 가운데 손가락 마디로 문을 두 번 두드렸다. 똑똑. 소리가 낭랑하게 울려 퍼지자 퍼뜩 손을 거둬들였다. 저 먼 가옥 안에서 이 작은 소리가 들릴 리는 없을 텐데도 가슴이 울렁거렸다. 장이 돌아왔을까. 그는 아직 돌아올 때가 아닌데. 장이 아니라면 장의 여자일지 모르는 누군가가 있는 걸까? 그녀는 빈집에 들어와 무엇을 하고 있는 걸까.

그 여자는 마르셀의 존재를 알고 있음이 분명했다. 대문을 통해 들어가면서 문간방에 불이 켜져 있고 쉴 새 없이 움직이는 소리며 전화를 해대는 소리들을 듣지 못했을 리가 없었다. 지금이 새벽 세시이니 저녁녘에 발자국을 본 때로부터 무려 아홉 시간 정도 시간이 흘렀다. 그동안 여자는 움직임을 최소화하면서 머물러 있었다. 가물가물 불이 꺼지는 듯하더니 그 옆방쯤 되어 보이는 곳에서 작은 불이 새어 나왔다. 미닫이창을 통해서 그림자가 보이기를 기대했지만 이렇다 할 사람 모양은 보이지 않았다.

추위에 몸이 덜덜 떨리고 종아리가 뻣뻣하게 굳을 때까지 문틈으로 동정을 엿보았지만 그 누군가가 문을 열고 나오지도 않았다. 귓전에서 속삭이던 목소리는 무엇이었을까. 환각이었을까. 어떤 예지몽 같은 것일까. 아님, 그냥 꿈이었을까. 너무 추워서 그녀는 더 이상 엿보기를 포기하고 방으로 돌아와 잠자리에 들었다.

아침에 일어나 마당에 나가보니 그녀가 오고 간 발자국 외에는 암만 봐도 다시 돌아나간 하이힐 자국이 없었다. 문틈으로 다시 눈을 들이밀었지만 장의 가옥은 묵묵히 무겁게 가라앉아 있을 뿐 살아 움직이는 사람을 품고 있는 기색은 보이지 않았다. 할머니의 전화가 울려댔다.

─아가, 마르셀, 아가야. 아빠의 유품은 찾았니?

─할머니, 어제 배달되지 않았나요?

─아니다, 아니야. 아무것도 오지 않았다. 아가, 넌 도대체 무얼 하고 있는 거니? 네 아빠의 유품이다, 네 아빠의 유품이야.

─할머니, 오늘 도착할지도 몰라요. 조금만 더 기다려보세요.

유품은 끝내 도착하지 않았고 슬픔에 젖을 겨를도 없이 운송회사와 보상에 관한 입씨름을 하느라 그녀는 수상쩍은 발자국에 관한 모든 것을 잊어버렸다.

인천공항에 도착했던 그 순간부터 거꾸로 시간이 흘렀다. 테러리스트가 전 세계의 방송에 대고 크리스마스에 뉴욕이 불탈 것이라고 약속하고─아, 그 약속은 지켜졌다. 다만 뉴욕이 불탄 것이 아니라 테러리스트들의 몸이 불에 탔다. 테러리스트들은 뉴욕을 향해 날아가던 비행기를 폭파하려다가 실패해서 제 몸을 불살랐다─아빠의 시신이 높디높은 창공으로부터 떨어져 내려 인도양에 가라앉고, 엄마의 죽음을 전하던 아빠가 울부짖었으며, 엄마가 죽었다. 그 뒤로 빠르게 엄마의 시신과 유품이 불태워졌고, 아빠의 유품은 인도양에서 수에즈 운하를 거쳐 파리로 가던 중 사라졌다.

그녀가 알고 있던 세계는 어떤 무심한 신이 한 축을 무너뜨리자 너무도 허술하게 잇달아 허물어져버렸다. 그녀는 어느 신을 향해 원망을 퍼부어야 할지 알 수 없었지만 그녀가 몸담고 살았던 모든 나라의 민족 신들에게 그 나라 언어로 한마디씩의 푸념을 던졌다. 모르 오 바슈! 고 투 헬! 로꾸데나시! 아이 희야! 저주받을! 오, 끄리스토! 망할! 한참 동안 주절거렸지만 난감함은 줄어들지 않았다. 운송회사는 화물을 추적할 시간을 요구했고, 몸과 마음이 지친 그녀는 들어줄 수밖에 없었다.

그렇게 유품의 행방을 찾는 동안 장이 돌아왔다. 마르셀은 장이 돌아오는 것을 보지 못했고 들어오는 소리도 듣지 못했다. 장은 자신이 돌아왔음을 문자 메시지로 알렸고 그녀는 곧바로 마당으로 내려가보았다. 장의 발자국이 선명하게 찍혀 있었다. 그러나 끝내 되돌아 나간 여자의 구두 발자국은 발견되지 않았다. 들어간 발자국은 있는데 왜 되돌아 나온 발자국은 없는 거지? 게다가 장이 들어오는 소리를 왜 듣지 못했을까? 그녀는 유품 때문에 너무 시달린 나머지 어제의 그 목소리와 불빛은 꿈이었고 분명히 보았던 하이힐 자국은 착각이었다고 생각해버렸다.

그리고 방으로 들어오면서 가만히 생각했다. 이상한 일이다. 그녀가 하루 종일 있는 집은 마당과 불과 창호지 한 장 사이일 뿐인

데, 어째서 마당에서 오고 가는 장을 본 적도, 소리를 들은 적도, 사람의 흔적도 느낄 수 없는 것일까. 얇은 창호지는 여린 새벽빛도 투과하며 그림자도 투과하니 당연히 모든 소리도 투과할 것이라 생각했었다. 작은 발자국 소리에도 문만 열면 대문을 통해 드나드는 사람을 쉽게 볼 수 있을 텐데, 그녀는 지금까지 한 번도 방 앞을 오간 장을 본 적이 없었다. 그제서야 이 집은 어쩌면 바깥세상과는 다른 감각을 갖게 하는지도 모르겠다는 생각이 들었다. 이를테면 문 하나하나가 각각 투과시키는 소리가 정해져 있달지, 어제와 똑같은 피부라도 어떤 문을 통과하면 무척이나 색다른 촉각을 갖게 한달지.

그녀는 그런저런 생각 중에 문득 외할머니가 생각이 났다. 외할머니와 통화한 적이 꽤 오래되었다. 외할머니는 수화기를 들고서도 누가 전화를 했으며 믿을 만한 사람인지 탐색하느라 한참을 가만히 있었다. 마르셀이 두어 차례 외할머니 이름을 불렀을 때에야 떨리는 목소리로 오, 마르셀이로구나, 하며 조그맣게 대답했다. 엄마의 납득할 수 없는 죽음으로 지옥 문턱까지 다녀온 할머니는 매사에 의기소침해 있었고 아무두 믿을 수 없게 되었으며 외삼촌과 그녀 외에는 누구의 방문이나 전화도 받지 않았다.

—마르셀, 언제 올 수 있니. 너하고 상의할 게 있구나.

작은 체구에 예민한 눈길로 아무도 없을 주변을 노파심에 한 번 쓱 돌아보고는 그래도 행여 누가 들을까 싶어 수화기에 입을 바짝 갖다 대고 비밀스럽게 묻는 할머니가 그려졌다.

─당분간 갈 수 없어요. 학교도 등록해야 하고, 공부도 좀 해 둬야 하구요. 무슨 일인데 그러세요.

외할머니는 한참을 얼버무렸다. 아니다, 아니야. 별일 아니다. 그때 그녀의 머릿속을 휙 스치고 지나가는 예감 하나. 최대한 조심스럽게 아빠의 유품이 사라진 사건을 얘기해야 하리라는.

─외할머니, 이상한 일이 벌어졌어요. 제가 부친 아빠의 유품들이 사라졌어요. 분명 화물 운송회사에서는 수령을 확인했다고 하구요. 지금쯤 운송회사에서 화물을 받은 사람의 사인을 확인하고 있을 거예요.

말하는 동안 전화기 너머로 점점 불안정해지는 숨소리가 들려왔다. 그리고,

─마르셀, 사실은 말이다. 네 아빠의 물건들이 우리 집에 와 있단다.

그녀는 자기도 모르게 소리를 지를 뻔했다. 혹시 내가 주소를 외할머니 집으로 적었나? 그녀는 다시 한 번 운송장을 확인했지만 주소는 분명하게 엄마가 살던 집으로 되어 있었다.

─어떻게 그렇게 되었죠?

─그러게 말이다. 그저께 산더미 같은 짐을 실은 트럭이 와서 무작정 짐을 내리더구나. 너의 이름을 말하면서 말이다. 네 물건들을 보낸 줄 알았다. 풀어보니 네 아빠 것들이더구나.

─다행이네요, 할머니. 주소는 확인했나요?

─물론 했다. 네 엄마 집으로 되어 있더구나. 나는 그저 네가

보냈다고 해서 무조건 받았고, 너무나 기뻤다.

엄마 집으로 되어 있던 게 분명했다. 그런데 운송업자는 무슨 착각을 일으켜서 엄마 집과는 거리 이름도 구역도 전혀 다른 외할머니의 집에 찾아간 것일까.

―그런데 말이다, 난 이 물건들을 돌려보내고 싶지 않구나. 네 엄마의 사진도 있고, 그리고 말이다, 커다란 짐이 있어서 풀어보니 빨간 벨벳 소파더구나. 네 아빠도 네 엄마 것과 똑같은 소파를 썼었니?

그녀는 심장이 멎을 것 같았다. 물론 그런 일은 전혀 없었다. 절망의 구렁텅이에서 툭 던져진 아주 작은 행운을 놓치고 싶어 하지 않는 가련한 사람처럼 한없이 조심스럽게 탐색하는 외할머니의 음성에 눈물이 왈칵 쏟아졌다.

외할머니가 엉덩이 끝만 간신히 걸치고 앉은 소파 옆에는 아직 다 풀지 않은 박스들이 쌓여 있겠지. 그리고 거실에 들여놓기도 전에 허겁지겁 풀어본 벨벳 소파가 복도를 가로막고 놓여 있을 테고, 할머니는 그 앞에 털썩 주저앉았겠지. 후들후들 떨리는 등허리를 간신히 일으켜 세우고는 먼저 풀어놓은 엄마의 부드러운 잠옷과 실내화를 가져다가 올려놓고 또 울음을 삼켰겠지. 거실 바닥 여기저기에는 아빠의 황동 프라이팬과 식기들과 커다란 목각 인형들이 널브러져 있겠지. 할머니는 그것들을 다시 주워 담을 생각도 하지 않은 채 주름 사이로 흘러내리는 눈물을 훔치고 다시 엄마의 소파 앞에 가서 그것을 엄마인 양 부드럽게 품에 안았을 테지.

이게 어찌 된 일일까. 가능성이 있긴 했다. 할머니가 외할머니에게 엄마의 벨벳 소파를 보냈고 하필 그게 그날 아빠의 짐과 뒤섞여 배달되었을 가능성이. 그러나 그녀는 할머니로부터 분명히 들었었다. 하루라도 빨리 털어버리고 싶을 만큼 진절머리 나는 것들이라는 투로 모든 짐은 손수 다 버렸다고. 그 모든 짐은 재활용업자의 손에 들어갔을 수도 있고 업자는 쓸 만한 것을 골라 다시 벼룩시장에 내놨을 수도 있다. 그러나 그것이 용케 아빠의 짐과 섞여 외할머니에게 가닿을 우연의 일치는 도대체 몇 퍼센트나 될까. 그러니 우연치고는 대단히 기이한 일이 아닐 수 없었다. 그 우연의 일치로 외할머니가 얻게 된 위로가 무척이나 다행스러웠다. 어쩌면 하늘은 딸을 잃은 슬픔에 잠긴 외할머니를 기억해낸 것인지도 모른다.

물론 마르셀도 마찬가지였다. 부모를 한꺼번에 빼앗았던 악마가 뒤늦게 심경 변화를 일으킨 것인지 그녀에게는 두 사람의 유품을 한꺼번에 찾은 것이 그들의 시신을 찾은 것만큼이나 다행스러웠다. 이제 파리에 돌아갈 이유가 생겼다고 생각하자 가까스로 그녀의 가슴속에서 납작하게 억눌렸던 솜털이 그 부드러운 몸을 하나하나 부풀리는 것 같았다.

아빠의 유품을 찾았으니 하루라도 빨리 외할머니를 달래서 할머니에게 돌려드려야 했다. 어차피 할머니는 어떤 물건들이 오는지 알지 못하니까 외할머니가 갖고 싶은 물건들만 챙기고 나머지는 다시 포장해서 배달시키라고 했다. 아버지의 유품을 중간에 가로챈 사실을 할머니가 알게 될지 어떨지는 운에 맡기기로 했다. 외할머니는 와일드 벨벳과 엄마의 사진, 그리고 아빠의 집에 남아 있던 엄마의 옷가지들과 몇 개의 실내화를 갖기로 하고 남은 짐을 모두 보내겠다고 했다.

유품 문제가 일단락이 되자 더 이상 전화는 울리지 않았고 사위가 적막하게 가라앉으며 밖으로부터 푸른 어둠이 천천히 스며들었다. 그녀는 땅으로부터 1미터 높이의 따뜻한 온돌 바닥에 발을 디디며 가만가만 걸었다. 밖에서 보면 높은 위치였지만 방에 들어올 때마다 문턱에서 한 뼘은 푹 내려간 바닥 덕분에 어딘가 푸근한 곳에 안기는 기분이 들곤 했다. 게다가 창호지 같은 한지가 발린 나지막한 하얀 천장도 안온함을 주곤 했다.

이렇게 푸근하게 안긴 기분이 바로 창호지 한 장 너머 세상의 소란을 무심히 지나치게 했는지 모른다는 생각이 들었다. 그녀는 벌컥 밀면 바로 마당으로 통하는 문 앞에서 무릎을 바닥에 대고 네모진 창살을 가만히 잡고 앉아 바깥에서 흔히 들릴 법한 소리에 귀를 기울였다. 누군가 골목을 걸어가거나 이웃집에서 문을 열고 드나드는 소리라든가 누군가를 부르는 소리, 장이 아치형 문을 열고 발을 내딛는 소리라든가, 하다못해 작은 마당으로 몰아치는 바람 부는 소리만이라두.

장은 움직임이 없었고 이웃집은 누가 사는지도 모르며 그녀 또한 전혀 움직이지 않고 있었고 오늘따라 기후는 더할 나위 없이 온화했다. 소리는 아무것도 들리지 않았다. 아니, 그래서가 아니었다. 얇디얇은 창호지는 그 얇은 경계로 안과 밖의 소리를 대부분 거르고 있었다. 깊은 물속에 잠긴 것처럼 익숙한 지상에서 쓰이던 청

각은 무용지물이 되어버렸다. 청각이 아무 쓸모 없어진 이곳에서
는 무엇으로 문밖에서 어슬렁거리는 타인의 존재를 체감할 수 있
을까. 그녀는 완벽한 정적을 느꼈다. 문득 두려워졌다. 이곳은 여전
히 낯선, 고요한 한국의 전통 가옥. 그녀는 마치 큐브나 피라미드의
3분의 2 지점처럼 일상의 감각이 변화하는 곳에 놓인 것이다.

　　이 집도 어쩌면 그곳처럼 지구상에 존재하는 몇몇 특별한 장
소 중의 하나인지 모른다. 점차 짙어지는 푸른 어둠이 그녀의 머리
를 삼켰다. 그녀는 장이 누군가 집에 들어온 적이 있는지 물어오기
를 기다리며 잠이 들었다. 만약 그의 집에 도둑이 들어 무언가를 잃
어버렸다고 한다면 그는 분명 무슨 소리를 못 들었냐느니, 혹시 수
상한 사람이 얼쩡거리는 것을 보지 못했냐느니 물어 올 것이다. 그
런데 그가 누군가의 침입에 대해 침묵을 지키고 있었다. 그렇다면
몇 가지 추측이 가능하다. 아무것도 없어지거나 달라지지 않아 침
입을 전혀 눈치채지 못했거나, 평소 잘 아는 사람이 다녀가곤 한다
거나…….

　　그녀는 분명 자신의 방에서 잠이 들었다. 그런데 그녀가 문을
열고 들어선 곳은 네번째 방이었고 그녀는 언제인지 모르게 연보
라색 가루가 깔린 바닥에 누워 있었다. 촉촉하고 잘디잔 스펀지 같
은 수많은 가루가 그녀의 몸을 부드럽게 받쳐주었고 또 수많은 가
루가 그녀의 몸 위로 쏟아졌다. 가랑이 사이로, 겨드랑이 사이로,
목덜미 사이로, 머리카락 사이로, 물결처럼 연보라 가루가 흘러내

렸다. 기대에 차고 열에 들뜬 가슴이 뜨거운 숨을 몰아쉬었다. 발갛게 달아오른 그녀의 젖꼭지가 꼿꼿이 일어섰다. 그가 엄지와 검지 발가락으로 젖꼭지를 잡아당기더니 지그시 밟아 눌렀다. 그녀의 젖가슴이 짓이겨졌다. 그녀가 그의 발을 치우려고 붙잡자 그는 그녀의 입술 위에 발을 올렸다. 그리고 발가락으로 섬세하게 그녀의 얼굴을 어루만졌다. 그녀가 그의 발바닥에서 벗어나려고 몸을 비틀자 그가 젖은 엉덩이를 찰싹 때렸다. 탱탱한 그녀의 엉덩이가 그의 손바닥을 맞고 탱글탱글 흔들렸다. 그녀가 그의 허벅지에 엉덩이를 비벼왔다. 그는 엉덩이를 떼어놓더니 조금 더 세게 찰싹 때렸다. 그의 손바닥에 그녀의 엉덩이가 착 감겨들었다. 그는 엉덩이를 한번 움켜쥐어보더니 더욱 세게 갈겼다. 그녀의 엉덩이가 붉게 물들었다. 양쪽 엉덩이가 서로 부딪쳐 한 번 더 탱글 울렸을 때 그 틈을 타 장은 마르셀의 몸속에 단단한 막대기를 꽂았다. 그녀는 황홀감에 온몸을 떨며 맑은 물을 쏟았다. 영혼의 모든 곡조가 그녀의 목에서 흘러나오고 순수한 물이 그녀의 아랫배에서 넘쳐흘렀다. 그녀는 깊은 물속에 잠겨 둥그렇게 퍼져가는 소리의 진동을 보며 그 진동을 따라 둥실둥실 흘러갔다. 물에 젖은 스펀지 가루가 뭉쳐시면서 더욱 부드럽게 그녀의 엉덩이에 달라붙었다. 얼마 안 가 그녀의 엉덩이는 보라색 꽃으로 커다랗게 부풀었다. 장은 그 보라색 꽃을 헤치고 엉덩이에 입을 맞추었다. 그리고 엉덩이의 가장 도도록한 곳과 허리의 가장 오목한 곳을 깨물었다. 그의 입술이 그녀의 옆구리를 타고 차츰차츰 올라왔다. 척추가 푸들푸들 떨며 팽팽히 휜 활처럼 깊숙이 휘었다. 그녀는 입술을 벌리고 혀를 내밀어 장의 몸이 맛난 것이라도 되는 것처럼 입술이 닿는 곳마다 핥고 빨아 먹었다.

그의 입술이 그녀의 입술을 덮고 코까지 막았다. 살갗이 갑작스럽게 두꺼운 막이 되어 온몸을 조이는 것 같았다. 그녀는 도리질을 해서 그의 입술로부터 벗어나 날카롭게 소리를 질렀다. 그러자 그녀를 둘러쌌던 막이 툭 터지고 비로소 두터운 살갗이 한 겹 벗겨진 것 같은 자유로움을 느꼈다. 그녀는 긴 허벅지로 그의 허리를 감고 어루만지다가 꽉 조였다. 그가 숨을 크게 들이쉬었다. 꽉 막힌 듯한 숨을 크게 토하면서 마치 비옥한 토지에 곡괭이를 꽂듯 격렬하게 움직였다. 장이 그녀의 귓속에 속삭였다. 난 널 죽이고 싶어. 난 널 죽이고 싶어 해. 너도 이제 곧 알게 될 거야, 죽을 때의 쾌감을. 그의 손바닥이 그녀의 긴 목을 감싸 쥐었다. 네 목은 너무 아름다워. 손아귀에 쏘옥 잡히는 게…… 낭창낭창하고 부드러워. 그가 손가락을 조여왔다. 양손의 엄지손가락으로 경동맥을 눌러 쥐었다. 그녀는 성기가 크게 진동하는 것을 느꼈다. 둥글게 휜 등뼈가 참을 수 없는 쾌감에 휘말렸고 그녀는 순간 온몸을 빠져나가는 숨을 느꼈다. 그가 더욱 목을 조였다. 그녀는 언제나 자기를 지켜보고 있으며 안전하게 지켜주던 영혼이 빠져나가는 것을 느꼈다. 이제야 진정으로 자유로워졌다.

그의 손에 목이 졸려 있던 4, 5초 동안 그녀는 정말 죽어 있었다. 눈을 크게 치뜨고 온몸을 축 늘어뜨린 채 죽어 있었다. 장이 그녀의 목덜미를 받치고 턱을 치켜들어 입을 크게 벌리고는 숨을 불어넣었다. 그의 숨으로 그녀의 폐부가 크게 부풀었다. 그녀는 사악한 장의 영혼이 그녀의 폐부에 자리 잡는 것을 보았다.

깨어나면서 하얀 햇살 가득한 방의 와일드 벨벳에 홀로 앉은 엄마를 보았다. 엄마 역시 하얀 햇살에 거의 부서져 남은 형체마저 사라지는 중이었다. 여전히 아름답게 죽 뻗은 다리를 가지런히 모으고 앉아 엉덩이 아래 와일드 벨벳을 쓰다듬으며 말했다. 아빠는 남국의 따뜻한 태양이 나의 우울증을 치료할 수 있을 거라 믿고 있어. 하지만 나는 파리에서 미치는 게 나아. 알겠니? 나는 나를 겨우 살아 있게 하는 치료는 받고 싶지 않아.

그녀는 어릿어릿 정신이 돌아오면서 버지니아 울프를 논문감으로 선택한 것이 결코 우연이 아니었음을 깨달았다. 버지니아 울프가 레너드에게 외쳤던 말은 단지 버지니아, 그녀만의 고통이 아니었다. 제발 나를 미치게 내버려둬, 레너드. 당신의 사랑 때문에 난 미칠 자유를 잃었어. 나를 런던으로 보내줘. 창 밑을 지나다니는 자동차의 경적 소리와 왁스와 가솔린 냄새가 가득한 런던 거리로, 시간마다 울리는 웨스트민스터 사원의 시계탑 소리에 파티를 서두르는 사람들 사이로, 이브닝드레스를 입고 살롱에 모이는 나와 비슷한 사람들이 있는 런던으로 가게 해줘. 잠시를 살아도 나만의 방에서 나만의 글을 쓰게 해줘. 나를 치유하고 광기를 잠재우고 두통을 가라앉히는 이 시골이 너무나 싫어. 모든 사람들이 나를 지켜보고 있는 이 시골은 나를 미치지도 못하게 해.

기차역에 나가서 런던으로 가는 기차를 기다리던 버지니아는 그녀가 아무 말 없이 사라진 것을 알고 온 마을을 뒤진 끝에 허겁지겁 달려온 레너드의 수심 깊은 얼굴을 보고 그에게서 벗어날 수 없음을 깨달았다. 그의 손을 잡고 떠나지 않을 거라고 오히려 그를 위로하며 집으로 돌아갔던 버지니아는 결국 강에 몸을 던졌다. 강에 몸을 던지는 게 나았을까, 런던으로 돌아가서 광기에 몸을 던지는 게 나았을까.

마르셀은 칭칭 옭아매는 사랑을 안다. 넘치는 사랑은 상대방을 묶어두려는 욕심일 뿐인 것을. 그 자신 역시 혼자 남고 싶지 않은 두려움 때문이라는 것을. 지극한 사랑은 사람을 미치지 못하게 하는 대신 목숨을 앗아간다. 사랑에 갇혀 발버둥 치다 목숨을 버려야 했던 버지니아 그리고 내 엄마 클레르.

엄마는 우울증으로 죽어가는 자신의 몸에 무엇으로든 생기를 불어넣기 위해, 강력한 무기를 썼다. 그것은 폭력이었다. 엄마는 폭력이 자기 몸을 겨누게 했다. 파리의 뒷골목을 배회하지 않고 한낮의 햇빛 아래에서 격렬한 정사를 벌이지 않는다면 우울증은 그만그만하게 엄마를 살려둘 것이고 안전했을 것이다. 그 대신 휠체어에 앉혀 산책을 나가 따스한 바람을 쏘여주고 조용한 침실에서 아무런 방해도 받지 않게 재워주고 관심 깊게 선정한 음식을 먹이는 아빠의 품에서 오랜 시간에 걸쳐 서서히 죽어갔겠지. 그러나 엄마는 살아 있는 죽음의 영역, 그곳에 매여 있느니 광기에 몸을 바치는 편이 나았던 것이다. 그래서 엄마는 칼끝으로 그녀 가슴을 난도질하는 위험한 유혹에 이끌렸다. 칼끝이 젖가슴을 파고들면 그 생생한 아픔에 신선한 물고기처럼 살아 있다는 것을 깨우치곤 했다. 엄마는 피를 흘리며 낯설고 거친 남자에게서 도망쳤다가 다시 돌아가고 다시 돌아갔다.

소름끼치는 새벽의 추위에 놀라 몸을 떨었을 때 그녀는 아치형 문밖에 서 있는 자신을 발견했다. 그녀가 있던 곳의 시간과 공간이 순식간에 소멸되면서 툭 내뱉어진 것처럼, 그녀는 등 뒤에서 무언가가 급격히 사라지는 것을 느꼈다. 그리고 방송국에서 듣던 목소리 그대로, 사무적이고 냉정하며 말끝을 뚝 잘라먹는 목소리가 들렸다.

—어서 네 방으로 돌아가.

—장의 손에 목이 졸려 죽고 말 거예요. 다음번? 아님, 그다음번? 언제 죽을지 모르지만 난 죽고 말 거예요.

마르셀은 오늘 압구정동의 수많은 정신과 상담실을 거쳐 그중 오래된 건물에 있는 한 곳의 문을 밀고 들어섰다. 두 달이 넘도록 계속해서 반복되는 두 사람의 행위를 더 이상은 참을 수가 없었디. 더 이상 지속하다가는 분명 장의 손에 죽고야 말 것이었다.

경쟁이 심한 한국의 서울, 거기에서도 교육에 관한 경쟁이 가장 심한 강남은 길거리에 즐비한 학습 장애 클리닉만으로도 지금 당장 한국의 현실에서 무엇이 가장 큰 관심거리이자 문젯거리인지 또렷이 보여주고 있었다. 금방 실내 개조를 마친 것처럼 반짝이는 거의 대부분의 정신과 상담소 대기실에는 똘똘하고 단정해서 아무 문제도 없어 보이는 수많은 청소년들이 앉아 있었다.

이 나라는 세계에서 가장 수면 시간이 적고 고등교육기관 취학률이 가장 높으며 가장 역동적이고 변화에 능동적이라는 평가를 받고 있다. 그건 바로 이렇게 잠을 네 시간 이상 자지 않고 경쟁적으로 공부하는 학생들이 있기 때문일 것이었다. 그녀는 학습 장애 클리닉이 구성되어 있지 않거나 정신분석을 중심으로 상담한다는 곳을 골라 찾았다. 이미 과하다 싶을 만큼 공부를 하고 있지만 공부 시간을 더욱 늘리기 위해 집중력을 높이는 약을 처방 받으려는 학생들 틈에 끼어 눈앞의 경쟁 사회와는 아무런 상관도 없는, 실재하는지 아닌지도 모르는 이상한 집과 집주인에 대한 공포를 주절거리고 싶지 않았다.

그녀는 몇 군데의 진료소를 기웃거려본 뒤에 마음에 드는 곳을 찾았다. 파리에서 흔히 볼 수 있듯 오래되었으나 비교적 깔끔하게 관리된 건물 2층에 있는 조그맣고 차분하며 조용한 진료소였다. 안내 데스크에 앉아 있던 자그마한 체구에 부드럽고 따뜻한 목소리를 가진 삼십 대 후반의 여자가 조심스럽게 상담실 문을 열어주었다.

상담실은 미끄러질 만큼 반짝거리는 마감재가 깔린 여느 병원과는 달리 베이지색의 푹신한 카펫이 깔려 있었다. 그리고 어느 곳에서나 볼 수 있는 회색이나 갈색의 사무용 책상이 아닌 큼직한 마호가니 책상이 놓여 있고 책상 위에는 모니터며 책들이며 서류들,

전화기와 필기도구들이 평범하게 놓여 있었으며 그 옆의 나지막한 책장에는 쉽게 빼서 볼 수 있게 책들이 헐렁헐렁하게 꽂혀 있었다. 그리고 자그마한 창문 아래에 카키색 체크무늬 담요가 덮인 갈색 카우치가 있었다. 창문 밖으로는 좀처럼 그치지 않을 눈이 일정한 속도로 느릿느릿 내리고 있었다.

온화하고 내성적으로 보이는 닥터 정은 하얀 가운 대신 목을 덮는 검은 니트 스웨터에 부드러운 베이지색 카디건을 걸치고 약간 쉰 낮은 목소리로 그녀의 나이와 이름, 한국으로 오게 된 동기, 정신과 진료 내역을 물었다. 할 말을 정리하면서 닥터를 보니 갸름한 턱에 선한 눈빛이 오래 전 엥게인지 잉글라드인지 하던 닥터와 비슷해 보였다. 그래서인지 더욱 마음이 놓이고 여기서 진료 받기로 결정한 게 다행이다 싶었다.

정신과 진료 내역은 간단했다. 뺨에 개에 물린 자국이 있는 시몬을 만난 데서부터 그가 엄마의 방에서 되돌아나간 것까지 얘기하면 되니까. 그러나 한국으로 오게 된 동기를 말하려고 하니까 어디서부터 어떻게 얘기해야 할지 알 수 없었다.

처음 발을 디딘 것은 여행의 한 부분이었을 뿐이고 애초 일본에서 공부를 하려던 계획을 바꿔 한국에서 어학연수를 받게 된 것도 우연이었고, 기왕 연수받은 곳에서 계속 공부를 하자고 마음먹은 것뿐이었고, 아빠가 죽고 나서 그 모든 것을 다 그만둘 수도 있었는데 다시 찾은 것은, 우연인지 필연인지, 숙명인지 알 수가 없었다.

그녀는 무엇부터 말해야 할지 생각할 시간이 필요했고, 가쁘게 몰아쉬던 숨을 가라앉혀야 했다. 닥터 정은 몸을 앞으로 숙이고는 작은 숨소리만 내며 조용히 기다려주었다. 천천히 생각하세요, 급할 것 없어요, 라고 나지막이 말했다. 그녀는 잠시 창밖으로 눈을 돌렸다. 여전히 굵은 눈이 내리고 있었다.

마르셀이 긴장을 풀지 못하는 것을 보고 닥터 정이 일어나 카우치 발치에 있는 스탠드 등을 켜고 실내등을 껐다. 그녀의 발치에 따뜻한 노란빛이 내렸다. 편히 누우세요, 라고 닥터 정이 덧붙였다. 그녀는 눈이 내리는 속도로 느릿느릿 숨을 내쉬고 눈이 내리는 속도로 느릿느릿 등을 죽 펴고 눈이 땅에 닿았다가 다시 떠오르는 속도로 다리를 길게 들어 올렸다.

스탠드 빛을 받아 다리가 공중에 반쯤 떠 있는 것 같았다. 치켜든 그녀의 발에서 구두가 벗겨져 포물선을 그리며 바닥에 떨어졌다. 툭, 툭. 그 소리를 들은 것처럼 시계의 초침이 소리를 내기 시작했다. 초침 소리가 점점 커졌다. 마르셀은 그 소리에 따라 서서히 눈의 소용돌이 속으로 잠겨들었다. 끊임없이 내리는 눈 때문인지 그녀의 말을 잘 듣기 위해 등을 둥그렇고 구부리고 귀를 기울이는 닥터 때문인지 오래전에 바렌 거리의 정신과를 찾아갔던 날과 겹쳐졌다. 그녀는 열여섯 살 때 겪은 일로 열아홉 살 때 상담실의 카우치에 누운 적이 있었다. 지금은 스물다섯 살에 겪은 일로 눕게 되었다.

—그냥 하고 싶은 말을 하세요. 어렵게 생각해낼 필요 없어요. 동기라는 거, 그저 얘기를 끌어내기 위한 실마리일 뿐이에요.

─엄마가 죽었고, 아빠가 죽었어요. 그들의 죽음은 평범하지 않았어요. 그들의 죽음은…… 나를 죽일 수도 있어요.

그렇게 시작하려던 건 아닌데, 그런 말이 밀려 나왔다. 그게 가장 다급했던 말인 게다. 닥터는 고개를 조심스럽게 주억거렸다. 그녀는 아빠의 죽음에 대해 말하는 것이 어렵다는 것을 깨달았다. 아빠는 죽었다. 엄마의 죽음을 전해준 뒤에. 주검을 발견한 사람은 그녀다. 그 뒤처리를 한 사람도 그녀다. 그러나 아빠의 죽음을 거의 기억할 수 없었다. 닥터 정은 그럴 수 있다고 역시 고개를 주억거렸다. 아빠는 아무 잘못이 없다. 아무 죄도 짓지 않았다. 그는 아주 성실했으며 책임감이 강했다. 가족에 대한 애정이 돈독했으며 부모에 대해서도 충실했다. 마침 업무상의 실수를 문책 받고 있기는 했다.

미술품 중개업을 하던 한 프랑스인 부부가 갓 태어난 영아를 연달아 세 번이나 죽이고 앞마당에 묻고는 그것이 발각되자 프랑스로 달아난 일이 있었다. 아빠는 프랑스인이 그럴 일은 절대 없을 거라 보증하고 슬픔에 빠진 그들을 돌아가게 해줬는데 그들은 그 뒤로 행적을 감춰버렸다. 갓 태어난 아기의 시체 세 구만 덩그러니 남아 그의 책임을 물었다. 아빠는 사건 초기에 현지인의 소행일 거라 추측하며 경찰의 철저한 조사를 촉구한다고 발표했었다.

경찰 당국은 미술품 거래에 상당한 영향력을 행사하던 외국인과 관련된 사건이어서 가장 최신의 기술을 동원해서 수사를 했고 마침내 아기들은 그 부부의 친자녀였으며 살해자는 바로 그 부모였다는 것을 밝혀냈다. 경찰은 프랑스인 부부의 날조된 과거 경력을 밝혀냈고 우울증 병력을 들추었다.

　그 부부는 파리 대학에서 학위를 했고 오르세 미술관 큐레이터 경력이 있다고 위조했으며 예술과 문화에 관한한 서양인에 대해 무조건적인 열등감을 갖고 있던 현지인들을 속여 넘기기 위해 세련된 태도로 은근히 문화적 우월성을 과시했다. 그 부부가 모사품으로 벌어들인 돈은 작은 도시의 1년 예산과 맞먹었다. 아빠는 자국민의 활동과 이익을 보장하는 데 전념하느라 그들의 경력을 의심해보지도 않았으니 오히려 사기 행각을 도와주고 있던 꼴이 되었다. 아빠는 그 보고를 듣고 망연자실했다. 국민들은 무턱대고 현지인의 소행일 거라 단정했던 프랑스 외교 당국을 비난했다. 아빠는 그 모든 책임을 지고 전출될 위기에 놓여 있었다. 그리고 예상했던 대로 인사 이동 통보를 받고 짐을 싸던 도중 엄마의 죽음을 전해 들었다.

　거기까지 기억해냈다고 해서 그 사건들에 이은 아빠의 죽음을 기억해낼 수 있는 건 아니었다. 마르셀은 더 이상 기억하기를 멈췄다. 엄마의 죽음에 대해서는 어떻게 말할 수 있을까. 엄마의 죽음은 전해 들었을 뿐이다. 그러나 이미 오래전부터 그녀의 뇌리에는 엄마의 죽음이 자리 잡고 있었던 듯했다. 엄마가 우울증의 한가운데서 자신을 돌보기를 포기하고 있었던 때부터일까. 아니면 오히려 퇴원하고 나서 활기를 찾기 시작했을 때부터였을까. 파리에 남겠다는 결심을 전하며 마르셀을 혼자 동양으로 떠나보내면서 "나는 그 끝에 서 있어"라고 했을 때부터였을 것이다.

그녀는 일단 가장 선명한 단어부터 나열했다. 와일드 벨벳, 그 위로 부서져 내리던 환한 햇살, 파리의 뒷골목, 젊고 상처가 있는 남자, 시몬, 스쿠버 강습장에서 겪은 일. 시몬을 따라가서 눕혀졌던 더러운 이집트 카펫, 더러운 이집트 카펫에 둘러앉아 있던 친구들. 그 뒤의 블랙아웃, 그리고 여행. 이제는 거의 머릿속에서 떠나가버린 규에 대해서는 얘기를 해야 하나 말아야 하나 잠시 고민했으나 어쨌든 여행을 혼자 한 게 아니었고 장의 집으로 보낸 장본인이기 때문에 잠시 입에 올렸다.

닥터는 간혹 한 글자씩만 노트에 옮겨 적을 뿐 그녀의 머리맡에서 거의 움직이지 않았다. 단어를 나열하면서 마르셀은 닥터의 펜이 종이를 긁는 소리가 계속 들려오기를 기대했다. 단어의 나열은 끊이지 않고 이어지다가 어느새 문장으로 바뀌어 흘러나왔다.

—독립적인 인간이 되도록 교육받았고 수많은 나라들을 여행하며 만난 문제들을 스스로 해결하면서 나는 생이 스스로 해결 가능한 아름다운 여행이라고 생각했어요. 그런데 이 나라에서 저 나라로 옮겨가는 도중에 갑자기 혼자가 되었어요. 이 섬에서 발을 떼기도 전에, 저 섬에 발을 딛기도 전에 두 섬이 홀연히 사라져버린 것이죠. 내가 맺어왔던 모든 관계가, 일시에 끊어졌어요. 아무도 남아 있지 않았죠. 여행을 많이 하고 수많은 사람들을 만났고 몇몇 나라에서 공부를 했어요. 그러면 대부분 사람들은 경험이 많으니 어떤 난관도 헤쳐 나갈 수 있을 거라 생각하죠. 하지만 여행은 여행이에요. 생활이 아니구요. 내 삶에 몰아닥친 사건들을 어떻게 해결해

야 하는지 당장 어디에서 어떻게 생활을 해야 할지에 대해선 그 어떤 도움도 되지 않아요. 오히려 붙박이로 살아온 사람에 비해 의지할 수 있는 사람이 없었죠. 나는 공중에 붕 떠버렸어요. 나는요, 내가 누구인지 모르겠어요. 나는 어느 나라 사람인지도 모르겠어요.

어쩌면 아빠의 이웃, 동료에게 도움을 청할 수도 있었겠지. 그러나 그곳에서 황급히 떠나와버렸어. 아빠의 이웃이며 동료였던 사람들은 혹시라도 자기들에게 불똥이 튈까 봐 몸을 사렸지. 그곳에 머물며 슬퍼할 수도 없었어. 그들은 이해 관계를 넘어서 아빠와 그녀를 도와줄 마더랜드의 친구들이 아니었던 거야. 한순간 그들은 완벽한 타인이 되었지. 그녀는 규를 다시 한 번 떠올렸다. 그래, 규가 도와주었지. 그는 여행 중에 만난 사람이었어. 결국 여행이 나를 도와주었군. 하지만 규는 자기의 마지막 소임을 다하고 내게서 떠나가버렸지. 설사 장과 무슨 일이 벌어진다 해도 규가 도와줄 수는 없을 거야. 규도 마더랜드의 친구가 아니니까.

—죽음이 마치 내 주위를 떠도는 것 같아요. 남은 한 사람에게 옮겨가기 위해 말이죠. 그것이 두려워요. 나는 독립적인 인간이긴 하지만 누군가와 깊이 결합하길 원해요. 그게 내가 장에게 가는 이유겠죠?

그때 음, 하고 더욱 깊이 고개를 끄덕이더니 닥터가 의자 등받이에 깊숙이 몸을 묻는 소리가 들렸다. 그녀는 공중에 떠 있는 두 발을 보았다. 그 위로 물고기 눈꺼풀 같은 창호지가 가로놓이고 그 너머로 눈이 내리는 것을 보았다. 그녀의 두 발은 눈 내리는 곳을 딛고 있었다.

―시몬 얘기를 좀 해볼까요. 그는 어떤 사람이었나요?

―시몬은 스쿠버 다이빙 강사였어요.

―스포츠를 좋아하시는 편인가요?

―어렸을 때 물에 빠진 적이 있었어요. 함께 물놀이하던 남자 친구가 장난을 쳤죠. 온통 파랗게 칠해진 수영장 바닥과 벽들, 나는 간신히 발끝만 바닥에 닿은 채 걷다가 뒤로 자빠져서 어디가 벽인지 어디가 바닥인지 알 수가 없었어요. 그저 온통 파란 물결이었어요. 팔을 휘젓고 다리를 버둥거려봤지만 바닥에 닿지 않았어요. 무엇보다 어디가 바닥인지 알 수가 없었어요. 일어설 수가 없었죠. 그 순간 몸을 웅크리면 바닥에 가라앉을 거라고 생각했고 그렇게 해서 일어설 수 있었어요. 그때부터 물은 공포였어요. 모든 강을 건널 때마다 나는 공포에 질리곤 했어요. 그래서 수영을 배우려고 무척 노력했지만 잘 안됐어요. 머리를 옆으로 눕히고 발을 바닥에서 떼기만 하면 곧바로 버둥거렸어요. 그런데 친구들이 스쿠버를 배우기 시작했고 내게 수영을 전혀 못해도 된다고 했어요. 너를 살려주는 장비로 네 몸을 칭칭 감고 해, 아무런 걱정 없이 물속에 들어길 수 있어, 라더군요. 그리고 그 말은 정말이었어요. 오직 내 숨소리만 들릴 뿐 모든 소리가 차단된 깊은 물속에서 난 고래처럼 움직일 수 있었어요. 마치 숙명에서 벗어난 듯한 자유요, 자유를 느꼈어요. 그대로 우주에 던져져도 살 수 있을 것 같은 기분이었죠.

마르셀의 입가에 편안한 미소가 떠올랐다. 팔꿈치가 살짝 구부러진 채 바닥에 누워 있던 팔이 스르르 떠올랐다. 가슴 위로 들려진 팔이 부드럽게 헤엄치고 머리가 뒤로 젖혀졌다.

—물속은 거리감이며 촉감, 시각이며 청각, 그 모든 것이 지상과는 달랐어요. 물속 10미터에서는 모든 걸 새롭게 익혀야 했지요. 그런데…… 새로움에 정신이 팔려 있을 때 시몬이 나를 익사시킬 뻔했어요. 갑자기 아래로 곤두박질쳤죠.

그녀가 허공에 들려진 두 손을 깍지 끼어 힘을 주었다. 그는 나를 죽이려 해놓고는 나를 몹시 사랑한다고 했어. 그 말까지 꺼내놓고 그녀는 코에서 숨소리가 나도록 한참 동안 숨을 가쁘게 몰아쉬었다. 기압이 높은 물속에서 온몸을 누르는 압력을 이기기 위해 억지로 크게 가슴을 들어 숨을 들이쉬는 것처럼. 시몬을 다시 만났을 때 이집트 카펫에 눕혀졌던 사건은 말하고 싶지 않았다. 거기 둘러앉아 있던 두 명의 남자들도 기억하고 싶지 않았다. 잠수하기 전에는 언제나 부상한 뒤의 위치와 일치시키기 위해 현재 위치를 확인하는 작업을 하는데 그녀는 심해에 내려와서 예기치 못한 장애물을 만났다. 다른 방향으로 진행해야 했다. 그녀는 진행 노선을 바꾸기 위해 나침반이나 계기판을 확인할 줄도 모르고 오직 자기 감각에만 의존하는 미숙한 잠수부가 그렇듯 눈을 크게 뜨고 두리번거렸다.

그녀가 더 이상 말을 잇지 않고 그만두자 닥터 정이 잠시 기다리다가 질문을 했다. 무리해서 기억하도록 하는 것은 위험했다.

—그리고 동양으로 왔죠? 동양에 와서 느낀 것 중에 가장 기

억에 남는 것은 무엇이 있을까요.

마르셀은 그즈음부터 일상적인 공간 감각을 벗어나고 싶어 했다는 것을 기억했다. 그녀는 시간과 공간을 훌쩍 건너뛰었다.

—장.

장, 마르셀의 목소리는 숨소리에 섞여 나지막하게 밀려나왔다. 그 나지막한 음성에 다급한 외침이 숨어 있었다. 닥터 정이 펜을 움직여 노트에 적었다. "장!"이라고.

마르셀은 떨리는 손끝을 가늘고 흰 목덜미로 가져갔다. 그녀의 가늘고 하얀 손가락들이 바르르 떨며 목덜미를 쓰다듬었다.

—장이 나를 죽일 거예요. 그가 목을 조를 때 나는 느껴요, 내가 그걸 좋아하고 있다는 것을요. 그가 목을 쓰다듬어요. 내 귓바퀴까지, 내 머리 털 속까지 손가락을 쓸어 올려 쓰다듬어요. 양손의 엄지손가락이 섬세하게 목덜미를 타고 내려오지요. 그리고 내 쇄골의 우묵하게 파인 데까지 쓸어내린 뒤에 쇄골을 따라 옆으로 내려가지요. 어깨 양끝에서 둥글게 말아 올리고는 손가락 네 개는 어깨선을 따라, 엄지손가락은 다시 쇄골을 따라 서서히 올라오지요. 계속해서 올라와 내 입술을 만지고는 다시 목덜미로 내려가요. 젖가슴을 깨물면서 경동맥 위에 얹은 엄지손가락에 힘을 주기 시작해요. 그 순간 죽고 싶은 강렬한 욕망과 격렬하게 몸부림치는 살아 있는 몸을 느껴요.

그녀는 두 손으로 자기 목을 쥐고 마치 양옆으로 흔들리는 작은 배에 탄 것처럼 몸을 옆으로 뒤척였다. 닥터는 더 이상 아무것도 적지 않았다. 적을 수가 없었다. 그의 눈이 스르르 감겼다.

　　─그가 경동맥을 점점 더 눌러요. 숨은 가까스로 내쉬지요. 그런데 이제 숨을 들이쉴 수 없어요. 들이쉬려고 목을 치켜들고 입을 크게 벌리면 그가 부드럽게 내 입술을 빨아들여요. 입안에 남아 있던 숨마저 그에게 뺏기지요. 마지막 한 줌의 숨이 끊기면 아득해지면서 온몸에 가득했던 격렬한 힘이 일시에 빠져나가요. 그리고 휘황한 쾌감이 덮쳐오지요. 죽음이 모든 것을 빼앗고 마지막으로 안겨주는 순식간의 쾌감요, 몸이 갈가리 찢기거나 채찍으로 휘갈겨도 그 쾌감을 뺏지 못해요. 그 순간을 아세요? 그 해방감을요. 몸에서 벗어난 영혼을요.

　　그녀는 손바닥을 하늘로 향하게 펴고 몸을 길게 늘어뜨렸다. 그녀의 새하얀 목이 뒤로 꺾였다. 그녀의 손에서 열쇠가 툭 굴러떨어졌다. 무언가가 바닥에 떨어지는 소리에 닥터 정은 깜짝 놀라 눈을 떴다. 그새 긴 꿈속을 헤맨 것 같았다. 그의 두 손이 그녀의 목을 향해 내밀어져 있었다. 하늘을 향해 펼쳐진 그녀의 손가락이 가늘게 움직였다. 닥터 정은 자기도 모르게 끌려가다가 몸을 바로 세우고 천천히 뒤로 기댔다. 제멋대로 움직이는 손가락을 통제하기 위해 팔꿈치를 세우고 턱 밑에서 깍지를 꼈다.

　　─나는 왜 나를 죽이려고 하는 장에게 끌려가는 걸까요. 내가 고통 속에서 격렬하게 그의 몸을 물어뜯으며 도달하고자 하는 곳은 어디일까요. 나는 그의 어딘가에 가닿기 위해, 아니 그와 어딘가에서 열렬하게 만나기 위해 고통스럽게 울부짖지요. 사실, 그게 꼭

장이어야 하는 건 아니에요. 나와 비슷한, 그게 정확히 뭔지는 모르지만 나와 비슷한 사람이라면 그가 시몬이어도 장이어도 아마 상관없을 거예요. 그 영혼이 사악하건 순정하건 그가 영혼을 지닌 한 인간이라면 주저 없이 그의 영혼과 만나기를 바라는 거예요. 그래서 그의 몸에서 가장 날 서 있고 가장 예민하며 가장 풍부한 감각세포가 모여 있는 곳을 통해 나의 가장 어둡고 가장 깊으며 무엇이 웅크리고 있는지 모를 그곳으로 이끄는 것이죠. 영혼으로 가는 통로는 분명 육체에 있어요. 아니, 나는 영혼과 육체가 다른 것이라고는 생각하지도 않아요. 내 모든 갈증과 결핍을 안고 있는 것은 육체이자 영혼이죠.

닥터 정은 온몸을 때리는 돌기들이 가득한 아주 좁은 굴속을 통과해가는 것처럼 고통을 느꼈다. 가까스로 몸을 비틀어 굴속을 벗어나자마자 빛이 눈을 찌를 듯 환하게 쏟아지는 낭떠러지에서 뚝 떨어졌다. 그는 네 활개를 벌리고 발버둥 치다가 한없이 푹신하고 한없이 보드라우며 솜털같이 보송보송한 여자의 몸 위에서 눈을 번쩍 떴다.

─그런데 말이죠, 난 장을 만나고 싶어 하는 걸까요? 아님 장에게서 벗어나고 싶어 하는 걸까요? 대답해주세요.

닥터 정은 아무 대답을 하지 않았다. 그녀는 눈을 떴다. 닥터 정은 등을 깊숙이 파묻은 채 눈을 꼭 감고 있었다. 밖에서 노크 소리가 들리기 무섭게 상담 실장이 문을 벌컥 열었다. 두 사람은 긴밀한 분위기 속에 잠겨 있다가 화들짝 놀랐다. 닥터 정은 계면쩍은 표정으로 손을 비비며 자, 시간이 다 됐네요, 라고 푹 잠긴 목소리로 말했고 마르셀은 잠에서 깬 듯 부스스한 얼굴로 몸을 일으켰다. 실장은 영 마뜩찮다는 표정으로 말했다. 상담 시간 끝났어요.

북촌 앞에 도착해 서로가 서로를 가려주듯 처마에 처마가 연이은 회색 기와지붕들의 곡선을 바라보며 마르셀은 이번에야말로 장을 만나 그의 집의 특수성에 대해 꼭 물어봐야겠다고 결심했다.

골목이 꺾이는 곳에서 그녀는 또 앞을 가로막는 남자를 만났다. 진회색 코트 속에 짙은 감색 실크 스카프를 차려입은 남자가 성큼성큼 걸어오다가 그녀와 마주치자 예의 바른 미소를 띠고 옆으로 비켜서주었다. 이 사람은 내가 아는 단 하나의 이웃인가? 그녀가 이 골목에서 들은 유일한 걸음 소리이고 유일하게 마주친 남자가 아닌가. 그녀는 그 사람 앞을 지나치지 않고 잠시 생각에 잠겼다. 호의 가득한 미소를 품은 이 남자가 이 골목이 지닌 수수께끼를 풀어줄 수 있는 사람인지, 아니면 이 비밀의 한 부분인지, 알아낼 방법이 없을까?

그녀가 가만히 있으니 남자가 고개를 한번 숙이고는 비켜 지나갔다. 그녀는 몸을 천천히 돌려 남자의 등을 바라보며 불러 세울까, 생각했다. 그러나 아무리 해도 그녀가 궁금해하는 것의 정체를 물을 첫 문장조차 생각나지 않았다. 이 마을에 사람들이 살고 있나요? 제가 이곳에 들어온 지 4주가 지나가는데 당신 말고는 아무도 본 적이 없고 사람 소리를 들은 적도 없어요. 하, 그 남자는 아마도 내가 미쳤다고 생각할 것이다. 왜 아니겠는가? 요리를 하는 냄새가 하늘을 떠돌고 사람들의 발자국이 눈 위를 덮은 골목길에서 이런 말을 하다니. 그녀는 헛된 생각을 떨치려고 고개를 바짝 치커세우고 걸음을 걸으며 연이은 담장 너머로 귀를 기울였다.

역시나 아무런 소리도 들려오지 않았다. 그 대신 오른쪽 담장 너머에서 진한 김치찌개 냄새가 흘러나왔다. 돼지고기를 듬뿍 넣고 끓여 지방의 감칠맛이 혀에서 사라진 뒤에도 뇌리에 남아 있을. 종로 뒤편의 시끌벅적한 식당가에서 풍길 법한 냄새에 그녀는 미간을 찌푸렸다. 이건 너무 현실적인 냄새가 아닌가. 사람이 살고 있는 게 분명했다. 수많은 발자국이 찍힌 눈길에 자신의 발자국을 꾹꾹 눌러 찍으며 김치찌개에 버금갈, 진하게 우려낸 토마토 스튜를 떠올리자 갑자기 식욕이 당겨서 빨리 걷기 시작했다.

그녀가 대문을 열고 집 안에 들어섰을 때 할머니에게서 전화가 왔다.

—애야, 마르셀. 네 아빠의 유품이 도착했단다. 하나도 빠짐없이 챙겨 보낸 거겠지? 그런데 말이다. 이상한 게 있구나. 네 아빠도 이런 빨간 벨벳 소피를 썼었니?

포슬포슬하게 내린 눈을 밟고 우뚝 멈춰 서서 장의 집에서부터 밀려오는 푸른 어둠을 바라보며 마르셀은 또 한 번의 시공간이 교란되기 시작하는 것을 느꼈다. 텅 빈 공간에 와일드 벨벳이 서서히 내리고 있었다.

왜 그 소파는 할머니와 외할머니 사이를 떠도는 것일까. 그 늙은 여자들에게 무엇을 전하려는 걸까. 내 존재를 인정해주세요. 그리고 당신들도 이 소파를 햇빛 아래 두고 가끔 앉아보세요. 보송보송한 솜털 같은 새로운 생명이 검은 꽃 사이로 비죽이 솟는 걸 느낄거예요. 그렇게 말하고 싶은 걸까.

아빠의 테라스에는 맨몸을 눕히면 차디차게 착 달라붙는 단단한 나뭇결을 가진 민디나무 벤치며 끈끈한 땀을 식혀주는 가슬가슬한 라탄 벤치가 있었다. 작열하는 태양이 들이치던 거실의 돌바닥 위에는 공관에서 미처 끝내지 못한 업무를 마저 처리하느라 앉아 있곤 하던 커다란 마호가니 책상과 소파와 의자들이 있었다.

메이드가 깨끗이 빨아 뜨겁게 다림질해놓은 옷가지들, 너무너무 예쁘게 개켜놓은 속옷들. 청결한 시트와 하얀 쿠션들이 땀에 젖은 몸을 개운하게 받쳐주었다. 아빠와 그녀는 무더운 저녁나절 라탄 벤치에 앉아 짙은 대나무 숲 사이로 넘어가는 태양을 바라보며 차게 해놓은 산 미구엘을 마시곤 했다. 조금만 움직여도 금세 숨을 가쁘게 만들 만큼 붉은 태양이 쏟아지거나 거센 빗줄기가 퍼붓는 나라에서 빨간 벨벳 소파라니 당치도 않았다.

엄마가 파리에서 문제를 일으키고 있다는 것을 아빠가 전혀 몰랐을 리는 없었다. 엄마가 처음 입원하고 회복되어가면서 남국으로 오지 않겠다고 선언한 뒤, 시간 날 때마다 아빠는 엄마를 만나러 갔다. 갈 때마다 아빠는 자기 자리가 점점 축소되어가는 것을 체감했다.

그 변화는 엄마 방에 놓인 물건들의 배치가 바뀜으로써 드러났다. 엄마의 침실로 들어갈 때 아빠는 문이 활짝 열리지 않아서 불편했다. 몸을 비스듬히 하여 간신히 방으로 들어가서 보니 문 안쪽으로 육중한 체스트와 지중해풍 유리장이 놓여 있었다. 방 안은 충분히 넓어서 그것들이 제자리에 놓여 있지 않을 이유가 없었다. 그런데도 마치 문을 막으려고 밀어둔 것처럼 그렇게 놓여 있었다. 그건 내 방에 아무나 아무 때나 드나들지 마, 라는 무언의 메시지였다.

아빠는 폐쇄적인 성격의 사람들의 어떻게 가구를 배치하는지 잘 알고 있었다. 그들은 대체로 문이 활짝 열리지 않도록 입구에 무엇이든 쌓아두는 버릇이 있었다. 그들은 현관문도 작게 만드는 경향이 있었고 현관에 들어섰을 때 사람들을 불편하게 만듦으로서 무의식중에 자주 오지 못하게 만들곤 했다. 그들은 타인의 불편함에 아무 관심이 없기도 했다.

변화를 눈치채고 조심조심 엄마 곁에 다가가 엄마 옆에 누우려고 했을 때 아빠는 거기가 자기 자리가 아님을 알게 되었다. 분명 사라지고 있는 사람은 엄마였는데 아빠는 자신이 사라지고 있다는 느낌을 받았다. 일반적으로 프랑스에서는 동거자나 부부는 10년에서 15년 동안은 무슨 일이 있어도 함께 자야 하는 불문율이 있었다. 서로 다투고 나도 갈라설 결심을 하지 않는 한두 사람은 따로 잘 수 없었다. 둘 사이의 갈등 때문에 불면증이 생겨서 수면제를 삼킬지라도 아직 헤어지지 않은 두 사람은 함께 자야 했다. 어느 한 사람이 이불을 따로 들고 나가는 순간, 두 사람은 헤어지는 것에 대해 심각히 고려해야 할 국면에 놓이는 것이다.

그런데 엄마는 침대 한가운데 누운 채 아빠가 잠옷 차림으로 이불을 들추고 몸을 눕히려 해도 꼼짝도 하지 않았다. 물론 이제 20년이 넘은 두 사람은 따로 자도 이해받을 수 있었다. 더구나 한 사람은 병자가 아닌가. 병자는 가족을 위한 무조건적인 의무에서 벗어나 자기 몸을 돌보는 데에만 전념할 권리가 있었다. 그러니 아무에게도 방해받지 않고 숙면을 취하는 것은 너무나 당연한 권리였다.

게다가 엄마는 아직 죽어가는 상태에서 회복된 게 아니었기 때문에 곁에 있는 사람을 일일이 의식하지 못했다. 그런데도 아빠는 암암리에 엄마에게서 내쳐진 사람이라는 것을 강하게 느끼게 되었다. 사람이 어떤 존재와 관계가 있다는 것을 그 사람을 의식하느냐 하지 않느냐로 구분할 수 있다면, 그 순간 아빠는 엄마에게 전혀 존재하지 않는 사람이었다. 그리고 그 순간은 계속 이어졌다.

아빠는 엄마의 변화를 눈치채고 있었지만 무엇이 어떻게 변하는지 알 수는 없었다. 그건 바른 길만 밟아온 아빠로서는 전혀 알 수 없는 세계였다. 또한 아빠는 그 세계를 알아보려고 하지도 않았고 인정하려고도 하지 않았다. 아빠의 사고방식에 의하면 사랑의 돌봄을 거절하는 엄마는 치료해야만 하는 병에 걸린 거였다. 아빠가 생각하기에 프랑스는 세계 어느 나라보다 인간의 본성을 존중하는 나라이고 당연히 정신병원은 그중에서도 개개인에 맞는 최선의 시스템이 갖춰진 곳이었다. 불완전한 인간이 혼자 미쳐가는 것은 전혀 용납할 수 없는 문제였다.

엄마는 아빠에 의해 또다시 입원하게 되었고, 퇴원한 뒤에는 입을 열기도 어려울 만큼 무기력했지만 자신의 의사를 분명히 밝혔다. 당신, 거기서 하루라도 살아봤어? 난 하루를 살아도 거기서 살고 싶지 않아. 거기는 사람이 살아 있는 곳이 아니야, 라며 다시 들어가야 한다면 그냥 집에서 죽는 게 낫다고 단호히 말했다. 그렇게 아빠를 배제한 시간은 한참 동안 지속되었다. 정상인으로서는 알 수 없는 특별한 세계에 속해 있던 엄마에겐 결국 엄마 자신만이 남아 있었다. 그리고 파멸을 향해 기꺼이 몸을 던졌다.

할머니는 몇 분 동안 혼자 얘기했다.

—애야, 그게 어떤 물건인지 너도 알잖니. 나는 꺼림칙하구나. 네 엄마가 가끔 아빠에게 갔을 때 쓰던 거라면 없애도 좋을 거 같은데, 네 생각은 어떠니.

사람이 존재한다는 것은 공간을 차지하고 있는 물질들로 증명이 되리라. 아니, 그것들로 증명하고 싶어 하리라. 그런데 이렇게 죽은 사람이 커다란 공간을 차지하고 있는 경우도 있었다. 이제 엄마를 증명했던 모든 물질들은 치워졌으니 아빠의 물질들로 채워야겠다는 뜻이었다. 그게 할머니의 망상 속에서 말고는 무슨 의미가 있는지는 모르겠지만. 물건들에 묻어 있던 아빠의 체취가 공기 중으로 완전히 흩어지기 전까지는 할머니에게 아빠는 건재할지 모른다. 아니 그 물건들이 세월에 바스러지기 전까지, 할머니가 살아 있는 한, 아빠는 살아 있는 건지도 모르겠다.

망자의 공간을 가득 메우고 있는 허깨비 같은 테이블, 한 번도 울리지 않을 오디오 시스템, 다시 기름이 부어지고 야채가 익을 리 없는 반짝이는 황동 프라이팬들.

그곳에 누구의 의도인지 모르게 끼어든 엄마의 와일드 벨벳.

그러나 와일드 벨벳이 분명하게 존재한다는 사실에 그녀는 위안을 받았다. 그녀와 외할머니가 그랬듯 할머니도 언젠가는 춥디추운 겨울날 포근한 벨벳 소파에 등을 묻을지도 모른다. 그녀는 새로 내린 눈 위에서 발을 바꿔 디디며 거짓말을 했다.

—할머니, 아빠도 그 소파를 좋아했어요. 여긴 가끔 비가 너무 많이 와서 으슬으슬해지는 날이 있거든요. 두 분이 사이좋게 앉아 계시곤 했어요.

부식된 쇳줄을 타는 것 같은 휴대폰은 미덥지 않지만 하는 수 없이 받아들일 수밖에 없는 할머니의 목소리를 그대로 전달했다.

—그렇구나, 네 아빠의 모든 유품은 내가 잘 보관하마. 하나도 걱정할 거 없다. 얘야, 그런데 넌 언제나 오는 거니?

—여름 방학에 꼭 갈게요. 할머니, 꼭 갈 거예요.

마르셀은 또다시 모든 발자국이 지워진 마당에 서서 거듭거듭 흔적을 덮어버리는 눈, 모든 공간을 지워버리고 매번 새로 시작되는 무한한 반복을 응시했다. 그녀 자신이 텅 빈 공간에서 두 팔과 다리를 펼치고 아주 조금씩 오르락내리락하는 것이 보였다.

마르셀이 오늘 밤 또다시 여자의 목소리를 들으리라고 예감했는지는 모른다. 이곳에서는 약간의 의혹도 예감이 되고 예감은 반드시 적중했다. 잠에 떨어지는 순간 맨발로 차디찬 눈을 밟았을 때의 냉기가 찌르르 번졌다. 아주 짧은 순간 어쩌면 한밤중에 눈을 다시 밟아야 할지 모른다는 생각이 스쳐갔지만 너무 짧은 예감에 지나지 않아 그녀는 어깨를 움츠리고 이불을 목덜미까지 끌어당긴 뒤에 깊은 잠이 들었다.

마르셀은 귓바퀴 안으로 감겨드는 여자의 목소리를 느꼈다. 영어도, 프랑스어도, 한국어도 아닌 가늘고 고운 목소리가 귓구멍을 타고 미끄러졌다. 그녀는 간지러워서 귀를 털려고 손을 뻗다가 온기를 느끼고 눈을 떴다. 그리고 그 목소리를 기다렸다는 것을 깨달았고, 그 목소리는 장의 여자가 아닐 것이며 만약 장의 여자라면 분명 내게 무슨 말인가 하고 싶은 것이라는 강한 예감을 받았다.

마르셀은 어둠 속에서도 찾기 좋게 침대 발치에 놓아둔 두터운 스웨터를 소리 나지 않게 집어 들었다. 목소리는 바로 몇 발자국 앞에서 유혹하듯 잔음을 끌며 앞서 갔다. 그녀는 푸른 어둠이 가득 찬 마당에 나섰다. 짙푸른 물속인 듯 중력을 체감할 수 없어 그녀는 둥실 떠서 걷는 것 같았다.

아치형 문 앞에 섰다. 서 장시 문고리를 잡으며 발밑을 내려다보았다. 성큼성큼 걸어 집으로 들어간 장의 발자국이 있었다. 장은 마르셀이 잠든 사이에 귀가한 모양이었다. 그런데 커다란 장의 발자국 옆에 작은 점이 콕콕 찍혀 있었다. 누군가 장의 발자국에 숨어가면서도 그녀의 눈에 띄게 하려고 의도적으로 남긴 작은 흔적이었다. 이 집에 장이 아니라면 마르셀밖에 누가 더 있겠는가. 그녀를 유도하는 것임에 틀림없었다.

쇠고리를 잡아당기자 문이 열렸다. 이런, 장이 문 잠그는 걸 잊었을까? 그녀는 높은 문턱을 넘어섰다.

누군가 그녀를 휙 돌려세웠다. 그리고 그녀를 문으로 밀어붙였다. 그녀의 턱 끝과 젖가슴이 문에 밀착되었다. 장이었다. 그가 뒤로 꺾은 그녀의 팔을 위로 치켜 올렸다. 그녀가 신음을 토했다. 장은 뜨거운 그녀의 입술을 만지던 손을 천천히 내리더니 잠옷 앞섶을 헤치고 가슴을 꺼냈다. 눈발에 휘감겼던 차디찬 대문, 얼어붙은 쇠고리에 젖꼭지가 달라붙었다. 장이 뒤에서 등을 지그시 밀어붙였다. 그녀의 젖가슴과 왼쪽 뺨이 차디찬 대문에 짓눌렸다. 마치 얼어붙은 강철 문에 닿은 것 같았다. 눈이 내리기 시작했다. 등을 드러낸 그녀의 살갗에 눈이 달라붙었다. 장이 살갗에 달라붙는 눈을 핥았다. 그녀는 불타오르는 목청으로 자기도 모르게 장을 간절히 부르짖고 있었다. 깊은 곳에서 터져 나온 소리가 장의 가슴을 붙들기를 바랐다. 허공에 붕 뜬 채 오르락내리락하며 어디에도 발을 딛지 못하는 그녀를 붙들어주기를. 그러나 그 부르짖음은 헛되이 무중력 속으로 사라지고 말았다. 장은 눈 위로 그녀를 눕히려 했다. 거의 눈에 가까워진 그녀가 그에게서 떨어지지 않으려고 그를 감싼 팔에 더욱 힘을 주어 매달렸다. 장은 그녀에게 입을 맞추고 음, 음, 소리를 내 어르면서 눈 속으로 그녀를 떨어뜨렸다.

그녀는 오래도록 내리고 거듭 쌓인 눈 속에 푹 파묻혔다. 머리가 눈 속으로 잠기면서 이마와 귓바퀴가 몸보다 먼저 싸늘한 눈의 촉감을 느꼈다. 그는 그녀를 타고 앉아 두 손 가득 눈을 퍼서 잠옷이 반쯤 젖혀져 한쪽 어깨와 가슴이 드러난 몸에 문질렀다. 온몸의 금빛 솜털이 일어났고 입술과 젖꼭지는 장에게서 떨어지려 하지 않았다.

—너, 왜 왔어! 부르지도 않았는데, 왜 왔어! 내가 좋니? 내가 좋아서 왔니?

눈을 문지르는 장의 손길이 그녀의 사타구니로 들어왔다. 그는 두 손에 가득한 눈을 그녀의 사타구니에 바르고 문지르며 입을 맞췄다. 얼어붙을 것 같은 차가움 속으로 와 닿았다 멀어지는 입술을 그토록 간절히 원한 적이 없었다. 그녀는 목덜미며 아랫배며 사타구니에 그의 입술이 닿도록 그의 얼굴을 부여잡은 손에 힘을 주었다. 그 따스함의 흔적 같은 것에 필사적으로 매달렸다.

그녀의 몸에서 눈이 물이 되어 흘러내렸다. 흘러내리는 물을 따라 살갗이 불에 타 찢겨 나가는 아픔을 느꼈다. 차가움과 뜨거움이 뒤섞여 교묘하게 아픔으로 변해가는 자신의 몸을 더듬었다. 마르셀은 여자의 목소리를 뒤따라 왔다는 것을 까마득히 잊었다. 무엇인가 물으려 했다는 것은 더더욱 끼미득히.

그가 그녀의 손을 따라 그녀의 몸을 어루만졌다. 눈빛만큼이나 하얗게 얼어가는 그녀의 손길이 점차 느려지더니 그의 얼굴을 만지려고 했다. 그러자 그가 갑자기 격렬하게, 훈김을 내뿜으며 그녀를 끌어안았다. 온 얼굴에 입술을 비비고는 마치 성급하게 일을 치르려는 사람처럼 허겁지겁 온몸에 입을 맞추었다. 벌써 얼어버린 그녀의 성기는 단단하게 닫혀 있었다. 그러나 뜨겁게 달궈진 그의 몸이 그녀를 꿰뚫고 들어가 순식간에 화르르 녹여버렸다. 달궈진 불의 칼이 들어오는 그 순간 그녀는 너무나도 생생한 뜨거움에 감격했다. 성기 깊숙한 곳에서 확 지펴져 등뼈를 타고 오르는 불길에 온몸이 녹아 눈물이 흘러내렸다. 이것에서 벗어날 수 없을 것 같아, 그녀가 폐부에서 밀려오는 한숨을 토했다. 그녀는 장을 밀어낼 수가 없었다. 밀어내기는커녕 그의 몸에 밀착되지 못해 안타깝게 그를 끌어당겼다.

장이 그녀를 일으켜 세웠다. 차디차게 얼어붙은 그녀를. 그리고 등을 돌려세우고 문을 열더니 그녀를 문밖으로 밀었다.

─어서 가, 어서 네 방으로 돌아가.

마치 방송 일을 할 때 그렇듯 짧고 단호하게 지시했다.

그녀는 얼어붙은 다리로 간신히 문턱을 넘어섰다. 그리고 주저앉았다. 뻣뻣하게 굳은 무릎이 푹 꺾였다. 등 뒤로 문이 탁 닫혔다. 얼어 죽지 않으려고 간신히 일어나 제 방으로 돌아와 무너졌다.

마침내 마르셀의 성기가 부르짖었다.

─우린 서로를 죽게 할 거야! 서로 전혀 알지도 못한 채!

그녀의 성기가 울었고 그녀 또한 울었다.

그녀는 닥터 정에게 달려갔다. 그녀는 상담실 문손잡이를 잡고 헐떡이며 닥터에게 간청했다.

─도와주세요.

닥터 정이 그녀의 어깨를 부드럽게 잡고 카우치에 앉혔다. 그녀의 얼굴이 땀에 젖어 있었다. 땀방울 사이로 소름이 오스스 돋았다. 그녀가 입을 열었다.

─나는 죽을 거예요. 그 여자와 장이 나를 죽일 거예요.

2

닥터 정

─장의 손에 목이 졸려 죽고 말 거예요. 그 여자의 정체를 물을 결심을 단단히 하고 장의 방에 들어가요. 그런데 그곳에만 들어가면 다른 모든 것들을 잊어요.

예약한 날도 아닌데 마르셀이 무작정 닥터 정을 찾아왔다. 크게 뜨인 짙은 초록색 눈이 불안하게 떨리고 있었고 뜨거운 숨을 뱉어내는 입술은 촉촉이 젖어 있었다. 피부는 도자기처럼 창백했지만 두 뺨은 추위와 두려움으로 발그레했다.

진료 날짜를 어기면서까지 달려온 그녀의 온몸에 잔뜩 흥분한 교감 신경이 아드레날린을 펑펑 쏟아붓는 게 눈에 보였다. 그녀의 손은 차가우면서도 땀으로 흥건할 테고 그녀를 안으면 그의 앞섶으로 그렇게 뛰다가 덜컥 멈추기라도 할 듯이 쿵쿵거리는 심장을 고스란히 느낄 수 있을 터였다.

뒤따라온 실장이 난처한 얼굴로 마르셀 뒤에 서서 어떻게 하면 좋겠느냐고 눈짓을 보냈다. 다음 내담자와의 사이에는 30분 정도의 여유가 있었다. 대부분 상담을 끝낸 뒤 차트에 덧붙일 것을 적어 넣거나 앞으로의 계획을 적어 넣고 그러고도 시간이 남으면 잠시 쉬는 시간이었다. 마뜩찮은 표정을 숨기려고도 하지 않는 실장에게 정은 고개를 끄덕였다. 내가 알아서 할게. 실장은 마지못해 고개를 숙이고는 문을 닫았다.

마르셀은 지루하던 닥터 정의 일상에 생기를 흩뿌리고 있는 거였다. 거의 우울증과 강박증 환자들로 하루를 채우던 그의 진료 기록은 이제 아름답고도 진기한 환자 한 명을 보태게 되었는데 그건 의사로서뿐만이 아니라 인간이며 남자로서 굉장한 흥미를 불러일으키고 있었다. 닥터 정은 예약과 상관없이 찾아온 마르셀의 방문이 몹시도 즐거웠다. 그렇다고 그런 내색을 한 건 아니다. 정은 상당히 내성적인 편이어서 표정이 곧바로 얼굴에 드러나는 사람이 아니었으니까.

물론 정은 그녀의 공포가 과장되어 있다고는 생각지 않았다. 그 남자를 만나고 있는 것이 사실이라면 일어날 수 있는 일이었다. 지금은 장이라는 남자의 정체가 사실인지 아닌지 알아내는 단계에 있었다. 정의 판단으로는 마르셀은 정신 이상이 아니었고 그 남자도 실제로 존재하는 사람이었다. 마르셀은 과거의 커다란 상처와 현재의 불안정한 생활로 인해 공포감이 날카롭게 일어서 있는 경우었다.

　그는 문간에 서서 떨고 있는 마르셀을 조심스럽게 데리고 와서 카우치에 앉혔다. 그리고 여느 때처럼 심상한 표정으로 밖이 많이 춥죠? 하면서 라디에이터에 손을 대보고 전기난로를 켰다. 그리고 진료 기록이나 노트를 챙기려 하지 않고 손을 가볍게 비비면서 그녀 옆에 앉았다. 자, 난 아무것도 기록하지 않을 테니 편하게 말하세요, 라고 메시지를 보내는 거였다.

　마르셀이 숨을 고르느라 가슴 위에 손을 얹더니 정을 바라보았다. 그녀의 애절한 눈빛에 무방비하게 노출된 정은 그만 내담자에 대해 상담자가 반드시 지켜야 할 거리를 무너뜨리고 바짝 다가가 안아주고 싶은 충동에 휘말려버렸다.

　그는 전두엽에서 요란히 울려대는 경고음을 듣고 벌떡 일어서려는 몸을 안간힘을 써서 주저앉힌 뒤 숨을 크게 들이쉬고 조심스럽게 엉덩이를 들고 라디에이터 곁의 작은 티테이블로 갔다. 커피 머신에 새 물을 붓고 커피 가루를 한 스푼 듬뿍 덜어 넣은 다음 스위치를 올렸다. 그때 그의 눈에 바지 지퍼 부분에 묻은 얼룩이 눈에 들어왔디. 그 얼룩의 존재를 깨닫는 순간, 다리에서 힘이 쭉 빠져나갔다. 아, 이렇게 낭패스러울 수가 없었다. 다른 사람이 보면 딱 칠칠맞아 보일 바로 그 자리에 아이스크림 얼룩이 남아 있었다. 점심 식사 뒤에 실장이 계단을 올라가다가 오늘따라 아이스크림이 그렇게 먹고 싶다고 한마디 하더니 평소처럼 간호사를 시키지 않고 막 뛰어 내려갔다. 정도 따끈한 설렁탕이 다소 느글거려서 뭔가 입가

심을 했으면 좋겠다 싶었을 때였다. 그리고 딱 아이스콘 세 개를 사와서 하나씩 나눠 먹었는데 그의 자리로 가져왔을 때는 어느 정도 녹아 있는 상태였다. 게다가 그는 마침 히터 옆에서 논문을 훑어보던 중이었다.

겨울에 먹는 아이스크림을 유별나게 좋아하는 사람들이 있고 그도 그중 하나였다. 혀를 길게 내밀어 맛있게 핥아 먹느라 그게 한 덩이 떨어진 것도 몰랐다. 하필 그곳에 딱 떨어져 허옇게 말라붙은 그 얼룩이 아이스크림이라고 누가 이해해주겠는가. 눈치채지 못할 정도로 살살 털어냈지만 말끔해지지 않았다. 하필, 이런 날 그녀가 오다니, 그녀가 조금은 원망스럽기도 했다. 그러자 구김이 많이 가는 바지를 입은 것도 마음에 걸렸고, 바지색이 고동색이어서 옅은 푸른 줄무늬의 셔츠와 맞추지 못한 것도 마음에 걸렸으며, 지난번 그녀가 왔을 때 입었던 카디건을 걸치고 있는 것도 마음에 걸렸다. 아, 이런 무신경이라니. 그는 여러 가지로 마음이 고달팠다. 그러나 이런 모든 낭패스러움에도 불구하고 자꾸만 그녀를 돌아보고 싶은 것은 어쩔 수가 없었다. 다행히 수증기가 푹 올라올 즈음 불안하던 가슴이 다소 가라앉았다. 그때까지 그는 커피 머신만 내려다보고 있었다.

정이 따뜻한 커피를 손에 쥐어주자 마르셀이 비로소 입술 끝을 올려 예의상의 웃음을 비쳤다. 마르셀은 숨 고르는 데 30분을 다 썼다. 그녀의 눈빛이 부드러워지고 뺨의 긴장이 풀릴 무렵 실장이 문을 두드리더니 다음 환자가 기다리고 있다고 말했다. 곤란하다는 표정을 여실히 짓는 실장을 쳐다보던 마르셀이 쉬게 해줘서 고맙다며 겸연쩍은 얼굴로 일어났다. 정은 따라 일어나며 다른 남자 내담자들처럼 마르셀의 어깨를 살짝 다독거려줄까 하다가 정작 너무 가까워지자 어깨를 움츠렸다. 걱정하지 말라고 말하며 두 손을 내밀어 한 손으로는 열린 문을 잡고 다른 손으로는 그녀를 안내하는 제스처를 취한 게 고작이었다.

그는 사실, 예전 레지던트 시절에 불안정한 경계성 인격 장애 환자에게 지나치게 감정이입이 된 나머지 거리를 지키지 못해 사고를 일으킨 적이 있었다. 지금처럼, 특별하게 아름다운 여성이 슬픔에 젖어 있거나, 특별하게 아름다운 여성이 공포에 질려 있을 때, 자기 위치를 잊고 내면의 의협심 강한 남자가 불끈 일어서버렸던 것이다. 그 환자의 일상을 철저히 돌봐주고 지켜주고 싶었던 그는 환자와 데이트를 하게 되었고 깊은 관계가 되어버렸으며 문제가 호전되지 않고 오히려 커져버린 환자는 다른 닥터에게 상담을 요청했고 그와의 관계가 알려지게 되었다.

의국은 그에게 경고 조치를 내리고 불이익을 줄 것인가 레지던트 과정을 아예 그만두게 할 것인가 한동안 심외를 하게 되었다. 결국 경고와 함께 이수 점수를 대폭 삭감하는 조치를 당하고 겨우 과정을 수료하게 되었지만 그는 대학병원에는 발을 붙일 수 없게 되었다. 그런 일이 있었기 때문에 그는 자신의 취약성을 충분히 인지하고 있었다.

그는 마르셀을 위험한 환자로 분류했고 그녀를 다른 닥터에게 넘길까, 생각하기도 했다. 그러나 미적거리며 하루하루를 보내고 있었다. 마땅하게 믿을 만한 닥터가 없다는 게 이유이기도 했지만 그렇다고 적극적으로 찾아보려 하지도 않았다. 그건 그의 성격의 가장 큰 특징이라 핑계에 지나지 않음을 그 자신도 잘 알고 있었다. 요컨대 마르셀을 절대로 떠나보내고 싶지 않은 거였다. 문제를 해결하도록 도와주고 싶지도 않은 건지, 그건 모르겠다. 그런 생각이 들자마자 화들짝 놀라서 얼른 관심을 다른 데로 돌려버렸으니까.

그녀를 돌려보내고 문을 닫고 돌아서자마자 문이 다시 벌컥 열렸다. 막 들어온 내담자는 아마도 넋이 나간 마르셀을 밀치고 들어왔을 게 틀림없었다. 들어서는 사람을 보고 그는 살짝 짜증이 일었다. 고등학교 교사이며 별명이 홍 마담인 이 남자는 깐깐하고 소심한 데다 외모도 조금은 여자 같은 데가 있어서 아이들이 그렇게 지어준 것 같았다. 특히 작고 얇은 입술이 빨갰다.

그는 아이들과의 생활을 그대로 재현해서 얘기하곤 했다. 홍 마담은 흥분하면 말문이 막히면서 공황에 빠지는 증상을 앓고 있었다. 그래서 약간이나마 말문이 막히기 시작하면 공황에 빠질까 봐 두려워하는 게 더 문제였다. 상황은 언제나 학생들과의 싸움이었다. 흔히 하듯 교사가 학생을 혼내고 학생은 반항하는 게 아니라 거의 동등한 상태에서의 싸움이라고 봐야 할 성싶은 일들이었다. 오늘은 아마도 여학생과 다투게 된 것 같았다.

─천안함 침몰 사건 말예요, 그 얘기를 하는데 그 기집애가 머리를 빗는 거예요. 거울을 척 꺼내놓고 말예요. 제가 국사를 가르치

잖아요. 이건 역사적으로도 중요한 사건이잖아요. 북한 잠수정이 어뢰를 발사한 거라구요. 명백한 도발인데 말이죠, 지난해 연평해전 때 북한 배를 침몰시켰잖아요, 그 보복을 해온 거라구요. 게다가 지금 시국적으로 총선이다 뭐다 해서 중요한 시점이잖아요. 그런데 미국은 이라크에 병력을 다 쏟아붓고 있으니 전쟁을 일으키지 말라고 안 했겠어요.

홍 마담은 아마도 수다 떨 대상이 필요한데 아무도 그 어처구니없는 비약적 수다를 들어줄 사람이 없는 것 같았다. 그는 타인의 반대 의견을 자신에 대한 도발로 여기고 급격히 분노하곤 했다.

—그런데 그 기집애가 머리를 빗으면서 우리 아빠가요, 해군인데요, 그냥 뻘짓하다가 암초에 부딪친 거라는데요, 하는 거 아니겠어요.

홍 마담은 그 학생과 한참 동안 말싸움을 했다. 그게 그러면 말이 되냐? 그러면 그게 말이 된다고 생각하세요? 배가 새기 시작해서 부리나케 백령도로 피신하다가 암초에 부딪친 거라던데요. 아니, 우리 함정이 그 정도밖에 안 된다고 너희 아빠가 그랬단 말이니? 너희 아빠 그 말 채인질 수 있다든? 역사의식과는 아무런 상관없는 말싸움이 이런 식으로 진행되어갔고 아이들끼리도 서로서로 자기 아빠들의 의견을 내세우며 내가 말이 되느니, 네가 말이 안 되느니 하며 순식간에 왁자지껄 소란스러워지더니 곧 통제 불능 상태가 되었다.

홍 마담은 흥분해서 그 여학생에게 다가가 거울을 빼앗고 기껏 빗어놓은 머리를 헝클어버렸다. 그는 아이들을 때리지는 못했다. 여학생이 도리어 왜 이러세요? 하며 강력하게 대들었다. 여학생의 도발적인 눈동자를 본 순간 그는 말문이 막혀버렸다. 예기불안에 빠진 것이다. 눈을 크게 뜨고 입은 막 말하려는 것처럼 벌리고, 손은 거울을 뺏어 들고 그는 순식간에 죽을 것 같은 공포에 휩싸였다. 심장은 금방이라도 멈출 듯이 옥죄어와서 숨을 쉴 수가 없고 머리끝부터 식은땀이 솟기 시작했다. 그는 구역질과 현기증으로 다리가 풀려 곧 주저앉을 것 같았지만 신체는 전혀 꼼짝하지 못했다. 아이들은 여전히 떠들어대고 있었고 그 여학생은 그의 손에서 거울을 도로 뺏어갔으며 잠시 뒤에 수업 마치는 종이 울려버렸다. 그는 한동안 움직이지 못했다. 발을 떼지도, 몸을 돌리지도.

아이들은 선생님의 상태는 전혀 아랑곳하지 않고 한꺼번에 일어나 떠들며 책상을 두드리고 화장실을 가고 서로 다투고, 체육복을 갈아입었다. 홍 마담의 머릿속은 하얗게 비어버렸으며 주변의 소음은 거대한 굉음으로 변하고 아이들의 소란스러운 움직임은 무너지기 시작한 거대한 낭떠러지가 되었다. 그의 발끝에서 벼락을 맞은 듯 굉음을 내며 낭떠러지가 떨어져 나가고 있었다. 그는 발가락 하나도 움직일 수 없었다.

─제가 이혼하면서 말문이 막히는 증상이 시작되었잖아요. 그 학생이 꼭 제 와이프 같았어요. 전 와이프요. 아시죠?

닥터 정은 고개를 끄덕거렸다. 그러나 더 이상 전 부인 이야기가 나오지 않게 하기 위해 궁금하다는 표정을 짓지 않았다. 홍 마담

뿐만 아니라 닥터 정 자신도 그런 여자와 살면 심장이 오그라들고 말 것이다.

—눈에서 불을 뿜고요, 손은 금방이라도 나를 때릴 것처럼 쳐들고 손가락으로 콕콕 찍으면서 첫번째, 두번째, 해가며 나를 닦아세웠잖아요.

홍 마담은 닥터가 자기 말에 맞장구쳐주기를 애원하는 표정을 지었다.

—그 여자만 떠오르면 무서워 죽을 거 같아요. 이러다 정말 미쳐버리면 어떡하죠?

닥터 정은 노트에 머리를 박고 대강 내용을 적었다. '여학생과 천안함 사건에 대한 의견 충돌로 공황장애. 전 부인에 대한 두려움. 전혀 좋아지지 않았음.' 치료 기간이 길어질 것 같았다. 벌써 한 달 새 두 번이나 발작했다. 절대 미치는 일은 없다고 힘주어 말하며 손을 꼭 잡아주었다. 홍 마담은 고개를 끄덕거렸다. 당신 말만 믿을게요, 하는 표정으로.

되도록 충돌 상황을 만들지 말고 그런 상황에 놓이기 전에 그만두라고 말하고 있지만 이미 홍 마담의 약점을 다 파악하고 있는 학생들은 사소한 일에도 쉽게 대들고 누구라도 눈치챌 만큼 약을 올리고 있으며 권위는 물 건너간 지 오래여서 상황이 금방 좋아질 거 같지 않았다.

일찍부터 경쟁에 내몰린 영악한 학생들을 접하고 있는 교사들의 상담이 상당한 비율을 차지하고 있는 요즘을 보면 한국에서 교사 생활하기 쉽지 않겠다는 생각이 절로 들곤 했다. 학생이나 교사나 다 같이 정신과 상담과 치료를 받는 세상이 되었다. 그는 안타까운 마음을 담아 홍 마담의 어깨를 다독이며 2주분의 약을 처방해주었다. 그리고 그를 따라 일어나 문을 열어주었다. 아무리 안타깝다 한들 마르셀만 하지 않았다. 그의 마음은 온통 마르셀로 가득 차 있었다.

정은 다음 상담 시간이 20여 분 남아 있는 것을 확인하고 창가로 다가갔다. 버릇삼아 시간 나면 거리를 내려다보곤 했다. 이 거리는 강남 한복판에서는 드물다 싶은 정도로 낮고 소박한 건물들이 연이은 곳이었다. 건물 내부의 사무실이나 점포들은 거의 다 리노베이션을 해서 오래된 건물에서 나는 퀴퀴한 냄새라든가 구석진 곳의 곰팡이 같은 것이 없었다. 그래서 한동안은 쓸 만했는데도 건물주가 옆 건물을 매입해서 함께 허물고 커다란 빌딩을 짓겠다고 계획을 세운 상태였다. 그는 이사를 가야 할 처지에 놓여 있었다. 사는 집이라면 어렵지도 않겠지만 오랫동안 내원하고 있는 내담자들을 생각하면 한숨만 나왔다. 가까이에는 다른 건물도 없었다. 멀리 옮겨야 한다는 부담감이 무엇보다 큰 터라 바로 옆 아파트의 상가로 들어갈까도 생각해보았다.

그 아파트는 대단지이고 오래된 아파트라 입주민들의 이동도 적고 주민수가 많아서 일정한 수입이 보장되는 곳이었다. 그 아파트 상가는 다른 상가와 전혀 다를 바 없이, 치과는 두 군데나 되고 이비인후과, 내과, 산부인과, 한의원이 골고루 들어와 있었다. 그런데 아무리 봐도 아파트 상가에 입점한 정신과는 없다는 게 가장 큰 어려움이었다. 자기 집 앞 정신과 병원에 당당히 들락거릴 사람은 거의 없을 테니까. 지금 그의 진료실 내담자들만 해도 바로 인근에서 오는 경우는 거의 없었다. 어쩌면 다른 지역에 비해 정신과의 필요성을 느끼는 사람의 비율이 훨씬 높을 텐데도, 그게 우리 현실이었다.

요 며칠 진료실에 오며 가며 아파트의 상가를 몇 차례 눈여겨 바라보곤 했다. 유행이 지난 지 오래된 베이지와 갈색의 외벽과 그리 높지 않은 층고인 아파트는 부자 동네라는 이미지에 걸맞다기보다는 편안하고 안정감 있는 분위기였고, 대단지임에도 한가롭고 조용해 보이는 게 진료 과목이 달랐다면 평생을 입점해 있고 싶었던 곳이었다. 그러나 어쩌랴. 당장 다른 지역을 알아보고 다녀야 할 판이었다.

그는 내담자들을 사랑했다. 그는 진심으로 자신과 그들과의 차이가 그리 크다고 생각지 않았다. 감정이입이 지나치게 형성되어서 그들에게 라포* 상태를 지키지 못하고 몰입하곤 하는 게 문제이긴 했지만 그것은 언제나 그들의 아픔을 진심으로 동정하기 때문이기도 했다.

그는 어쩌면 내담자들의 걱정거리를 듣고 앉아 있는 것이 최

---

* Rapport: 상담자와 내담자 간의 마음이 서로 연결된 상태. 라포가 형성되면 호감과 신뢰감이 생기고 비로소 깊은 마음속의 사연까지 언어화할 수 있게 된다. 지나치게 상대방에게 깊이 개입하지 않고 적절한 거리를 유지할 때 가장 효과적이다.

신 유행하는 이론을 찾아다니며 진료에 곧바로 적용하는 것보다 좋은 게 아닐까 하는 생각도 했다. 모든 분야가 서로 치열하게 경쟁하는 한국에서 그는 조금 뒤처진 편에 속했다. 장기적인 사회 구조의 변화와 급변하는 세태의 충돌로 일어나는 사회 문제를 다루는 학회에 참여해야 할 때마다 그는 핑계거리를 만들어 빠지곤 했다. 그의 동료들은 각 지역 특색에 맞는 전문 분야를 내세우고 몇 번 입질에 오른 문제를 크게 부풀려서 한국 사회의 확고부동한 문제로 만들어가고 있었다.

벌써 10여 년 전에 미국 대학에서 개설된 단기 성의학 강좌를 듣고 온 한 선배가 압구정동 한복판에 성의학 클리닉을 개설하자 그 뒤로 수많은 의원들이 성의학 클리닉 간판을 내걸었다. 그보다 훨씬 전 그들이 아직 학생이었던 시절, 대학 병원의 정형외과 스태프가 당시 올림픽 열풍을 타고 전 국민이 스포츠 활동에 열광적으로 참여하자 스포츠 의학 클리닉을 개설하고 TV에 출연해서 운동과 관련한 의학 상식들을 알리기 시작했었다. 사람들은 정상적인 스포츠 활동으로 생기는 장애를 치료하기 위해 병원을 쉽게 드나들게 되었고, 그 스태프는 병원장으로 승진했다가 곧이어 서울에서 가장 큰 사립 병원으로 옮겨 명성을 더욱 드높인 일이 있었다. 그 일련의 과정을 잘 지켜본 선배였다.

그 과정을 충실히 따르고자 당시만 해도 한국에서는 들어본 적조차 없는 성의학 클리닉을 개척한 선배는 강남의 부유층 여성들을 상대로 물질적으로 풍요로운 상태에서 갑작스레 대면한 '나는 누구인가'라는 주제로 강의를 시작하더니 결국 나는 내 성과 어떻게 조화롭게 살아갈 것인가, 라는 주제로 발전시켜 수많은 강의며 TV 출연을 하기 시작했다.

그즈음 아침 방송은 건강한 부부 생활 관련 프로그램이 속속 생겼고 선배는 단골로 출연하다시피 했다. 그러나 실제로 그의 클리닉 안에서는 성에 관한 고전적인 상담은 거의 이루어지지 않고 불감증 치료와 쾌감을 극대화하는 치료, 온갖 수술 요법과 기구 요법을 실시하고 있었다. 나머지는 거의 약물 요법으로 채웠다. 그 병원의 인터넷 사이트에 접속해서 훑어보며 정은 새로운 쾌락 요법에 대해 알게 되었다. 선배의 연구 결과에 의하면 여성의 쾌락은 무궁무진하게 추구될 수 있고 닥터는 남녀를 절대적인 쾌락의 경지에 이르게 하는 신의 영역을 담당하고 있었다. 육체를 가졌다면 누구라도, 누구와도 말이다.

그 선배는 이제 돈 안 되고 시간만 많이 끄는 일반 정신 상담은 그만두었다는 말이 있었다. 정은 클리닉 개설 초기에 실제로 그 선배의 실력이 명성만큼 된다고 생각하고 자기가 감당하기 어려운 불안 신경증 환자를 보낸 적이 있있다. 그러나 그 환사는 도로 정에게로 왔다. 거긴 불감증 치료 전문이에요, 제게 깃털 요법을 실시해보자고 하더군요, 그게 가장 기초적인 요법이래요, 전 불감증 때문에 고통을 받는 게 아니라고 했지만, 불감증이 숨겨진 원인이라나요, 그걸 치료하면 모든 게 해피해진다고 보나 봐요, 라고 하면서.

그리고 몇 년 전부터는 교육열이 사상 최고로 치솟은 강남의 번화가를 따라 학습 장애 클리닉이 속속 개설되고 있었다. 그런가 하면 서울 강북과 변두리 쪽은 성폭력 상담과 성폭력 피해 아동을 지원하기 위한 원스톱 시스템, 부적응 장애 즉 학교 폭력과 왕따, 등교 거부 그리고 비행 상담 클리닉들이 개설되어 있었다. 상대적 약자에게 일어나기 쉬운 성폭력은 24시간 부모가 밀착되어 관리하는 강남에서는 그다지 자주 일어나는 일이 아니었다. 정신과의 지역별 주요 상담 분포도를 그려보면 한국의 현주소를 분명히 알 수 있을 터였다.

그는 그 어디에도 끼지 못했다. 멀쩡한 아이들을 공부를 더 하게 하기 위해 집중력을 높여주는 약물을 투여하는 뻔뻔함도 없고, 갱년기가 되기 전에, 그것만이 생애 최고의 행복인 양 실컷 성욕을 발산하고 싶은 주부들의 욕망을 충족시켜주는 것으로 돈을 긁어모으는 것을 목적으로 삼지도 못하는, 다만 인간 내면의 복잡다단한 본성을 이해하지 못해 스스로의 괴리를 받아들이기 어려운 사람들을 도와주고 싶은 사람일 뿐이었다.

그러니 고전적인 방식으로 하루에 고작 대여섯 명을 상담할 뿐인 정은 자신의 문제를 자주 마주해야 했다. 자신은 언제나 진료실 안에서 현재 한국 사회의 이모저모를 전해 듣고 있지만 사실은 항상 한 발짝 뒤에 숨어 있는 꼴이라는 것을. 그건 지나치게 경쟁적으로 돌아가는 사회에 대한 비판의식 때문도 아니고 상식에서 벗어난 동료들의 행태에 대한 거부감 때문도 아닌 그저 타고난 우유부단함, 행동력과 결단력 부족 때문이며, 감정이입이 심한 것도 언제나 약자와 자신을 동일시하기 때문이고, 이는 결국 현실에 뛰어들어 힘차게 헤엄쳐 갈 힘이 없기 때문이라는 것을.

그런 그에게 눈보라를 뚫고 나타난 마르셀은, 본래부터 기름기가 없는 편이어서 세속 일에는 관심이 없는 신부 같은 이미지를 주던 피부가 눈에 띄게 탄력을 잃기 시작하고 허연 머리카락마저 듬성듬성 생기면서 바짝 시들기 시작한 정에게, 이제 막 부임한 젊은 신부가 된 것 같은 활기를 불어넣었다.

마르셀의 진료가 예약된 날. 아침부터 가슴 아래, 배꼽 위에서 봄날의 아지랑이 같은 것이 아슴아슴 피어나더니 어찔어찔하게 휘어 감아서 정을 혼미하게 만들었다. 그런 마음을 알아보는 사람도 없는데 정은 괜히 겸연쩍어서 눈길을 내리깔았다.

창밖은 차갑게 얼어붙고 햇빛 한 줄기 내리지 않았다. 길가에 쌓인 눈이 오가는 사람들의 발길에 시커멓게 다져지고 있었다. 오늘 역시 언제라도 눈이 쏟아질 것처럼 하늘이 낮았다. 그러다 아차, 오늘도 옷차림에 신경을 안 썼군, 싶었다. 평소 외모에 큰 신경을 안 쓰는 그는 오늘도 온통 그녀 생각에 사로잡혀 있을 뿐, 그녀에게 좀더 멋지게 보이도록 거울을 보는 것조차 잊어버렸다.

그는 셔츠 양옆을 두 손으로 쓸어내렸다. 짙은 보라색 셔츠에 회색 바지는 그런대로 괜찮은 조합이었지만 역시나 베이지색 카디건은 아니었다. 그는 지금 알아챈 것이 다행이라며 얼른 카디건을 벗어 의자에 걸쳐두었다. 그러나 포근하고 보드라운 감촉의 램스

울 카디건은 그가 제일 좋아하는 겨울옷이어서 앞으로도 쉽게 벗어버릴 것 같지는 않았다.

그는 의자에 카디건을 걸치다가 문득 몸을 돌려 책상으로 가서 탁상용 달력을 보았다. 오늘 날짜에 보라색 펜으로 조그맣게 M이라고 쓰인 게 보였다. 그걸 본 뒤에야 행여 마르셀이 오는 날을 착각했을까 봐 날짜를 확인했다는 걸 깨닫고 그는 적잖이 걱정이 되었다. 다른 내담자의 스케줄은 실장이 그날그날 차트를 뽑아서 책상 위에 올려놓으면 한 번씩 들춰서 이름을 보는 것으로 확인하곤 했다. 그러나 마르셀의 예약일은 그녀와 다음 상담을 예약하는 즉시 달력에 표시를 했다. 이것 역시 그의 무의식이 시키는 짓이었다. 이거, 이거 어쩌지. 그는 입속으로 중얼거렸다. 그걸 보상하는 셈으로 다른 차트를 괜히 여러 번 뒤적거렸다. 물론 내용을 보지는 않았다. 내담자를 만나기도 전에 미리 차트 내용을 살펴보는 일은 거의 없었다.

그는 아직도 종이 차트를 쓰고 있었다. 절실히 고통을 호소하는 내담자 앞에서 컴퓨터 자판을 톡톡 두드리는 것은 아무래도 못할 짓이라고 생각되어서였다.

다시 한 번 창밖을 내려다본 그는 얼른 자리에 와 앉아 아무 일 없었던 듯 평범한 표정을 지어야 했다. 창밖에 마르셀이 와 있었기 때문이다.

그러나 마르셀보다 먼저 그의 문을 박차고 들어온 사람이 있었다. 간호사였다. 간호사가 눈물을 흘리며 죽어도 더 이상은 저 여자랑 근무 못 하겠다고 울부짖었다. 저 여자란 상담 실장을 가리키는 말이었다. 정은 한숨을 쉬며 두 손으로 이마를 감쌌다. 또, 또, 또란 말이냐. 신음이 절로 새어 나왔다.

　—엉엉, 저 여자, 정말 사람 잡는다구요. 자기가 시어머니예요? 왜 사사건건 트집을 잡고 못마땅해서 난리예요? 엉엉. 그 정도면 참겠어요. 왜 그렇게 저를 무시해요? 제가 일을 못해요, 뭐가 모자라요?

　이 간호사까지 그만두면 상담 실장 때문에 그만둔 간호사가 벌써 네 명째가 된다. 상담 실장은 겨우 한 명 있는 간호사를 자기 부하 직원 다루듯 하는데 그 도가 좀 지나치다. 그런데 더 큰 문제는 닥터 정이 실장에게 그만두라고 말을 할 수 없다는 데 있다. 요즘은 정신과에서 너도 나도 상담사를 두고 상담으로 해결할 수 있는 사람과 치료를 받아야 할 사람을 일차적으로 분리해서 서로의 역할을 나누기도 하고, 정신과 치료는 꺼려서 상담사에게 상담만 받고 싶어 하는 사람들도 꽤 많으며, 더욱더 큰 문제는 저 상담 실장이 닥터 정의 사촌 동생이라는 점이다. 아버지의 여동생, 즉 고모의 딸. 게다가 이 진료실을 얻을 때 고모에게서 적지 않은 도움을 받았다. 물론 고모는 딸을 잘 돌봐주다가 적당한 친구나 후배를 소개시켜달라는 조건을 곁들였다.

　그런데 두 사람 다 시간을 한없이 흘려보내는 바람에 실장도 나이를 먹을 만큼 먹었고 신경질만 늘어서 간호사나 환자에 대해서까지 과도한 간섭을 해댔다. 그래도 함께 진료실에서 보낸 시간이 오래되다 보니 그럭저럭 두 사람은 서로에게 적응이 되어 괜찮은 편이었다. 그리고 닥터 정은 원래 타고난 성격대로 진료실 밖에서 무슨 일이 벌어지는지 거의 관심이 없었다. 간호사들이 불평을 해오면 그제서야 마지못해 실장을 불러다가 애길 했지만 그때마다 실장은 닥터 정이 직원들에게 무관심해서 그들이 무슨 짓을 하는지 전혀 알지 못하기 때문에 자기가 관리해야 한다고 도리어 그를 설득하고, 애길 하다 보면 그만 설득당해서 아무런 방법이 없었다.

이제 병원도 옮겨가야 할 테고, 새로운 간호사를 뽑기에는 애매한 점이 있었다. 닥터 정은 두 손으로 머리를 감싼 채 울고불고 하소연하는 간호사를 멍하니 바라보았다. 아, 너희들은 왜 그렇게 사이좋게 지내지 못하는 거니. 제발 나가줘라. 마르셀이 왔잖니. 마르셀이 왔다구. 너의 하소연은 내일 들으면 안 될까.

—내 성기를 만지는 꿈을 꿨어요. 거기, 남자들의 성기가 매달린 곳 말이에요. 알죠? 거기에 내 성기가 붙어 있었어요. 거무튀튀하고 굉장히 커서 손에 가득 쥐어졌어요. 마치 남자의 고환을 쥔 것처럼요. 그것을 잡으니까 왠지 뿌듯하기도 하고 불안하기도 하고, 그랬어요.

남자를 지배할 만큼 자신이 성적으로 뛰어나다는 것을 그녀의 무의식은 안 것일까. 그렇지만 그것이, 남자를 지배할 만큼 성적으로 강해서 남자를 벗어나지 못하게 한다는 그것이, 그녀를 죽음으로부터 벗어나게 하는 힘은 가지지 못했다는 것도 알까. 어쩌면 알았을지도 모르겠다. 그러니까 두려움 속에서 자신의 성기를 움켜쥐었겠지. 넘치는 힘은 꼭 말썽을 부리고 마니까.

—수도꼭지가 달려 있는 벽으로 갔어요. 오래된 벽이어서 이끼가 끼어 있었고 왠지 신성한 느낌이 들었어요. 수도꼭지를 틀고 내 성기를 떼어서 물에 씻었어요. 그리고 다시 그 자리에 붙였어요.

그녀의 성기가 범죄를 저지를 것이라 생각했을까, 아니면 장의 성기가 자신의 성기를 대상으로 마침내 범죄를 저지를 때가 되었다고 생각했을까. 범죄를 저지를 성기를 세례라도 받는 것처럼 물에 씻었다, 그래서 미래에 저지를 범죄에서 벗어날 수 있을 거라고 생각했는지도 모르겠다. 아니면 이미 범죄를 저지른 성기를 씻는 의식을 치른 것인지도. 그녀의 소망은 아마도 전자일 거 같았다. 그러나 그녀의 욕망이 깃든 장소는 왜 하필 오래된 벽이었을까? 이끼가 끼어 있고 물을 사용한 흔적이 없이 바짝 말라 있는 오래된 벽에 달린 수도꼭지. 그러나 왠지 신성한 분위기. 그녀의 욕망은 그 장소를 통해 무엇을 말하고 싶었던 것일까. 오래되고 이끼가 끼어 있고 신성한 벽의 수도꼭지.

그녀의 발화를 다시 한 번 되짚어보았다. 표면상으로는 그다지 어려워 보이지 않았지만 의외의 뜻이 있을 것 같았다. 수도꼭지는 새것이었다고 했다. 요즘 나오는 수도꼭지가 아니라 상당히 오래전에 나왔던 끝이 기역자로 구부러져 있고 일자형의 레버를 돌돌 돌려서 열게 되어 있는 수도꼭지, 하지만 금방 만들어져 나와서 반짝이던 스틸.

이야기를 쏟아놓아서 그런지 긴장이 풀린 그녀는 두려움에 시달리다 달려온 여자치고는 몸짓이 몹시도 우아하고 나른했다. 한여름 졸면서 흐르는 물결 같다고나 할까.

어떤 빛도 어떤 물살도 그녀의 몸에 이르면 이내 미끄러질 수밖에 다른 도리가 없을 것 같았다. 그녀가 지은 표정은 목덜미를 타고 가슴으로 미끄러지고, 두 팔에서 물결처럼 일다가 허리로 와서 숨을 죽이고, 아주 천천히 흘러 둔부에서 출렁이다가 긴 두 다리를 타고 아쉽게 아쉽게 흘러내렸다.

숨을 쉴 수가 없어요, 하며 그녀가 턱 끝을 올리고 한숨을 몰아쉬면 그 긴 목을 타고 흐르는 어떤 절박함이 그를 안절부절못하게 했다. 그녀는 종종 숨을 짧게 들이쉬며 가는 어깨를 움츠리고는 상체를 내밀어 금방이라도 품에 안겨들 것만 같은 착각을 불러일으키곤 했다. 그러나 다음 순간 그 누구도 더 이상 근접하지 못하도록 탁 밀어낸다는 듯이 은연중에 젖가슴을 튕기는 몸짓을 했다. 그러면 그녀의 하얀 셔츠 속에서 젖가슴이 쌩, 찬바람처럼 흔들리곤 했다. 그런데 그 찬바람 이는 젖가슴에 끌려가지 않을 수도 없었다. 풍만한 젖가슴으로는 아무리 해도 남자를 내칠 수 없는 것이니까.

간혹 이 여자가 교묘하게 나를 놀리는 것은 아닌가 할 때도 있었다. 그럴 때면 그녀가 다급히 호소하는 신비로운 한옥마을이며 악마 같은 장이란 사내는 그녀의 혼란스러운 정신세계가 만들어낸 가공의 인물이며 그것은 다름 아닌 자신을 유혹하는 도구로 쓰이는 것은 아닌가도 싶어지는 것이다.

그러나 다음 순간, 도대체 그녀가 왜 나를 유혹하려 거짓말을 하겠는가, 하며 새삼 정신이 들곤 했다. 물론 그녀들은 일반적으로 보통의 여자들이 유혹하기 어려운 신부라거나 저명한 박사들, 또는 정신과 의사를 시험하고 유혹하는 데 특별한 즐거움을 느끼는 경우가 있는 것도 사실이었다. 그녀들의 절박한 결핍으로 보자면 진실이 아니라고도 말할 수 없는 일이긴 하지만.

그녀의 이야기는 나긋나긋하게, 지난번 다급하게 찾아왔던 때와는 달리, 장이 목을 조르는 장면으로 이어졌다.

—장의 손가락이 내 목을 더듬으며 올라와요. 여기까지.

마치 닥터 정의 손에 내맡기듯이 드러내는 희디흰 목은 두 손으로 쥐고도 남을 정도로 길었다. 길게 누운 그녀는 장이 목을 조른다는 얘기를 할 때마다 제 손으로 목을 쓰다듬었다. 정은 그 목을 쓰다듬는 손이 자기 손이길 바라며 눈길을 떼지 못했다. 목을 타고 올라오던 그녀의 손이 턱 바로 밑에 머물렀다. 긴 손가락이 경동맥을 지그시 눌렀다. 백일몽에 잠긴 그것처럼 그녀의 눈은 사르르 감겨 거의 흰자위만 남겨놓고 하늘 위로 올라갔다. 뺨에는 미려한 빛이 감돌고 입술은 반쯤 열린 그대로 전전히 움직였으며 가끔 매끄러운 혀가 입술을 핥았다.

그녀의 다리가 느슨하게 놓이면서 발에서 구두가 벗겨져 툭, 툭, 바닥에 떨어졌다. 아름다운 정강이와 곧게 뻗은 발등이 살짝 창쪽으로 움직여 밑에서부터 밀려온 물결인 양 몸을 비스듬히 틀어놓았다. 그러자 쇄골에서 귀 아래로 이어진 목의 사선이 길게 드러났다. 새하얀 눈이 덮인 능선과도 같은 목선 너머로 푸른 그림자가 졌다. 그리고 그 목선 위로 또다시 느릿느릿 눈이 내리기 시작했다. 그녀의 낮은 목소리가 자기 배 언저리를 살살 어루만지는 엄마의 손길처럼 느껴지면서 정의 눈이 사르르 감겼다.

그녀는 이야기를 하다가 죽는 것처럼 잠이 들었다. 정은 그녀와 함께 잠이 들어도, 아니, 함께 죽어도 달콤할 것만 같았다. 그녀의 목덜미로 하얀 눈이 내리고 있었다. 언제까지 그치지 않고 이어질 것처럼, 느릿느릿.

눈을 번쩍 떴다. 마르셀이 목을 움켜쥐고 숨을 헐떡이고 있었고 정의 두 손이 그녀의 목덜미께로 뻗쳐 있었다. 그는 부리나케 손을 거두고 벌떡 일어났다. 진료를 하다가 또 잠이 들다니, 이런 일이 있나. 무엇보다 그는 몹시 당황했다. 지난번 상담 때, 처음으로 마르셀과 함께 잠이 들었다가 깨어났을 때, 마르셀도 막 숨이 막히는 상황에서 깨어나고 있었다. 그는 잠이 든 채로 두 손을 마르셀의 목을 향해 길게 내뻗고 있는 상태였다. 막 내뻗고 있는 참인지 목을 조르다가 거둬들이고 있는 건지 알 수 없었다. 마르셀은 목을 움켜쥐고 숨을 컥컥 내뱉고 있었다. 이상하다, 이상하다, 이건 꼭 언젠가 겪었던 일인데, 이건 전에도 겪은 일인데. 기억이 나지 않았다. 그는 어찌 되었건 얼른 그녀의 목뒤를 받쳐서 기도를 열어주었다. 그러면서 그는 재빨리 달아나는 하나의 영상을 외면했다.* 마르셀의 숨이 완전히 넘어가기 전에 두 손을 거둬들이고 몸을 일으키는

베이지색 카디건을 걸친 한 남자의 영상을. 그건 자기 자신과 너무나 흡사했다.

그는 두 사람 다 최면 상태에 빠졌던 것을 깨달았다. 두 사람이 나눈 대화가 마치 화면에 글자로 찍히듯 눈앞에 되살아나 빠르게 달아났다.

—시몬 얘기를 해볼까요.

—나는 아마도 시몬이 그날 사이드 테이블 위에 놓여 있던 사진에서 엄마를 알아봤다는 걸 무의식중에 알아챈 것 같아요. 그런데도 시몬을 따라가 그의 몸 아래 누웠던 거죠. 난 죽어 마땅한 여자예요. 시몬이 엄마를 죽였을 거예요. 그는 그러고도 남을 사람이에요.

—그건 너무 비약인 거 같군요. 그 당시 시몬과 엄마가 만났을지는 모르지만 그 뒤로 오랜 시간이 흐른 뒤에 당신의 어머니가 죽은 것이잖아요.

—그래요, 그럴지도 모르죠. 그런데 난 알아요. 시몬은 엄마의 단골 고객이었어요. 엄마와 시몬은 아주 오랫동안 만났고, 엄마는 시몬에게 나를 만나지 못하도록 했어요. 시몬은 그 말을 듣지 않았죠. 난 죽어 마땅한 여자인 거예요. 등껍질이 벗겨지도록 시몬의 더러운 카펫 위에서 뒹굴었으니까요.

이제 알았다. 그녀의 성기는 이미 범죄를 수차례 저지른 뒤였

---

* 장 자크 베넥스 〈모탈 트랜스퍼〉의 오마주.

다. 남자를 지배하기도 하지만 남자에게서 벗어나지도 못하는 성기였던 것이다. 그녀는 죄를 저지른 성기를 씻는 의식을 치르고 싶었던 것이다. 그것으로 모자라 그녀는 시몬의 연장인 장에게서 죽음을 바란 것일까. 그렇게 되면 정죄일까? 혹시 시몬의 손에 죽고자 하는 그녀가 만들어낸 상상의 산물일까, 장은?

―장이라는 사람은 실재하는 사람일까요?

그녀는 장에 대해 자세히 말했다. 무엇보다 장의 집으로 가는 길을 지도를 그리듯 상세하게 설명했다. 정은 그녀의 말을 따라 꿈길 속을 걸어갔다. 한옥마을 입구, 언덕배기, 높직한 돌담으로 줄지어 선 한옥들, 남들과 다른 자존심으로 높직하게 솟은 지붕, 모퉁이의 독특하게 개조된 집, 발소리가 울려 퍼지는 좁은 골목. 급하게 꺾여든 마지막 골목. 정은 불온하게 일렁이는 자색 구름에 휩싸여 구불구불 몸을 틀면서 그녀의 자궁 속으로 기어들어가는 것 같았다. 부드럽고도 따스하며 폭신폭신하고도 미끌미끌한 그 끝, 커다란 나무 아래, 짙은 그늘이 져서 어슴푸레한 그곳에 늑대인간이 서 있었다. 정은 늑대인간에게 점점 가까이 다가가 마침내 한 남자와 마주쳤다. 뺨에 긴 흉터가 있으며 눈빛에 결기가 서린, 차마 눈을 똑바로 마주할 수 없는 한 남자와.

정은 알 듯 말 듯한 기분에 휩싸였다. 뭔가가 기억의 아주 먼 곳에서 스멀스멀 기어 나오려 했다. 그는 이것이다, 싶어 뇌 속 해마의 꼬깃꼬깃 접혀진 부분을 들추려고 했지만 최면 상태라 제대로 되지 않았다. 손에 잡힐 것만 같던 것이 슬그머니 꼬리를 감췄

다. 그녀는 장의 신상에 대해서도 자세히 설명했다. 어느 방송국의
무슨 프로그램 담당자이며 얼굴 생김새까지. 그제야 남자의 얼굴
이 점점 더 분명해지는 것 같았다. 그러나 더 가까워지기 전에 정이
고개를 돌려버렸다. 최면 상태였음에도 자기와 전혀 상관없는 타
인의 정보를 듣는 것에 양심의 가책을 느꼈기 때문이다.

　—장이 나를 바라보면 난 그가 원하는 대로 하게 돼요. 나도
모르게, 그렇게 돼요. 내 목을 주게 된다구요.

　그렇게 된 것이다. 마르셀이 장에게 목을 내밀듯이 정에게 내
밀었고 정은 자기도 모르게 무방비하게 내밀어진 그 목으로 손을
뻗게 된. 그리고 분명히 그 목을 조른.

　정신이 들자마자 그는 벌떡 일어나 전등을 켰다. 잠에서 벗어
나려 미간을 찌푸리며 턱을 치켜드는 마르셀 위로 느닷없이 환한
빛이 쏟아졌다. 그녀의 온몸이 빛에 노출되자 그는 마치 그녀가 벌
거벗은 것처럼 느껴졌다. 너무도 아름다운 그녀에게 순간 또 홀려
버릴 것 같았지만 뒤늦게 경고음을 내쏟는 전두엽 탓에 그는 바짝
신상하게 뇌었다. 그는 둘 다 잠에 빠진 석이 걸고 없었나는 얼굴도
천연덕스럽게 마르셀 곁에 가서 몸을 일으키는 것을 도와주었다.
얼굴 어딘가가 뻣뻣해지는 것 같았지만 그녀의 발치 쪽으로 살짝
고개를 돌림으로써 자연스럽게 해결했다. 그러나 아직도 그의 손
바닥에는 가늘고 낭창낭창한 목의 감촉이 선명히 남아 있었다.

　마르셀을 보내놓고 뒤돌아서 정은 너무 당황한 나머지 시간을

다 채우지도 않았는데 그녀를 돌려보낸 것을 후회했다. 어차피 그 날의 마지막 일정으로 잡힌 상담이라 시간을 넘긴다 해도 상관없었는데 말이다. 마지막 상담이 늦어지면 실장은 알아서 정리해놓고 퇴근하기 때문에 신경 쓸 일도 없었다. 실내의 전등을 다 끄고 그녀의 체취와 체온이 남아 있는 카우치에 앉아 손바닥으로 가만히 담요 위를 쓰다듬었다.

실내는 점점 더 어두워지고 여태 내리는 눈 빛으로 희끄무레한 윤곽만 남은 카우치에 몸을 반쯤 눕히다가 정은 느닷없이 자기 안의 범죄적 성향을 깨닫고 흠칫 몸을 떨었다. 그리고 왠지 슬픔을 느꼈다. 남성의 몸으로 태어난 사람치고 조금이라도 범죄적 성향을 갖지 않았다고 자신할 수 있는 사람이 어디 하나라도 있으랴. 멀쩡한 집에 불을 지르고 싶고, 누군가를 흠씬 두들겨 패주고 싶고, 남을 짓밟고 싶고, 더 나아가 전쟁을 일으켜 부하들을 적진을 향해 달려가도록 만들고 싶지 않은 남자가 어디 있을까 말이다. 그러나 작은 일로 얽힌 불쾌감에조차 귀를 기울이며 조심조심 살아온 그였다. 그러다 보니 오히려 다른 사람의 복잡한 속임수에 넘어가기도 한 그가 아닌가. 그는 카우치에 누워 가슴에 깍지 낀 손을 올려놓았다.

무성하게 내리는 눈발은 창밖의 배경도 눈발 사이의 어둠도 뒤덮었다. 그는 카우치에 누워 내리는 눈을 눈 한 번 깜박이지 않고 응시했다. 그는 그의 몸을 자욱이 뒤덮는 눈발 사이로 어딘가를 걷고 있었다. 눈발에 뒤덮여 그는 점점 자기 몸을 잊어갔다. 한옥마을의 입구에 서서 굵고 거센 눈발에 휘감긴 높다란 지붕을 바라보았다. 자욱한 눈과 어둠에 지붕 끝이 잠기고 그 아래 희미한 빛을 보이는 작은 창문들만 연이어 골목을 향해 늘어서 있었다. 그는 작은 창문을 따라 골목으로 들어갔다. 골목은 좁고 가팔랐으며 한 집 한 집이 예기치 못한 방향으로 꺾여 있었다. 희미한 빛을 머금은 작은 창문들은 그가 지나가면 금세 꺼져버렸다. 그의 등 뒤는 완전한 어둠이었다. 몇 개의 거친 계단을 오르면 곧바로 비탈진 내리막이었다. 그는 양손을 뻗어 양쪽의 집을 더듬으며 나아갔다. 왜 나아가는지도 모른 채, 발밑을 조심하면서.

그가 마침내 가쁜 숨을 내뿜으며 고개를 들었다. 막다른 골목, 그 끝에서 오래된 호두나무가 가지를 뻗더니 점점 무성해졌다. 어슴푸레한 나무 가지에 작은 점처럼 그림자가 하나 생겨났다. 검은 그림자는 점점 커지더니 이쪽을 한참 동안 응시했다. 그는 눈발을 헤치고 그 검은 그림자에게 다가가려 했다. 그가 발을 떼자 그를 향해 앉은 검은 그림자가 조금도 움직이지 않고 집요하게 노려보았다. 그 그림자에는 서릿발 같은 긴장이 서려 있어 그는 그를 막는 강한 힘을 느꼈다. 점점 나뭇가지에 앉은 그 그림자의 주위가 밝아왔다.

귀를 바짝 세운 하얀 늑대였다.

네 살인 그는 아침에 일어나 부모님 방으로 뛰어갔다. 악몽을 꾸었던가, 아무튼 그는 무언가에 쫓기는 기분으로 엄마와 아빠가 껴안고 누워 있는 침대 위로 몸을 날렸다. 어린아이인 그는 아빠의 몸 위로 떨어졌는데 아빠가 느닷없이 그의 등짝을 때렸다. 그는 놀라서 울었다. 엄마가 아파서 누워 있는데 갑자기 달려들면 어떻게 하느냐, 고 아버지가 말했다. 그는 무서운 꿈을 꾸었다는 걸 말하지 못하고 다짜고짜 혼내는 아버지가 무서워 더욱 크게 울었다. 네가 울면 엄마가 빨리 낫지 못하잖니. 어서 네 방으로 가라. 엄마를 귀찮게 하지 마. 아버지는 항상 그를 주의 깊게 지켜보았고 사소한 잘못도 그냥 넘어가지 않았다.

어느 날, 옆집 아이가 엄마에게 달려가 품에 안기는 것을 보았다. 그 아이는 너무 힘차게 달려가 엄마 품에 달려드는 바람에 머리로 엄마의 턱을 받아버렸다. 아이의 엄마는 턱을 쥐고 아파하며 아이를 한 대 때리고 나서 품에 안아주었다. 그 아이는 한 대 맞은 것쯤은 아무것도 아닌지 웃으며 엄마의 품에 얼굴을 비벼댔다. 그는 그 아이가 부러웠다. 그는 한참 동안 제 엄마의 품에 안겨 얼굴을 비비며 웃어대는 아이를 바라보았다. 저렇게 한 대 맞더라도 엄마 품에 폭 안기고 싶었다. 우아한 엄마가 그를 한 대라도 때릴 리는 없지만 때리는 그 손바닥이라도 느껴보고 싶었다. 그 뒤로 언젠가 문득 엄마에게 손을 달라고 하고는 그 손을 자기 뺨에 때리듯 대본 적이 있었다. 그리고 뺨의 느낌을 간직하려고 제 작은 손바닥으로 뺨을 살며시 감쌌었다.

한번은 이웃집을 허물고 새집을 짓는 공사를 한 적이 있었다. 커다란 마당은 폐자재로 뒤덮여 있어서 숨바꼭질이나 이런저런 놀이를 하기에 아주 안성맞춤이었다. 한 녀석을 골라 각목이 쌓인 구

석으로 몰아넣고 겁을 주기에도 아주 그만이었다. 어느 날 놀이에
도 지루해진 나머지 폐자재 더미에서 어슬렁거리다가 다른 애들
이 하는 걸 따라 녹슨 못을 몇 개 주워 주머니에 넣었다. 그것으로
무엇을 하려는지, 할 수 있는지, 아무 생각도 하지 않았다. 겨우 네
댓 살짜리가 녹슨 못의 용도로 무엇이 있는지 어찌 알겠는가. 불룩
하게 처진 주머니는 아버지의 시선에서 비켜 갈 수 없었다. 아버지
는 주머니에서 커다란 녹슨 못들을 꺼내 그의 눈앞에 들이대며 이
런 위험한 것으로 무엇을 하려 했느냐, 고 추궁했다. 위험한 곳에서
놀았다고 혼내는 게 아니었다. 그는 당연히 대답을 하지 못했다. 아
버지는 그것을 더욱 위험하게 여겼다. 거짓말할 생각 하지 마라, 고
했다. 아버지가 눈앞에 들이대고 찌를 듯이 움직이는 못이 그제야
굉장히 위험한 물건으로 보였다. 그는 울음을 터트렸다.

어머니는 그를 감싸주려고 했지만 아버지는 당신은 가만히 있
어, 내가 이 녀석 버릇을 고쳐줄 테니까, 당신은 편히 있기만 해, 라
고 손을 저었다. 어머니가 쓰다듬어주기를, 영문도 모르고 혼난 그
를 가슴에 품어주기를, 그토록 간절히 바라며 어머니를 바라보았
건만, 어머니는 그저 멀찍이서 우아한 목을 기울이고 애처로운 표
정만 지었다. 그는 어머니에게 무언가를 조를 수도 없었다. 지나고
나면 무엇을 가지고 그랬는지 까맣게 잊을 정도로 아무것도 아니
어서 무언가를 해달라고 조르는 건 오직 엄마의 관심을 받기 위해
서였건만 어디선가 나타난 아버지에게 혼이 나 엄마에게서 쫓겨나
곤 했다.

초등학교 때 전학을 세 번이나 해야 했던 그는 2학년 때 첫 전학에서 무언가를 깨달았다. 아무 이유도 없이 그가 지나갈 때 아이들이 그의 발을 걸어 넘어뜨리는 것이었다. 그는 넘어져서 책상에 턱을 찧기도 하고 팔꿈치가 까지기도 했다. 어떤 여자아이는 하교 때 가방을 들어달라면서 신발주머니로 그의 뒷머리를 쳤다. 그 애는 아프지도 않으면서 왜 자기 가방을 그에게 들어달라고 하는지, 왜 가방을 들어달라고 부탁하면서 그를 때리는지, 그는 알 수가 없었다. 한 달쯤 뒤에 다른 아이가 전학을 오자 그 아이에게 똑같은 짓이 되풀이되는 것을 보았다. 남자아이들 대부분이 새로 자기들의 영역에 들어온 아이와 주먹을 겨뤄보려고 한다는 것을 그제야 알게 되었다. 그는 다른 아이들이 그 아이에게 발을 걸면 못하게 했고 그 아이를 위로해주었다. 그래서 그 아이와 가장 친하게 지내게 되었다. 그는 그 뒤로 다른 학교에 또 전학을 가게 되었다. 그는 검도 도장을 다니게 해달라고 졸랐지만 아버지는 결코 용납하지 않았다. 검도는 머리를 겨냥해서 대검으로 치는 것을 훈련한다는 이유였다. 말로만 평화를 사랑하는 게 아니라 스스로 실천하고 싶었던 아버지는 자신부터 사내아이들의 뿌리 깊은 공격본능을 교육으로써 다스려야 한다고 믿었던 것이다. 그는 몰래 검도 도장에 가서 구경을 했다. 어떻게 싸우는지 잘 보아두었다. 막대기나 우산 같은 거 하나만 있으면 그는 다른 아이들에게 맞지 않아도 되었다.

그리고 4학년이 되어 또다시 전학을 가게 되었다. 그는 권투를 배우려 했다. 피투성이가 되도록 싸우는 그것은 아버지로서는 절대로 용납할 수 없는 스포츠였다. 그러나 그에게는 결단코 배워야 하는 스포츠였다. 그는 권투 도장을 찾아보았다. 집에서 상당히 먼 거리에 전 세계 챔피언이 운영하는 도장이 하나 있었다. 그는 몰래 몰래 도장을 다녔다. 또래보다 키도 작고 몸체도 가냘픈 편이었던 그는 아버지가 없을 때 풋워크를 한 시간씩 연습했고 푸시업을 백 개씩 했으며, 주먹을 날리는 법과 막는 법, 넘어질 때 다치지 않는 법을 연습했다. 그는 학교에서 싸운 것을 절대 집에 와서 말하지 않았다. 항상 순한 표정으로 집에 들어왔다. 사실 싸울 일도 거의 없었다. 그는 친구들의 기분을 상하게 하는 짓은 웬만하면 하지 않는 아이였고 자신이 선한 미소를 지녔으며 언제 어떻게 미소를 지으면 싸움을 피하게 되는지 알게 되었으니까. 그것이 비록 자신의 욕구와는 반대되는 일이라 할지라도. 그러나, 아주 가끔 장난삼아 그의 뒤통수를 친 친구를 죽도록 패주기도 했다. 아주아주 가끔이었지만 말이다. 그건 그 친구가 시작한 장난이었으므로 그는 크게 죄책감을 갖지 않았다.

평화를 사랑하는 아버지는 그에게 아무 잘못도 하지 않았다. 그저 엄마와 그에 대한 애정이 지나쳤고, 사내아이들의 위험성에 과도하게 긴장하고 과도하게 반응했을 뿐이다. 그는 심성이 나약해서 사랑하는 어머니에게 아무것도 요구하지 못했을 뿐이고, 엄마는 아버지의 교육 방식에 동의했을 뿐이다. 그래서 그는 엄마의 사랑을 받는 대신 아버지의 애정 어린 학대를 받고 자랐다.

실수를 하면 언제든지 그를 처벌할 자세가 되어 있는 나무 위의 늑대는 그가 이곳에 온 것을 비난하고 있었다. 하지도 않은 잘못을 막으려 하고 있었다. 그는 늑대를 정면으로 응시했다. 차츰, 눈발이 엷어지면서 늑대의 눈빛이 드러났고 그는 그것이 자기 눈과 똑같은 것을 알아보았다. 그 형형한 눈이 점점 그에게 다가와 겁에 질려 서 있는 그의 눈에 겹쳐졌다.

늑대의 눈이 그의 눈에 와서 착 겹쳐지는 순간 그는 눈을 번쩍 떴다. 언제나 되어야 스스로를 감시하는 분별의 눈에서 벗어날 수 있을 것인가. 사위는 알아볼 수 없을 정도로 어두웠다. 창밖의 눈발만이 간혹 흰빛으로 번득일 뿐 그에게는 조금의 빛도 던져주지 못했다. 그는 창문을 열고 여태 내리는 눈을 향해 손을 내밀었다. 손끝에 닿았다가 급히 사라지는 차가운 감촉이 현실 같지 않았다. 그의 손에 와 닿는 것은 눈일까, 눈이라고 생각하는 다른 무엇일까, 아니면 전혀 아무것도 와 닿지 않은 걸까. 그는 지금 이렇게 천지에 자욱하지만 금방 존재를 지워버리고 마는 여자들을 떠올렸다. 그리고 스스로에게 물었다.

나는 왜 항상 둘 사이에 장애가 있는 여자를 좋아하는 것일까. 그가 맨 처음 영혼이 떨리는 사랑에 빠졌던 경계성 인격 장애를 지닌 여자, 그리고, 너무 아름다워 현실성조차 애매한 외국인 여자. 그 장애가 너무 치명적이어서 결코 맺어지지 못할 여자를 좋아하는 것은, 무엇 때문일까. 혹시, 나의 내면은 그 어떤 사랑도 이루어지지 않기를 바라고 있는 것은 아닐까? 왜? 무엇 때문에? 그는 그

물음 끝에 애처로운 표정의 어머니가 멀리서 차츰 가까워지는 것을 보았다. 어머니에게서 이루지 못한 사랑을 다른 여자에게서 바랄 수는 없기 때문에? 어머니가 그가 다른 여자와 사랑하는 것을 원치 않을 거 같아서? 아니면 다른 여자를 사랑하는 것이 마치 어머니를 사랑하는 것 같아서? 그는 창문을 꼭 닫고 돌아서서 불을 켰다. 환한 불빛이 쏟아지며 모든 가당찮은 환상을 일시에 지워버렸다.

마르셀이 오지 않았다. 정은 마르셀과 예약한 두 시간 동안 창밖에서 눈을 떼지 못했다. 그는 가능한 한 머리를 길게 내밀고 골목 이쪽 끝에서 저쪽 끝까지 내다보았다. 오늘 그는 자기에게 가장 잘 어울리는 옷차림을 했다. 목까지 올라오는 검은 스웨터에 검은 바지는 피부가 흰 편인 그를 지적이면서 차분하게 보이게도 했고, 보통의 검은색답지 않게 부드러워 보이게도 했다. 그러나 옷이고 뭐고 시간이 갈수록 점점 초조해졌다.

그녀에게 무슨 일이라도 생긴 것일까. 아니면 위험 상황이 모두 끝나버린 것인가. 아니, 그럴 리가 없다. 그새 상이 갑작스럽게 정신을 차리고 하던 짓을 그만두었을 리가 없다. 아슬아슬한 쾌락에 맛들인 사람이 어찌 그리 쉽게 평범한 일상으로 돌아갈 수 있을까. 장은 푸른 초원에서 있는 힘껏 달아나는 영양을 잡아먹던, 그 시뻘건 살에 맛나게 이빨을 박던 야수였다. 바로 코앞에서 온갖 풍미를 자극하는 살 냄새를 뿜어대는 암컷을 그냥 두고 볼 수컷이 아

니었다. 그는 자신도 모르게 마르셀과 장이 극단으로 치닫기를, 그
것을 지켜보기를 바라고 있다는 것을 깨달았지만 그건 아무래도
상관없었다. 이제 한창 손에 땀을 쥐게 하는 참인데 여기서 툭 끊기
는 것은 견딜 수가 없었다.

정황상 두 사람의 관계는 이제 중반으로 치닫는 중이었다. 그
렇다면 더 진행될 수밖에 없을 테고, 마르셀은 연달아 일어난 또 다
른 문제를 가지고 그를 찾아와 숨을 헐떡거리며 몸을 던졌어야 한
다. 그 집에는 장과 마르셀뿐만 아니라 정체를 모르는 한 여자가 있
지 않은가. 그 여자가 환각만 아니라면 분명 그 여자는 또 하나의
사연을 가진 것이다. 마르셀이 그 여자에 대해 장에게 물어만 봤어
도 무슨 일인가는 벌어졌어야 한다. 그동안 사건이 벌어지던 시간
간격을 보자면 지금쯤은 또 한차례 사건이 벌어졌어야 할 시점인
것이다.

그렇다면 정말 그녀가 장의 손에 목을 졸리고 만 것이 아닐까?
진작 무슨 조치를 했어야 하는 게 아니었을까. 하지만 무슨 조치?
그는 스스로에게 물었다. 그가 할 수 있는 일이 있기라도 하는가?
그 집에서 나오도록 그녀에게 강력하게 권고할 수 있었을까, 그 집
에서 살되 절대로 장의 대문을 넘지 말도록 할 수가 있었을까, 장이
부르면 단호하게 거절하도록 시킬 재주가 있기라도 하는가. 그런
주제넘은 짓이 닥터로서 할 수 있는 일일까?

그렇지만, 해서는 안 되는 일이라고는 해도 그래도, 할 수는 있
지 않을까. 그녀를 아끼고 안타까워하는 남자로서? 그는 미친 사람

처럼 고개를 흔들었다. 다 소용없는 짓이다. 그가 아는 바로는 정신과 닥터가 할 수 있는 일이라고는 고작 내담자 스스로 결심하도록 유도하는 것뿐. 행여나 내담자의 삶에 적극적으로 관여를 할 수 있다고 생각한다면 큰 과실을 저지를 빈도를 높이는 것밖에 아무 도움이 안 된다는 것이 그의 경험에서 나온 교훈이었다. 그의 경험과 선배들의 경험, 그리고 공부하는 내내 배운 바에 의하면 정신과 닥터는 내담자에 대해 항상 객관적 시선을 유지하고 섣불리 판단하려 하지 말며 육체적으로도 일정한 거리를 유지해야 하고, 그러나 같은 인간으로서의 고통이라는 감정을 최대한으로 공유하는 이른바 라포 상태를 형성해야만 했다.

아니, 아니다. 그건 아니다. 정은 그저 마르셀, 그녀를 기다리고 있었을 뿐이다. 우아한 목덜미를 가진 여자, 우유를 엎질러놓은 듯 그 몸을 흐르는 하얀 살결, 필시 그를 안고 다른 세상으로 훌쩍 건너가줄 초록색 눈, 풀어놓은 비단실같이 빛나는 머리카락, 단 한 번만이라도 손가락에 감겨드는 머릿결을 움켜쥐어보고 싶었던 여자, 장이 찢어발기며 헤집었던 자기 몸을 어루만지는, 그 가늘고 나긋나긋한 손가락을 황홀하게 따라가게 만드는 여자, 한 걸음 걸으면 온몸이 물결인 그녀가 다시 자기 앞에 나타나주기를 바라는 것이다. 움켜쥐면 금방 뽀얀 젖이 흐를 것만 같이 탐스러운 젖가슴이 그의 눈앞에서 아른거렸다. 조금만 더 참으면 그걸 움켜쥘 수 있을 거라고 그는 몰래 생각하지 않았던가.

그는 후회스러웠다. 예약한 날도 아닌데 마르셀이 그에게 쫓아와 구해달라고 얼마나 간절히 호소했던가. 그토록 간절하게 그에게 매달렸건만, 그가 너무 냉정했던 것이 아닌가. 그건 닥터라는 직업을 벗어던질 수 있을 만큼 직접적인 구애가 아니었을까. 닥터로서 최선의 진료를 해주려고 스스로를 억제하고 억제했던 게 고작 아무런 말도 없이 예약을 펑크내는 결과를 가져왔단 말인가. 어떻게 그는 그렇게도 그녀의 고통에 무감각했던가, 후회스럽기 그지없었다.

그는 그녀를 다시는 볼 수 없을 거라는 강한 예감에, 터무니없이 가슴이 아프다는 사실에, 크게 당황했다. 터무니없다고 스스로에게 말하면 말할수록, 한낱 환자를 치료하던 닥터일 뿐 아무런 관계도 아니라고 자각하면 할수록, 그녀를 완전히 잃었다는 말로 못할 아픔으로 점점 이성을 잃어갔다. 한 번만 더 그에게 매달리면 못 이기는 척 그녀를 안아줄 참이었는데. 그녀를 안기만 하면 장에게서, 그 모든 위험에서 그녀를 안전하게 빼앗아 올 수 있었을 텐데. 정은 가슴 깊은 곳에서 그건 거짓말이라고 소리치는 것을 듣고 싶지 않았다. 아니야, 그게 아니라는 것을 넌 잘 알고 있잖아! 그는 고개를 푹 꺾었다.

탐욕스럽게 그녀의 몸을 핥고 삼키고 차지하는 장을 통해, 장의 행위를 상세히 섬세하게 재현하는 그녀의 손길을 통해, 그녀의 살갗이나마, 그 살점 한 덩어리나마 맛보고 싶어 했던 것이라는 것을 부정할 수 없었다. 장의 손길이 그의 손길이었음을 어찌 부정할 수 있겠는가. 그는 스스로가 가증스러웠다. 자신의 의식 깊은 곳에 숨은 학대 경향? 자신도 알지 못하는 범죄적 성향? 정은 자신이 조를 그 가느다란 목을 장이 졸라주기를 기다리고 있었던 게 아닌가? 아니면 장을 핑계대고 그 목을 조르고 싶어 한 게 아닌가? 그럴 기회를 장에게 뺏긴 것이다. 그걸 안 장이 그에게 달려들지 못하도록 선수를 쳐버렸는지도 모른다.

정의 머릿속은 애타는 갈망으로 고삐 풀린 망아지처럼 날뛰었다. 이제, 그는 자기의 욕망과 장의 욕망, 마르셀의 욕망이 혼동되어버렸다. 죄책감이 마침내 흉통을 불러일으켰다. 그는 위임받은 신탁과 세속적 욕정과의 싸움에 시달리는 사제처럼 조용히 가슴 위에 손을 얹고 다시 창밖을 내다보았다.

두 시간은 너무도 빨리 지나갔다. 마르셀을 처음 보았을 때부터 마지막으로 내담했던 나흘 전까지 하나하나 되짚어볼 시간조차 충분치 못했다. 그사이 어디엔가 마르셀의 실종에 관한 암시가 숨겨져 있었을 텐데.

그는 마지막 내담자가 떠난 뒤에 휴대폰을 들었다. 별일 없다면 지금 받지는 못하더라도 남겨진 전화번호로 전화를 되걸어올 수 있을 것이다. 예약된 날에 당신이 오지 않아 걱정되어 전화했다는 말을 할 수 있기를 간절히 바라며 마르셀의 전화번호를 눌렀다. 예상했던 대로 전화기는 꺼져 있었다. 하다못해 단 한 번의 벨도 울리지 않았다.

그녀는 프랑스에서 수시로 전화를 걸어오는 두 할머니와 통화하기 위해서라도 전화를 꺼두지 않을 터였다. 더구나 땅거미가 슬슬 내려앉는 이 시간, 쓸쓸함이 땅거미가 밀려오는 속도로 가슴에 스며들어 심사가 어수선해지는 이 저녁에 말이다. 그리고 어쩌면 장이 메시지를 보낼지도 모르는 시간에. 요 며칠 새 그녀를 만나지 않았다면 말이다.

전화기를 내려놓던 그때, 그의 머리를 때리고 순식간에 사라지는 단어에 퍼뜩 정신이 들었다. 실종! 마르셀은 실종되었다. 마르셀은 지금 어디에도 없는 것이다. 어젯밤 마르셀은 장에게 목이 졸려 그만 죽어버렸고 장은 그녀를 눈 덮인 그의 집 어딘가에 숨겨두었다. 닥터 정을 빼면 그녀가 거기 살고 있는 것을 아는 사람은 규 한 사람뿐이다. 하지만 그와도 연락이 끊겼고 그는 앞으로도 그녀를 찾을 거 같지는 않다. 정이 그녀를 찾지 않는다면 그녀를 찾아 그 집으로 갈 수 있는 사람은 하나도 없을 것이다.

그러자 며칠 전부터 계속 그의 기억을 자극하던 단어, '실종'이 이제야 머리를 때리고 나타나면서 그 단어 속에 숨어 있던 사건 하나를 비로소 맞닥뜨린 것을 깨달았다. 마르셀이 실종되었다는 것을 아무런 증거도 없이 단박에 믿어버리도록 한 사건!

그는 접수처에 가서 허겁지겁 차트 목록을 뒤졌다. 2년 전, 그는 마르셀과 똑같은 문제를 안고 어떻게 해야 할지 몰라 황망해하던 여자를 상담한 적이 있었다. 마르셀을 상담하면서 자꾸 기시감에 휘말리곤 했는데 전혀 근거 없는 게 아니었던 것이다. 그 여자도 외국인이었다. 백인은 아니고 동양인이었다. 동양인이고 음성이 아주 오랫동안 잊히지 않았던 기억이 났다. 내내 대화를 주고받는 중에도 말꼬리부터 사라져가서 금방 무슨 말을 했는지 잊어버리게 했던, 그러나 마치 그를 끌고 어디론가 데려가는 것만 같던 목소리. 했던 말은 잊어버렸지만 귓바퀴에 착 감기던 보드라운 소리의 결과 높낮이, 음색만은 끈질기게 귓가에 남아 있던 여자. 그래, 기억이 난다. 마…… 마, 마쓰코! 마쓰코였다. 그는 첩첩이 쌓인 저 아래에서 마쓰코의 차트를 찾아냈다. 상담 횟수에 비해 종이의 가장자리가 많이 낡아 있는, 열두 장짜리 차트를.

닥터 정은 떨리는 손으로 차트를 움켜쥐고 주소를 확인했다. 틀림없었다. 외국인이라 주민등록번호는 없었고 재외국인 등록번호가 적혀 있었다. 마쓰코가 실종되었을 때 느꼈던 죄책감이 다시 밀려왔다. 실질적인 책임이야 없지만 최선을 다하고도 자기가 담당하고 있던 환자가 사망했을 때 느끼는 좌절감과 책임감이 그를 한동안 괴롭혔었다. 그때도 그는 은연중에 마쓰코가 죽으리라고 예상했었고 그녀가 더 이상 병원에 오지 않게 되었을 때는 실제로 실종되고 말았다고 믿었었다.

그런데 그는 아무런 행동도 하지 않았다. 무슨 일이든 그게 니 선다면 그건 주제넘은 짓이라고 생각했기 때문이다. 그는 사회복지사도 아니고 공공의 이익을 대변하는 사람도 아니며, 이주 노동자들의 권익을 위해 봉사하는 사람도 아니고, 더구나 검찰이나 경찰도 아니며, 의뢰되지 않은 일까지 나서서 처리해야 하는 사람은 전혀 아니라고, 억지로 억지로 자신을 다독였었다.

마쓰코의 상담 일지는 마르셀의 그것과 큰 차이가 없었다. 맨 첫 장은 처음 마쓰코가 왔던 날의 첫인상에 대한 기록이다.

4월 26일. 마쓰코, 26세. 대학원생. 한국사 전공. 종잇장이 연상될 정도로 가냘픈 여자.

특이하게도, 일본인이었던 마쓰코는 한국사를 전공하고 있었다. 그래서 그런지 한국말을 아주 잘했었다. 그러나 억양이 일본어 같아서 그냥 언뜻 들으면 한국말 같지 않고 끝을 가늘게 끌어올리다가 살짝 내리며 흐리는 일본말 같았던 기억이 났다. 그녀가 말을 할 때면 그는 잔잔한 흐름에 묘사가 세밀하며 은밀한 느낌을 주는 일본 영화, 〈6월의 뱀〉이나, 〈쇼퍼홀릭〉 같은 영화를 보는 기분이 들었다.

그녀가 처음 왔을 때가 선명하게 떠올랐다. 봄이 온 지 오래건만 아직도 겨울 추위에서 벗어나지 못하고 간간이 눈이 내리거나 심지어 우박이 떨어지고 걸핏하면 스산한 냄새를 풍기며 비를 뿌리곤 하던 날들 중 어느 날이었다. 그날도 분명 비가 흩뿌리고 있는데 마쓰코는 트렌치코트 속에 옅은 분홍과 보라가 뒤섞이고 프릴이 많이 달린 얇은 원피스를 입고 있었다. 그 보라색이 스산한 봄비에 떨고 있는 그녀를 파리하게 보이게 해서 더욱 종잇장이 연상되었는지 모르겠다.

c. complain: 장이라는 남자가 정사 중에 목을 조른다. 숨이 막혀 죽을 것 같은 공포를 느낀다. 그런데도 장이 부르면 거절하지 못한다.

그녀가 다급하게 털어놓던 첫 마디, 그가 나를 죽일 거예요! 정은 그 말을 듣고 무의식중에 어깨를 다독여주려고 일어섰다가, 내담자와의 실질적 거리를 지키라고 외치는 경고음을 듣고 아차, 싶어서 다탁으로 갔다. 추위 같은 공포에 떠는 여자를 위해 꿀을 크게 한 스푼 넣고 따끈한 물을 부어 그녀 앞으로 가져가서 스푼으로 살살 저어서 건네주었다. 마쓰코는 긴장한 얼굴을 풀지 않고 두 손으로 찻잔을 들고 한참 동안 들여다보았다. 그녀 얼굴로 아지랑이 같은 김이 피어올랐다. 마셔도 좋을 만큼 적당히 식었을 때 두어 모금 마시고 얼굴을 들었다. 긴장이 조금은 풀려 있었다.

—그가 누구인지 말해줄 수 있나요?

마쓰코는 무슨 소리냐는 눈빛을 했다. 그녀가 오돌오돌 떨며 외쳤던 단말마, 그가 나를 죽일 거예요, 는 벌써 그녀의 입에서 나와 어디론가 사라진 지 오래였다. 정은 다시 물어야 했다.

—공포스러운 상황에 놓인 적이 있나요?

마쓰코가 눈을 내리 뜨고 손으로 원피스 프릴을 만지작거렸다. 그녀가 겪고 있는 고통의 기승전결을 생각하고 있을 터였다. 정은 참을성 있게 기다려주었다. 원피스 앞에 달린 프릴을 다 만졌는지 그녀가 이윽고 고개를 들고 정을 똑바로 바라보았다. 얼굴색이 투명하게 맑아져 있었고 눈동자도 빛이 났다. 목을 조르는 사람이 누군지, 왜 그러는지, 이제 막 그 입을 여는 찰나였다. 그러나, 마쓰코의 첫마디는 정의 예상을 뒤엎었다.

─제가 묵는 대문 곁의 방은 안채와 기역자로 놓여 있어서 문을 열고 내다보면 그의 집이 바라다보였어요. 그렇지만 장의 집은 항상 문이 꼭꼭 닫혀 있었고 창문조차 열려 있는 적이 없었어요.

그녀는 한껏 들떠 돌발적인 사건을 기다리는 관객의 감정을 누그러뜨리고 한 템포 쉬어가자는 의도를 드러내는 영화감독이나, 아슬아슬한 이야기를 하는 도중에 아직은 때가 아니라고 어린 손자에게 눈짓을 하는 할머니처럼 클라이맥스 앞에서 돌연 시치미를 떼고 자기를 둘러싼 주변 풍경으로 정을 이끌어갔다. 그것도 나쁘지는 않았다. 그게 충분한 복선이 되어주기만 한다면야.

─비가 오는 날이면 깊은 마당에 가득 깔아놓은 검은 자갈들 사이로 빗물이 스며들었어요. 마루에 나와 앉아 발끝에 비를 맞으며 검게 반들거리는 자갈들을 바라보곤 했어요. 비가 많이 올 때면 검은 자갈들 사이로 미처 스며들지 못한 빗물이 찰랑찰랑 흔들거려요. 돌이 비 맞는 소리 들어보셨어요?

그 순간 마쓰코의 얼굴이 발갛게 물들었다. 그녀도 알지 못하는 사이에 그녀의 깊은 곳이 상기되는 것 같았다. 파리했던 피부에 생기가 감돌면서 종잇장 같았던 몸도 조금씩 조금씩 도톰한 질감으로 변해가고 있었다. 검게 반들거리는 자갈들을 바라보며 그녀는 이렇게 발갛게 물들어갔으리라. 이제 우기가 오면 내 장미도 함께 젖으리, 라던 누구의 것인지 모를 시구가 떠올랐다. 그녀 볼에서 피어나는 젖은 장미의 향내를 맡으려고 정은 자기도 모르게 그녀 가까이 의자를 조금씩 당겨 앉았다. 장미 이파리에 빗방울이 하나씩 똑똑 떨어지는 것처럼 그녀의 뺨은 물기를 가득 머금고 점점 달아올랐다. 그녀의 진술이 복선이 된 게 아니라 그녀의 표정이 복선이 되는 순간이었다.

　—그런데 이상한 일이 있어요. 방에 들어가면, 아무 소리도 들리지 않아요. 거세게 돌에 떨어지던 빗줄기가 순식간에 그 허공에서 사라져버린 것만 같아요. 이상해서 몇 번이나 방에 들어갔다 나왔다 하며 소리를 들어봤어요. 한옥이구요, 방과 마당 사이엔 얇은 창호지 한 겹이 있을 뿐이에요.

　그때는 아마도 장의 집을 개조하기 전이지 않나 싶었다. 마쓰코가 머물렀던 동안 장의 처소와 마쓰코가 있던 행랑채는 중문으로 가로막혀 있지 않았었다. 그 당시 닥터 정은 마쓰코가 겪는 일이 상당히 비현실적이고 생소해서 지금의 마르셀보다 훨씬 상세하게 서술해놨었다.

　마쓰코는 비가 유난히 많이 오던 봄부터 일찍 찾아온 장미철까지 대부분 빗속에서 장을 만났다. 닥터 정은 봄답지 않게 퍼붓던 그때의 빗줄기를 기억했다. 마치 홍수가 난 것처럼 길을 휩쓸고 거세게 몰려 내려가던 빗물을, 토사를 휩쓸어 붉고 거친 물살을 일으키고 위험스러울 만큼 수위를 높이던 강물을. 그런데 그 거센 빗소리가 방 안에만 들어가면 뚝 끊긴다니, 이상하긴 이상했다. 방음이 완벽한 집도 아니고 겨우 창호지 하나를 사이에 뒀을 뿐인 집에서. 그런데, 이상한 일은 또 있었다. 그녀가 빗소리가 사라졌다고 말할 때, 그녀의 목소리조차 사라지고 있었다.

그녀의 목소리에는 가쁘게 몰아쉬어서만은 아닌, 숨소리가 많이 섞여 있었다. 시베리아의 거친 바람 속에서 작은 집으로 숨어든 두 사람이 꼭 끌어안고 속삭일 때 낼 법한, 포슬포슬하고 부드러우며 뭔가 잔뜩 숨긴 것 같은 목소리. 마쓰코가 처음 정에게 찾아와 장의 이야기를 쏟아놓을 때 마쓰코의 음색이 그랬다. 얼굴이 눈에 띄게 아름다운 것도, 몸매가 크게 육감적인 것도 아니었지만 기이하게도 희생자를 연상시키는 이미지를 심어주었는데 그게 바로 그 목소리 때문이었던 것 같았다. 사라지는 목소리의 끝을 잡으려고 정신을 잠시 팔았다가 좀 전에 뭐라 했지? 하면서 그녀에게로 시선을 돌렸을 때였다.

마쓰코가 마침 스탠드 저쪽으로 고개를 돌렸다. 그러자 저편의 그늘 위로 새하얀 뺨에서 목으로 이어진 뽀얀 윤곽이 떠올랐다. 순간, 그 뽀얀 사선에 날카로운 칼을 긋고 싶었던, 찰나의 욕망 때문에 그는 크게 당황했다. 그녀가 처음 내질렀던 단말마가 다시 정의 귓가에 울려 퍼졌다. 그가 나를 죽일 거예요! 장이라나 뭐라나 하는 그 미친 사내가 아니라도, 누구에게 희생돼도 희생될 것만 같았던 여자였다. 희생되어 마땅한 사람이란 없다고 이성이 그의 머리를 내리치고 있었지만 마치 신비주의자나 된 듯 그런 예감이 강하게 들었던 것을 확실히 기억했다.

무슨 얘기를 꺼내려고 이렇게 서두가 길까, 도 싶었지만 어쨌든 들어나 보자는 심정으로 정은 마쓰코의 숨소리로 가득한 상담실을 지켰다. 첫날 마쓰코는 정작 중요한 얘기는 아무것도 꺼내지 못하고 돌아갔다. 마쓰코는 장과 얽힌 객관적 사실들, 즉 어떻게 만나게 되었으며 무슨 일로 엮여 있는지, 하는 것들은 아무것도 말하지 않았다. 정은 밝히기 어려운 처지에 있는가 싶어서 차차 알아보기로 하고 그녀가 하는 이야기를 듣는 식으로 진행해갔다.

그래서 그녀와 장의 관계가 어떻게 시작되었는지는 세번째 날에야 듣게 되었다. 마쓰코는 Y대에서 석사과정을 밟는 중이었고, 장을 만난 건 학교 리포트 문제로 알아볼 게 있었던 그녀가 방송국에 찾아갔다가 우연찮게 그를 만났고 그가 다짜고짜 그녀에게 자기 프로그램에 출연해달라고 부탁해서였다. 학비를 스스로 벌어 학교를 다녔던 그녀는 마침 아르바이트라도 해야 했던 참이라 흔쾌히 응하게 되었다.

그래서 마쓰코는 장과 함께 일본에 있는 이주민 타운을 찾아다니게 되었다. 그 과정에서 그녀는 자기가 모르고 있던 현실을 알게 되었고 한국에 와서 느꼈던 것들을 거꾸로 보게 된 계기가 되기도 하면서 급속도로 관계가 깊어지게 된 것 같았다.

두번째 상담에서도 그녀는 비 오는 날의 평범하지 않은 현상에 대해서 얘기를 늘어놓았다. 그래서인지 마쓰코를 앞에 두면 물에 젖은 채 둥실둥실 떠내려가는 오필리아, 버지니아 울프, 이런 식으로 자동 연상이 시작되곤 했다. 이런 거친 연상은 절대 조심해야 했다. 작지만 강렬한 이미지가 던져주는 연상에 방심하면 심각한 비약으로 발전하게 되고 그러면 당연히 분석은 엉망진창이 되어버린다. 정은 자꾸만 냉정한 분석 사이로 끼어드는 자기의 무의식 때문에 골치가 지끈거려왔다. 이런 특이한 내담자는 마른땅에 단비처럼 생기를 주기도 하지만 자칫 심각한 오류를 저지르게 하고 상담을 크게 망쳐놓을 위험이 있어, 그는 다른 닥터에게 넘길 것을 고민하게 되었다. 그러나 특이한 사건에 대한 호기심 때문인지, 여자에게 품은 관심 때문인지, 차일피일 미루는 바람에 결국 마지막까지 그가 떠안고 있어야 했다.

그녀는 이런 말을 했다.

—난, 목적의식이 분명한 편이라서 다른 것에는 관심을 두지 않았어요. 아니, 그건 아니네요. 새로운 공부에 빠져서 남자에게 관심을 둘 상황이 아니었던 게 더 맞겠네요. 그리고 무엇보다도 저희 엄마의 아버지, 그러니까 내 외할아버지가 재일교포여서 한국 사람을 사귀는 것에 굉장히 민감했던 환경도 한몫했죠. 한국에 가겠다는 얘길 꺼냈을 때 반대가 굉장했으니까요. 그래서 집에서 도움을 전혀 못 받고 있어요. 그런데 왜 굳이 집에서 원치 않는 공부를 하겠다고 떠나왔는지는, 저도 잘 모르겠어요. 일본에 있을 때 한국에 대해 그다지 생각해본 적이 없었으니까요. 일본사를 공부하고 있었기 때문이기도 했지만 한국사를 공부하기 시작한 뒤로도 제가 상당히 내성적이라 친구들과 그리 많이 어울리지 못했어요. 너무 민감했던 면이 있었죠. 장은 그런 나에게 현실적인 도움을 주기 시

작한 사람이었던 거죠.

　지나치게 조심스러워서 만나는 모든 사람을 일일이 경계하고 조금도 위험스럽지 않다는 판단이 들어야만 안심을 하는 그녀가 상상이 되었다. 그런 여자가 어찌 타국에 나와 있을 생각을 하게 되었는지 그것은 여전히 이해 안 되는 채로, 정은 멍하니 그녀의 진술을 따라갔다. 오늘도 변죽만 울릴 건가, 하면서 슬그머니 지루해하려는 찰나, 그녀의 입에서 문제의 장본인이라 의심될 남자 얘기가 흘러나왔다.

　─나는 그 사람 이전에 남자를 사귀어본 적이 없어요. 남자와 자고 싶다고 생각해본 적도 없어요. 거의, 남자에게는 관심도 없었다는 게 맞을 거예요.

　드디어 그녀가 말문을 열기 시작했다. 정은 그녀를 향해 상체를 약간 구부려서, 그러나 민감하게 반응할 그녀를 생각해서 너무 가까이는 말고, 조심스럽게 귀를 기울였다. 남자에게는 관심도 없이 살아왔고 그저 도움을 받는 관계였을 뿐인데 생각지도 않았던 덫에 걸려들었다, 그건가. 정은 예단하면 안 된다는 걸 잘 알면서도 앞서 나갔다. 특이하다 할 사항이 없고 지루하기 짝이 없었기 때문에 은근히 뭔가 특별한 사건을 기대하고 있던 것이다. 이렇게 특이한 여자에게서는 특이한 사건을 기다리는 게 당연하다고 여겨지기도 했다. 정은 그제야 정신이 들면서 바로 눈앞에 누워서 창밖에 시선을 두고 입술을 달싹거리는 여자가 그 목소리처럼 사라져버릴까 봐 조바심치며 집중하기 시작했다.

─그 집에서는 모든 게 이상해져요. 그 집에 들어간 뒤로 내가 나 아닌 전혀 다른 사람이 되어가는 것 같아요. 출연해서 내가 하는 말도 내가 하는 말 같지 않고, 물론 내 의견을 써서 보낸 다음 작가들이 정리해주는 말을 읊는 것이긴 하지만, 그 순간은 마치 내가 분리된 것 같아요. 내가 이만치 거리를 두고 멍하니 서서 자동인형처럼 조잘대고 있는 나를 지켜보고 있는 것 같아요. 나는 그게 나라는 걸 알지만 그 자동인형을 전혀 조절할 수 없어요.

정은 마쓰코를 보내놓고 나서 그녀가 출연하고 있다는 프로그램을 찾아보았다. 그 프로그램은 한창 네티즌들에 의해 질타를 받고 있는 중이었다. 이젠 세계 각국의 여성들을 모아놓고 성을 상품화하는 거냐, 각국의 문화를 서로 터놓고 얘기하여 서로를 배운다더니 맨날 한국에 와서 술 먹고 막창 먹고 클럽 가는 걸 배운다는 거냐, 그게 아니면 누가 누가 얼마만큼 예쁘고 섹시하여 한국 남성들이 좋아하는지 투표나 하겠다는 거냐, 라는 등 프로그램 자체에 대한 비판이 주를 이뤘다.

그런가 하면 출연자 개인에 대한 폄하도 난무했다. 독일 미인인 누구는 한국에 와서 사는 주제에 한국의 관습을 깡그리 무시한다느니, 우크라이나 미인은 한국 남자 하나 잡으려고 용을 쓴다느니, 프랑스 미인은 미인도 아닌데 왜 미인 축에 끼었냐느니, 남의 나라 문화가 이러니저러니 하지 말고 다들 자기 나라로 돌아가서 잘 살아라, 라고까지. 그런 융단 폭격 속에 그녀는 오롯이 앉아 있었다. 눈은 반듯하게 정면을 향하고 단정하게 다리를 옆으로 모으고 한없이 부드럽고 따뜻한 미소를 띤 채, 그 모든 질타에서 벗어나.

마쓰코는 네티즌의 질타를 받지 않는 몇 명에 속했을 뿐만 아니라 전형적인 동양 여성에 대한 향수를 품은 남성들에게 처음부터 여신처럼 떠받들어지고 있었다. 방송에서의 그녀 이미지는 실제처럼 경계심이 극심한 여자가 아니라 적당히 새침하면서도 나긋나긋하고 지극히 청순하면서 마음을 준 상대에 대해서는 어머니이며 누이이자 애인이 되어주는, 두말할 것도 없이 완벽한 여성상으로 비치고 있었다.

순서가 되어 마이크를 잡아야 할 때는 그녀는 언제나 눈에 띄지 않을 정도로 그러나 더없이 다소곳하게 눈짓으로 인사를 먼저 하고 조근조근, 이라고 하기엔 조금은 높은 음성으로, 그러니까 사근사근하게, 항상 양해를 구하는 태도로 말을 하곤 했다. 여권이 높아진 우리에게는 언젠가부터 까마득히 잊혀진, 동양에서도 찾아보기 어려운 여성성을 구현하고 있었다.

아이러니한 것은 남자에게는 관심도 없는 여자가 그 이미지로는 남자에게 의존적인 여자로, 남자를 행복하게 해주기 위해 태어난 여자로 보이고 있다는 것이다. 그녀 안에 숨어 있던 본실을 나른 사람이 더 빨리, 더 정확하게 알아봤는지도 모른다. 그러니까, 그녀는 알지 못했던 자신의 의존성을 이제야 발견하게 된 것인지도 모른다. 그녀가 말하는 것처럼 방송에 의해 만들어졌다거나, 억지로 씌워진 이미지가 아니라 그녀의 내면에 숨어 있던 것인지도. 정도 그녀를 처음 보았을 때 얼핏 열린 그녀의 내면, 비에 흠뻑 젖은 장미를 보지 않았던가 말이다. 젖은 장미가 점차 풀어 헤쳐진 꽃다발로 보였던 것까지 그는 기억하고 있었다.

방송을 하는 사람들 중 많은 사람이 만들어진 이미지로 살아가고 있으며, 그것 때문에 수많은 오해를 받고 있다고 고통을 호소한다. 정은 마쓰코의 고백이 진행되어가는 중에 그녀의 증상도 그렇다고 이해를 했다. 이른바 가면 신드롬이다. 그런데 마쓰코는 자신의 증상에 대해 색다른 진단을 내리고 있었다. 방송이 문제가 아니라 집이 문제라는 거다. 자기가 겪고 있는 모든 이상한 현상의 원인이 집 때문이라…… 귀신들린 집도 아니고…… 그녀가 스물여섯 해 동안 겪으며 익혀왔던 지구상의 시간과 공간의 보편적 현상을 온통 헝클어뜨리는 집이라는 거다.

—그 집은 전혀 다른 세계의 자장이 감싸고 있어요. 난 남자를 알지 못해요. 남자와의 관계에 쾌감을 느껴본 적은 더더욱 없구요. 그런데, 그 사람에게 홀리고 말아요. 그 집에 들어가면 그 사람에게 내 발로 걸어가 내 목을 내주게 돼요. 아무 저항도 할 수 없어요. 마치 무대에서처럼 내가 아닌 내가 움직이고 있어요.

정은 그 말을 믿지 않았다. 고개는 끄덕이고 있었지만 자신의 나약한 의지를 변명하는 것으로 이해했다. 그건 환자가 스스로의 실수를 인정하기 전에 완강하게 거부하는 당연한 과정이었다.

닥터 정은 방심한 채, 그녀의 목소리가 점점 더 높아지고 점점 더 사라져가는 것에 주의를 기울이지 않은 사이 예약한 날이 아닌 날, 그녀의 방문을 받았다. 그녀는 상담실에 들어서자마자 외쳤다.

—그가 나를 죽이려고 해요! 나는 그의 손에 죽고 말 거예요!

정은 무조건 흥분을 가라앉히려고 했다. 바르르 떠는 그녀를 차가운 비 탓으로 여기고 따뜻한 차를 쥐어주고 히터를 켜서 그녀 옆에 가져다 놓았으며 그녀의 어깨를 다독거려주었다. 그리고 말했다.

—자, 마음을 가라앉히고요, 천천히 말씀하세요.

그를 똑바로 응시하는 마쓰코의 눈자위에 핏발이 점점 굵어졌다. 이윽고 눈시울에 물기가 차오르기 시작했다.

—내가 왜 이렇게 공포에 떠는 줄 아직도 모르세요? 그 사람에게 불려가는 것은 언제나 비가 오는 날이었다구요. 젖은 검은 돌 위로 물이 흘러넘치는 날요. 발가락이 물에 잠긴 채 그 마당을 건너서 그에게 갔어요.

정은 비오는 날 연인들이 관계를 가진다는 게, 그게 되풀이된다는 게 무슨 큰일이 날 거라는 징조가 되느냐고 되묻고 있는 자신을 발견했다. 왜 그렇게 생각하는지 자세히 말해달라고, 차분하게 하나씩 짚어보자고, 그녀를 달랬다. 그녀는 원망과 실망이 가득한 눈으로 그를 한참 동안 응시하더니 입술을 꼭 다물고 뇌돌아섰다. 그리고 천천히 문을 열고 나가버렸다. 닥터 정은 그녀의 뒷모습을 보면서 네가 말하지 못한다면 내가 해줄 수 있는 것이 무엇이 있겠느냐고 다시 묻고 있었다.

그렇게 아무런 방비도 세우지 못하는 사이 그녀가 가장 공포스러워하던 상황이 발생하고 말았다.

그녀가 오기로 한 날, 그 시각, 그는 문득 읽고 있던 책의 한 페이지에서 검지 끝이 멈춰 있는 것을 깨닫고 그곳을 다시 읽기 시작했던 것도 기억한다. 정은 중얼거렸다. 마쓰코에서 비롯된 알 수 없는 물의 이미지 때문에 읽기 시작했던 바슐라르의『물과 꿈』이었지.

"오필리아는 타인의 죄 때문에 죽지 않으면 안 되며, 작은 냇물에서 조용하게 죽지 않으면 안 되는 것이다. 그녀의 짧은 인생은 이미 사자(死者)의 인생이다. 오필리아는 우리에게 있어서 여성적인 자살의 상징이 되는 것이다. 그녀는 참으로 물속에서 죽기 위해 태어난 인간이며, 물은 젊고 아름다운 죽음, 꽃다운 죽음의 원소이며, 또한 인생과 문학의 드라마에 있어서 물은 오만함과 복수심이 없는 죽음, 마조히스트적 자살의 원소인 것이다. 물은 자신의 고통으로 울 줄밖에 모르며, 눈이 쉽사리 눈물에 빠지는 여성의 깊은 유기체적 상징인 것이다. 그녀는 꽃다발과 함께 물결에 머리칼을 펼치면서 냇물을 표류하는 모습으로 몽상가와 시인에게 나타나리라. 물에 뜬 머리카락, 물결에 빗질하는 머리카락이 되리라. 옷도 머리카락도 모두 냇물을 따라 길게 내 뻗어, 흐름이 머리카락을 빛나게 하며 빗질을 하는 것처럼 보인다. 이미 얕은 여울의 조약돌 위에서 냇물은 살아 있는 머리칼처럼 장난질을 하고 있는 것이다."

닥터 정은 그 문장들을 읽으며 마쓰코가 오지 않을 거라는 걸 인정해야 했다. 그리고 그녀는 죽었을, 거라고 차마 문장을 다 완성하지 못했지만, 그럴 거라고 짐작했다. 그때 그렇게 되돌아간 날과 오늘 이 시각 사이에 적어도 두 번의 비 오는 날이 있었으니까.

죽임을 당해 물에 버려진 여자. 마쓰코가 실종되었다는 예감을 강하게 받았을 때 죽임을 당한 채 강물에 버려져 떠내려가는 그 이미지가 그의 머릿속을 압도했었다. 그녀를 처음 보았을 때부터 느껴졌던 이미지가 결국 이렇게 종결되는가 싶어 소름이 끼쳤다. 그리고 한동안 종이가 물에 젖어 오래 있으면 결국 종이도 아니고 물도 아니게 되어버리는, 허옇게 녹아버리는 이미지가 그를 괴롭혔다. 마쓰코는 물에 녹아버렸다, 어쩌면 그에게 도움을 요청하기 위해 왔던 것인지도 모르는데, 그는 저질러질 범죄를 뻔히 알고도 방임해버렸다. 심지어 그는 범죄를 방조했다. 도와줄 수 있는 단 한 사람이 무관심함으로써 범죄의 손아귀에 스스로를 던져버리도록, 방조했다. 그는 그렇게 스스로를 자책했다. 그러나 그는 그날 마쓰코를 달래지 않았는가. 그에게 더 자세히 얘기할 시간을 주지 않고 나간 것은 마쓰코다. 그 결과는 마쓰코 스스로 자초한 일인 것이다. 정은 그렇게 가까스로 자신을 합리화했다.

그는 마쓰코를 잃어버린 날 그녀가 출연하는 프로그램을 다시 보았다. 그는 마쓰코가 방송에서 한국인에 대해 쓴소리를 했고, 네티즌들은 그녀를 한국인의 공적으로 규성하고 공격하고 있으며 그 여파로 프로그램에서 하차했다는 것을 알게 되었다. 그렇게 사랑해줬건만 배신을 때리다니 역시 쪽발이는 안 된다, 조신한 척 혼자 다하더니 뒤통수를 때렸다, 네가 일본인이었던 걸 잊은 우리가 잘못이다, 쪽발이는 당장 네 나라도 돌아가라, 이제 네 차례다, 우리나라를 우습게 본 것들한테 뜨거운 맛을 보여주겠다, 기타 등등.

그건, 바로 그날이었다. 그녀가 그 어느 때보다 공포에 질려서 정을 찾아왔던 그날. 하지만 정은 마쓰코를 그냥 돌려보냈다. 모든 징조를 뚜렷이 보였음에도 그것을 외면한 닥터는 아마도 닥터로서 사건을 직시할 의지가 없거나, 언어 외의 비언어적 표현에 무지하거나, 이면에 숨은 원인을 찾아낼 마음이 없을 만큼 환자에 대해 무관심하거나, 그중 하나일 것이다. 그 어느 쪽이든 그건 닥터로서 전혀 자격이 없다고 할 수 있을 것이다.

정은 마치 풍두증에 걸린 사람처럼 머리를 흔들어대며 선배의 상담실로 비틀비틀 걸어갔다. 선배는 간단히 정리해줬다.

─그 여자가 죽었다 해도 너 때문은 아니야. 네티즌들이 죽인 것일 수도 있고, 그 남자가 죽인 것일 수도 있고, 그냥 자기 자신 때문에 죽은 것일 수도 있어. 네가 미리 알았다 해도 어떻게도 해줄 수 없었을 거야. 이런 경우는 말야, 사실 굉장히 흔해. 나도 몇 번이나 겪었어.

물론 선배는 마쓰코의 특별함을 알지 못했다. 그가 급하게 대략적으로 설명했기 때문이다. 그래서 선배는 자신과 주변에서 겪었던 자해나 자살 사건과 동일하게 여길 수밖에 없었다. 아니, 어쩌면 선배의 말이 맞는지도 모른다. 그저 일반적인 자살 사건인지도 모른다. 괜히 권태롭던 닥터 정이 외국인 여성에게 특별함을 부여한 것인지도.

그러나 선배에게 털어놓고 선배의 위로를 듣는 중에 닥터 정은 새로운 마쓰코의 이미지를 떠올렸던 것이 기억났다. 마쓰코는 마르셀에 비하면, 몸도 더 작고, 가냘프고, 목소리마저 금방 사라질 듯했지만, 어딘지 모르게 강단이 있어 보였다. 그제서야 닥터 정은 마쓰코에 대해 희생자적인 일련의 이미지 외에 쉽게 마지막을 볼 여자는 아니었다는 판단이 저 뇌리 깊숙한 곳에 이미 서 있었던 것을 깨달았다. 잘못된 판단이었을지는 모르겠으나, 그래서 자신이 섣불리 그녀를 위해 그 어떤 행동이나 적극적인 해결책을 만들지 않았던 것임을 뒤늦게 깨닫고 선배의 무릎에 얼굴을 묻으려다가 천천히 몸을 세울 수 있었다.

정은 마쓰코에 대한 기억을 다 늘어놓고 나서야, 또 하나의, 아주 커다란 의문이 도사리고 있는 것을 깨달았다. 마쓰코는 우연히 나의 진료실에 왔다. 마르셀도 우연히 나의 진료실에 왔다. 그러나 그 두 사람은 전혀 아무런 상관이 없는 사이가 아니다. 그 말은 물론 그 둘이 서로 알고 있는 사이란 것은 아니다. 2년이라는 시공간을 사이에 두고 가느다란 끈으로, 그러나 질긴 끈으로 연결되어 있다. 두 사람은 아마 지금까지도 서로를 모르고 있을지도 모른다. 그러나 운명이라는 것이, 그 모든 우연을 쥐고 있었다. 그 두 사람은 우연히 내게로 왔다. 우연이 다른 우연을 낳는다면 그긴 이미 우연이 아니다. 그건 운명이다.

정은 마쓰코의 차트를 마르셀의 차트와 함께 서랍 속에 넣고 꼭 밀어 닫았다. 두 사람과의 운명이 어떻게 전개될지는 알 수 없으나 어떻게든 이어질 거라 믿어졌다. 정이 소극적으로 이 사건에 끌려가는 식이 되건 적극적으로 개입하게 되건 그건 운명이 정할 것이다.

　그는 병원을 나섰다. 마치 세상 속으로 처음 발을 내딛는 기분
이었다. 그는 오랫동안 오간 그 거리를, 맑게 갠 채 밤이 깊어 아무
런 기척도 없는 거리를 낯선 시선으로 바라보았다. 그 거리의 모양
이 하나하나 눈에 들어오자 비로소 그는 걸음을 떼었다. 마르셀이
살던 곳을 향해.

　—격렬한 한순간의 깊은 교감, 그게 없다면 인간이 어떻게 살
수 있죠? 우린 항상 죽음에 노출되어 있고 서로가 완벽하게 타인이
잖아요. 광기에 의해서 자신의 껍질을 벗어버리지 않는다면 과연
서로 완전하게 만날 수 있을까요?

　눈발이 자욱한 저 골목 끝에서 마르셀이 그렇게 묻고 있었다.
그리고 정도 광기에 의해서만 벗어던질 수 있는 자기의 껍질이 지
긋지긋했다. 저 속으로 들어감으로써 그렇게 될 수 있다면, 무슨 짓
을 해서라도 그 껍질을 벗어버릴 수 있게 되기를 원했다. 그는 한
발 한 발 골목 속으로 발을 내딛었다.

　처음 온 골목은 낯이 익었다. 그는 마르셀의 상세한 진술 때문
이리라고 여기며 바로 여기서 그녀가 그 남자를 마주쳤겠구나, 하
며 고개를 들고 두리번거리다가 마르셀이 그랬던 것처럼 골목 안
에서 들려올 법한 소리에 귀를 기울였다. 그랬다. 마르셀의 말 그대
로였다. 이 골목은 소리가 사라져 있었다. 그의 발소리 외엔 아무
소리도 들리지 않았다. 단지 높은 담이 사람들의 움직임과 소리를

가린 것이 아니었다.

그 집 앞에 서서 그는 이곳이 전혀 낯선 곳이 아니라는 것을 깨달았다. 그가 여기를 와본 것은 꿈이나 환각에서가 아니었을까. 정은 황망했다. 자신이 이곳에 와서 그녀의 목을 조른 것이 아니라고 분명히 말할 수 없다는 것을 깨달았기 때문이다. 그녀의 진술을 따라 어느 날 밤, 꿈속에서처럼, 이곳을 찾아왔고 그녀의 방에 들어섰으며 조용히 자고 있는 그녀의 목을 졸랐다. 아, 정은 그렇지 않다고 부인할 수 없었다. 이 거리는 실제로 단 한 번도 와보지 않았음에도 너무나 선명했고, 그녀의 집도 너무나 선명했다.

닥터 정은 주머니에서 열쇠를 꺼냈다. 지난번 마르셀이 열쇠를 떨어뜨렸을 때 얼른 주워놓았다가 그녀가 나가고 난 뒤 곧바로 달려 나가 근처 열쇠점에서 복사해둔 것이다. 마르셀은 한참을 가다가 되돌아와서 열쇠를 받아가지고 갔다. 마르셀의 열쇠를 주운 순간 정은 그 열쇠를 갖지 않으면 안 될 것처럼 마음이 요동쳤다. 그는 여느 때와 달리 전두엽의 경고를 무시해버렸다. 사고를 부를지도 모른다는 막연한 불안감 따위가 그를 말릴 수는 없었다.

정은 발돋움을 해서 담 너머로 삼시 집 안의 동정을 살피고, 물론 담장이 너무 높고 사방이 꽉 막혀 있어서 조금도 살펴지지는 않았지만, 가슴속에서 충동질하는 힘에 못 이겨 열쇠를 꽂아 넣었다. 그는 마침내 장이라는 사내의 대문을 열었다. 어차피 여기까지 온 터였다.

문이 열렸다. 정은 문턱을 내려다보지 않고도 적당한 높이로 다리를 들어 높은 문턱을 넘어섰다. 어둠 속에서도 몇 번은 드나든 것처럼 익숙했다. 마르셀의 집을 짧게 한번 바라보고 살금살금 아치형의 문으로 다가가 가만히 귀를 대보았다. 아무런 소리도 들리지 않았다. 문틈으로 눈을 들이밀어봤지만 어둠 외에 아무것도 보이지 않아 정은 다시 도둑의 걸음으로 마르셀의 현관 앞으로 왔다. 현관문 사이로 집 안을 들여다보았지만 밖에서는 전혀 그 안의 어떤 움직임도 보이지 않았다. 그는 각오했다. 마르셀의 문을 열었을 때 그 무엇을 마주치건, 그 안의 누구와 맞닥뜨리건, 이제는 어쩔 수 없다고.

마르셀과 마쓰코가 수없이 드나들었을 현관을 열고 높은 방으로 올라갔다. 방으로 올라갈 때도 정의 무릎은 자연스럽게 적당한 높이로 들렸다. 잠시 눈을 꾹 감았다 뜨니 마당으로 난 문에서 새어 들어오는 엷은 빛에 작은 주방의 집기들이 어둠 속에서 하나둘 떠올랐다. 예상했던 대로 주방엔 아무도 없었고 비어 있던 주방 특유의 냄새가 났다. 집을 사나흘만이라도 비우고 돌아오면 맨 처음 맡아지는 냄새가 있다. 각각 살아서 피어오르던 것들이 하나로 모아져 단일해진, 그래서 딱히 무슨 냄새라고 말할 수 없는 냄새. 개수대에 씻지 않은 접시가 하나 놓여 있었고, 조리대 위의 토스터기에 빵 두 개가 꽂혀 있었다. 살짝 건드리기만 하면 먼지가 되어 부서질 정도로, 이미 냄새 하나 안 날 만큼 바짝 말라 있었다. 정은 주방을 그냥 스쳐 지나갔다.

한 층 높은 다음 방으로 들어갔다. 리빙룸이자 공부를 할 수 있는 제법 큰 공간이다. 벽에 붙어 있는 나지막하고 자그마한 소파와 소파 옆의 작은 테이블, 테이블 위에 놓인 찻잔, 분명 등에 받치거나 다리 아래 받쳤을 눌린 모양 그대로의 쿠션들, 밖을 향해 난 창호지 문 앞에 놓인 앉은뱅이 다탁, 펼쳐진 종이 몇 장. 종이는 공부에 관련된 자료를 찾아놓은 것들 중의 일부인 듯했다. 전혀 특별할 게 없었다. 정은 광목이 아니면 캔버스 천으로 만들어진 소파에 가서 앉아보았다. 몸집이 작은 여자에게나 맞을 낮고 작은 사이즈의 소파는 그가 앉자 엉덩이가 푹 파묻히듯 가라앉았다. 마치 누워 있는 포근한 여자의 품에 안긴 듯한 기분이 들어 그는 몸을 일으키기가 싫어졌다. 이대로 창밖에서 새어 들어오는 희미한 빛에 싸인 채 잠들고 싶었다. 하지만 그는 억지로 몸을 일으켰다.

그녀가 얘기해준 마지막 침실. 침실은 한 층 낮아서 아늑한 느낌이 든다고 했다. 침실 앞에서는 숨을 골라야 했다. 혹시나 누군가, 무엇인가, 있을 거라면 그곳일 확률이 가장 높았으니까. 그는 어둠 속에서 조심스럽게 문을 열고 안을 엿본 다음에 발을 내려딛었다. 침실 역시 아무도 없었다. 사람이 남긴 냄새만 희미하게 남아 있을 뿐, 숨을 쉬는 신선한 살 냄새는 나지 않았다. 한층 깊온 어둠 속에서 서서히 집기들이 떠올랐다.

그녀가 매일 그 아름다운 몸을 눕혔을 자그마한 침대, 금방 일어나 나간 듯 반쯤 들춰진 이불, 그 발치 쪽에 벗어 놓아둔 실내용 원피스. 그는 원피스의 허리춤을 잡아 들고 천천히 나머지 것들로 시선을 옮겼다. 집 뒤로 난 작은 창문 아래의 작은 탁자, 그 위의 물컵, 한쪽 구석에 세워진 작은 옷장, 침대 밑에 놓인 커다란 두 개의 여행 가방! 회색 알루미늄으로 된 하드케이스와 짙은 올리브색 천으로 된 가방. 손잡이에 매어놓은 마크조차 아직 풀지 않은, 금방 짐을 푼 것처럼 입구가 이쪽을 향해 놓인 가방 두 개. 알루미늄 가방은 살짝 입까지 벌리고 있었다.

그는 여행 가방 앞에 우뚝 섰다. 팔을 늘어뜨리고 있어서 원피스가 바닥에 끌렸다. 그가 여기 온 까닭은 경찰이나 탐정처럼 그녀의 행방을 캐는 것이 아니다. 단지 그녀의 부재를 확인하고 싶었던 것이다. 입을 벌리고 있는 여행 가방은, 정에게는, 어떤 단서를 숨기고 있는 게 아니라 한 여자의 살아 있는 몸과 밀접한 것들을 담고 있을 그런 것이었다. 그녀가 입던 옷들이 담겨 있을지도 몰랐다. 아직 신지 않은 여름 구두가 들어 있을지도 모른다. 그러나 그는 가방을 열지 않았다. 옷장 앞에 섰지만 그것도 열어보지는 않았다. 그는 들고 있던 원피스에 코를 깊숙이 묻고 숨을 들이켰다. 희미한 살 냄새가 맡아졌다. 그는 옷으로 코와 입을 감싸다시피 하고 창호지 문 앞에 살며시 주저앉았다. 그리고 집 밖의 소리에 귀를 기울였다. 프랑스와 한국 사이에 놓인 정적, 어머니의 품으로부터 마르셀에까지 이른, 정이 헤아릴 수 없는 침묵, 남미의 어느 허름한 호텔에 짐을 풀었건, 유럽의 고풍스러운 개인의 별장에 짐을 풀었건, 실상 어느 숙소에 가방을 풀었든 큰 차이가 없는, 그래서 그녀의 행방에 대해 어떤 실마리도 내뱉지 않는 몇 되지 않는 물건들의 침묵.

이곳은 마르셀이 깊이 잠겼던 물속과 다를 게 없을지도 모른다. 이 깊은 정적으로 보자면. 자기 숨소리만 점점 크게 들려오는 이 작은 방은 마당과 불과 1밀리미터의 얇은 종이를 사이에 두었을 뿐이다. 마당은 아무도 오가지 않는 게 분명했다. 비나 눈이 내리지도 않고 바람도 불지 않고 그 누군가가 마당 가운데 서서 휘파람을 불지도 않을 것이다. 장이라는 사내는 집에 없는지도 모른다. 아니, 있을지도 모른다. 어디선가 그를 주시하고 있을지도 모른다. 밤은 깊었고, 밤은 더욱 깊어갔다. 이런 정적 역시 낯선 것이 아니었다. 정도 자기의 작은 상담실에서 항상 겪고 있는 것이었다.

그는 침대 옆으로 다가갔다. 정강이에 매트리스 옆면이 닿았다. 그는 매트리스 옆면이 움푹 들어가도록 조금 더 다가갔다. 방에 들어섰을 때부터 무어라 말할 수 없는 안타까움과 응어리지기 시작하는 그리움으로 조여오던 가슴이 갑작스럽게 끓어오르기 시작했다. 그는 이불을 들추고 침대에 엉덩이를 걸쳤다. 슬그머니 엉덩이를 밀어 넣었다. 몸을 눕히면서 마치 따스한 온기를 지닌 여자의 몸을 안듯 부드러운 이불을 그러안았다.

이불 속에 얼굴을 묻으니 달큰한 캐러멜 냄새가 났다. 마르셀의 발소리를 들었나. 맨발바닥이 나무를 디딜 때의 칩칩한 소리가 점점 다가왔다. 그가 눈을 질끈 감고 누워 목덜미까지 끌어당겨 덮고 있는 이불이 들춰지고 아주 따뜻한 알몸이 들어왔다. 정은 숨을 멈췄다. 마르셀의 매끄러운 다리가 그의 다리를 타고 미끄러져 내려가자 뭉클한 젖가슴과 배가 그의 몸에 찰싹 달라붙었다. 포근하고 보드라우며 차진 여자의 몸이 그의 몸에 감겨들었다. 마르셀의 손이 그의 손을 잡아 자기 사타구니에 넣고 허벅지를 꽉 조이며 말했다. 얼마나 아픈지 알아? 그는 무슨 말인지 어리둥절했다.

　　─누군가가 그리워 애가 탈 때 명치끝이 아픈 것처럼 여기가 얼마나 아픈지 알아요?

　　뜨겁게 젖은 사타구니가 그의 손을 빨아 당겼다. 점액은 허벅지를 타고 흘러내렸지만 그의 손은 점액을 타고 빨려 들어갔다. 그녀가 그의 뺨과 입술을 길게 핥고는 자기 입술을 핥았다. 그녀의 혀가 그의 들쳐진 턱을 둥글게 핥더니 목덜미로 내려갔다. 쇄골을 따라 옆으로 흐르다가 어느새 그의 젖꽃판을 따라 둥글게 돌았다. 소름이 오싹오싹 돋으며 척추가 휘었지만 그녀를 그만두게 하지 못했다. 그녀의 입술과 혀가 그의 배꼽으로 내려갈 때 그는 몸이 붕 뜨는 것을 느꼈다.

　　정과 마르셀은 정확하게 깎아 깊숙하게 판 장방형의 커다란 구덩이 속에 맨몸으로 내동댕이쳐졌다. 그들의 몸이 닿은 땅은 도자기를 빚을 때 물레를 따라 돌며 물기와 함께 흘러내리는 꼭 그런 차지고 붉은 흙이었다. 그들이 던져져 부딪친 흙바닥은 탱글탱글하게 그들을 밀어냈다. 두 사람이 서로의 몸을 잡아당겨 부둥켜안으려고 몸을 움직이면 미끈둥미끈둥한 바닥이 몸을 잡아당겨 그만 미끄러지고 말았다. 두 사람은 금세 온몸이 물에 젖은 찰흙이 되어버렸다. 뻥 뚫린 위쪽에서 비가 쏟아졌다. 아주 깔끔하게 파인 네모난 차진 구덩이에, 커다란 관을 하나 넣으면 딱 맞을 구덩이를 타고 빗물이 흘러내렸다. 온몸을 뒤덮고 흘러내리는 찰흙 속의, 찰흙으

로 빚어진 그녀, 더없이 미끄럽고 더없이 탱글탱글하고 벌거벗어
더없이 아름다운 그녀를 움켜쥐고 부둥켜안으려고, 그녀에게 다가
가려고 발버둥을 쳤다. 뻗은 팔이 그녀의 젖가슴에 닿아 움켜쥐려
는 찰나, 미끄러운 젖가슴은 그의 손에서 빠져나가고 그는 온몸이
앞으로 미끄러져 코를 진흙물에 처박았다.

　　숨을 쉴 수 없을 만큼 비가 쏟아져 입으로 코로 물이 들어갔지
만 재채기를 하지도 기침을 하지도 않는 자신을 보고 우리가 아직
은 영혼이 자리 잡지 못한 태초의 인간인지 몰라, 그런 생각을 했
다. 아직은 아무 두려움도 모르고, 아무 미래도 알지 못하는, 그래
서 오직 저 여자를 따라가는 것만 아는, 그런 인간인 게야. 그는 막
빚어진 인간의 형상을 하고 여자 인간을 쫓아 허겁지겁 구덩이 속
을 맴돌았다. 뚫린 하늘에서는 끊임없이 빗줄기가 쏟아지고 진흙
이 녹아내려 그들의 코로 입으로 귓구멍으로 진흙물이 밀려들어왔
다. 얼마 안 있어 그들은 코도 입술도 눈썹도 눈동자도 구분되지 않
는 진흙 덩어리가 되어 진흙 구덩이에서 마침내 서로를 부둥켜안
았다. 그녀는 백인이 아니고 그는 황인이 아니었다. 그냥 진흙으로
빚어진 태초의 인간이었다. 그의 입술과 그녀의 입술이 숨 가쁘게
서로를 빨아들이고 가슴과 그녀의 젖가슴이 맞닿았으며 그의 사타
구니와 그녀의 사타구니가 꼭 들어맞았다. 그토록 구덩이 속이 환
해질 줄이야!

　　그녀의 성기가 그의 성기를 꽉 잡았다. 그토록 미끌거렸지만
결코 빠져나올 수 없었다. 그는 엉덩이를 뒤로 뺐다. 도망가고 싶었

다. 두려웠다. 밖으로 발사되어야 할 폭탄이 안에서 터져버린 대포의 포신처럼 성기가 산산조각 나버릴 것 같았다. 그러나 그의 엉덩이는 도망칠 수 없었다. 그녀의 성기가 그의 성기를 붙들고 놔주지 않았다. 그는 고통의 신음을 내뱉으며 움켜쥔 이불을 두 손으로 조르고 졸랐다.

그는 눈을 번쩍 떴다. 그의 팔뚝은 한껏 힘이 들어간 채 이불을 돌돌 말아 조르고 있었다. 사람이었다면 목이 부러졌을 만큼 그의 팔은 울끈불끈 일어서 있었다.

마쓰코와 마르셀은 바로 이 집에서 사라졌다. 그것만은 확실했다.

그는 가까스로 몸을 일으켰다. 무엇에 홀려 이 침대에 몸을 눕혔을까, 멍한 머릿속으로도 후회가 밀려들었다. 아랫도리가 뺨을 실컷 맞은 것처럼 화끈거리면서 멍했다. 들어왔을 때를 기억하려고 애쓰며 손으로 시트를 탁탁 쳐서 펼치고, 이불을 브로슈어처럼 세 번 접어 발치 쪽으로 밀어놓았다. 그녀는 언제나 이렇게 이불을 개켰다. 뒤를 힐끔거리며 주방으로 나왔다.

현관을 열고 댓돌에 내려섰다. 달빛만 교교히 내릴 뿐, 눈도 비도 내리지 않았다. 정적에 사로잡힌 듯 작은 마당도 그 너머도 꿈쩍하지 않았다. 어둠조차. 그는 도둑처럼 날렵하게 대문을 빠져나와 열쇠를 돌려 문을 잠갔다. 몸을 돌려세우고 골목 이쪽저쪽으로 재빨리 고개를 돌려 동정을 살폈다. 어둠과 정적 외에는 아무도 없었다.

조금은 안심을 하고 골목을 걸어 나오는데 저만치서 바삐 걸어오는 사람이 보였다. 그 사람은 정을 보고 멈칫, 하더니 얼른 손목을 들어 시계를 보았다. 정도 반사적으로 시계를 보았다. 새벽 네시. 그 사람은 술 냄새와 조금 전까지 먹었을 야식 냄새를 풍기며 정의 곁을 후다닥 지나갔다. 몇 발짝 지나 정이 돌아보니 그 사람도 힐끗 돌아보고는 어느 대문 앞에 서서 숫자판의 비밀번호를 꾹꾹 누르더니 문을 살그머니 밀고 어깨를 옹송그리고 숨어 들어갔다. 정도 바삐 걸어 골목을 빠져나왔다. 다시 보더라도 그 사람의 인상착의를 기억할 수는 없을 것 같았다. 아주 평범한 사십 대의 배 나온 남자였다.

수면 부족에 시달리며 간신히 출근한 정은 상담 실장에게 간호사 없이 일하라고 했다. 몇 달 동안 일 시키겠다고 간호사를 뽑을 수가 없다고 잘라 말했다. 실장은 눈썹 앞머리를 한껏 치켜 올려 항의를 하려고 했지만 듣지도 않고 문을 쾅 닫아버렸다. 네가 알아서 해! 이미 문은 닫혔고 책상에 앉으며 소리쳤기 때문에 실장이 들었을 리가 없었다. 하지만 소리라도 질러야 했다.

서너 달 내로 진료실을 옮겨야 하는데 아직 어디로 옮길지조차 정하지 않았다. 내가 미친 게 아닌가, 그는 또다시 머리를 싸매고 끙, 신음을 흘렸다. 지금 그는 보증금과 월세를 계산하고 어느 지역에서 진료실 문을 열어야 최소한의 환자를 확보할 수 있을까, 지금 내원하고 있는 환자들에게 일일이 설명해주고 몇 달 뒤에는 어디로 찾아오라고 간청해야 했다. 그런데, 완전히 손을 놓고 있는 게 아닌가.

　　그것뿐인가. 내원하는 환자들에게 무성의해도 이렇게 무성의할 수가 없었다. 이젠 환자들이 다 떨어져 나간대도 할 말이 없을 지경이었다. 그의 머릿속에는 오직 마르셀밖에 없었다. 갖고 다니던 모든 짐을 그대로 놔두고 어디론가 사라진 마르셀. 아는 사람이라곤 규와 장밖에 없고, 그나마 그 두 사람은 믿고 의지할 수 있는 사람도 아닌데. 마쓰코는 마더랜드라도 가깝고 부모님이 계시지만 마르셀에게는 마더랜드라고는 없지 않은가.

　　그녀를 지켜주지 못한 자신이 비루하기만 했다. 어제 그녀의 집을 찾아갔던 것이 사실인지, 꿈인지 확신도 없었다. 밤이슬 맞은 것처럼 바짓가랑이가 젖어 있는 것도, 전설 속에서처럼 밤새 무덤을 헤맨 사람같이 흙이 묻어 있지도 않았으니. 잠을 제대로 못 잔 것만이 분명해서, 끊임없이 하품을 했고 짜증이 났다.

　　정은 크게 숨을 들이켜고 창가로 다가갔다. 마침 길 건너에서 허겁지겁 뛰어오는 김이환이 보였다. 그는 언제나 저렇게 뛰어다녔다. 진료 시간에 늦은 것도 아니고 상담 시간은 언제나 충분한데 말이다. 그는 나갈 때도 저렇게 허둥지둥 뛰듯이 나가곤 했다. 그런데 오늘따라 누가 바로 뒤를 쫓는 것처럼 자꾸 뒤를 돌아보느라 휘청거리기까지 했다. 그는 진료실을 올려다보더니 몇 발짝 너머의 횡단보도로 건너지 않고 냅다 도로를 건너뛰었다.

　　김이환을 보자 막연히 숨이 차서 정은 의자에 깊숙이 몸을 묻었다. 금방 일어나야 했지만.

　　문을 벌컥 열고 들어온 김이환은 눈자위가 붉었고 코는 뜨거운 숨을 뿜고, 입술은 바짝 말라 있었다. 그는 자리에 앉자마자 그를 향해 온몸을 털썩 내던졌다. 그의 두 팔이 큰 소리를 내며 책상 위로 떨어졌다.

　　―선생님, 저 어떡하면 좋아요, 저 어떡하면 좋아요.

　　이마가 더욱 붉어지고 관자놀이가 발딱거리더니 끝내 눈물을 흘렸다. 그는 고개를 들고 막 진실을 토하려다 갑자기 의자에서 미끄러지듯 내려가 무릎을 꿇었다. 정은 당황해서 벌떡 일어나 그를 일으키려 했다.

　　―저, 오늘 그 아랍인에게 테러를 저질렀어요.

　　이건 또 무슨 소린가. 닥터 정은 자기도 모르게 입을 쩍 벌렸다.

　　김이환은 아랍인들이 많이 모여 사는 곳에 살고 있었다. 거기는 아랍인 노동자들이며 그 가족들, 그들을 가르치는 교사들, 그들을 도와주는 한국인 인권 단체들이 거의 하나의 타운을 이루며 사는 곳이다. 무슬림들의 세력이 점점 커지면서 원래 거주자들과 갈등을 빚고 각종 문제들이 생겨나는 것에 불안감을 느껴오던 김이환은 이맘에 대해 촉각을 곤두세우고 있었다. 이맘이 어떤 사건에 대해 어떤 종교적 견해를 표하느냐에 따라 동네의 분위기가 급변했기 때문이었다. 그러는 중에 그는 그 지도자가 차도르를 하지 않는 여자는 포장을 하지 않은 고기와 같아서 강간을 당한다면 그건 스스로의 책임이다, 라고 했다는 말을 전해 들었다.

　　그 말을 들었을 때 김이환은 그 이맘이 실제로 그런 말을 했는지, 아니면 무슬림들의 보편적 정서를 말했을 뿐인지, 무슬림들이 한국 실정에 맞춰 포교를 하려면 그런 보편적 정서를 어떻게 조절하고 있는지 알아볼 생각을 할 겨를도 없이 염산이 담긴 병을 던져버린 것이다. 염산 병은 이맘의 다리에 부딪쳐 곧바로 화염이 솟았으면 사람들이 몰려들자 그는 냅다 도망쳐서 병원으로 오게 된 것이다. 병원이 무슨 성당이라도 된다는 말인가.

그는 이전에도 여러 차례 이맘을 쫓고 벽돌을 던지기도 했으며 너희 나라로 돌아가라고 소리를 지르기도 했었다. 그가 생각하기에 한국에서 무슬림들에 대한 공포와 증오는 한국인들이 아프가니스탄과 이라크에서 납치되어 살해되면서 겉으로 표출되기 시작한 것 같다고 말했었다.

책상 앞에 무릎을 꿇고 참회의 눈물을 흘리는 그를 보니 정은 그가 오늘을 택해 벼르던 죄를 짓고 고해성사를 하러 온 것인가도 싶었다.

―어떤 무슬림이 테러를 당하는 게 너무 무섭다고, 자기들이 무엇을 잘못해서 그러는 거냐고 쓴 글을 보았어요. 그들은 아무 짓도 안 했죠. 아무 짓도 안 했어요, 아직까지는요, 알죠.

하지만 말이죠, 하면서 그는 말을 이었다.

―틀림없이 얼마 안 있어서 일이 터질 거예요. 왜 그들은 자기나라에서 자유와 권리를 찾으려는 혁명을 일으키지 않고 남의 나라에 와서 그것을 거저먹으려는 거냐구요. 프랑스뿐만 아니라 우리나라도 한 인간으로서 누릴 권리와 자유를 찾기 위해서 무수히

목숨을 내놨다구요. 그러고서 얻은 거라구요. 자기 나라에서 자유와 권리를 찾을 수가 없어서 다른 나라에 와서 살면 다른 나라의 문화 속에 녹아들어야지, 종교의 자유 좋아하네, 종교의 자유라고는 없는 사람들이. 자기 나라에 가서나 종교의 자유를 외치라구요. 여자들은 그까짓 히잡 쓸 권리가 그렇게 중요하냐구요, 자기 나라에 가서나 남자 형제와 남자 친척들로부터 명예 살인 당하지 않도록 목숨 바쳐 권리를 찾으라구요.

—이제 머잖아 우리 동네에서는 어린 여자에게 길가에서 남자애와 얘기를 나누었다는 이유만으로 오빠와 아버지에게 맞아 죽는 일이 생길 거라구요. 이게 무슨 미친 문화예요, 문화는.

김이환은 애써 자제하고 두 번 다시 말을 하지 않으려고 했지만 그는 무슬림 여자를 좋아한 전력이 있었다. 그가 이렇게 흥분하는 이유는 아마도 그가 사랑하는 그녀 때문일지도 몰랐다. 그녀가 그와 얘기를 나누었다는 이유만으로도 그의 오빠와 아빠에게 맞아 죽을지도 모르니까. 그는 그녀를 위해서 말 한마디 건네고 싶은, 사랑한다고 말하고 싶은 욕망을 꾹 누르고 살아온 참이었다. 그런 부낭한 현실을 삼내하는 여자들도 한심스러웠다. 어사 신조들은 죽음을 무릅쓰고 거부해서 후손에게 자기 삶을 스스로 선택할 수 있는 환경을 만들어줬어야 하며 그렇게 하지 못한 여자 어른들을 저주했다.

김이환에게는 세계의 모든 사람들이 얽히고설켜 살아가야 한다는 다문화주의니, 다른 나라의 문화에 대한 이해며 관용이니 하는 것은 모두 개 풀 뜯어 먹는 소리에 불과했다. 이미 그가 살고 있는 마을에서는 토박이들이 많은 것을 잃어가는 중이었으니까.

　─지금은 그들이 수도 적고 소외층이지만 점점 인구가 늘고 사회 경제적으로 중산층이나 상류층으로 진입하게 되면 오히려 우리 민족이 타국으로 내몰릴 거라구요. 유럽의 경우를 보라구요. 제 생각은요, 정부는 능력 있는 사람들을 위한 제도를 만드는 것보다 무능력한 사람들이 나라 밖으로 내몰리지 않도록 제도를 갖춰야 한다는 거예요. 능력 있는 사람들이야 세계 어디를 간들 못살겠어요.

　닥터 정의 머릿속은 마르셀로 가득해서 김이환을 무관심하게 바라보았다. 자기는 이 사람과 아무 관련이 없는데 이 사람은 폭발물이라도 안고 달려드는 것 같았다. 문득 눈동자가 마주치자 김이환이 느끼는 피에 대한 공포가 확 느껴졌다. 어떤 유전자가 자기를 도태시키려고 달려드는 거친 유전자에 대해 즉각적으로 느끼는 공포. 이성이 간섭할 여지가 없는 영역. 김이환의 불안한 피톨들이 외적의 침입을 받은 것처럼 아우성치며 우왕좌왕하고 있었다. 정은 김이환에게 말려들지 않기 위해 의자를 뒤로 조금 물렸다. 가능한 한 머리를 뒤로 밀어 물리적 거리가 멀어지도록 했다. 멀찍이서 핏발이 선 채 번득이는 흰자위를 지그시 응시했다.

　순혈주의의 근간은 이렇게 공포에 다름 아니라는 것을, 외적의 침입에 의해 쑥대밭이 된 마을을 도망쳐 나온 주민의 살기 어린 전언을 들을 때처럼 불안과 안타까움을 느끼며 듣고 있었다.

　김이환의 아버지는 가구 공장을 하고 있다. 파키스탄인 한 명,

필리핀인 한 명, 인도네시아인 한 명이 그 가구 공장에서 일하며 공장에 딸린 작은 숙소에서 먹고 잔다. 그의 아버지는 함께 도망가거나 사건을 도모하거나 반항하지 못하도록 일부러 각각 다른 나라 사람들을 고용했다. 그들의 누이나 아내가 며칠에 한 번씩 세탁한 옷이며 음식을 싸서 들고 왔다. 그들은 대팻밥이 날리는 한구석에 쪼그리고 앉아 도시락을 먹었다. 그들의 아내나 누이는 무슨 죄라도 지은 사람들처럼 눈치를 보며 싸 들고 온 보퉁이를 건네주고 도망치듯 돌아간다. 김이환은 그들의 노동력으로 대학을 졸업했다. 그는 유난히 예민한 감성의 소유자이자 양심의 소리에 귀를 기울이는 사람이어서 그들을 볼 때마다 마음이 편치 않았다. 그러다 한 어린 여자를 사랑하게 되어버린 것이다.

겨우 열다섯 살의, 학교도 다니지 못하고 오빠의 옷 꾸러미를 들고 다니는 어린 소녀를. 김이환은 그녀를 볼 때마다 사랑과 분노가 똑같은 무게로 치밀어 올라 어쩔 줄을 몰랐다. 그가 무슬림들에게 돌을 던지고 욕하는 것을 안 아버지는 그를 흠씬 두들겨서 내쫓았다.

―아버지를 도와주지는 못할망정, 쪽박을 깨? 이 천하에 빌어먹을 놈아, 당장 나가서 네 돈벌이를 해! 그렇잖으면 저놈들과 함께 대패라도 밀든가!

아버지는 이름도 외울 필요를 느끼지 못하는 노동자의 여동생을 김이환이 사랑한다는 것은 꿈에도 생각지 않았다. 세상 물정 모르는 놈이었을 뿐이다. 김이환은 어떻게 대항해보지도 못하고 쫓겨났다. 이제 그 소녀를 볼 수도 없었다. 소녀를 보기 위해 가구 공장에 가는 일은 부자연스러울 뿐만 아니라 소녀에게 위험한 일이 될 수도 있었다.

김이환은 사랑과 증오 사이에서 고통을 겪다가 둘 중 하나를 택해야만 했던 것 같다. 소녀를 택하고 나머지 모든 것들과 적극적으로 싸울 수 없었던, 그러기엔 그가 싸워야 할 세상이라는 대상이 너무 거대하고 완강했던 탓에 그는 아예 모두를 증오라는 길을 택해버린 것이다. 그 누구도 그러라고 하지 않았음에도, 그냥 모른 척하고 살아도 됐는데, 그 소녀만 잊어버리면 아무 일도 없는 건데, 그의 양심은 적당히 두 줄을 타고 흔들리며 가는 것을 허용하지 못한 것이다. 게다가 스스로 졌다는 것을 인정하고 싶지 않은 내면이 더욱 증오를 불타오르게 하고 말았다. 사랑할 수 없다면 죽여버려라, 라고나 할까.

정은 천만뜻밖에도 김이환의 사랑에 대한 무거운 책임감에 깊이 감동했다. 사랑으로 그 무거운 짐을 지고 나갈 수 없어서 배배 꼬이고 꼬인 끝에 택한 끔찍한 결과마저 깊이 이해하고도 남았다. 비록 뼛속 깊이 박힌 순혈주의에 무참히 무너져 사랑마저 버렸지만, 약한 자의 변명은 언제나 닥터 정에게 깊은 공감을 불러일으켰다. 물론 뒤통수 저 끝에서 공감을 느끼자마자 서둘러 고개를 저어버렸지만.

그러나 깊은 공감에도 불구하고 정은 김이환의 고백이 끝나지 않아 조바심이 났다. 그에게 마음 쏟고 있을 여유가 없는데 왜 이렇게 말이 기냐 말이다. 그는 마르셀에 관해 전혀 진척되지 않는 상황에 어제 일도 분명히 기억하지 못할망정, 하루 종일 그녀만을 생각하며 마음 졸이고 조바심을 치고 싶었다. 그녀를 생각하며 방정맞게 진료실을 종종거리며 오갈지언정 그러고 싶었다. 그러나 정은 하소연이 다 끝나지도 않은 내담자를 밀어낼 정도로 마음이 모질지는 못했다. 그저 내담자가 눈치채지 못할 정도로만 슬그머니 호소하는 눈길을 피했을 뿐이다.

김이환은 김이환대로 자꾸만 딴 데로 흐르는 닥터 정과 눈길을 맞추려고 했다. 순간적으로 눈길이 마주치자 닥터 정은 문득 마르셀도 마쓰코도 먼 외국 땅에 나와서 김이환 같은 사람들에게 테러와 다름없는 일을 당했다는 생각이 들었다. 어린 누이도 오빠도 없는, 어디에 호소할 곳도 없는 그녀들이었는데 말이다. 김이환에 대해 분노가 치미는 순간, 양심적인 그는 이런 생각도 했다. 다른 유전자에 대해서 우위를 차지하려고 싸우는 유전자의 소행을 우리가 모르는 척 딴전을 피우고 있을 뿐, 다른 인종에 대해 종종 무턱대고 거부 반응을 느끼는 것을 가까스로 참고 있을 뿐, 저 사람이나 나나 다를 게 있나. 닥터 정은 김이환에 대해 분노하려면 자신에 대해서도 분노해야 마땅하다고 생각해서 분노를 그만두었다.

그리고 김이환에게 분노 조절 테라피를 권해볼까, 잠시 생각했다. 그러기 위해서는 종합병원에 보내야 하는데 김이환은 우선 분노를 조절하기보다는 분노를 털어놓는 게 우선이고, 또 어떤 의사도 이렇게 오래도록 참고 들어주지 않으니 역시 내가 조금 더 봐줘야겠다고 생각했다. 그래서 고개를 끄덕여주었다.

고개를 끄덕여주는 속도가 빨라질수록 사람들은 말을 더 빨리, 더 많이 하며 스스로도 곧 끝내야 한다는 것을 깨닫게 된다. 등받이에 기댔던 등을 천천히 일으키며 손을 비비는 시늉을 하면 내담자들은 끝을 조절하게 되고 차트를 만지작거리면 스스로 말을 마무리하게 된다.

—다음에는 무슨 짓을 하게 될까요? 저는 제가 무서워요. 너무 멀리 달려온 것 같아요. 그만둘 수도 없을 만큼.

정은 김이환이 범죄를 저질렀다는 것을 이해시켜야 했다. 더 이상 범죄를 저지르지 않도록 적절한 조치를 취해야 한다는 것도 알고 있었다. 그러나 정은 오늘 아무 도움도 줄 수가 없었다. 그는 점점 김이환이 미워졌다. 빨리 진료실에서 나가기를 바라고 있지만 그걸 감추느라 애먼 행동을 해야 하는 것도 싫었다. 닥터 정의 여러 사인을 몸으로 느낀 김이환은 점차 감정을 추스르고 일어설 준비를 했다. 정은 먼저 일어나 그의 어깨를 다독거려주었다. 김이환은 이제 일어서지 않을 수가 없었다.

실장이 들어와 장이라는 사람의 차트를 오늘 봐야 할 차트들 위에 올려놓았다. 이름 첫 자가 눈에 확 들어왔다. 장이란 성이 한두 명의 것이 아니건만 자라 보고 놀란 가슴 솥뚜껑만 봐도 놀란다더니, 정은 가슴을 다독거렸다. 그는 언제부턴가 예감에 의지하는 버릇이 생겨 자기도 모르게 창밖을 건너다보았다. 어떤 사람일지 예감하게 하는 기후의 변화를 훔쳐본달까. 요 며칠 계속된 그대로 겨울 끝자락에 어울릴 법하게 그저 그렇게 우중충하고 매콤한 대기가 창밖을 메우고 있었다. 아주 평범한 날씨였다. 그래서 정은 차트에 적힌 사람은 평범한 사람이겠구나, 하고 전혀 정신과 닥터답지 않은 결론을 내리고는 마음을 놓았다.

내담자가 들어왔다. 정은 차트를 내려다보고 있다가 무심하게 고개를 들고 내담자에게 가볍게 눈인사를 한 뒤 차트 앞장을 넘기다가 문득 내담자를 다시 쳐다보았다. 그의 심장께에서 커다란 쇠종이 텅, 울렸다. 내담자는 왼쪽 뺨에 상처가 있었고, 입매만 살짝 치켜 올려 예의상 웃음 지을 때 상처가 보조개처럼 파였다. 우연의 일치일까, 아닐 거야, 이 사람은 바로 그 사람이야, 하루 전에 바로 내가 중얼거렸잖아, 우연이 일치하면 그건 이미 운명이라고, 눈길을 살짝 내리며 새롭게 인사를 하는 동안 정의 머릿속이 시끄러웠다.

게다가 장이라는 사내는 무슨 문제가 있어서 상담하러 온 사람답지 않게 차분했으며 동공 저쪽에 냉담함이 서린 눈으로 닥터를 바라보았다. 그 눈을 본 순간, 정은 혹시 저 사람이 사나흘 전 내가 마르셀의 침대에 누웠던 것을 알고 있는 것 아냐, 싶었다. 마음이 켕기면 눈은 그걸 속이지 못하는 법, 정은 금방 눈길을 떨어뜨렸다. 그렇지만 원래도 감정을 쉽게 드러내지 않는 사람이라 곧바로 조금 서글픈 미소를 띠고 일어나 차를 준비했다. 그러나 내담자가 그의 뒤통수를 짯짯이 노려보고 있을 거라는 생각이 드는 것을 어쩔 수 없었다.

장을 첫눈에 알아보고 정의 눈이 흔들렸고 그것을 장이 못 알아봤을 리가 없다는 찰나적인 판단, 그러고도 아무렇지 않은 낯빛을 유지해야 하는 두 사람. 누가 먼저 본심을 드러낼지 알아채기 위해 얼마나 신경을 곤두세워야 할까. 작은 상담실에 팽팽한 긴장이 가득 들어찼다.

효과적인 질문이 하나도 생각나지 않아 정은 차를 권하며 우회고 뭐고, 오히려 아주 평범한 질문으로 시작해야겠다고 마음먹어버렸다.

—어디가 불편하신가요?

평범하게 묻고 나니 괜히 속을 떠보는 얕은 수작을 하지 않은 게 나았다고 생각됐다. 어쨌든 모든 닥터는 환자에게 어떻게 왔냐고 묻고 환자는 어떻든 간에 무엇 때문에 왔는지 말을 해야만 할 테니까. 묻는 자의 입장에 있다는 게 이럴 때 얼마나 다행인지 정은 몰래 숨을 내쉬었다. 장은 정이 뭐라고 했거나 말거나 정에게서 눈길을 떼지 않은 채 무슨 생각인가를 하는 것 같았다.

—만약에 말입니다.

만약에, 라고? 만약이 아니라 네가 어떤지 얘기하라구. 내게서 알아내고 싶은 게 뭐야, 마르셀이 여기 와서 무슨 말을 했는지 알고 싶은 거 아냐, 그리고 그녀가 너의 범죄를 내게 다 불었는지 캐고 싶은 거 아냐. 속으로는 그렇게 중얼거리면서 겉으로는 제법 관심을 기울이는 척 입가에 호의 가득한 미소를 살며시 올려놓았다.

그런데 장은 말을 잘못 꺼냈다는 듯 고개를 젓고 다시 말을 골랐다.

—있지도 않은 사람이 있다고 느끼는 것이 가능합니까? 아니, 느끼는 게 아니라…….

그는 적당한 말을 찾기 위해 잠시 눈길을 내려뜨렸다.

—정말 분명히 있는데, 또 분명히 없단 말입니다.

가만 보니, 장은 동정을 살피는 것이 아니라 동의를 구하는 것 같았다. 당신도 나와 똑같은 경우를 겪고 있지? 그렇지? 사실을 말해줘, 라고. 정은 다른 내담자와 아무 연관이 없는 개별자를 대하듯 장이 말하는 것을 '증상'으로 받아들여줘야겠다고 생각했다.

—음. 조금 더 자세히 말씀해보실까요? 누군가가 있는 것처럼 생각된다, 그런데 다른 사람들은 전혀 그 사람의 존재를 인정하지 않는다, 는 뜻인가요?

장은 고개를 저었다. 입은 꾹 다물었지만 눈은 정을 뚫어져라 바라보았다. 정은 나 참, 이 사람이, 전혀 사실을 말할 생각이 없다 그거지? 싶었다. 그럼 뭘 어떻게 해서 마르셀에 대해 알아낼 생각이었어? 속으로 쯧쯧 혀를 찼다.

이 사람이 마르셀의 실종과 관계가 있다면 굳이 나를 찾아온 이유는 뭘까. 내가 두 사람 사이를 어디까지 알고 있는지 궁금해서? 만약 마르셀이 죽지 않고 어딘가로 떠나버렸다면 왜 나를 찾아왔을까, 내가 마르셀과 새로운 관계를 맺고 그녀를 빼돌렸을지도 모른다고 생각해서? 이 사람이 나를 찾아온 이유는 뭘까? 나는 어느 정도까지나 둘 사이의 관계를 아는 척해야 할까. 그저 일개 내담자였을 뿐인 사람, 그 외에는 전혀 모른다, 그리고 전혀 개인적인 관심도 없다, 그 정도로만? 어쨌거나 그 무엇을 물어오더라도 최대한 대답을 미적거리며 증상으로 한정시키고 검사를 하든지 약을 주겠다고 하면서 돌팔이 흉내를 낼 수밖에 없을 것 같았다.

─다면적 인성 검사를 해보시겠습니까?

정은 500개에 달하는 문항이 빼곡히 적힌 용지 한 묶음을 꺼내 들었다. 장은 의외로 선선히 용지를 받아 들었다. 담담한 표정으로 용지를 가방에 넣더니 고개를 끄덕거리고 일어났다.

장이 나가면서 문을 딱 닫는 것을 보고 정은 한숨을 몰아쉬며 자리에서 천천히 일어났다. 혹시라도 장이 다시 문을 열고 들어와 방심한 그를 덮칠까 봐 문에서 눈을 떼지 않은 채. 누가 보더라도 그저 환자를 내보내고 나서 휴식을 취하려는 의사처럼 보이도록 적당히 긴장을 풀고 적당히 하품 한 번 해주며.

문득 이 상담실을 들락거린 몇 사람이 일시에 정의 머릿속으로 떠올랐다. 김이환과 김이환이 만나고 있는 무슬림들, 국적은 프랑스이지만 다른 나라에서 산 시간이 훨씬 많아 민족적 특성이 애매한 마르셀, 교포 3세로 자라 일본인으로서의 정체성이 강하지만 3분의 1 남은 한국인으로서의 정체성을 무시할 수만은 없는 마쓰코. 뭔지 아직은 모르지만 심각한 트라우마를 숨긴 채 외국인 여성들을 유린한 장. 세계의 모든 국경이 낮아진 지금, 낮아지고 넓어진 국경을 믿고 타국 또 타인종 사이로 옮겨가는 수많은 사람들은 그러나 현실에 마주친 순간 국경이 낮아지고 넓어졌다고 믿은 건 환상일 뿐, 아직도 인간의 내면은 타인종에 대한 공포와 불안이 깊숙이 도사리고 있음을 깨닫게 될 것이다. 유전자 깊숙이에서 자기 영역을 지키려는 감시의 눈동자가 번득이고 있을 테니. 장은 국경을 넘어서려던 것일까, 국경을 넘어온 사람에게 증오를 품은 것일까. 금기를 넘어서려던 것일까, 금기에 증오를 품은 것일까. 그것을 풀게 되면 세 사람의 관계는 의외로 쉽게 풀릴지도 모른다.

다면적 인성 검사 결과에 기대를 걸어봐야겠다, 고 생각하며 책상을 돌아 나오다가 장이 앉았던 자리를 본 순간, 머리끝으로 소름이 쭉 끼쳤다. 정의 병원에서 발행한 것이 분명한 작은 종이였다. 정은 허리를 굽혀 종이를 집기 전에 바닥에 떨어진 채 펼쳐진 그것을 보았다. 마르셀의 이름이 선명하게 찍힌 예약 접수증이었다. 날짜는 마르셀이 왔어야 할, 오지 않았던, 바로 그날이었다.

장은 이것을 일부러 바닥에 떨어뜨렸다. 장은 정을 탐색하기 위해 다시 문을 열고 들어오지는 않을 것이다. 종잇조각 하나 떨어뜨린 것이 백 마디 물음이나 백 마디 대답보다 확실하다는 걸 잘 알고 있을 테니까. 왜 더 이상 묻지도 대답하지도 않고 순순히 검사 용지를 받아들고 놓아갔는지 알고도 남았다. 성은 첫번째 라운드를 무사히 넘겼다고 생각했지만 크게 한 방 먹었다는 걸 깨달았다.

몇 마디 되지 않았던 장의 말과 말 아닌 말을 맞춰보면, 마르셀이 존재하였던 것이 분명하지만 존재하지 않게 된 것이라는 말이 된다. 진료 내역서나 예약증을 들고 찾아와보니 마르셀이 존재했던 것이 분명하다, 그러나 지금 어찌 된 것인지 존재하지 않는다.

그것은 도대체 어떤 상태인 것일까. 정은 이 아리송한 '존재'와 '비존재'가 의미하는 바가 무엇을 뜻하는지 궁금해 죽을 지경이 되었다. 장은 마르셀의 실종에 관계가 없단 말인가? 아니면 어떻게든 관계되어 있지만 그 뒤로 어찌 되었는지 이상한 일이 벌어졌다는 건가? 아, 도무지 알 수 없었다. 그가 알고 있는 것은 어디까지이며 모르는 것은 또 어디부터인가. 차라리 대놓고 물어볼걸 그랬나? 정은 이제 커다란 의문이 제게 던져진 것을 깨닫고 안절부절못했다. 게다가 그때 그의 뒤통수를 치고 달아나는 또 하나의 의문!

목소리! 마르셀이 정적 속에서 들었고 따라갔던 높고 가는 목소리, 그리고 장의 집 안에서 그림자로 비쳤던 정체를 알 수 없는 사람! 그건 혹시 마쓰코? 마쓰코가 죽지 않았거나, 죽은 뒤에도 남아 있거나? 그는 즉시 고개를 흔들었다. 내가 갑자기 심령술사라도 된 건가, 그 집이 아무리 평범한 집이 아니라 해도 죽은 사람이 돌아다니거나, 환청이 되어서 떠돌다가 문간방 여자를 불러내서 헤매게 만든다거나, 하는 일이 있기야 하겠나. 마쓰코가 죽은 게 아니라면, 그렇다면 마쓰코는 그 집을 드나들거나, 그 집에서 살거나? 마르셀의 눈에 전혀 띄지 않으면서? 그게 가능할까? 소리를 감춰주고 모습을 감춰주는 신비의 집이라면 가능할까? 현대 과학을 따르는 사람으로서 전혀 인정할 수 없는 사이코들의 얘기에 어쩌다 이렇게 빠져들어버렸을까.

정은 미친 사람처럼 고개를 저어대며 병원 문을 잠갔다. 셔터를 내리고 주위를 살펴보았다. 서둘러 걸음을 옮겼지만 어디로 가

야 할지 알 수 없었다. 지금 이 순간 그가 아는 곳은 진료실과 마르
셀이 살던 집, 두 곳밖에 없었다. 갈팡질팡하는 그를 향해 도처에서
하얀 늑대들이 몰려오는 것 같았다.

3
그 사람,
장

마르셀이 사라졌다!

이게 어떻게 된 일인가. 20분 전까지만 해도 여기 누워 있었는데. 숨이 멎은 채로. 고개를 힘없이 옆으로 떨구고, 두 눈을 부릅뜨고 두 팔을 활짝 벌린 채, 완전히 벌거벗은 몸으로, 새하얀 양털 카펫 위에.

20분? 아니, 10분 남짓? 그가 마르셀이 숨을 멈춘 것을 확인하고 뛰쳐나가 중문을 지나 대문까지 치달려 넋이 나간 상태로 우두망찰 서 있었던 시간이 얼마나 되었을까. 열린 중문 너머 깊은 어둠 속에서 얇디얇은 검은 비단 같은 목소리가 펄럭이며 그를 향해 불어왔다. 가까이 오면서는 바람을 타고 헤엄쳐오는 수십 마리 검은 비단뱀으로 변하여 그의 온몸을 스쳐 대문 틈으로 빠져나갔다. 지금까지 그가 손에 잡으려 애쓴 그 모든 가냘픈 목소리들이 한꺼번에 펄럭이며 다가왔다가 사라져버렸다. 그는 본능적으로 그것들을 따라 대문을 열다가 세차게 불어온 바람에 문득 소스라치게 놀라 두 손을 내려 알몸을 가렸다. 막 사그라지는 얼음덩이가 발바닥을 찔렀다.

조금 전 그녀의 목을 조른 게 진짜로 있었던 일일까. 그녀의 창문으로 희미한 불빛이 새어 나왔다. 그가 30분쯤 전에 그녀를 불러냈고, 그녀는 그의 방에 버려져 있을 테니, 지금 그녀의 방은 비어 있을 것이다. 하지만, 하지만 그가 착각하고 있을 수도 있지 않을까. 그는 대문 앞에 선 채로 그녀의 방을 향해 목만 길게 빼서 조그맣게 그녀를 불렀다. 갓 태어난 새끼고양이의 울음소리만큼이나 여리고 애달프게, 세 번. 당연하게도 아무 대답이 없었다. 마르셀의 마당은 눈 내리기 전 어느 곳이나 그렇듯 우중충하게 가라앉아 중문 너머 그의 마당과 다를 바가 없었다. 그녀가 오기 전의 황량하던 곳으로 되돌아가버렸다.

장은 마르셀이 누워 있던 양털 카펫에 더러운 얼음물이 번지는 것을 내려다보았다. 그는 오른발 엄지발가락을 비켰다. 손을 떼자 홱 떨궈지던, 그녀의 머리가 있던 자리다. 엄지발가락 자국을 보다가 문득 그녀가 숨이 끊어진 것이 확실했던가, 의심이 들었다.

—나를 바치고 싶어요.

장은 마르셀의 입술을 자세히 읽었다. 나를 바치고 싶어요. 윤기가 감돌고 촉촉하며 살아 꿈틀거리는 입술을 타고 그가 해독하기 어려운 문장이 흘러나왔다. 아니, 그 목소리를 들었다. 그 뜻을 헤아리기도 전에 금방 사라져버릴 목소리. 그 목소리를 잡으려고 장의 눈은 그녀의 입술에 바짝 다가갔다. 나를 바치겠어요. 그 두 마디는 장의 뇌에 도달하기도 전에 그의 손을 움직여 그녀의 목을 향해 뻗게 만들었다. 가는 목소리와 함께 가는 목덜미를 움켜쥐고 그는 문득 그녀의 눈을 들여다보았다. 초록색 홍채의 무수한 잔주름이 그를 향해 서서히 열렸다. 그 어둡고 깊은 곳에서 이제껏 만나보지 못했던 열락이 그를 기다리고 있었다. 깊고 깊은 우물의 한가운데서 나를 바치겠어요, 라는 소리가 울려 퍼졌다. 그는 그 말을 액면 그대로 받아들였다. 바친다. 그것은 신성한 존재에 대한 숭배의 가장 높은 단계가 아니던가. 장에게는 내 목을 바치겠어요, 라고 들렸다.

그가 마르셀을 사랑하게 된 것은 바로 이 '바친다'라는 말 때문이었다. 프랑스에서 사랑에 깊이 빠진 여자가 처음 관계를 가질 때 흔히 한다는 '나를 바치고 싶어'라는 말은 근래 들어 주변에서 듣기 힘든 말이었기 때문에 그녀가 그 말을 꺼낸 순간부터 굉장한 힘을 발휘하고 말았다. 그는 마르셀을 떠올릴 때마다 자기에게 바쳐진 여자라는 이미지에 휘둘리고 말았으니까. 그녀는 바쳐졌고 장은 집행자일 뿐이었다.

그는 높다란 벽에 가로막혀 있고, 하늘을 가릴 만큼 거대한 검은 기와지붕에 가려진 마당 한 귀퉁이에서 자란 배나무 꼭대기를 칭칭 감은 채 목을 꼿꼿이 세우고 열망하는 초록빛 눈으로 마르셀이 다가오는 것을 집요하게 지켜보았다. 어둠 속에 잠긴 높다란 나무에 똬리를 틀고 먼 어둠 속을 주시하는가 하면, 가까이 다가오는 자기를 주시하는 것 같은, 그윽한가 하면 쪼개버릴 듯 쏘아보는 장의 눈을 발견하고 마르셀이 걸음을 멈추었다. 우뚝 선 마르셀의 초록빛 눈과 꼿꼿이 선 그의 초록빛 눈이 만났다. 뱀의 눈동자는 조각조각 나뉘어 각기 그녀의 한쪽 유두와 한쪽 팔, 한쪽 목덜미와 한쪽 허벅지, 한쪽 배꼽과 한쪽 겨드랑이를 집요하게 주시하고 있다. 지금은 한겨울, 여러 번 허물을 벗은 뱀의 피부는 예민하다. 나누어진 그녀의 몸뚱이를 예민해진 뱀의 피부로 하나하나 훑고 감아보고 한꺼번에 졸라서 한 몸으로 만들어놓을 셈이다.

그녀의 오른쪽 젖꽃판에서는 어느 프랑스 놈의 칼자국 냄새가 났고, 그녀의 모래 능선 같은 옆구리에서는 어느 말레이시아 놈의 이빨 자국 냄새가 났고, 달빛이 끼얹힌 게 틀림없는 그녀의 길고 곡선 좋은 허벅지에서는 어느 한국 놈의 사타구니 냄새가 났다. 그놈들은 그 부분을 징글징글하게 좋아했을 게 틀림없다. 장은 한겨울 갓 돋아난 예민해진 비늘을 일제히 일으키며 마르셀의 종아리에 감겨 있는 치마를 걷어 올렸다.

검다 못해 푸른 광택이 흐르는 단단한 검은 비늘이 끊임없이 이어진, 길고 굵직한 몸뚱이로 새하얀 마르셀의 종아리에 올라탔다. 옅은 황금색의 얇디얇은 뱃가죽이 마르셀의 탱글탱글 흔들리는 살을 스륵 휘감고 돌아 허벅지로 기어올랐다. 온도와 습도에 민감한 혀로 보다 많은 땀과 보다 많은 냄새를 품고 있는 살갗을 찾았다. 그녀의 허벅지 안쪽 얇은 살갗은 그의 날카로운 혀끝이 닿을 때마다 푸른 혈관을 밀어 올리고 푸른 혈관의 장벽을 활짝 열어 따뜻한 땀방울과 향긋한 여자의 향기를 톡톡 돋게 했다. 바로 그곳을 탐욕스럽게 파고들어가고 싶었지만 그는 조금 더 참기로 한다. 그녀의 온몸은 아직 반이나 남아 있으니까. 장이 기어가는 곳마다, 아니 기어갈 곳마다 살갗이 파르르 떨리고 소름이 톡톡 돋고 땀방울이 솟았다.

그녀가 등을 기댄 나무가 깊은 어둠 속에서 점점 가지를 길게 뻗었다. 마치 그녀의 몸을 거쳐서 가지가 뻗어나가는 것 같았다. 그래서 오래된 가옥을 뒤덮은 거대한 나무 아래, 하얀 알몸으로 누운 마르셀을 제물로 바쳐야 했다. 제물은 아름답거나 순결하거나, 가치가 높다거나 해야 하며, 적어도 유일한 존재라는 상징성이 있어야 했다. 새하얗게 내린 눈 위에 서리가 덮여 어둠 속에서 수많은 빛을 발하는 대지에 드러누운 더없이 아름다운 여자. 그에게 바쳐진 채 아무런 저항도 움직임도 없이 긴 목을 비스듬히 내놓고 눈을 감은 여자. 아니, 가늘게 지뜬 눈으로 수억 광년 너머의 희뿌연 빛을 응시하며 몽환에 잠긴 여자. 몸이 꽁꽁 얼어가도 몸이 얼어가는지도 모르며, 제물이 되어도 제물이 된지 모르는 여자.

나를 바치고 싶어요, 라는 말을 들으면 장의 머릿속에는 불현듯 아주 먼, 아주, 아주 먼, 그래서 기억조차 희미한, 그러나 분명한 목소리로 남은 그 말이 떠올랐다. "나는 내 모든 것을 바쳤어. 하지만 아무것도 남은 게 없구나. 아가, 나를 용서해라. 사요나라."

어린 장에게 무릎을 꿇고 절을 하고 난 뒤 어머니가 남겼던 마지막 말이었다. 절을 하는 그 순간 어린 장은 어머니에게 어리광을 부리며 달려들 수 없다는 것을 분명하게 느꼈다. 그래서 그 순간 그에게는 어머니의 입에서 나오는 '목소리'밖에 집중할 다른 어느 것도 없었다. 어머니는 그 말을 마치고는 단 한 번 안아주지도 않고 다시 한 번 쳐다봐주지도 않고 단호하게 일어나 방문을 나섰다. 그래서 어머니에게서는 기억할 촉감이라곤 없었다. 그 말은 그동안 수없이 안아주고 수없이 입을 맞추었던 모든 촉감을 깡그리 없애버리고 말았다. 그에게 남아 있는 건, 그 네 마디뿐. 그것을 전달하던 아주 가늘디가는 목소리뿐.

그의 모든 살갗에서 한순간 증발해버린 어머니의 냄새, 살갗의 따스하고 부드러움, 그의 작은 몸을 꼬옥 조여오던 팔의 힘, 그의 엉덩이를 부드럽고도 단단하게 받쳐주던 무릎, 고개만 돌리면 입술에 닿던 어머니의 젖꼭지, 그것들을 잡아보려고 얼마나 손을 내저었는지 모른다. 기억도 없어진 그것을 어디서 어떻게 찾을 수 있을 것인지, 그 아득함에 얼마나 낙망했는지 모른다. 바친다, 라는 말과 사요나라, 라는 말 사이의 간극을 그는 아직까지 풀지 못하고 있었다.

그는 어머니가 꼭 닫고 떠난 방문을 몇 달 동안 혼자 열지 못했다. 그 방의 한가운데 주저앉은 그를 둘러싸고 '바쳤다'라는 말이

똬리를 틀며 서서히 일어나 '사요나라'라는 블랙홀을 불러일으켜 그를 휘감고는 암흑 속으로 내동댕이쳤다. 한동안 널브러져 있다가 서서히 정신을 차리고 일어나보면 방문은 언제나 꼭 닫혀 있었다. 설사 그 방문이 열렸다 한들 그 문으로 들어오는 사람은 어머니가 아니었기 때문에 그 방문은 굳건히 닫힌 것과 다를 바 없었다.

그가 절대로 그 방에서 나오려 하지 않았기 때문에 새엄마가 밥을 가지고 들어와야 했고 그의 대소변을 받아서 내가야 했으며 뒷바라지하느라 지친 새엄마에게 종종 얻어맞기도 해야 했다. 그 방에서 그를 끌어낸 것은 그가 가장 증오하는 아버지도 가장 경멸하는 새엄마도 아니었다. 그는 어느 날 스스로 그 방에서 걸어 나와 다시는 들어가지 않았다. 방문을 쾅 닫으며 어머니가 했던 것처럼 그 방의 어딘가 깊은 곳을 향해 사요나라, 라고 단호하게 말한 것 역시 당연했다.

그의 어머니는 일본인이었다. 일제가 패망하고 난 뒤, 젊은 아버지가 일본에 유학했던 시절, 사랑에 빠진 두 사람은 함께 살기 시작했다. 아버지는 장차 자신이 무엇이 될지 몰랐기 때문에 사랑에 빠진 사람의 모습 그대로 그 여자가 아니면 설내 그 누구와도 함께 살지 않겠다고 맹세를 했다.

당시 일본에는 한국 유학생이 제법 있긴 하지만 일본 전쟁이 끝난 지 겨우 12~13년이 지났을 뿐이라 일본에서 한국 사람과 교제를 하거나 심지어 결혼을 한다는 건, 거의 모든 가족 관계를 끊어야 가능한 일이었다. 그러고도 일본에서도 한국에서도 떳떳이 살아가기 무척이나 어려운 시대였다. 사랑에 빠진 어머니는 아버지보다 두 살이 많았고 그때 이미 학교 선생을 하고 있었다. 아버지를 따라 집을 나온 어머니는 아버지의 학비를 대가며 몰래 함께 살게 되었고 주위의 이목 때문에 집을 여러 차례 옮겨야 했다. 마침내 학교에 어머니의 소행이 알려지게 되었을 때는 다행히도 아버지의 공부가 끝이 난 때였고 몰매를 맞기 전에 두 사람은 한국으로 도망치듯 건너오게 되었다. 그러나 한국에 와서도 그들의 관계는 인정받지 못했다.

할아버지는 일제 강점기에 친일파 노릇을 했다. 마을의 공출 담당이었는데 전쟁에 필요한 유기와 철물을 빼앗아 일본군에게 넘기고 몰래 빼돌린 돈으로 집안을 일으킨 사람이었다. 아버지는 그 돈으로 일본에 유학했다. 원래 살던 동네에서 이사를 나와 먹고산다 하는 사람들의 동네에 자리를 잡은 할아버지는 슬슬 나오기 시작하는 배를 뒷짐을 져서 더욱 불룩하게 내밀고 팔자걸음으로 나들이를 시작한 터라 과거가 켕기는 게 당연했고 누구든 과거를 불러일으키는 사람은 절대로 집안에 들일 수가 없었다.

어머니는 한국에 온 첫날부터 배척이라는 고통에 시달리게 되었다. 바람결에 일본인 특유의 목소리만 들려도 도끼눈으로 살기등등하게 노려보던 시절이었다. 어머니는 그 작은 발 하나 디딜 곳이 없었다. 그 작은 몸 하나 편히 눕힐 곳은 더더욱. 일본으로는 되돌아간다는 생각조차 할 수 없었던 어머니는 아버지만을 믿고 의지할 수밖에 없었다. 아버지가 정부의 문화부처에 행정부 과장이 되었으니 집을 얻어 나가 독립해 살 수 있을 것이라고 생각했던 것은 어머니 혼자만의 망상이었다. 불행히도 좋은 일자리는 아버지의 현실 감각을 일깨우게 되었고, 아버지는 점차 어머니가 불편한 존재라는 사실을 깨닫게 되었다.

자기 하나만을 의지하는 어머니의 존재는 당연하게도 세상에서 가장 무거운 짐이 되어버렸으며 어머니가 있다는 것을 잊기 위해 집에 들어오지 않는 날이 많아졌다. 집에 들어와도 본체만체하며 눈앞에서 벌어지는 부모님의 구박에도 전혀 신경을 쓰지 않았음은 물론이고 시간이 지나면서 부모님과 똑같이, 오히려 더욱 모질고 잔인한 사람이 되었다.

어머니는 수저 하나 마음 편히 들고 밥을 먹을 수 없는 불안한 상황을 벗어나고자 장을 낳게 되었는데, 그것은 오히려 가족들에게 더욱 구박을 받게 만들고 말았다. 아버지는 자신의 앞날에 걸림돌이 되는 어머니를 애물단지 취급 했는데 아이까지 생기고 보니 더더욱 정나미가 떨어져버렸다. 한때의 사랑을 후회하며 술 단지를 깨부수고, 밥상을 뒤엎고, 어머니를 때리는 일이 잦아졌다. 아버지로서는 어떤 다른 방법도 찾을 수가 없었다. 뻔히 모든 사정을 알고 있으면서 일본으로 돌아가라고 할 수가 있나, 혼인도 안 했으니 이혼을 해서 내보낼 수가 있나, 혼인을 안 했으니 그냥 내쫓으면 된다 해도 말도 제대로 못하는 여자를 어디로 내보낼 수 있겠는가. 사랑이 이렇게 양날의 칼이 되어 돌아올 줄은 두 사람 다 알지 못했고, 그게 가장 큰 죄였다. 하고많은 사람 중에 왜 한국인이 가장 싫어하는 나라의 여자를 사랑하게 되었던가 말이다.

그렇게 장을 낳으러 들어간 것이 구석방에서 숨어 살다시피 하게 된 계기가 되었다. 아니, 구석방으로 보내진 계기였겠다. 장이 여섯 살 무렵, 아버지는 정식으로 결혼을 하게 되었다. 물론 다른 여자와. 그래서 아버지는 두 명의 여자를 거느리게 되었다.

집안의 어떤 행사에도 장의 어머니는 얼굴을 내밀 수가 없었다. 아버지의 지위가 높아질수록 어머니는 거의 감금당하다시피 했다. 어머니는 견디다 못해 나가 살 테니 다른 곳에 집을 얻어달라고 했다. 그러나 아버지는 그것도 허락하지 않았다. 그것은 아직은 어머니를 놓아줄 수 없었기 때문이었다. 밤이면 아버지는 어머니를 찾아 몰래 숨어 들어왔다. 어머니는 밤마다 뜨거운 숨을 쏟아놓는 아버지가 아직도 자기를 사랑한다고 믿었다. 그러니까, 어머니는 천하에 둘도 없는 바보였다. 구석진 방은 두 사람이 쏟아놓는 열기와 습기로 언제나 찜통같이 더웠다.

어린 장은 어둠 속에서 아버지와 어머니가 나누는 숨 가쁘고 열띠며 더없이 다정하고 애타는 목소리와, 서로를 쓰다듬고 부둥켜안으며 서로가 없으면 금방이라도 죽을 것처럼 몸부림치는 것을 보며 안심을 하곤 했다. 그중에서도 간간이 들려오는 일본 여자 특유의 가늘고 높은, 금방 몸에서 뽑힌 아주 가는 털 한 오라기가 멀리 날아가는 것이 아니라면 달리 그 어떤 것이라고도 생각할 수 없는 목소리에 비로소 깊은 잠이 들곤 했다. 그러니까, 장도 천하에 둘도 없는 바보였던 것이다. 다른 아이들 같으면 정신적 트라우마라느니, 유년기의 첫번째 상처라느니, 하며 굉장히 충격적으로 기억할 텐데 말이다. 아니, 기억을 은폐해버릴 텐데 말이다.

어머니는 꾸준히 기다렸다. 자신을 연금에서 풀어주기를. 아버지가 아무 때나 찾아와 맡긴 거 찾아가는 사람처럼 고압적으로 굴어도 여전히 사랑하고 존중하며 사근사근하게, 고분고분하게 자기가 가진 모든 것을 바쳤다. 그러나 아무리 날이 가고 달이 가도 제사는 물론 그 어떤 잔치에도 어머니는 여전히 끼일 수 없었다. 부모님이 생신이며, 아버지의 생신이며, 심지어 새엄마의 생신 때가 되어 일가친척과 친구들이 모여들면 더더욱 구석방에서 나오지 못하고 숨어 있어야 했다.

장은 그와 반대로 그런 날이면 억지로 불려 나가 인사를 해야 했다. 장은 아버지와 새엄마 사이의 아들로 호적에 올라 있었으므로 두 사람의 아들 흉내를 내야 했다. 대체로 아버지는 그를 나오라고 명령했고 새엄마는 그를 앞세워 손님들 앞으로 데리고 갔다. 아버지가 그를 바라보지도 않고 제 아들놈입니다, 라고 대강 소개를 하면 새엄마가 만면에 웃음을 띠며 그의 머리를 살짝 어루만졌다. 그건 고개를 숙여 인사를 하라는 신호였다.

실상을 아는 사람들은 아는 사람대로, 모르는 사람들은 모르는 사람대로 갖가지 표정을 지으며 그의 머리를 쓰다듬었다. 그래서 그는 아주 어린 시절부터 사람들이 속내를 숨긴 채 겉으로 짓는 표정을 읽게 되었다. 그는 자기 머리에 와 닿는 타인의 손길에서 특별한 자성이 발산된다고 믿었다. 이를테면, 설날 같은 때 유난히 정

전기가 많이 발생해서 머리카락이 달려 올라가거나 두피가 따끔거리릴 정도면 그것은 집안 사정을 잘 아는 사람이 장에 대한 못된 호기심을 숨기고 있기 때문이라고 믿었다. 그럴 때는 눈시울을 일부러 치켜 올려 그 사람과 눈을 맞추었다. 그러면 그 사람의 속내가 분명해졌다. 그들의 눈 속에서는 낯선 빛줄기가 빠르게 도망치곤 했다. 그와 동시에 그들은 얼른 눈길을 다른 데로 돌리거나 도리어 얼굴을 낮춰 그의 눈높이에 맞추고는 그의 표정을 읽으려고 했다. 그가 사나운 눈길로 노려보면 대부분은 뜨끔한 표정을 짓고는 어물쩍 다른 사람에게 말을 건다거나 급히 인사할 사람이 있다는 듯이 그에게서 몸을 돌렸다.

머리를 유난히 힘을 주어 몇 차례나 쓰다듬는 경우도 있다. 이럴 때도 그는 상대방과 눈을 맞추었다. 대체로 촉촉이 젖은 따스한 눈빛으로 지그시 쳐다보는 사람들이었는데, 어린 그를 안쓰러워하는 사람이라고 판명되었다. 그는 두 종류의 사람 모두 싫었다. 그는 머리 위로 두 손을 휘둘러 이런 사람의 손을 탁 쳐서 치워버리곤 했다. 그리고 놀라서 눈을 크게 뜨는 사람을 쏘아보고는 홱 돌아서버렸다. 가슴 밑바닥을 긁어놓는 사람들이 그는 싫었다. 무관심하게 인사를 받고 대강 웃어주며 금방 자기들의 관심사로 돌아가는 사람들이 제일 낫다고 생각했다.

그 일은 아버지의 생일날 밤 벌어졌다. 아버지는 거나하게 취해서 어머니에게로 왔다. 우는 소리인지 취한 소리인지 모를 소리를 해대며 막무가내로 엄마를 끌어안고 젖가슴에 얼굴을 비비는데 새엄마가 문을 벌컥 열어젖혔다. 새엄마는 남산만 한 배를 더욱더 표 나게 내밀고 표독스럽게 쏘아보았다. 잠시 뒤에 문가에 누운 내 배 위를 성큼 건너 아버지에게 다가가서는 그 무거운 몸을 구부려 아버지를 움켜잡았다. 아버지는 새엄마에게 끌려 나갔다. 아무런 변명도 거부도 하지 못하고. 엄마는 밤새 울었다. 그는 그치지 않고 우는 엄마 곁으로 다가가지 못했다. 엄마가 그토록 울어댈 때 그는 이미 어떤 불길한 예감을 느꼈던 것 같다.

다음 날 어머니는 어린 장 앞에 무릎을 꿇었다. 그리고 떠났다. 어디로 갔는지 아무도 말해주지 않았다. 그날부터 그는 그 방을 벗어나지 못했다.

어머니가 떠나고 그 겨울을 보낸 뒤 봄이 되어 학교에 들어가야 했지만 그는 갈 수가 없었다. 방에서 나올 수가 없었기 때문이다. 그는 억지로 끌어내려는 아버지로부터 벗어나기 위해 사투를 벌였다. 그가 어찌나 붙잡고 매달렸던지 방문의 창호지는 물론이고 문살이 다 부서져 나갔다. 그는 한 방울도 울지 않고 비명도 지르지 않았다. 그저 죽도록 힘만 주어 문짝에 매달렸다. 그러나 그가 방을 나오게 된 계기가 바로 그날 저녁에 벌어졌다.

모든 힘을 다 쓰고 널브러져 누워 있을 때 새엄마가 들어왔다. 그때는 이미 학교가 끝날 시간이라 다시 그를 끌어낼 것 같지 않아 그는 그대로 누워 있었다. 입학하기 전에 목욕을 시키려 했지만 그가 반항해서 끝내 못했었는데 힘없이 널브러져 있을 때 시킬 작정이었는지 목욕이나 하자며 그를 일으켜 옷을 벗겼다. 그의 어린 몸은 멍투성이였다. 아무리 새엄마라도 어린 몸에 난 멍을 보고는 어쩔 수 없이 안쓰러웠는지 혀를 차며 남은 팬티를 벗겼다. 안쓰러워하던 표정이 이상하게 변하는 것을 그는 보았다. 그건 잔인한 표정이었다고 생각된다. 흥, 코웃음인지 뭔지를 날리더니 눈살이 옆으로 쭉 찢어졌다. 입술이 일그러지고 뺨은 단단하게 굳었다. "지 아빠 꼬추하고 똑같구나, 힘도 없는 것!" 그러고는 그의 성기를 툭, 쳤다. 그는 그가 느낀 게 모욕인지 뭔지 몰랐다.

바로 그때 아버지가 들어왔다. 아버지가 들어온 것을 등 뒤로 느끼자마자 새엄마가 얼른 표정을 바꾸며 그를 살짝 안는 자세를 했다. 그는 선 채로 새엄마의 목덜미가, 도드라진 파란 핏줄이, 그의 눈앞에 들이밀어지는 것을 보았다. 그러자 가슴속에서 살의가 치솟았고 온몸이 쩌릿하도록 몸서리를 쳤다. 그때 그는 분명 그 목덜미에 칼을 그었다. 그러자 자기 안에서 샘솟는 무한한 힘을 느꼈다. 지금 저 목에 칼을 못 그었다면 언젠가는 반드시 긋게 되리라.

그는 힘차게 방문을 열고 걸어 나왔다. 목욕탕에 받아놓은 따끈한 물에 들어가 자신을 되찾은 기분을 여러 차례 확인했다. 그의 성기는 불끈 일어섰고 어린 주먹은 그사이 청년의 것이 되었다. 그렇게 그 작은 가슴 속 밑바닥에서 솟은 적대적 감정은 그의 일생을 두고 좀체 식을 줄 몰랐다.

그 방은 지금 그가 살고 있는 가옥의 오른쪽 맨 끝 방, 가장 구석진 방이었다. 그 방은 그에게는 아주 오래전 '사요나라'에 속했다. 그는 그 후로 그 방에 들어가지 않았다. 그는 성장기의 어느 때인가, 바친다, 라는 말 뒤에는 고통스러운 시간이 있고 그 뒤에는 반드시 사요나라가 따라온다는 것을 깨달았다. 그가 아는 어느 누구도 자신을 모두 바친 뒤에 후회하지 않는 사람이 없었다. 일방적인 관계는 결코 오래 지속되지 않는다는 것, 그것이 사요나라를 부른다는 것도.

사요나라라는 말은 '그렇다면, 그럼'이라는 뜻과 '꼭 그래야 한다면'이라는 뜻을 함께 지니고 있는 말이고 그것은 살아온 시점까지의 인생을 디딤돌로 삼아 뒤이어 행동이나 결의를 하겠다는 의미라는 것을 그는 다 커서야 알게 되었다. 그러니까 어머니는 자기 삶에서 벌어졌던 그때까지의 일을 받아들이고 어떤 결정을 내린 것이었다. 그 결정이 어린 장을 떠나 어디로 가서 무엇을 할 것이었는지 장은 알지 못했지만. 그렇다면, 어머니는 알고 떠난 것일까?

오늘 장은 필리핀에서 돌아왔다. 높은 대문과 담장으로 사방이 꽉 막힌 집은 그 어느 곳보다 더욱 어둠이 깊어 있었다. 그는 문간에 우뚝 서서 마르셀이 묵고 있는 행랑채에 눈길을 던졌다. 약한 불빛이 마르셀의 침실 문 창호지에 번서 있있다. 그 아련하고 애진한 불빛에 마음이 젖어드는가 했는데 하늘에서 눈이 내리기 시작했다. 소리도 없고 어떤 조짐도 없이 퍼붓기 시작한 눈발은 그에게 환각처럼만 느껴졌다. 마르셀의 마당이 된 뒤로 이 작은 공간은 세상에서 도려내진 게 분명했다.

그가 수십 년 동안 드나들었던 작은 마당은 자기도 모르는 새

낯선 공간이 되어 그의 발을 붙잡아두었다. 이곳에 서면 언제나 눈이 내렸다. 굵고 농밀한 눈발이 어느새 그를 폭 파묻고 말았다. 그의 머리, 어깨, 등허리, 팔, 그의 구둣발 주변이 하얗게 뒤덮였다. 그는 마르셀이 몰고 온 폭설의 잔치를 누리기 위해 눈사람처럼 가만히 서 있었다.

이곳은 나의 현실이 아니야, 그는 가위에서 벗어나려는 것처럼 안간힘을 써서 마르셀의 폭설에서 빠져나왔다. 마침내 떼기 싫은 발을 억지로 떼어 몇 걸음 걸어가 아치형 문손잡이를 잡았다. 손잡이를 잡은 채 그녀의 방을 돌아보았다. 몇 발 떨어지지도 않는 마르셀의 방은 두터운 눈발에 가려 꿈속인 듯 아련했다. 그녀의 방에서는 아무 소리도 들리지 않았고, 아무런 움직임도 보이지 않았다. 저기 있기는 한 건가. 그녀가 보고 싶었다. 주머니에 손을 넣어 휴대폰을 만지작거리다가 놓아버렸다.

그의 현실은 아치형의 문 뒤에서 두텁게 짜인 어둠의 그물로 도사리고 있었다. 그는 어둠 속으로 들어서며 자기를 칭칭 감는 찐득찐득한 거미줄을 헤치듯 두 손으로 눈앞을 휘저었다. 문을 들어서면 양옆으로 커다란 배나무 두 그루가 전통 가옥을 휘감고 서 있었다. 이 배나무는 할아버지가 집을 짓기 시작하던 중에 그가 태어난 것을 기념하여 심었다고는 하지만 그는 그가 태어난 것을 기념했을 사람이 이 집안에서는 단 한 사람도 없었음을 잘 기억하고 있었다. 어쨌거나 그와 함께 오랜 세월을 살아온 나무였다. 그 세월 동안 늙어가면서 뒤틀린 시커먼 나무 등걸이 마치 그의 집을 검은 손아귀로 꽉 움켜쥐고 있는 것만 같았다.

　가옥 역시 뼈대가 되는 목재들이 거친 세월을 겪으며 본래의 나무 색을 잃고 거무죽죽하고 추레하게 바래갔다. 그는 나무를 향해 긴 칼이나 쥔 듯 팔을 거칠게 휘두르고는 성큼성큼 걸어갔다. 집에 가까이 다가갈수록 고사한 나무에서 나는 냄새가 풍겨왔다. 커다란 기둥들은 오래전부터 결을 따라 크게 틈이 벌어지고 시커멓게 썩어 있었다.

　그는 댓돌에 올라서다 말고 문득 이 집이 지어지고 처음 들어올 때의 향긋한 소나무 냄새를 기억했다. 어린아이같이 뽀얗고 향긋한 나무 냄새에 취해 대청마루에 올라서자마자 첫번째 방으로 달려 들어갔다가 냉큼 돌아 나와 두번째 방으로 뛰어들었다가 금세 돌아 나와서는 뒤란으로 내려갔다가 돌담을 따라 죽 심겨진 대나무들을 건드려보고 다시 올라와 이 방 저 방 휘젓고 다녔다. 장은 높디높은 천장에 서까래가 그대로 드러난 커다란 대청마루에서 쿵쿵 구르다 말고 아직 마당에 서서 집을 멍하니 바라보고 있는 엄마를 발견했다.

　그는 두 손을 저어 빨리 들어오라고 소리를 질렀다. 엄마는 어깨를 옹송그리고 무릎을 굽힌 채 다소곳하게 댓돌 위에 서서 처마를 한참 올려다보더니 숨소리 가득한 음성으로 이런 향기는 처음이야, 이 집은 무척 아름답구나, 라고 했다. 마루에 올라서서 높은 천장을 올려다보고는 일본 집들은 타르를 칠해서 까만데, 라고 덧붙였다. 가장 구석진 방으로 들어가면서도 집 안에서 풍기는 향기는 모두 자기들의 것인 양 흔감해했다. 그 구석진 방은 문을 열자마자 숨통을 찌를 듯 몰려나오는 소나무 향 때문에 한참을 캑캑거릴 정도였다. 방이 작은 데다 밖으로 난 문이라곤 뒤란으로 난 작은 창문 하나밖에 없었기 때문에 향이 쉬 빠져나가지 못했는지도 모른다. 작은 방에 갇힌 어머니와 그에게 단 하나의 위로가 되었던 향기였다.

그리고 며칠 뒤, 배나무에 배꽃이 하얗게 피었다. 새벽 어스름 속에서 어머니가 배나무 아래를 오락가락하는 것을 보다가 한기를 느끼고 도로 들어와 잠이 들었다. 다시 잠이 깨었을 때는 아직 연한 아침 빛이 스며드는 작은 창 아래에서 어머니가 다소곳이 등을 돌리고 앉아 팔을 움직거리고 있었다. 그는 어머니 등 뒤로 엉금엉금 기어가 그 곁에 턱을 괴고 엎드렸다. 어머니는 단을 높인 일본식 도코노마(床の間) 대신 나지막하고 옆으로 긴 나무 탁자를 만들어 비어 있는 안쪽 벽 아래에 가져다 놓고 꽃으로 장식하곤 했다.

어머니는 새하얀 배꽃 가지를 검은 수반에 꽂고 있었다. 아침 어스름 속에 가냘픈 배꽃 가지가 침봉의 한가운데 꽂혀 꼿꼿하게 서 있었다. 현실을 훌쩍 벗어난 듯 정결한 꽃잎이 새벽 어스름 속에서 아슴아슴한 빛을 품고 있었다. 어머니의 손끝이 움직일 때마다 향기가 손끝을 따라 흘렀다. 한가운데 세운 꽃가지 옆으로 비스듬하게 또 한 가지를 꽂았다. 어머니의 손끝이 수반의 물에 잠겼다. 향기가 물속으로도 흘렀다. 어머니가 그를 내려다보며 살며시 미소를 지었다. 어머니의 뺨이 더없이 새하얗게 빛났다. 꽃잎에 감돌던 아슴아슴한 빛은 어머니의 긴 목덜미에도 안개 같은 빛을 뿌렸다.

그해 이른 봄, 어머니는 매일 아침 배꽃가지를 꺾어다 수반에 꽂았다. 그는 언제나 어스름에 싸여 있는 새하얀 꽃과 어머니 곁으로 슬금슬금 다가가는 하얀 뱀을 바라보며 잠에서 깨었다. 아직 여린 뱀이었고 어머니는 무릎 아래로 다가드는 뱀을 내려다보며 미소를 띠곤 했었다.

그 배나무는 이제 시커먼 둥치에 수많은 칼자국을 갖고 있었다. 장이 화를 참지 못할 때마다 휘두른 칼질에 베여 그때마다 흘린 진물로 시커먼 옹이들이 나무를 감고 똬리를 틀고 있었다. 그의 일본도는 자라면서 점점 굵어지고 옹이 때문에 더욱 울퉁불퉁해진 나무를 베느라 이빨이 빠지고 가운데가 약간 휘어졌다. 그는 언제나 밤이 되면 그 나무에 기어올라 온몸으로 칭칭 감고 어딘가 먼 어둠 속을 노려보았다.

지금 그는 3주에 걸쳐 취재하고 방송했던 〈필리핀에서의 한인, 그들은 왜 배척받는가〉라는 꼭지를 끝내고 돌아온 참이었다. 리포터로 데려간 안나 송은, 그녀는 아직 모르고 있겠지만, 오늘부로 해고되었다. 필리핀에서는 한국인이, 특히 한국인 여자가 혼자 돌아다녀서는 안 된다는 것과 취재하는 경우가 아니면 카메라맨을 개인적으로 동반할 수 없다고 단단히 일러주었었다. 그런데 안나는 카메라맨 김을 보디가드 정도로 생각했는지 취재가 없거나 일찍 끝나는 날이면 그에게 같이 나가자고 졸라댔다. 예쁜 여자들은 그게 어떤 부탁이든, 누구에게든, 아무 때나 해도 다 받아들여질 거라는 사고방식을 가진 안나 송은 백화점에서 쇼핑도 하고 싶었으며 이러저러하다는 유명한 거리도 거닐고 싶었다.

마음 약한 카메라맨 김은 지친 몸을 이끌고 백화점도 가주고, 골동품 거리도 따라가주었다. 안나 송이 앤티크 커피 기계를 단지 모양이 다르다는 이유로 세 개나 산 데다 자기 키만 한 흑단 목각 인형을 사는 바람에 김은 차를 가까이 대러 몇 번이나 움직여야 했고 바다에 던지면 가라앉는다는, 쇠보다 무겁다는 흑단 인형은 가게 주인까지 합세해서 힘을 써서야 가까스로 차에 실을 수 있었는데 다시 내릴 일이 끔찍해서 도로 무르자고 했더니 안나 송이 까맣게 윤기가 흐르는 벌거벗은 여자 인형을 끌어안고는 죽어도 가져가야 한다며 고집을 부렸다. 그 인형을 혼자 내리느라 허리를 삐끗했고, 김은 화가 났지만 꾹 참았다. 다음 날은 급기야 그즈음 배운 스쿠버 다이빙도 실습해볼 겸 마닐라에서 네 시간은 달려가야 하는 해변으로 가자고 하더라며 마침내 장에게 하소연을 했다. 스쿠버 제대로 하려고 슈트도 맞췄단 말예요, 라며 애교랍시고 가슴을 잔뜩 내밀고 흔들어 보이더라고, 김은 혀를 내두르며 고자질했다.

장은 그 자리에서 안나 송에 대한 결정을 내렸다. 사적인 용무와 공적인 업무를 구분하지 못하고 요구하는 여자는 직업인으로서 자격이 없다. 그녀에게는 다음 기회란 오지 않을 것이다. 그는 이런 여자들을 보면 자기도 모르게 잔인해지는 심사를 누를 길이 없었다. 그 여자들이 신고 있는 화려한 하이힐을 벗겨서 뒤축으로 머리를 한 대 내려치고 싶은 마음이 불끈불끈 들곤 했다. 머리에 구멍이라도 나야 그 구멍으로 생각이란 게 들어갈 수 있을 것 같았다.

장이 토할 것 같은 기분을 느낀 건 안나 송만이 아니었다. 단호하게 거부한다든지, 분명하게 선을 긋는다든지 하지 못하고 사소한 일 하나까지 고자질하는 김을 보면서 녀석에게도 구둣발을 날리고 싶은 충동을 느꼈다. 장이 김을 유난히 싫어하는가 하면 그렇지도 않았다. 오히려 김은 PD의 지시를 생명처럼 받드는, 데리고 다니기 좋은 카메라맨이었다. 그러나 장은 지나치게 고지식하고 얌전하며 매사에 깎듯이 하고 기가 죽어 눈치를 보는 김 같은 후배들을 보면 더욱 함부로 하고 싶어졌다. 그들은 마치 부당한 발길질이나 행패마저 선배의 것이라면 감사히 받겠습니다, 라고 하는 것 같았다. 자기 의사를 분명히 밝히는 후배들은 썩 편히 여기지 않으면서도 저자세인 후배들에게는 언제든 편하게 함부로 하면서 대접도 제대로 해주지 않는 대부분의 한국 남자들의 습성 때문일 거라고 생각해버렸다.

각국에서 온 미남 미녀들을 데려다가 세계 여러 나라의 문화와 관습의 차이를 편하게 교환하고 익히는 프로그램으로 2년을 진행시키다가 그것을 발전시켜 아예 각국에 뿌리를 내리고 있는 한인들의 생활상을 취재해서 방영하는 프로그램을 3년 동안 이어왔다. 이제 더 이상 취재감도 없고 마침 봄맞이 개편 바람이 솔솔 불어오는데 이렇다 할 대안이 없는 상태여서 신경은 금방 담금질한 일본도 수준으로 벼려져 있었다. 취재를 다니면서 좋은 생각이 떠오르기를 바랐다. 지금까지는 대부분 자신이 맡고 있는 프로그램의 운명을 짐작했고, 그 끝이 다가올 시점에 새로운 아이디어가 떠오르곤 했다. 그는 추진력이 좋고 시대에 따른 아이디어도 좋은 편이며, 하는 프로마다 성과도 좋은 편이었다. 그런데 이번에는 아무 생각도 떠오르지 않았다. 그는 최 PD를 저주했다.

프로그램 개편 건으로 방송국 내부가 뒤숭숭해 있을 때, 막 녹화를 마친 스튜디오로 최 PD가 일부러 찾아왔다. 그는 마침 스튜디오 문 바로 앞에 놓인 접이식 의자에 발이 걸려 넘어지면서 방음 스펀지가 푹신한 문짝에 코를 박았을 때였다. 보조 작가가 방청석에 깔고 남은 의자 대여섯 개를 대강 문짝에 기대두었던 모양인데 먼저 빠져나간 방청객들과 직원들이 두서없이 나가면서 한 번씩 치고 나갔고, 막 널브러지기 시작한 것을 장도 서둘러 나가느라 걷어찬 참이었다. 최 PD는 주르르 쓰러지는 의자들을 걷어차며 신경질을 내는 그에게 다가와 다짜고짜 자네가 좋아할 만한 건수 있는데 줄까? 말까? 했다. 그런데 최 PD의 짙은 눈썹이 실룩이면서 마치 뭔가를 아는 것 같은, 아주 미묘한 눈빛을 만들어냈다. 장은 그 어떤 말을 듣기도 전에 벌써 정체를 알 수 없는 강한 타격을 직감했다.

—버림받은 일본인 처, 어때? 감이 좋지?

그는 최 PD에게 가슴을 한 방 냅다 얻어맞은 것처럼 휘청했다. 뒤늦게 타격의 정체를 깨닫고 가슴에 손을 얹었지만 아무것도 생각할 수 없이 멍해졌다. 치명타란 이런 것이다. 반격의 의지를 애초에 꺾어버리는 것. 하다못해 적절한 대응조차.

최 PD는 일부러 그러는지 눈썹을 유난히 실룩거리고 눈동자를 굴리며 검지를 하나 세워 까딱하더니 이거 말이야, 하고는 설명을 시작했다. 장은 마치 최면에 걸린 사람처럼 아무런 의지도 없이 최 PD의 손가락을 바라보았다. 그 손가락은 1945년 이전으로 거슬러 올라갔다가 일본인들이 썰물처럼 한국에서 빠져나가던 그해 8월 이후를 가리키며 높이 치솟았다가 그 후 각지로 숨어든, 떠나지 못한 일본인들 몇몇의 이야기로 복잡한 곡선을 그리더니 마침내 어딘가 이름도 알지 못하는 오지를 가리켰다. 그곳은 전라남도 순창 인근의 새터란 곳이었다. 장의 온몸이 최 PD의 손가락이 꽂힌 곳으로 고꾸라지는 것만 같았다. 자기 몸의 절반을 이룰 뿐인 일본인의 피가 왜 어느 때는 전부가 되어 그를 전복시키는지, 그는 어지러움을 느꼈다.

일제 강점기에 한국에서 혹은 일본에서 한국 남자와 결혼한 일본인 처들이 광복이 되자 달라진 처지 때문에 거의 대부분 자녀도 빼앗기고 남편과 그 가족으로부터 완전히 버림받고 일본의 가족들로부터도 버림을 받아 그 어디로도 가지 못하고, 주변의 한국인들로부터도 소외당한 채, 가해자이면서 졸지에 피해자가 되어 전라도 어디와 경상도 어디의 작은 마을 인근에 몇몇이 모여 새로 촌락을 이뤄 살고 있었고 지금은 경주 어디의 요양시설에 최후의 몇 사람이 남아 있다고 했다. 최 PD의 말인즉 마지막 방송용이라는 거였다. 최 PD는 개편 전에 세계를 빙 돌아 마지막으로 다시 한국으로 돌아와, 자식마저 온전한 한국인으로 살겠다고 제 부모를 부정하는, 현 시점에서의 배타적 순혈주의를 크게 한 방 때리고 끝내라고 했다. 그들은 어째서 일본인 처를 버려야 했을까?

―버림받은 일본인 처.

장의 귓전에 레퀴엠이 울려 퍼졌다. 줄줄이 이어지는 설명은 들리지도 않았다. 최 PD는 그 얇은 입술로 시종일관 버림받은 일본인 처, 버림받은 일본인 처, 버림받은 일본인 처, 라고 뇌이고 있는 꼴이었고 장의 머릿속으로는 사요나라, 사요나라, 사요나라, 라는 말로 바뀌어 들어와 쟁쟁거렸다. 장은 겉으로 보기에는 여느 때의 그와는 달리 고분고분하게 최 PD의 아이디어를 제공받고 있는 모양새였다. 심하게 흔들리는 눈빛을 들키지 않으려고 턱에 손가락을 가져다 받치고는 살며시 고개를 숙이는 척했기 때문이었다.

장은 최 PD의 설명에 귀를 기울이는 대신 좀 전 자신의 반응을 이해하려고 했다. 최 PD가 장의 가족관계를 알 리가 없었고 무언가 아는 것만 같았던 그 은근한 표정은 단순히 프로그램 개편에 대한 압박감을 이해하는 당사자들 간의 눈치였을 뿐이다. 그런데도 최 PD가 말을 꺼내기 직전 그는 알 수 없는 이유로 커다란 충격을 예감했다. 그러니 이 충격은 순전히 장 혼자만의 것이었지만 그 예감은 도대체 무엇이었을까.

세상에는 이처럼 불가사의가 존재했다. 엄연히.

그리고 오래 집을 비운 뒤 중문 안으로 들어서면 간혹 어떤 예감이 스치곤 했다. 그건 체온 때문이었다. 빈집임에도 분명 체온이 느껴졌다. 팔작지붕이 날아갈 듯 치솟은 바로 그 아래 맨 마지막 방의 하얀 창호가 어둠 속에서 유난히 도드라져 보이는 날이면 그 문 안쪽에서 진한 검은색 머리채 아래 하얀 목덜미에서 날 법한, 그러나 아주 오래전의 냄새일 것만 같은, 그런 불가사의한 냄새가 그의 콧속으로 밀려들었다.

저 행랑채에 사는 마르셀의 체온이 이 어둡고 축축하게 썩어가는 안채까지 전해질 리는 없었다. 그도 중문을 사이에 두고 두 공간이 확연히 다른 색을 띤다는 것을 안다. 그러나 중문을 지나, 무엇 때문인지는 알 수 없지만 항상 눅눅히 젖어 있는 마당을 건너는 동안 아련한, 어쩌면 이미 죽은 사람의 것일 것만 같은 체온이 느껴졌고, 안채의 문을 열고 들어서면 그보다 더 진한 체온이 서려 있음을 느낄 수 있다.

그는 그 체온이 죽은 것인지 살아 있는 것인지 확인하기 위해 마르셀을 불렀다. 살아 있는 마르셀의 체온과 죽은 자의 체온을 명백히 구별하기 위해. 그리고 또 하나, 그가 집을 비웠다가 돌아오면 반드시 무언가가 달라져 있었다. 가끔 그것은 환각이기도 했고 사실이기도 했다. 그가 마르셀을 집에 들인 데에는 자기가 환각을 보는 것인지, 아니면 사실을 보고 있는 것인지, 그것을 확인하고자 하는 이유도 있었다.

지난번에는 방 안에 온통 보라색 스펀지 가루가 쌓여 있었다. 발을 딛자 스펀지 가루는 그의 맨발에 달라붙더니 저절로 다리를 타고 올라붙었다. 불개미들이 온통 문턱이며 창턱이며 벽기둥들을 쏟아놓아서 붉은 나무가루가 소복소복 쌓여 있던 방이었다. 한번 불개미가 탄 목재는 어쩔 도리가 없었다. 그가 의문을 가진 점은 왜 그 방만 그렇게 불개미가 타느냐는 것이었다. 불개미가 나타난 것은 벌써 10년도 넘은 것 같은데, 유독 그 방만 그렇게 붉은 개미 떼와 붉은 나무가루가 마치 토사를 뱉어놓은 것처럼 쌓였다. 처음에는 마치 하늘에서 내리듯이 사르락사르락 고운 가루가 떨어졌다. 그는 그 방에 들어설 적마다 마치 높은 하늘을 휘돌아보듯 그 방의 네 귀퉁이를 올려다보았다. 어디선지, 무엇인지 알 수 없는 가루가 그의 머리 위로 내렸다. 너무 가늘고 고와서 연기처럼 내리던 가루의 입자가 점점 굵어져갈 무렵 불개미들이 눈에 띄었고 그 녀석들이 들락거리는 구멍도 눈에 띄었다. 구멍이 점점 커지고 숫자도 늘어났지만 그는 개미를 박멸하는 약을 쓰지도, 벌레 잡는 업체를 부르지도 않고 그냥 내버려두었다. 불개미가 드나들어도 좋을, 그런 집이라고 생각해서였다. 그즈음 이런 환각도 보았다. 하늘에서 붉은 가루가 끊임없이 내리고 그 방이 자리한 가옥의 한가운데부터 서서히 가루가 되어 흩어지는 모습을.

그는 붉은 나무 가루가 사라지고 보라색 스펀지 가루가 바닥을 메운 방을 걸으며 발과 발을 비벼 가루를 털었다. 서가를 돌아보니 진흙이 묻어나던 다완들이 사라져버렸다. 그 전에 서가를 채웠던 책들이 돌아왔냐 하면 그렇지도 않았고, 그 대신 얇은 보라색 시폰 커튼이 살랑거리고 있었다. 그는 그게 환각이라고 생각했다. 그의 갈망이 불러일으킨 환각. 그래서 마르셀을 불렀다. 그런데 마르

셀은 방 안에 들어서자마자 나를 바치겠어요, 라고 말하는 게 아닌
가. 그 말은 장의 이성을 헝클어놓는 가장 강력한 주문이었다.

　　오늘은 무엇이 달라져 있을까. 매섭게 차가운 날씨 탓에 안채
의 문을 열자마자 엷게 퍼져 있던 체온이 바깥냉기에 안쪽으로 훅
떠밀려가는 게 느껴졌다. 그가 마루에 올라섰을 때는 이미 체온이
가셔 있었다. 그는 긴장을 늦추지 않고 첫번째 방 앞에 섰다. 오늘
도 무언가가 달라져 있다면 이번에는 꼭 물어봐야지. 하지만 그녀
가 나를 이상한 사람으로 생각하지는 않을까? 내가 정상이라는 걸
보여주려면 어떻게 물어봐야 할까? 이봐, 뭔가 달라지지 않았어?
분위기를 바꿔봤는데 네 취향에 맞는지 모르겠네. 이 정도면 의심
을 사지는 않겠지? 하지만 아무것도 바뀌지 않았다면 어떡하지?
내 눈에만 달라진 것으로 보인다면? 그래서 지금까지 마르셀이 먼
저 말해주기를 바랐지만 매번 아무런 말도 듣지 못했다. 방 안이 달
라졌다면 자연스럽게 두리번거리기라도 하겠지, 하고 그녀의 표정
을 주시했지만 마르셀은 눈을 크게 뜨지도 않았다. 이번에는 어떨
지. 장은 휴대폰을 꼭 쥐고는 마루에서 가장 가까운 첫번째 방문을
열었다. 그가 대부분의 시간을 보내는 침실 겸 작업실이다.

　　자다가도 벌떡 일어나서 컴퓨터를 켜거나 책을 뒤적이고, 필
요한 것을 찾거나 입력하고 나면 금방 다시 잠자리에 들곤 하는 습
관 때문에 그는 작업실에 침대를 들여놓았다. 굳이 침실이니 작업
실이니, 하고 이름 붙일 필요도 없이 그가 대부분의 시간을 보내는
방이다. 이 방은 문을 제외한 삼면이 책장으로 둘러싸여 있었다. 작

은 창호 아래 침대의 헤드가 놓여 있고 책상이 그 바로 옆에 있었으며, 양쪽으로 죽 늘어선 책장에는 손쉽게 찾을 수 있도록 책들이 분야별로 분류되어 꽂혀 있었고, 녹화용 CD도 연도순과 장르별로 차곡차곡 정리되어 있었다. 이 집의 분위기를 바꾸는 그 누군가가 이 많은 책을 어떻게 할 수가 없어서인지 아니면 환각을 자극할 만한 분위기가 안 된다고 판단한 건지 오래 집을 비우고 와도 그다지 변화가 없는 방이었다.

그래도 가끔은 작은 부분이 변해 있기도 했다. 언젠가는 아무 생각 없이 문을 열고 들어섰다가 방 한가운데에 얇은 천이 두 쪽 천정에서부터 길게 드리워져 있는 걸 보았다. 아마도 침대를 가리도록 쳐놓은 것 같았다. 인사동에 가면 몇몇 전통 수공예가게의 쇼윈도 전면에 디스플레이 해놓은 것처럼 투명한 모시에 가는 비단실로 수가 놓여진 가리개였다. 어디선가 본 듯하다 싶어 만지작거리며 기억을 더듬으니 예전에 전통 문화를 소개하느라 취재했던 몇몇 기능 보유자 중에서 수예를 하던 단아한 여자가 선물했던 것이었다. 외국을 돌아다니면서, 혹은 국내 취재 중에도 아이디어를 자극할 만한 소품들을 보면 하나둘씩 사와서 세번째 방에 모아두었는데 거기 어디에 박혀 있었던 것을 꺼내 드리워놓은 것 같았다. 누가 이런 짓을 하는지는 모르겠지만 그는 가리개 앞에서 아연해졌던 적이 있었다. 아니, 장 스스로 해놓고도 기억을 하지 못하는 건지도 모르겠다.

이런 병도 있지 않은가. 오른손으로는 단추를 잠그고 왼손으로는 계속 그 단추를 푸는. 옷을 입는 데 너무 오래 걸려서 화가 난 나머지 오른손이 왼손을 찰싹 때리는. 오른손으로는 다른 인종의 여자를 때리면서 왼손으로는 아름답다 쓰다듬는. 아니 오른손으로는 섹스밖에 모른다고 손가락질하면서 왼손으로는 그 젖가슴을 만지고 싶어서 미치는. 왼손으로는 남의 것을 빼앗으면서 오른손으로는 기부를 하고, 왼손으로는 있는 힘껏 미운 놈을 갈겨대면서 오른손으로는 다정히 어깨를 다독거리는. 심지어 제 손으로 제 목을 조르면서 제 안에 다른 존재가 있다고 믿는 외계인 손 증후군 환자처럼 그는 어쩌면 자기가 해놓고도 자기가 한 줄 모르고 어떤 다른 존재가 있어서 혼돈을 유발한다고 믿고 있는지도 모른다.

장은 그 수예 기능자가 침대가 노출되어 있는 경우 가리개로 쓰면 좋다고 했던 말을 기억했다. 그의 우뇌 깊숙이 숨어 있던 그 말을 왼손이 기억하고 있다가 어느 아지랑이 피어오르는 날에 마음이 싱숭생숭해지자 문득 투명한 모시 천을 찾아내 걸어놓고는, 다른 날 그의 좌뇌가 소스라치게 놀라 내가 이런 짓을 할 리가 없어, 이건 내가 한 짓이 아니야, 라고 부르짖고 있는 건지도 모른다. 이것들이 환삭이 아니라면.

오늘은 짯짯이 둘러봐도 그다지 변한 게 없어 보였다. 하지만 이러다가도 침대에 드러누우면 안 보였던 것이 보이기도 하고, 책상에 앉으면 없던 것이 놓여 있기도 했으니 이번 역시 그럴 수 있다고 생각하고 두번째 방으로 걸음을 옮겼다.

이 방은 뒤란 쪽으로 문이 나 있어서 앞뒤를 다 열어놓으면 여름에도 서늘한 대숲에서 불어오는 바람을 느낄 수 있는 방이었다. 가끔은 화장실을 다니러 가기가 귀찮아 방문을 열고 그대로 서서 오줌을 누기도 했다. 그래서 담장을 따라 심어진 대숲 아래로 항상 눅눅히 젖어 있는 차진 땅에 푸른 이끼가 암모니아 냄새를 머금고 얼룩처럼 돋아나 있었다. 그렇게 편안히 쉬기 위한 곳이라 집기가 최소로 들여져 있었다. 커다란 PDP TV 하나, 모니터링하는 데 필요한 DVD플레이어와 프로젝터 같은 몇 가지 기계들, 기계 옆에는 한 시즌 동안 모여 쌓인 DVD들, 문에서 들어오는 빛을 가리는 암막 커튼, 간소한 소파. 그게 다였다. 문을 열었다. 한눈에도 별로 달라진 게 없어 보였다. 그는 자기 눈을 의심했다. 이게 어쩐 일이지? 아무것도 달라진 게 없다니? 그는 자기 눈과 머리를 의심했다.

그는 서두르다시피 세번째 방으로 갔고 이번에는 망설이지 않고 문을 열었다. 소품과 장식품들이 한쪽 벽의 선반을 채우고 있고, 삼면 벽의 바닥을 따라 나지막이 두 단 혹은 세 단으로 죽 이어진 선반에 수많은 소품들이 무질서하게 들여진, 평소의 그 방 그대로였다. 그는 방문을 닫으며 천천히 몸을 돌렸다. 아무것도 달라진 게 없는 집이 오히려 이상했다. 그토록 많은 나라를 돌아다니고, 그토록 새로운 사람과 새로운 일을 겪고 그토록 복잡한 관계를 맺거나 풀어나가고 있지만 그것들은 오히려 식상했다. 아무리 새로운 상황을 보아도 사람 사는 일이 다 그렇지 뭐, 하고 심드렁하게 대하는 게 대체적인 반응이었다.

그런 그에게는 달라진 게 없어야 마땅할 집이 달라져 있다는 것이 가슴 뛰게, 어쩌면 철렁하게, 했다. 철렁, 할 때의 놀람은 예기치 않은 불안으로 이어졌고 그것이 교감 신경을 자극하면 순식간에 방어를 넘어서는 공격 본능을 불러일으키고, 적대적 감정이 치밀어 올랐으며 그제서야 비로소 끓어오르는 피의 뜨거움을 느낄 수 있었다. 그의 안정감을 뒤흔든 것의 정체가 무엇이든 상관없었다. 그 누가 되었든 짓밟고 짓이겨야만 시원할 것 같았다. 그러면 멋진 휴양지에서 멋진 여자를 만나 최고의 휴가를 보낸 사람들과 마찬가지로 새로운 아이디어도 샘솟고 기운차게 프로그램도 개편하고, 마음에 안 드는 후배들을 발로 걷어차면서 일을 할 수 있었다. 그런데 이게 뭔가. 아무것도 달라지지 않았다. 식상하다. 권태롭다.

축축하게 젖은 집 안 전체를 감도는 무기력한 공기가 그의 기분을 침울하게 가라앉혔다. 두번째 방으로 들어가 소파에 몸을 내던지다시피 털썩 드러누웠다. 그러다 문득 다른 생각이 떠올랐다. 달라지지 않은 집이 마르셀에게는 달라진 모양으로 보일지도 모르는 일 아닌가, 싶었다. 그렇다면 전에는 달랐다는 것을 역으로 확인할 수 있지 않을까. 그는 아직까지 손에 쥐고 있던 휴대폰을 눌렀다. 마르셀은 금방 받았다. 시계를 보았다. 새벽 한시. 그녀는 아직 잠이 들지 않았구나. 그는 무척 반가운 마음이 들었다. 마르셀이 나를 기다리고 있었다고 생각해도 좋을까.

—마르셀, 이리로 와주겠어?

그는 몸을 일으켜 다시 세번째 방으로 갔다. 아까 문을 열었을 때 눈에 띄었던 양털 가죽을 들고 나와 소파 아래에 던졌다. 양말을 벗고 양털 위에 발을 얹었다. 발가락 사이로 보드랍게 밀려 올라오는 털이 간지러웠다. 싫다는데도 자꾸 간지럼을 태우는 할머니 같아서 그는 다리를 들어 올려버렸다.

　　부르자마자 그녀는 그에게 와주었고,

　　그리고 그는 그녀의 목을 졸랐다.

　　이유는, 언제나처럼 같은 이유였다. 뱀의 역할은 조르는 거니까. 그가 조르기를 멈추었을 때 그녀는 예전처럼 숨을 길게 몰아쉬며 눈을 뜨지 않았다. 그가 뺨을 두어 번 세차게 후려치고 입을 억지로 벌려 숨을 불어넣었는데도 고개를 옆으로 툭 떨군 채 눈을 뜨지 않았다. 심장의 고동 소리도 더 이상 들리지 않았다. 그녀의 머리가 떨궈진 하얀 양털을 밟고 서 있을 수가 없었다. 마치 다정한 할머니가 어린 장을 머리부터 발가락 사이사이까지 조물조물 만져주고 있는 것 같아 견딜 수가 없었다.

　　그는 도망을 쳤고 금방 다시 돌아와보니 그녀가 사라졌다. 그녀가 죽지 않고 살아나 스스로 도망갔는지, 다른 누군가가 그녀를 숨겨버렸는지, 그걸 알 수가 없었다. 그녀를 찾아야 하는지, 찾지 말고 그냥 두어 범죄를 덮어버려야 하는지 역시 판단이 서지 않았다. 정신박약자가 된 기분이었다. 그리고 몇 년 전 이와 똑같은 상황이 벌어졌었다는 것을 기억했다. 그 일과 이 일이 연관이 있는지 그걸 알아내는 게 먼저라고 생각했다.

〈Someone on a journey〉*

연극을 보는 도중 장은 여러 번 남의 것인 양 제 손을 내려다 보았다. 손이 비어 있었다. 지금까지 이 손은 아무도 아무것도 잡은 적이 없었다. 다시 내려다보아도, 또다시 내려다보아도 손은 비어 있었다. 목소리 같은 것은 애초 잡힐 성질의 것이 아니었으니까.

일본인과 한국인들로 구성된 배우들은 자기 핏줄을 찾기 위해 오랜 여행 중이었다. 큰 전쟁이 있었고 그 혼돈에서 겨우 벗어날 무렵 세 명 혹은 다섯 명의 자매는 지금까지 알고 있던 어린 시절의 기억들을 펼쳐보면 펼쳐볼수록, 대조하면 대조할수록 자기들이 자매가 아닌지도 모르며, 동일한 부모를 두었다는 것마저 의심되어 진실을 찾기 위해 먼 길을 떠났다가 주저앉고 주저앉았다가 다시 떠났다. 자매에게 이곳이다, 싶은 길머리는 언제나 어렴풋한 기억만을 자극할 뿐, 다시 낯선 길이 되고 말았다. 다섯 명의 자매는 서로의 진실을 알 길이 없었다. 전쟁이 가져온 혼돈, 혈육인지 아닌지 끝내 모르는 여자들. 혈육인지 아닌지 모르면서 서로를 찾고 의심하며 애타는 여자들. 끝내 채워지지 않는 갈망. 진실. 모름. 끝.

연극을 다 보고 밖으로 나온 장은 아직 환한 햇살 아래서 다시 두 손을 펼쳐보았다. 역시 텅 비어 있었다.

며칠 전에 복도에서 마주친 최 PD가 두 손을 들어 하이파이브

---

* 한국의 극단 '노뜰'과 일본의 '아틀리에 게켄'이 공동 제작한 연극. 2010년 7월 공연. 일제 강점기에 한국인 남자의 아내로 살던 일본인 여자들이 광복 후 버려진 채 작은 공동체를 이루며 살아온 것을 연극으로 만듦. 연극 내용을 빌려왔으나 직접적인 관련은 없음.

를 하는 시늉을 하며 다가왔다. 허벅지가 운동선수만큼 굵고 튼튼한 데다 길이도 길어서 그의 걸음걸이는 항상 씩씩하다. 최가 새로 맡은 프로그램은 포맷이 거의 완성 단계에 있었다.

—그건 안 하기로 했나? 버려진 일본인 처 이야기 말야. 그 시설에 이제는 겨우 스무 명 남짓 남았다는데 그거 한 번쯤 짚어봐야 하는 거 아냐? 할머니들 나이들이 많아서 언제 다들 돌아가실지 모르는데 말야.

장은 냅다 신경질을 냈다.

—아, 그거 할 겨를이 어딨어! 지금까지 찍어놓은 거 마무리하는 것만 해도 시간이 모자라는데!

—당신이 안 하면 누가 해, 그래서 그런 거지. 그럼 그거나 한 번 보든가. 그 할머니들 얘기 가지고 한일합작으로 연극 만들어서 일본에서 공연했다는데 지금 한국에서도 공연한다네, 티켓 줄까?

장은 정 그렇다면 한번 보기나 하겠다며 티켓을 받았다. 표면적으로야 불필요하다고 큰소리쳤지만 최 PD 말대로 마지막 프로그램을 〈광복 반세기, 일본과의 심리적 거리〉 정도로 해서 평범한 한일 국민들의 서로에 대한 정서를 짚어보고 끝내면 어떨까, 하는 생각도 있었다. 그에 더해서 어머니에 대한 정보를 얻을 수 있을지도 모른다는 생각도 했었고, 어쩌면 그저 연극 한 번 보는 것으로 끝날지도 모른다는 생각도 했었다. 연극 그 자체에 기대를 했다기보다는 답답한 현재 상황에서 실마리 하나 건져볼까 했었던 것뿐이다.

결과적으로 연극은 괜히 봤다 싶을 만큼 허망했다. 은근히 기대했던 두 가지 중 하나도 건질 게 없었다. 연극은 연극일 뿐이었다. 지나치게 상징적이고 모호해서 이것이 어떻게 버려진 일본인 처에 관한 연극일 수 있을까, 싶었다. 그러니까 진실, 모름, 끝인 거다.

세상의 모든 사람이 자기의 기억을 늘어놓고, 자기가 알고 있는 것을 다 늘어놓는다고, 세상의 진실이 하나 남김없이 풀릴 게 아니라는 것만 확인하고 나왔다. 그러고 나니 아무 말도 하기 싫었고 아무것도 기억하고 싶지 않았다. 그런데 또, 기억을 찾아 헤매는 연극을 보다 보니 기억하고 싶지 않았던 일이 기억났다.

장은 학교에 들어가 단일 민족, 순수한 혈통이라는 말을 처음 들었던 때를 잊을 수가 없었다. 장의 머릿속에서는 옆자리에 앉아 있던 수많은 친구들과는 다른 계보가 그려졌다. 아버지의 아버지의 아버지의 아버지, 노란 완장을 차고 '바가야로'를 외치며 이웃의 세숫대야며 가마솥을 빼앗아오는 할아버지와 한겨울의 추위는커녕 늦가을의 스산함조차 막을 수 없는 얇은 베옷을 입고 쟁기를 끌어야 했던 소작인 할아버지와, 그 위 어디쯤에선 혹시라도 몰락한 양반의 핏방울이 튀었을지도 모르는, 중인들이 쓰는 작은 갓을 쓴 할아버지는 어찌어찌 얼굴을 그려볼 수 있을 것 같았다. 하지만 어머니의 어머니의 어머니는 전혀 감도 오지 않았다. 다만 어린 아들 앞에서 마치 제사를 지내는 사람처럼 무릎을 꿇고 큰절을 한, 한순간 얼굴을 잊어버린 엄마만 가슴을 후벼 팔 뿐이었다. 장은 국사 과목이 가장 싫었다. 다른 모든 과목에서 일등을 놓치지 않는 그가 왜 가끔 난폭한 행동을 보이는지 선생님들은 이해할 수 없었다.

초등학교에서부터 중학교를 거치는 동안 내내 들어온 한민족의 유구한 역사 어쩌고저쩌고…… 순수한 혈통 어쩌고저쩌고……. 그는 전부 친인척으로 긴밀히 구성된 사람들 틈에 끼어든 이방인 같은 기분으로, 어쩌다 한 점 튄 저열한 피를 숨기며, 다행히도 외모가 크게 다르지 않음에 안도를 하며, 구태여 숨기려는 게 아님에도 밝힐 기회가 없어 한국인으로 살아오며, 한국과 일본이 경기라도 붙는 날이면 죽여라, 일본 놈! 쪽발이 일본 놈! 이라고 외치는 친구와 동료들 틈에서 자기도 모르게 발가락이 오그라들다가 가슴 밑바닥에서 치솟는 분노로 살며시 자리를 떠서 애꿎은 나무둥치에 주먹질만 했던, 사소하고도 사소했던 순간들까지, 그를 옥죄는 일들은 차마 셀 수도 없었다.

열 살 때 그는 첫 범죄를 저질렀다. 친구들 서넛이 하굣길에 무슨 얘기인가 주고받던 도중 누군가가 “더러운 일본 놈”이라고 내뱉었다. 그 말을 듣는 순간, 그는 무슨 얘기를 나누던 중이었는지 깡그리 잊고 가슴속으로 그 녀석을 향해 분노를 불태웠다. 다른 친구들이 흩어지고 나서 그는 더러운 일본 놈이라고 내뱉은 녀석을 집으로 데려왔다. 무슨 이유를 대서 어떻게 꼬드겨 데려왔는지는 기억나지 않았다. 어쨌든 녀석을 데려와 두 팔을 뒤로 묶었다. 아마도 무슨 놀이를 하자고 꼬드겼던 것 같다. 그는 뒤로 묶인 녀석의 팔을 칼로 그었다. 녀석은 처음에 아픈지도 몰랐던 것 같았다. 앗 뜨거! 야! 뜨거워, 뭐 하는 거야! 소리치며 몸을 돌렸다. 그제야 장의 손에 날카로운 문구용 칼이 들려 있는 것을 보게 되었다. 장은 빙글빙글 웃으며 네 피 맛 좀 볼래? 네 피가 깨끗한지 더러운지 함 볼래? 라고 했다. 공포에 질린 녀석은 의외로 반항을 하지 못하고 울기만 했다.

그런 녀석을 돌려 세워놓고 두어 번 더 그었다. 가늘게 그은 칼자국을 따라 피가 스며 나왔다. 마침내 녀석이 자지러지게 울었고 어디선가 새엄마가 튀어나왔다. 장은 놀란 새엄마의 눈을 똑바로 바라보며 여전히 빙글빙글 웃었다. 지금 돌이켜보면 그 얼굴이 무척이나 해맑았을 수도 있겠다. 아주 속이 시원했으니까. 그 녀석은 장이 왜 그랬는지 끝내 알지 못했다. 녀석은 벌써 제가 무슨 말을 했는지 잊어버렸고 장은 무엇 때문에 그런 짓을 했는지 끝끝내 말하지 않았으니까.

아버지가 학교에 가서 선생님들과 녀석의 부모에게 무릎을 꿇고 빌어서 그는 간신히 처벌을 면했다. 아버지에게 늘씬하게 얻어맞았지만 무엇 때문에 그랬는지는 절대로 입을 열지 않았다. 그는 아버지가 녀석의 아버지 발밑에 무릎을 꿇고 비는 것을 보고 가슴 깊은 곳에서 찌릿하게 번져오는 쾌감을 느꼈다. 웃지 않으려고 입술을 비틀어야 했다. 아버지는 그 녀석의 아버지에게 무릎을 꿇어야 하는 게 아니라 그에게 무릎 꿇어야 하는 거였다. 그러니 그가 이 짓을 그만둘 리가 있겠는가. 이렇게 쾌감을 주는 짓을. 그는 한 동안 학교에서 괴물 취급을 받기도 했다. 그러거나 말거나 태연하게 모범생으로 돌아왔고, 그 일은 서서히 잊히고 말았다.

그러나 장은 한번 맛들인 그 놀이를 그만두지 않았다. 그의 새
로운 놀이 대상은 새엄마였다. 새엄마가 부엌에서 조리를 하고 있
을 때 무심한 척 가까이 가서 야채를 썰다가 옆에 놓아둔 식칼을 집
어 새엄마의 발치에 툭 던졌다. 새엄마는 그가 친구에게 한 짓을 보
았기 때문에 소스라치게 놀랐다. 장은 할 수 있는 한 잔인한 눈빛을
만들고 입술을 일그러뜨렸다. 그리고 입술 사이로 무슨 말인가를
내뱉었다. 조심해, 였을 것이다.

그다음 차례는 자기 자리를 빼앗은 이복동생이었다. 녀석은
절대로 일본인에 관한 편견을 무심코라도 드러내서는 안 되게 되
어 있었다. 새엄마는 동생을 지키기 위해 장에게 비굴하게 굴어야
했고 부엌에서 수시로 쓰는 칼을 감추기 위해 머리를 써야 했으며
장은 숨겨진 칼을 찾기 위해 머리를 썼다. 그러다가 아예 칼을 모으
기 시작했다. 학교에서 칼을 잃어버리는 친구들은 누가 그것을 가
져가는지 몰랐다. 작은 문방구 칼은 흔했고 흔히 서로 빌려 썼으며
친구에게 빌려줬다 잃어버리는 경우는 부지기수였으니까. 작은 칼
은 동생을 위협하기에 충분했다. 새엄마도 식칼보다 작은 문구용
칼을 두려워했다. 칼이 쌓여가는 그의 방 앞에 가야 할 일이 있을
때면 겁에 질리는 것이 눈에 보였다.

이런 일을 아버지가 모르게 할 필요는 없었다. 아니, 새어머니
를 협박하는 것을 아버지가 알게 하는 것이 그의 목적이었다. 그래
서 아버지에게 알릴 생각은 하지 마, 따위의 말은 하지 않았다. 이
복동생이나 새어머니 중 한 사람을 한번 위협하고 나면 아버지에

게 그대로 전달되어 아버지가 그의 방으로 뛰어 들어왔다.

그는 아버지가 그에게 오기를 기다렸으므로 맞을 것을 예상하고 공포에 질리거나 도망치려 하거나 하지 않았다. 그는 오히려 아버지에게 맞는 것을 즐겼다. 그는 그 순간을 하나하나 명료하게 지켜보았다. 아버지가 손에 무언가를 들고 방문을 열어젖히는 것을 바라보고, 책상 위의 컴포넌트를 집어 들어 그에게 던지는 것을 움직이지 않고 바라보았으며 그에게 달려들어서 발길질을 하기 시작하면 눈물 한 방울, 소리 한 마디, 반항 한 번 하지 않고 고스란히 얻어터지면서 눈길 한 번 돌리지 않고 냉정한 눈으로 아버지를 노려보았다. 그리고 혼자 속으로 뇌었다. 당신은 지금 날, 때리고 있어. 당신은 지금 나 혼자만을 때리는 게 아니야.

그의 냉정한 눈과 마주치면 아버지의 얼굴은 더욱더 불타올랐다. 한동안 장을 패대기치며 분노를 폭발시키던 아버지는 아무리 커다란 덩치를 날려 주먹으로 두들겨 패고 발길질을 한다 해도 화를 제대로 풀 수도 없을뿐더러 조롱하는 어린 장의 눈을 어떻게도 할 수 없다는 것을 깨닫고 금방 터져 나갈 듯 핏발 선 눈으로 노려보며 거친 숨을 내뱉곤 했다. 마지막으로 서랍을 통째로 빼들고 나가서 내다 버렸지만 방 한가운데 쓰러져 있는 장은 아버지에게 눈길을 고정시킨 채 가만 두고 보기만 했다. 마당 어딘가에서 나무 서랍이 박살나는 소리가 들렸지만 장은 아무렇지도 않았다. 칼은 또 얼마든지 모일 테니까. 서랍이 없어도 어딘가에는 쌓아둘 수 있을 테니까.

장은 아무리 아버지에게 혼이 나도 이복동생을 괴롭히는 짓을 그만두지 않았다. 당신이 나를 두들겨 팰 때 나 혼자만을 두들기는 게 아니듯이 내가 이 녀석에게 칼질을 할 때 이 녀석에게만 칼질을 하는 것은 아니야, 속으로 뇌었다. 이복동생은 그가 부르며 다가가면 도망치지도 못했다. 파랗게 질려 부들부들 떨면서도 그가 팔을 붙잡으면 그대로 가만히 있었다. 공포에 질리면서도 장의 팔을 뿌리치고 도망칠 수 없었던 녀석. 동생의 팔에는 칼로 그은 상처가 일렬로 나 있어서 몇 번 그었는지 숫자를 셀 수 있을 정도였다. 가늘게 그어진 상처에서 피가 방울방울 새어 나오면 그는 미소를 띠고 그것을 문질러주기까지 했다. 그는 자신이 공포를 겪는 입장이 아니라 공포를 부르는 존재가 되어 있는 것에 우쭐해졌다. 장의 목소리만 들어도 동생은 오금이 딱 얼어붙었으며 아무리 새엄마가 안아주고 보듬어줘도 6학년이 될 때까지 이불에 오줌을 쌌다. 그가 그 이상 지켜보지는 않았지만 어쩌면 더 자라서도 그랬을 거라고 생각한 적이 많았다.

그래서 장은 버려졌다. 아버지는 집에서 가장 멀리 떨어진 송파에 작은 집을 얻어 장을 내보냈다. 아주 먼 친척 할머니가 한 분 장을 돌보러 들어와 살았다. 장은 혼자 중학교를 다니고 고등학교를 다녔다. 물론 대학교도 혼자 들어갔다. 중학교 3학년 때 친척 할머니마저 돌아가셔서 찾는 사람 하나 없이 혼자 밥을 해먹고 혼자 잠을 자고 혼자 빨래를 했다. 이복동생은 중학생이 되자마자 새엄마와 함께 미국으로 공부를 하러 떠나버렸다. 아버지도 뒤따라 떠났고 장은 자기를 위해 어릴 때 살던 집 한 채가 남겨진 것을, 아버지가 돌아가시기 전에 그에게 우편물을 한 통 보내줘서, 아주 늦게야 알게 되었다.

그는 칼질을 하던 그 시절 잠이 들면 언제나 똑같은 꿈을 꾸었다. 짙은 어둠 속, 마당에 있는 배나무가 집채를 삼킬 만큼 거대하게 자라 온 집 안을 덮고 어디선가 하나, 둘, 다섯, 여섯, 열, 스물, 뱀들이 끝도 없이 기어 나와 가지를 타고 올라갔다. 천천히, 스르르, 스르르. 마치 키 큰 풀이 바람에 넘실거리는 것처럼 끝도 없는 곡선을 그리며 나무를 타고 올라갔다. 나무 꼭대기서부터 아래 밑동까지 자리를 잡은 수많은 비단뱀들이 일제히 눈을 떴다. 멀리, 한곳을 주의 깊게 바라보는 뱀의 눈. 경계하는 것도 아니고 호기심이 어린 것도 아니었다. 그것은 음산한, 색색의 열망하는 눈이었다. 누구에 대한 무엇에 대한 열망이었을까. 그는 어린아이였지만 열망에 가득 차 빛을 뿜는 초록색의 눈들이 누구를 향한 것인지 알 거 같았다. 그 모든 뱀들이 오직 장을 향해 깊은 시선을 주고 있었다. 그는 뱀들의 시선을 내면화했다. 언젠가는 그 열망을 이해할 수 있을 거라 기대하면서. 그렇게 자랐다. 춥고 깊은 한 겨울 밤, 혼자 웅크려 누운 채 채울 수 없는 열망을 품고 또 품으면서.

열망은 차츰 두려움을 불러들였다. 나무를 둘둘 감아 똬리를 틀 듯 으스러지게 끌어안고 애정을 나눌 대상을 기다리는 열망과 열망 뒤에 찾아올 환멸 그리고 완전한 절연, 순전한 끝, 그것에 대한 두려움이 뒤섞였다. 그는 수많은 뱀의 눈으로 이루어진 자기 내면이 두려웠다. 하나가 죽으면 다시 하나가 그를 바라볼 것이었다. 언제나 되어야 그 집요한 응시에서 벗어날 수 있을지 그는 알지 못했다.

뱀의 역할은 조르는 것이고 뱀들은 자신의 역할에 충실할 것뿐이었다.

숨이 끊어진 마르셀을 두고 방에서 뛰쳐나왔다. 다시 돌아가보니 마르셀이 없어졌다. 그는 범죄의 현장에 다시 찾아가는 심정으로 그녀의 방에도 들어가보았다. 그가 불러냈을 때 그대로일 그녀의 방에는 그녀가 다시 찾은 흔적이 보이지 않았다.

가방도 그대로였고, 침대 머리맡 탁자에 먹다 남긴 물도 그대로였고, 누웠다 잠시 일어난 듯 반쯤 개켜진 이불도 그대로였다. 그녀만 감쪽같이 사라졌다. 그는 집의 어떤 방에도 머물 수가 없었다. 버려진 일본인 처들이 모여 사는 곳을 향해 그 밤에 길을 떠났다. 마지막 심야 버스가 간신히 불을 밝히고 문을 삐끗 열어놓은 채 어둠 속에 서 있었다. 시동이 걸리고 전조등이 막 켜질 때 가까스로 버스에 올라탔다.

마쓰코. 그는 길을 떠나자마자 첫 길머리에서 그 이름을 토해냈다. 네가 사라졌을 때와 똑같아. 너처럼 금방 죽은 여자가 너처럼 감쪽같이 사라졌다고. 너 죽은 거 아니지? 어딘가에 살아서 나를 보고 있는 거지? 자동차 헤드라이트가 어둠 속으로 강한 빛을 내뻗자 그 길이 마쓰코가 처음 걸어 들어오던 복도처럼 두둥실 떠올랐다.

대기실이 죽 이어진 복도를 걸을 때였다. 뒤쪽에서 걸어온 한 여자가 그를 스쳐 지나갔다. 여자가 그를 지나쳐 앞으로 나서는 순간 그는 무엇인가가 그의 눈길을 붙잡았다고 느꼈다. 무엇인지는 알 수 없었다. 무언지는 알 수 없지만 뭔가 분명히 자기 눈을 잡아끄는 게 있었다. 그 여자가 방송국 안의 숱한 동료들이 아닌, 그 혼자만 아는 어떤 특별한 여자 같았다. 그는 금방 알아볼 것만 같은 그 여자의 뒷모습을 지켜보며 걸어갔다. 그 여자는 곧 복도 끝에서 오른쪽으로 꺾어지더니 그의 시야에서 사라졌다. 그는 그 자리에 우뚝 섰다. 그것 역시 무엇 때문인지 모를 일이었다. 그냥 멍하니 서서 복도 끝을 바라보고 있었다. 한참 지나 내가 왜 이러고 있지? 하며 막 걸음을 떼려는데 그 여자가 다시 복도 끝에서 모습을 드러냈다. 그리고 그가 있는 쪽으로 걸어오고 있었다. 그는 여자를 보자마자 가슴이 쿵 무너져 내리는 소리를 들었다. 그 여자는 그를 전혀 의식하지 않았고 그저 어딘가를 찾는지 대기실에 쓰인 표찰을 확인하며 오는 중이었다.

그 여자가 자기를 향해 걸어올 때 그는 조금 전 자기를 스쳐 지나갔던 엄마가 돌아오는 듯한 충격을 받았다. 미처 발비닥 아래를 의식하고 걷는 듯한 조심스러운 걸음걸이, 그러나 허리를 곧추세운 태도는 젊은 어머니의 모습과 똑같았다. 떠나갈 때의 모습과 조금도 다름없이 어머니가 저 앞에서 걸어오고 있었다. 그는 꼼짝없이 굳은 채 가만히 서 있었다. 이윽고 장이 우뚝 서 있는 바로 앞까지 온 여자가 말을 걸어왔다.

─스미마셍, '책의 향연' 대기실이 어디입니까?

그녀의 목소리를 분명히 들었고 무엇을 묻는 것인지 알면서도 그는 그 목소리가 사라지기 전에 잡아 쥐려고 자기도 모르게 손을 뻗었다. 언제나 남들에게 들리지 않게, 그 흔적조차 지우려는 듯 조그맣게 속삭이던 어머니의 목소리와 똑같았다. 그는 그 여자를 향한 가눌 수 없는 갈망을 느꼈다. 그 여자가 찾는 곳으로 손수 데려다 주었을 뿐만 아니라 자기 프로그램에 출연해달라고 부탁하기까지 그는 전혀 망설이지 않았다.

그는 마쓰코를 말 그대로 '바라보는' 데 모든 열정을 쏟아부었다. 마쓰코가 등줄기를 꼿꼿이 세우고 반듯이 앉아 목을 아주 조금 앞으로 기울여 상대방을 지그시 들여다보는 모습은 어머니와 몹시도 닮아 있었다. 가냘픈 어깨와 긴 목, 검은 머리를 반쯤 조도를 낮춘 조명 아래서 바라보면 아주 신비롭고 관능적이지만 더없이 정결하고 결단력 있어 보여서 한편으로는 마치 칼을 앞에 둔 사무라이의 마지막 모습 같기도 했다. 자세히 들여다보면 그윽한 눈동자는 너무 검어서 문득문득 차가움이 돌았고, 사근사근한 말씨의 끝은 분명하게 맺어지곤 해서 미련이나 끈적임 같은 게 없었다. 입술선은 지극히 섬세했지만 단정히 다물고 있는 때가 많아서 그 입에서 쓸데없는 말이 나올 일은 없어 보였다.

장은 마쓰코에게 푹 빠져버렸다. 그녀는 장의 프로그램에 출연하는 것은 아르바이트로 여기고 학업에 열중해 있어서 어느새 논문을 준비해야 하는 시간이 되어버렸고 그러자 그녀는 느닷없이 프로그램을 그만두겠다고 했다. 그는 그녀를 들이기 위해 집을 고치고 있는 중이었고, 프로그램에 출연한 지 몇 달 되지도 않은 데다 한창 그녀의 인기가 치솟고 있는 중이라서 전혀 예기치 않은 상태였다. 그는 방송국에서도 멀고 학교에서도 멀리 떨어진 곳에서 혼자 살고 있는 그녀를 자기 집에 들이기 위해 오랫동안 비어 있던 문간의 작은 집을 고치면서 오직 그녀를 위한 도코노마를 놓고 있는 중이었다.

그녀는 평소 태도가 고분고분하고 대화를 나눌 때마다 고개를 일일이 숙이며 대답을 하는 사람이라서 언뜻 보면 쉽게 말을 들을 것 같았지만 전혀 그렇지 않았다. 상대방의 의견에 거의 언제나 동의하는 표정으로 고개를 기울이다가도 결코 동의할 수 없는 의견에는 앉은 그대로 허리를 천천히 세워 꼿꼿이 하고는 미소 띤 입술에서 서서히 미소를 지웠다. 조용히 태도를 달리하는 그녀에게 막무가내로 동의를 구할 수가 없었다.

말의 요지는 논문이야 한 학기 정도 늦춰도 되지만 이런 프로그램에 출연하는 것은 인생의 특별한 기회가 될 것이고 이것으로 인해 삶이 어떻게 달라질지 모른다는 것이었지만 그녀를 설득하기 위해 그동안 써본 적도 없고 알지도 못하는 말재주를 동원해야 했다. 물론 그녀에게 묻지도 않고 집을 고치고 도코노마를 들이고 있다는 것은 혀끝에도 올리지 못했지만.

어쨌거나 지난한 설득 끝에 마쓰코는 그의 집에 들어왔으며 그의 프로그램에 오래도록 출연했고 마침내 그의 연인이 되었다.

그의 연인이 되는 날, 마쓰코의 한마디에 장은 어이가 없어 지금껏 알고 있던 그 사람이 아닌가 싶었다.

—나, 당신 처음 봤을 때부터 당신을 사랑했어요.

분명히 그렇게 말했다. 그리고 말을 이었다.

—나, 아무것도 느낄 수 없을지도 몰라요.

장은 빼앗듯이 그녀를 안았다. 고개를 저었다. 아니, 아니, 그럴 리 없어. 아니, 아니, 그래도 좋아. 자기가 이런 어이없는 사랑의 주인공이 될 줄은 이날 이때까지 전혀 짐작조차 하지 못했던 장이었다. 뱃구레에서부터 가슴을 거쳐 목구멍까지 거대한 뭉치의 열기가 치솟았다. 장의 온몸이 펄펄 끓는 게 마쓰코에게 그대로 전해졌다. 마쓰코 역시 가득 찬 숨을 뱉을 수가 없었다. 숨이 막힐 것처럼 가쁜데 몸에서는 힘이 빠져나가 기대섰던 나무에서 미끄러졌다. 누군가에게 화가 날 때마다 칼로 찌르고 베어서 찐득한 진이 배어 나와 마치 뱀으로 띠를 두른 것처럼 흉하게 옹이 지고 울퉁불퉁하고 시커멓게 된 나무였다. 마쓰코의 몸 위로 지난겨울 내내 얼었다 녹았다 하며 씨앗까지 푹 짓물러 썩은 배가 후드득 떨어졌다. 썩은 배의 달콤하고도 부패한 향이 그녀를 뒤덮었다. 달콤하며 물이 많고 아삭아삭하여 누구나 좋아해 마지않는 배. 이제 농익다 못해 짓물러 떨어지면 지면에 닿기도 전에 팍 터져버렸다.

그는 길고 긴 비단뱀이 되어 그녀의 두 다리를 감고 올라가 아랫배에 이르자 제 아랫배의 비늘을 좌르륵 세워 그녀에게 깊이 박았다. 길고 긴 몸은 몸을 타고 올라와 젖가슴을 돌돌 감고 힘껏 조였다. 그녀의 두 다리와, 그녀의 몸뚱어리와 그녀의 목덜미는 장에게 남김없이 감겨 있었다. 장의 품에 안겨 있는 마쓰코의 코끝과 입술이 빨갛게 달아올랐다. 기대와 두려움이 섞인 두 눈은 치마를 걷어 올리고 블라우스를 벗기는 장을 뚫어져라 바라보았다. 사랑의 순간에 대한 열망과 두려움이 팽팽하게 차올라 금방이라도 울음을 터뜨릴 것 같았다.

그녀가 말한 그대로였다. 언제부터인가 그녀의 얼굴과 육체에서 열기가 빠져나갔다. 붉게 달아올랐던 코끝과 입술이 다시 창백해졌으며 두 눈도 차분해져서 그를 지그시 바라볼 뿐이었다. 그 맑고 투명한 눈으로 어찌나 뚫어지게 바라보는지 어느 순간 그 눈과 마주친 그는 화들짝 정신이 들어버렸고, 그녀의 눈빛이 너무나 특이해서 그도 눈을 맞춘 채 한참 동안 가만히 들여다보았다. 그의 눈을 정면으로 바라보고 있는 두 눈은 너무 투명해서 그를 바라보고 있는 것 같지 않은 동시에 또 아주 깊은 교감을 이루고 있는 것 같기도 했다. 두 눈을 딱 맞추고 그를 향해 꼿꼿이 다가오는, 꼭 고양이 같았다. 너에게 간다, 내가 너에게 왜 가는지 알지? 그런. 그는 마쓰코와 눈을 맞춘 채 밤을 지새웠다. 마쓰코의 육체를 쾌감에 떨게 하는 대신, 그녀의 눈 속 깊은 곳으로 들어갔다. 마치 조심스럽게 모은 두 손 위에 그녀의 눈동자를 올려놓고 바라보다 그만 흘려버린 것 같았다. 그건 오직 마쓰코만이 줄 수 있는 눈이었을 테다.

배꽃이 하얗게 피었을 때 그는 새벽에 일어나 이슬이 맺힌 배꽃 가지를 꺾었다. 상처투성이 옹이에서 자라난 배꽃가지를 특별히 종로5가에 나가 사 온 전정가위로 하나하나 정성들여 잘랐다. 한 아름 품에 안긴 꽃가지가 그런 느낌이라는 걸 처음 알았다. 턱밑에서부터 밀려와 숨을 막아버리는 향기에 정신이 핑그르르 돌았다. 그는 말 그대로 구름 위를 걷듯 경중경중 걸어 마쓰코의 방으로 들어갔다. 잠에 빠져 있는 마쓰코를 일으켜 도코노마 앞에 앉혔다. 아직 잠옷인 것을 깨닫고 단정한 평상복을 찾아 기지개를 펴는 그녀에게 갖다 주고 뒤편에서 잠자코 지켜보았다. 굳이 분류하자면 그녀는 만지게 하는 여자가 아니라 지켜보게 하는 여자였다.

마쓰코는 수북한 배꽃가지와 물이 찰랑거리는 검은 수반을 한참 내려다보았다. 그녀 역시 무릎을 타고 밀려오는 향기에 잠기를 털어내고 정신을 차렸을 것이다. 고요히 일어나 한쪽 구석으로 비켜서 몸을 옹송그린 채 잠옷을 벗고 하얀 블라우스와 짙은 회색 주름치마로 갈아입고 다소곳이 도코노마 앞에 앉았다. 그것을 지켜보는 그는 가슴이 부풀어 오름과 고요히 가라앉는 기분을 함께 맛보았다. 한 갈래로 묶은 검은 머리 타래를 타고 새벽빛이 흘러내렸다. 새벽은 아침이 되지 않을 것 같았고, 그녀의 하얀 목덜미와 하얀 배꽃은 부유스름한 빛 속에서 영원히 사라지지 않을 것처럼 보였다.

마쓰코의 엄지와 검지, 장지가 차가운 물속의 날카로운 침봉에 첫번째 가지를 꽂았다. 단단한 가지는 쉽게 꽂히지 않았다. 꽃잎이 파르르 떨렸다. 꽃에 내린 새벽빛이 광택 없는 검은 수반으로 빛을 흘렸다. 꽃가지가 세 개, 수직으로 하나, 사선으로 하나, 수평으로 하나, 침봉에 꽂혔을 때 그는 그녀의 무릎께로 기어가 무릎을 베고 눕고 싶었다. 아무 얼룩도 무늬도 없는 순결한 하얀 뱀이 되어.

　새벽과 아침 사이, 반쯤 거른 것 같은 조명이 그녀의 목덜미에서 등의 곡선을 타고 흘러내렸다. 미세하게 움직이는 팔과 그 팔의 움직임에 조응하는 얼굴선이 몹시도 신비롭고 관능적인 분위기를 자아냈다. 그런데 그토록 간결한 움직임 속에 번득이는 칼을 앞에 둔 사무라이의 마지막 모습이 얼핏 내비치는 걸, 그는 보았다.

　그녀의 목을 조른 것은 우연이었다. 그녀의 목덜미가 하얀 배꽃줄기 같았다. 그는 그냥 그녀의 어깨에서부터 쓰다듬어 올라갔을 뿐이었는데 가느다란 목덜미가 두 손에 잡혔을 때 격렬한 갈망에 사로잡혔다. 그 순간만큼은 도저히 아무것도 그만둘 수가 없었고 몸의 작은 부분 하나도 제 마음대로 할 수가 없었다. 그의 몸은 이미 그의 통제를 벗어나 땀구멍마다에서 뜨거운 땀을 뿜어내면서 엄청난 힘으로 달려가기 시작했고 증기기관차가 달려드는 것 같은 놀라움에 그녀는 점점 더 커다랗게 눈을 부릅떴다. 손으로 뻗치는 힘을 어찌 할 수 없어 그녀의 목을 조르고 말았다. 그런데 그녀의 몸이 그렇게 요동칠 줄 몰랐다. 그렇게 높은 소리가 나올 줄도 몰랐다. 그녀의 깊은 곳이 그렇게 뒤흔들릴 줄 몰랐다. 거센 파도에 휘말린 것 같았다. 깜짝 놀란 나머지 금세 절정에 올라버렸다. 그는 그녀가 경련을 일으키는 것을 보고 놀라서 얼른 손을 뗐다. 그녀는 한참 동안 쾌감에 몸을 떨었다. 그녀의 눈동자가 하늘 높은 곳으로 올라가 있었다. 장에게서 비롯되었지만 그 순간 장과는 아무 상관도 없는 황홀한 세계에서 그녀는 한참 동안 내려올 줄 몰랐다.

마지막으로 그녀의 목을 조른 건, 그녀가 공부를 거의 끝낼 무렵이었다. 그녀는 벌써 짐을 정리하고 일본으로 돌아갈 준비를 하고 있었지만 그는 까마득히 모르고 있었다. 어떤 조짐도 보이지 않았다. 서로를 지겨워하기 시작했다거나 하다못해 시들해졌다거나. 물론 그런 감정의 변화와는 아무런 상관 없이 결정했을 그녀지만 굳이 변화를 찾으려 해도 찾을 수가 없었다. 언제나처럼 마쓰코는 사랑에 적극적이지 않았고, 아무리 애정을 기울여 그녀의 온몸을 샅샅이 핥아줘도 흥분하지 않았다. 그가 금방이라도 죽을 듯이 헐떡거려도 그녀는 처음처럼 투명한 눈으로 그를 바라보고 있을 뿐이었다. 그래서 그는 목을 졸라야 했다. 그녀와 잠시라도 같은 세계, 같은 감각, 같은 감정, 같은 쾌감, 같은 절정에 있고 싶었으니까. 언제나 그래왔다.

마쓰코의 목을 여느 때보다 오래 조른 건 그러려고 그런 게 아니었다. 그녀가 사요나라, 라고 말했기 때문에 그 말을 막으려고, 그 말이 나오는 목구멍을 막은 것뿐이었다.

목을 조르는 동안 아버지가 친구의 아버지 앞에서 저자세로 비는 모습에서 쾌감을 느꼈던 날이 그의 눈앞을 스쳤다. 그리고 곧장 엄마의 목소리가 들렸다. 나는 모든 것을 바쳤어, 그러니 이제 사요나라. 마쓰코가 일본어를 하면 장은 엄마의 말을 듣는 기분이 되었다. 엄마가 남기고 간 몇 마디 말로 그와의 사이에 방점을 찍으려는 그녀의 말을 막은 것뿐이다. 취소해, 그 말 취소해. 그는 눈물을 흘리고 큰 소리로 외치며 그녀의 목을 졸랐다. 마지막에 그녀는 어느 때보다 길게 경련을 일으켰다.

　버려진 일본인 처들이 살고 있다는 도시에 닿은 시각은 새벽 네시.

　그는 싸늘한 바람이 휘도는 텅 빈 터미널에서 멍하니 서 있었다. 함께 버스에서 내린 두세 명의 남자들은 어디로 가버렸는지 쏜살같이 사라지고 없었다. 혹시라도 대기하고 있는 택시가 있는지 보려고 터미널 정면으로 나왔다. 한국의 중소 도시의 버스터미널 주변이란 게 다 거기서 거기다. 이 도시에 와본 횟수라면 일일이 손꼽을 수 없을 정도였다. 방송 때문에도 그렇고 개인적 용무로도 그렇고. 그런데도 아주 낯설고 싸늘하고 휑뎅그렁하고, 정이라곤 눈곱만큼도 붙일 수 없어 보였다. 구태여 그 어느 곳이든 정붙이고 살 이유도 없지만. 문득 어머니가 처음 이 도시에 발을 디뎠을 때 이곳은 어떤 모습이었을까, 궁금한 마음이 들었다. 대개의 아들들에게 어머니가 있는 곳이라면 아무 이유 없이 눈물이 나고 끈끈한 애정이 생기고 그러련만 그는 괜히 오기가 솟구쳐 웬만해선 정 붙지 않을 곳이라고 중얼거리며 휑한 도로를 털레털레 걸어갔다. 길옆으로 말끔한 숙박 시설이 보였지만 왠지 발길이 가지 않았다. 조금 더 가니 지은 지 꽤 오래되어 보이는 찜질방이 보였다. 그는 부옇게 먼지와 손때가 오른 유리문을 밀고 들어갔다.

　이런 날은 이런 곳이 제격이지 싶었던 거다. 이 나이 되도록 잃어버린 엄마 한번 안 찾아본 놈이 무슨 낯으로 번드레한 호텔이겠는가 말이다. 이 정도는 해줘야 죄책감을 느끼고 있다는 것을 스스로에게 보여주지 않겠는가, 라고 내심 계산한 것 같기도 했다. 하긴 이까짓 정도로는 턱도 없을 테지만 말이다.

낡은 황토색 찜질 가운을 입고 뭇 사내들의 잠 냄새, 땀 냄새, 살 냄새가 물씬 풍기는 수면실로 들어갔다. 하도 역겨워서 돌아 나오고 싶었지만 팔다리를 제멋대로 뻗은 채 잠에 곯아떨어진 사내들을 보니 장도 금방 잠이 들 수 있을 것 같았다. 이 정도 누추함은 감수해야지, 하는 계산 역시 깔려 있었다. 발로 슬쩍슬쩍 밀어가며 자리를 넓히던 그에게 옆 사람이 말을 건네왔다.

—왔나?

그는 엉겁결에 고개를 꾸벅 숙였다.

—아, 예, 예.

아는 사람인가 싶어서 얼굴을 바짝 대고 보니 잠꼬대를 하는 거였다. 그는 소심하게 몸을 옹송그려 그 사람을 등지고 누웠다. 누운 채 머리를 들고 수건 하나를 둘둘 말아 머리 밑을 바치고 남은 수건 하나로는 아랫도리를 덮었다. 역한 냄새가 차츰 잦아지자 반쯤 수면에 들었고 남은 반쯤의 의식으로 어머니를 생각했다.

엄마가 미웠던가, 엄마가 죽이고 싶도록 원망스러웠던가. 엄마는 그저 자기 몸 하나 지탱하기 힘든 나약한 여자였을 뿐이라고, 그는 얼마나 스스로를 다독였는지 모른다. 그러나 나약함은 곧 나쁜 것이라는, 자기가 낳은 어린 아기 하나 감당할 수 없을 만큼 나약한 것은 '악'일 뿐이라는 판단이 언제나 그 뒤를 따랐다. 그는 몹시 보고 싶고 잊을 수 없고 그래서 사랑한다고밖에 할 수 없는 엄마를, 죽이고 싶어 한다는 사실을 인정할 수밖에 없었다. 그가 죽이고 싶은 것은 엄마라는 것, 그것을 깨달은 순간, 그는 스스로를 죽이고 싶었다. 타인에 대한 혐오는 자기 자신을 향한 것이라는 것, 그는 모르지 않았다.

마쓰코의 목을 조르게 된 건, 사요나라라고 말했기 때문이며, 그 순간 자기를 두고 떠나가버린 어머니와 자기를 능멸하며 목을 들이댄 새엄마가 떠올랐기 때문이었다. 마쓰코는 그저 관습에 따라 그 정도 인사는 하고 떠나야 할 거라고 생각했을 것이다. 사요나라, 하면 장을 완전히 떠날 수 있을 것 같았을 게다. 어쩌다 보니 여기까지 왔지, 우리 관계는. 이것으로 충분하다고 생각해. 그렇다면, 이제 그만 사요나라. 그랬을 것이다. 그러나 그는 떠나게 할 수가 없어서 그녀의 목을 졸랐다. 아스라하게 속삭이는 사요나라, 그것이 불러일으키는, 몸을 가눌 수 없을 만큼의 갈망 속에서 뛰쳐나오는 숨은 분노를 마쓰코가 알 리 없었다. 사요나라, 라고 말하고 떠나게 할 수는 없었다는 것을. 분노는 꼭 이 순간을 기다렸던 것만 같았다.

어머니의 사요나라는 조금 다르다. 모든 것을 다 바쳤지, 그렇지만 이별을 해야 할 때가 왔고, 그것을 피할 수가 없구나, 꼭 그래야 한다면, 사요나라. 어머니를 떠올리면 언제나 한 가지 이미지가 떠오른다. 자그마한 체구였지만 기품 있고 단아했던 모습. 그는 언

젠가『전국시대의 여성이 살아가는 법』이라는 책을 읽은 적이 있
었다. 그 책에 쓰여진 그대로를 그는 아직까지 외우고 있었다.

　‘그 시대 여성의 아름다움은 기품 있는 모습이었다. 가문이나
혈통의 문제가 아니라 난관에 부딪쳤을 때 보이는 자세, 그 태도와
관련이 있다. 난관에 부딪쳤을 때 흐물흐물 무너져 내리는 것도 아
니요, 그렇다고 해서 머리채를 흩날리며 소리를 지르는 모습도 아
니다. 등줄기를 꼿꼿하게 세우고 사태와 마주하는 자세이다. 그런
자세는 어찌 가질 수 있는지 아무도 모른다. 다만, 살아온 시점까지
의 인생을 디딤돌로 삼아 미래를 내다보는 사람이 아니라면 불가
능하다는 것이다. 즉, 지금까지 자신의 인생을 응시하고, 하나의 인
생으로 확실하게 자각할 때 비로소 난관과도 마주 설 수 있게 된다
는 뜻이다.’

　그는 단숨에 그 책을 읽고 그 책장을 접었다가 좍 찢어냈다. 찢
어버린 책장을 구겨서 휙 던졌다가 다시 주워 작게 접은 뒤 수첩
에 끼워 넣었다. 그 책은 일본인들이 흔히 이별 앞에서 던지곤 하던
‘사요나라’라는 말의 어원을 찾아 여러 쓰임새를 하나하나 짚어보
며 일본인들의 생사관까지 생각해본, 평소 그라면 서슴없이 가방
속에 집어넣었을 것이었다. 방송국에 오고 가던 누군가가 읽다가
던져두었던 것일 텐데 그 누군가가 읽다가 두고 간 뒤로는 시간이
남는 사람이나 궁금한 것을 못 참는 사람이 손에 집어 들곤 했었다.
그러니까, 방송국 안에서 굴러다니는 책이어서 누가 가져가도 그
만, 더 굴러다녀도 그만이었다. 장의 흥미를 끄는 다른 내용이었더

라면 그는 주워 들고 집에까지 왔을 것이다. 그는 대기실 소파에 책을 집어 던지고 나서도 한참을 바라보았다. 그러나 결국 그 책을 버려두고 돌아섰다.

그는 어머니를 통해 그런 자세를 보았다. 그래서 아무리 어린 나이였지만 사요나라, 라고 했을 때 더 이상 손을 내밀 수가 없었다. 어머니는 그 시점에 어머니의 인생을 정리했을 것이다. 그런 것이 느껴졌다. 하지만 어린 장은 아니었다. 어린 장은, 어린 장이었으니까. 아직은 그를 버리고 떠나는 엄마에게 사요나라, 라고 말할 수 없을 만큼 어린아이였으니까.

일본인 처들이 수용되어 있는 곳은 흔하디흔한 요양 시설 중의 하나라기엔 규모도 크고 관리도 잘되어 있는 곳이었다. 시 외곽의 길고 긴 방죽 길을 걷는 동안 물 마른 얕은 개천을 따라 노쇠한 풀들이 무성하게 자란 것을 보고 그토록 방치된 채 뒤엉킨 마른풀이 동네를 더욱 황량하게 만들고 있다는 것에 울컥 화가 치밀어 괜히 누군지도 모르는 시청의 환경과 담당자에게 욕을 해댔다. 이 길 끝에 있다는 그 요양 시설이란 것도 보나마나 블록 건물에 형편없이 낙후된 시설이리라.

그런데 기대하지도 않았던 곳에서 막상 갓 구워낸 반들반들한 기와지붕을 얹은 박물관 같은 커다란 건물과 요양 시설이라고 적힌 현판을 맞닥뜨리자 그는 내심 놀람과 동시에 안도감과 불쾌감을 느꼈다. 황량한 둑길을 따라올 때 욕을 내뱉는 마음 한편으로는

<메종 드 히미코>라는 영화를 생각하며 그런 조그맣고 가족적인 시설이기를 바라기도 했고, 그래야 지금껏 찾지 않은 것에 대해, 또 다시 찾지 않아도 큰 죄책감이 들지 않을 것 같았던 것이다. 그런데 이도 저도 아니고 떡하니 위용을 자랑하는 건물이지 않은가. 심사가 조금 더 복잡해졌다.

그는 금방 건축한 박물관 같은 본관과 특성화 시켜놓은 몇몇 부속 건물들을 보고 혀를 쯧쯧 찼다. 요양 시설 중에서도 큰 편이었고 어쩌면 이만한 곳도 드물지 않을까 싶었는데, 그래서 더욱 번드레한 시설에 믿음이 가지 않았다. 이 시설을 유지하기 위해 기부금이든 지원금이든 많이 긁어내야 할 테고 그러려면 눈에 띄는 행사도 많이 해야 할 테고 그것을 위해 불쌍한 할머니들을 동원해서 광고해야 할 일도 많을 테지.

현관에 들어서서도 그는 곧장 안내 데스크로 가지 않고 어기적거리며 시간을 보냈다. 아니나 다를까, 안내 데스크 옆으로 하나같이 무슨 행사, 무슨 행사라는 글자를 머리에 인 커다란 사진들이 주르르 걸려 있었다. 질 나쁜 카메라로 찍어서 확대한 사진들은 행사 사진에는 이골이 난 듯한 몇 사람의 웃음 띤 얼굴만 선명할 뿐 그저 배경이지 싶은 할머니들이 표정 하나 없이 휠체어에 앉아 있을 뿐이었다.

성의 없이 사진을 훑어보다가 트집거리를 찾아 눈초리를 세우고 이쪽저쪽으로 바삐 지나다니는 직원들을 짯짯이 바라보며 <메종 드 히미코>에서처럼 한가롭고 평화로운 풍경은 기대할 수 없겠

군, 하던 참이었다. 저쪽 복도에서 간호사가 밀어주는 휠체어에 실려 로비로 나오는 할머니에게 눈이 멎었다. 살갗으로 소름이 차르륵 지나갔다. 간호사가 잡은 손잡이에 머리를 기댄 채 눈을 거의 감고 있는 할머니는 한눈에 보기에도 한국인 같지 않았다. 아래턱이 유난히 작고 가냘픈 일본 여성의 특징이 있는 할머니였다. 너무 일찍 체념을 해버려서 그 몸 어느 한 부분도 스스로 움직이지 않은 지 오래되어 보였다. 그는 본능적으로 자기 앞을 지나쳐가는 할머니의 외모에서 오래전 어머니를 더듬었다. 그런데 전혀 겹쳐지지 않았다. 욕지기가 치올랐다. 그의 어머니는 절대 저렇게 늙을 수가 없는 것이다.

안내 데스크에 어슬렁어슬렁 다가갔지만 안내인의 눈을 똑바로 바라보지는 못했다. 데스크 너머에 서서 아까부터 그를 주시했음이 분명한 여자가 예의를 듬뿍 담은 미소로 그를 바라보았다. 여자의 손끝이 데스크 위의 서류철을 톡톡 두드리고 있었다. 그는 사라지고 없는 휠체어 쪽으로 괜한 시선을 던지며 어머니의 이름과 나이 정도를 말하고 시설에 있는지 확인하고 싶다고 했다. 그답지 않게 말을 더듬었고 말끝도 흐지부지 흘렸나. 데스크 끝에 간신히 올려놓았던 오른손이 바르르 떨려서 안내인이 눈치채지 않도록 살그머니 손을 내렸다.

이곳에 수용된 일본인 처라면 이제 열 명 남짓, 안내인은 굳이 명단을 보지 않아도 누구누구가 있는지 알고 있었다. 그가 짐작했던 대로 그의 어머니는 없었다. 현관에 들어설 때까지도, 두리번거리면서도, 어머니는 여기 없을 것이라는, 전혀 어머니의 냄새가 나지 않는다는, 황당한 생각을 하고 있었지만 그는 잠시 당황했다. 당황하면서도 태연한 척 다음 질문을 이어갔다. 이전에 혹 잠시라도 이곳에 머문 적이 있는지 알 수 있느냐고. 물론 지금 시설에 있다고 했으면 더욱더 당황했을 것이고 어쩌면 대면할 준비가 안 되어 일단은 도망갔다가 다음에 다시 와야 했을 것이다. 안내인은 시설에서 오래 근무를 해온지라 최근 몇 년 동안에 세상을 뜬 몇몇 사람까지 기억하고 있었다. 하지만 그의 어머니는 기억을 하지 못했다. 안내인이 말했다. 어쩌면 그분이 오래전에 여기 머물렀었다 해도 지금은 기록이 남아 있지 않을 거예요. 하지만 할머니들의 기억 속에서라면 남아있을 수 있을 텐데 할머니들을 만나보시겠어요? 안내인이 호의를 듬뿍 담아 부드럽게 말했다.

할머니들을 만난다? 이 뻔뻔하고 무뚝뚝하다 못해 못돼 처먹은 낯짝으로? 억지로나마 웃어줄 수 없고 미안한 표정조차 제대로 지을 수 없는 이 낯짝으로? 그는 고개를 설레설레 저었다. 할머니들의 대답도 전혀 예상할 수 없었다. 열 명의 할머니들 중에는 어머니를 기억하고 있는 사람이 있을 수 있다. 하지만 어머니에 관한 말을, 어떤 사소한 말이라도, 결정적인 말이라면 더욱더, 전해 들을 배짱이 아직은 전혀 준비되지 않았다.

대답을 재촉하는 안내인의 표정을 더 이상 외면할 수 없어 그는 결정을 내렸다. 아니요, 그럴 필요까지는 없을 거 같습니다. 그냥 시간 되고 기회가 닿을 때 한번 물어나 주십시오. 물론 그냥 한 말이었다. 그러자 안내인의 눈빛이 달라졌다. 그 눈과 마주치자 그냥 돌아서서는 안 될 것 같아졌다. 진의를 의심하는 눈으로 빤히 쳐다보는 여자에게 실없는 사람은 아니라는 뜻으로 명함을 건네주었다. 하지만 그 여자 눈을 조금이라도 더 마주 봐주다가는 금방 속내를 들킬 것 같았다. 그렇다고 시선을 피한다면 더 이상할 거 같아서 괜히 명함이 더 남았는지 지갑 속을 살펴보는 시늉을 했다. 그사이 여자가 명함을 훑어보고는 다시 그의 눈을 빤히 쳐다보며 꼭 알아봐드릴게요, 라고 했다.

그는 고맙다고 고개 숙이며 얼른 돌아서서 한 발짝 내딛는데 어쩌면 저 여자가 진짜로 알아봐줄 거 같다는 생각이 들었다. 아차, 습관대로 명함을 건네는 게 아니었는데. 가엾은 할머니들의 핏줄들이 간혹 먼 친척이거나 예전에 알고 지내던 사이인 것처럼 위장하고 찾아와보는지 모를 일이었다. 자식들이 살아 있으면서도 찾지 않는다는 기사를 본 기억이 났다. 할머니들도 자식이 어디에서 살고 있는지 알면서도 찾지 않는다고 했다. 그는 눈물을 흘릴 처지도 아니었다. 괜히 화만 나서 옆에 만만한 스태프나 하나 있었다면 괜히 트집 잡아 욕지거리나 듬뿍 퍼붓고 소인트나 한번 까주면 속이 좀 풀어질 텐데, 싶었다.

터미널에 가는 동안 꿰뚫어보고 추궁하는 듯하던 노련한 시선이 계속 떠올라 기분이 영 께름칙했다. 그걸 알아보는 데 얼마나 걸릴까? 그 여자 같은 사람은 단박에 가서 물어볼 거야. 어쩌면 열 명에게 다 물어보기도 전에 어머니를 기억하는 사람을 찾을지도 몰

라. 이 사람들은 이런 일에는 이골이 나 있을 테니까. 시설에 맡기고 들여다보지도 않는 가족이 얼마나 많을 것이며, 아파 죽어간다고 해도 찾아오지 않는 사람도 있을 테지, 결국 직원들이 가족을 찾아 나서는 일도 있을 테고, 그러다 보면 온데간데없이 사라진 가족도 있겠지. 한두 번 해봤겠어?

조바심을 치며 택시를 기다리고 택시를 잡자마자 서둘러 올라타고, 기사에게 터미널로 가자는 말을 서둘러 내뱉고, 자리를 고쳐 앉으며 옷자락을 신경질적으로 여미다가 자기가 마치 도망치는 것 같은 더러운 기분이 드는 것을 느꼈다. 택시가 방죽 길을 다 벗어날 때까지 그는 뒤돌아보지도 않았고 아무 생각도 하지 않으려고 했다.

터미널에 도착하자마자 그는 찜찜한 마음을 털어버리려고 카페에 들어가 얼음을 가득 넣은 바닐라 커피를 주문했다. 음료를 빨대로 쪽 빨아올려 차갑고 달달한 첫맛이 목구멍으로 꼴깍 넘어가는 순간 무슨 맛이 이래, 하며 신경질을 내자 방심한 틈을 타 기어코 그 생각이 머리를 탁 치고 달아났다. 이렇게 돌아가면, 다시 내려오지 않을 것이라는.

손바닥에서 더욱더 차가워지는 바닐라 아이스커피의 플라스틱 컵을 들고 멍하니 그 자리에 서서 시간을 보내다가 화장실에 들렀다. 마시지도 않은 커피를 쓰레기통에 던져넣고 어슬렁어슬렁 변기로 다가가 지퍼를 내리는데 누가 어깨를 탁 쳤다.

―왔나?

장은 누구 아는 사람을 만난 줄 알고 가슴이 덜컥 내려앉았다.

소변을 보다 말고 주저하며 돌아보니 아는 얼굴이 아니었다. 그런데도 어디선가 본 듯한 얼굴이었다. 소변을 마저 보고 가까이 다가가다가 생각이 났다. 어젯밤에 옆자리에 누워 있던 사람이었다. 그가 그 어두운 곳에서 봤던 나를 기억하는 것인가, 의심이 들었지만 아, 예 이제 올라가려구요, 하고 적당히 고개를 숙였다. 지나갈 셈이었다. 그런데 그가 어깨를 붙잡았다.

—어이구야, 내 참. 왔다가 그냥 가면 우짜노?

—예?

어리둥절했다. 아니, 달리 아는 사람인가?

—저, 혹시 아는 분이세요?

그가 어이없다는 듯 웃으며 어깨를 다시 세게 쳤다. 이번엔 그의 어깨가 조금 돌아갈 정도였다. 이 사람이 누구지? 내가 이렇게 기억력이 없는 사람이 아닌데. 내가 사람 보는 눈썰미 하나는 끝내주는데.

—일마, 웃기는 놈이네. 니, 지금 내랑 장난하자카나?

—죄송한데요, 제가 기억이 안 나서요.

—니, 재성이 아이가? 일마, 형도 몬 알아보나?

—아, 잘못 보셨나 본데요, 저 재성이 아닙니다.

이쯤하면 보내줘야 하련만, 남자가 다시 그를 더 세게 쳤다.

—일마가 미쳤나!

그제서야 그 남자의 허름하고 더러운 입성과 입에서 풍기는 오래 축적된 술 냄새와 노리끼리하게 풀린 눈자위가 눈에 들어왔다. 터미널을 주요 활동 무대로 삼고 있는 앵벌이나 노숙자 같았다.
장은 냅다 주먹을 날렸다. 생각하고 말고 할 것도 없이 불같이 치솟
는 증오를 그 사내에게 내리꽂았다. 사내가 너무나 힘없이 소변기
옆으로 푹 주저앉았다. 그는 아무 말 없이 발길질을 했다. 웬일인지
사내도 아무 말이 없었다. 맞는데 이골이 난 건지, 맞으려고 시비를
붙인 것인지. 다리를 마구 걷어차다가 뱃구레를 한번 세게 밟아주
었다. 그의 구두는 새로 산 지 얼마 안 되는 것이었다. 마지막으로
수고스럽게 몸을 굽혀 얼굴에 주먹을 날려주었다. 사내의 얼굴이
소변기에 가서 세게 부딪쳤다. 이상하게도 사내는 얼굴을 찡그리
지 않았다. 먼저 시비를 걸었던 사람치고는 아무 소리도 내지 않았
고, 표정도 거의 없었다.

이 사람 이거 죽는 거 아냐, 싶기도 했지만 설마 이 정도로 죽
기야 하려고, 하며 손을 탁탁 털고는 후련해진 기분으로 돌아섰다.
화장실을 벗어나려는데 뒤에서 무슨 소리가 들렸다. 되돌아보니
그 사내가 고개를 푹 숙인 채 가, 가, 하며 손을 홰홰 흩뿌렸다. 이거
뭐야? 이상한 생각도 들었지만 오랜만에 시원해진 기분을 뒤집을
정도는 아니었다. 그는 발걸음도 가볍게 고속버스에 올라탔다. 정
신 차려보니 장은 창밖을 내다보며 뭐라고 중얼거리고 있었다.

—사요나라.

정신을 차리고 보니 자기야말로 이 말이 꼭 필요한 사람인 것
같았다. 그러나 그 뒤에 예상치 못했던 단어 하나가 달라붙는 게 아
닌가.

─사요나라, 이쓰카. 안녕, 언젠가는.

이런! 사요나라, 했으면 깨끗이 털고 일어서야지, 지저분하게 뭘 남겨두는 거야? 임마, 넌 50킬로그램도 안 되는 조그만 여자만도 못한 거야. '미련'이라거나, '복고'라거나, '고수'라거나, '후회' '아쉬움' 뭐 이런 단어를 듣기만 해도 혐오 '돋는'다고 손사래 칠 땐 언제고 이쓰카라니, 한심한 놈!

장은 앞 좌석 밑을 실수인 척 발길로 한 번 퍽 찼다. 앞 사람은 코를 골며 자느라 아무런 대꾸도 하지 않았다. 한 번 더 찰까 하다가 에라, 하면서 눈을 꾹 감았다.

\#

외출이라고 할 수도 없을 만큼 짧은 시간이었는데 대문을 열고 들어서자 낯선 기운이 느껴졌다. 마치 다른 사람 집에 잘못 들어온 것 같았다. 마르셀이 떠난 뒤 숨 막히는 적막감에 빠져 있던 행랑채 마당에 아지랑이가 피어오르는 것처럼 공기가 미세하게 흔들리고 잘디잔 이슬방울 같은 것이 입술에 맺혔다. 그는 손가락으로 입술을 만져보고 걸음을 떼었다. 의심쩍은 기운으로 뒤를 돌아보고 다시 왼편 오른편을 둘러본 뒤에 중문을 넘어섰다. 안마당은 더욱 낯선 기운이 가득했다. 그새 누군가, 자기와는 전혀 다른 기질의 사람이 집채를 장악하고 있는 것 같았다. 마당에서는 마치 깨끗이 잊어버린 20년 전의 어느 날처럼 첫 봄비의 냄새가 풍겼다. 금방이라도 누군가 환한 얼굴로 문을 열고 나올 것만 같아 잔뜩 긴장을 한 채로 희붐한 빛에 잠긴 집으로 한 발짝 한 발짝 다가갔다. 솜털 달린 씨앗 하나가 우연히 담장을 넘어 날아들었다가 뾰족한 혀끝으로 흙의 맛을 한번 보고 흐뭇한 마음으로 뿌리를 내리고는 뽀얗고 보드라운 솜털들은 공중으로 화르르 날려 보낸, 그 솜털들이 그의 이마에 입술에 어깨에 날아왔다 날아가는 그런 느낌이었다.

#

현관문을 열었다. 마루에 올라섰다. 방마다에서 희미한 빛들이 새어 나오고 있었다. 불을 켜둔 게 아닌 것은 분명했다. 마치 마쓰코가 처음 집으로 들어오고 마르셀이 들어왔을 때처럼, 무언가 보슬보슬한 깃털 같은 것이 날아다니는 것 같았다. 좋은 향기, 따스한 온기, 부드러운 느낌들은 자기 것이 아니었다. 아주 간혹, 아주 짧은 시간 동안 이곳에 날아든 여자들에 의해서 간신히 만져보고 맡아보고 비벼볼 수 있는 것이었다.

#

방문을 열었다. 한 발짝 발을 들이자 물고기 눈꺼풀처럼 얇은 막 속에 폭 숨어든 듯, 커다란 거품 속에 들어가 있는 듯, 몸을 둘러싼 얇은 막이 점점 부풀어 오르는 것 같았다. 그는 아른아른, 어릿어릿한 아지랑이 위에서 비칠거리는 것 같았다. 넘어질 것 같았다.

넘어졌다. 한 여자의 뽀얗게 부풀어 오른 젖가슴으로. 가슴팍에 누런 털이 숭숭 나 있고, 팔뚝이 굵은 남자가 그 젖가슴을 탐욕스럽게 움켜쥐고 있었지만 장이 밀쳐버렸다. 엎어진 그의 입술 바로 앞에서 뽀얀 젖가슴이 점점 더 부풀어 오르고 불그레한 젖꼭지가 꼿꼿해지더니 결국 그의 입술을 건드렸다. 여자가 부푸는 젖가슴을 움켜쥐고 고통인지 환희인지 알 수 없는 얼굴로 고개를 젖혔다. 한껏 내밀어진 젖꼭지가 그의 입술 사이에 닿았다. 그는 덥석 젖꼭지를 물었다. 오돌오돌한 젖꼭지가 입안에 가득 찼다. 그가 힘껏 빨아들였더니 젖꽃판이 점점 더 넓어지고 젖가슴도 점점 더 부풀었다. 다른 손바닥 한가운데에 꼬들꼬들하게 일어선 젖꼭지가 닿았다. 그는 손바닥 가득 젖가슴을 움켜쥐었다. 손아귀에서 빠져나갈 듯이 뭉클하고 찰진 젖가슴을 더욱 세게 움켜쥐었다. 여자가 눈을 꼬옥 감으며 깊은 신음을 내뱉었다. 그가 숨을 크게 들이쉬며 입을 떼자 젖꼭지에서 젖줄기가 솟구쳤다. 뿌옇고 달큰하며 끈적끈적한 젖이 포물선을 그리며 뿌려졌다. 양쪽 젖무덤에서 젖줄기가 두 개 세 개로 늘어났다. 그의 온몸이 젖으로 젖어늘었고 그를 둘러싼 얇은 막에 젖이 튀었다. 그는 젖가슴을 움켜쥐려고 그녀에게 다가갔다. 그런데 자꾸 미끄러졌다. 물고기 눈꺼풀 같은 얇은 막에 젖이 흘러내리고 그의 가슴을 향해 내뿜어진 젖줄기가 아랫배를 타고 흘러내려 사타구니에서 방울졌다가 종아리로 흘러내렸다. 발바닥이 온통 젖에 젖어버렸다. 그토록 음란하고도 탐스럽게, 그토록 유혹적이고도 성스럽게, 뽀얗게 빛나는 젖가슴은 본 적이 없었다. 그는 다시 그것을 움켜쥐어야 했다. 추잡하기 이를 데 없는 몸짓일지라도 그 젖꼭지를 입에 넣어야 했다. 그런데 잡을 수가 없었다. 젖은 계속 솟구쳤다. 그녀는 가슴속의 것을 모두 뿜어 올릴 듯이 두 손을 좍 펴서 탱글탱글한 젖가슴을 밀어 올리고 있었다. 그녀의 양손에 가득한 젖가슴은 바로 눈앞에 있었지만 누가 두 손을 묶었는지 잡을 수 없었다. 그는 아직 눈을 뜨지 않은 어린 사자가 코를 씰룩이고 입술을 내밀어 젖꼭지를 찾는 것처럼 젖의 냄새를 찾았다.

#

그가 여자를 안고 나뒹구는 양옆으로 국경이 한없이 높아졌다. 금발의 여자를 끌어안은 그를 짓밟으며 수많은 사람들이 수많은 세월에 걸쳐 벽돌을 쌓고 또 쌓았다. 누군가는 묵직한 성가퀴를 무너뜨리려고 낑낑대며 돌덩이를 하나씩 하나씩 빼내고 있었지만 다른 누군가는 그 사람을 밀치고 빠져나간 돌덩이를 다시 틈새에 끼웠다. 국경은 도통 낮아질 기미가 보이지 않았다. 그는 벌떡 일어나 소리를 지르며 성벽을 무너뜨려버리고 싶었지만 그들이 한꺼번에 달려들어 그를 흠씬 두들겨 팼다. 그는 당장 저들이 자기를 죽여버릴 것만 같아 어느 쪽에도 가담하지 않고 여자에나 빠져 있겠다는 듯이 의뭉을 떨었다. 입으로는 세계화를 떠들며 국경이 낮아졌다느니 어쩌니 소리를 높이면서 가장 가까운 주변국에 대해서는 국경을 높이 쌓고 쌓는 사람들. 세계에서 두번째로 큰 대륙에 대한 생래적인 공포와 수백 년의 세월 동안 깔보고 멸시했으나 결국 수백 년에 걸려 침략을 당해온 섬나라에 대해 갖는 과도한 경멸과 혐오 속의 공포는 아무리 세월이 흘러도 가실 줄을 몰랐다. 이웃해 있는 나라들끼리 이토록 높은 국경으로 인해 일상생활조차 마치 다른 우주를 접하는 것처럼 낯설어하고 무조건 배척하는 사람들의 붉게 번들거리는 눈들이 사방에서 밀려왔다. 그는 옆에 와서 시비를 거는 한 놈을 잡아 남의 눈을 피해 목을 눌러버렸다. 기도를 눌러버리는 것쯤 식은 죽 먹기였다. 그는 축 늘어진 남자의 목을 쥐고 가장 높은 성벽에 올라섰다. 족제비를 집어던지듯 멀리 시체를 던져버렸다.

#

그는 실오라기 하나 걸치지 않은 몸으로 구석방으로 가는 꺾인 복도에 서 있었다. 그의 벌거벗은 몸은 여자가 발라놓은 진득한 침과 향기로운 땀, 사타구니에서 쏟아진 진액으로 흠뻑 젖어 있었다. 그의 몸은 갓 태어났을 때 뒤집어쓰고 있던 누릿한 양수와 기름진 태지에서 풍기던 냄새와 똑같은 냄새를 풍겼다. 그는 어둠 속에 잠긴 구석방을 노려보았다.

저기 저 방에서 비롯된 분노의 힘으로 지금껏 살아왔다. 저 조그만 구석방은 그의 인생에서 아주 거대한 유전이 되어준 셈이다. 지하 깊숙이 숨겨진 유전에서 처음 맛을 보였던 분노는 길어 올릴

수록 순도가 높아지고 폭발력이 거세졌다. 그 순도 높은 불길은 그를 태워버릴 때까지 지속적으로 타오를 것이었다.

그 방은 저 구석에서 여태껏 은밀한 불을 피워 올리고 있었다. 아직 불태워버릴 사람도, 지역도 충분히 남아 있다고, 은밀히 지속적으로 타오르는 불이 말해주고 있었다. 그 방은 쉽게 힘을 잃지 않을 것이다. 그 방은 앞으로도 한참은 열리지 않을 것이다. 어머니가 와서 그 문을 열기 전까지는 스스로 결코 열지 못할 것임을 안다. 거기에서 그의 내장이 썩어가고 있을지라도, 혹 그가 도려낸 어린 날의 장이 눈을 반짝이며 그를 기다리고 있을지라도. 그 스스로는 아무것도 해결하지 않을 것이다. 몇 사람이 더 죽어 나간다 해도.

온몸을 뒤덮고 흐르는 진액이 발밑으로 뚝뚝 떨어졌다. 그는 더 이상 다가가지 않고 돌아섰다. 그런데, 그곳에서 따뜻한 밥 짓는 냄새가 뭉글뭉글 밀려왔다. 그가 감기에라도 걸려 있을 때면 어머니는 그 작은 방 안에서 가끔 화로에 불을 지펴 남겨둔 찬밥으로 죽을 끓여주곤 했다. 간장과 참기름을 숟가락 끝에 찍고 흰죽을 반쯤 떠 호, 불어서 그의 입에 넣어주던, 기억. 가슴에서 뜨거운 것이 울컥 치밀었다. 각혈이라도 한 것처럼 입 속에서 비릿한 피 맛이 느껴졌다. 그는 서둘러 도망쳤다.

\#

문득 뺨이 차가운 변기에 닿는 느낌이 들었다. 지린내가 코를 찌르는 터미널 화장실의 남자 소변기에 기댄 채 엉망으로 얻어터진 눈을 가까스로 치켜뜨는 자신을 보았다. 눈을 다시 질끈 감았다 뜨니 늘씬하게 얻어맞은 아버지가 누렇게 찌든 변기에 뺨을 대고 거무죽죽하게 멍든 눈을 들어 장을 쳐다보았다. 그 앞에서 한쪽 발을 들어 막 뱃구레를 질러주려던 장은 뭉개진 눈두덩 사이에서 사그라져가는 눈을 보았다. 어렸을 적 떠나간 이후로 두 번 다시 보지 못한 눈이었고 이젠 낯선 눈이었다. 이렇게 힘이 빠진 눈은 본 적이 없었다. 그는 다시 눈을 감았다. 이글이글 지글지글 끓어오르는 눈을 조롱해주고 싶었던 것이지 무기력한 눈에 침을 뱉어주려던 건 아니었다.

\#

오랜 시간이 고여 있는 곳을 지나온 것 같은 권태롭고 지루한 기분을 느끼며 눈을 떴다. 창호 안으로 푸른빛이 고여 있었다. 빛이 방 안 깊숙이 들어오지 못하는 것으로 봐서 신새벽인 것 같았다. 그는 일단 눈을 뜨면 이불을 박차고 일어나는 타입이었다. 오른쪽 머리맡을 더듬었다. 팔을 반만 뻗으면 만져지던 스탠드의 버튼이 만져지지 않았다. 고개를 잔뜩 틀어 올려다보았다. 스탠드가 놓여 있어야 할 협탁 위에는 반쯤 물이 담긴 유리컵이 있을 뿐이었고 유리컵에는 푸른 새벽이 고요히 담겨 있었다. 그의 방이 아니었다. 새벽빛이 밀려드는 창호가 그의 오른편에 있었다. 그는 고개를 천천히 돌려 방 안을 훑어보았다.

마르셀의 방이었다. 마르셀의 이불이 그의 피부에 포근히 감겨 있었다. 그러고 보니 어젯밤 늦게 집으로 들어와 혼자 쓸쓸히 술을 마신 기억이 났다. 그러다 그냥 스르르 쓰러져 잠이 든 것 같았는데 잠결에 마르셀의 방에 왔었나 보다. 마르셀의 이불 속이라 그런 꿈을 꾼 것일까. 아직 완전히 가시지 않은 꿈이 이제야 스멀스멀 달아났다. 그는 그녀의 냄새가 배어 있는 이불을 코 위로 끌어당겨 숨을 들이마셨다. 꿈의 여운은 아직도 그를 물고기 눈꺼풀에 갇힌 기분을 갖게 했다. 마르셀.

마르셀, 하고 부르자 금세 텅 빈 침대에 혼자 누워 있다는 현실을 깨달아야 했다. 마르셀은 죽었고, 어디론가 사라졌다! 그는 차가운 변기에 뺨을 짓이긴 채 피투성이가 되어 체념이 밴 한숨을 몰아쉬고 있었다. 잔인한 미소를 물고 그에게 발길질을 하는 사내가 있었다.

그는 문득 이상한 생각이 들었다. 그는 자기의 인생에서 마쓰코와 마르셀이라는 여자들을 만날 것이라고 가정했던 적이 없었다. 정말, 우연히 그녀들이 그의 인생에 접속이 되었다. 그녀들 또한 우연이었겠지. 그의 우연과 그녀들의 우연이 만나 괴상한 운명이 되어버렸다. 그녀들을 처음 만난 그 순간, 그가 특별한 느낌을 받은 것은 사실이다. 그렇지만 그런 방식으로 흘러가리라곤 전혀 예상치 못했다. 그녀들의 운명과 그의 운명이 만나 파괴와 자멸로 치달은 것이다. 그녀들 역시 장만큼이나 뒤틀린 운명을 가진 게 아니라면 있을 수 없는 일이었을 것이다. 그녀들에게는 또 무슨 일이 있었던 걸까? 마쓰코는 어머니를 연상시켰다고 해도, 마르셀은 무엇 때문에 그런 죽음을 맞이해야 했을까?

바친다.

마르셀을 떠올리면 그 말이 가장 먼저 그의 머리를 때린다. 마르셀은 마쓰코의 후신이었을 뿐이라고 생각했는데 언제쯤이었을까, 그녀가 한국인도 일본인도 아닌 제 삼국의 여자라는 점을 깨달은 때가. 마르셀은 한국에 온 지 얼마 되지 않았지만 동양에서 살아온 지는 제법 되어서 한국어를 쉽게 익힌 편이었다. 하지만 일상적으로는 역시 영어를 사용하는 게 가장 편한 사람이었다. 그 역시 영어에는 능숙한 편이어서 마르셀과는 영어로 소통하곤 했다. 그래봐야 말을 많이 한 것도 아니었지만.

장은 마르셀과 함께 있던 어느 날부터인가, 자기가 일본인인지 한국인인지, 개에게나 던져주고 싶은 정체성 따위를 의식하지 않아도 된다는 점을 깨달았고 그녀와 함께 있는 동안이 세상에서 가장 편안한 순간이 되었다. 바로 그것이었다! 장은 마쓰코를 대할 때나 한국의 다른 모든 사람들을 대할 때 절반의 피를 의식했지만 마르셀과는 전혀 그럴 필요가 없었던 것이다. 이제야 그 모든 경계와 배척과 의심에서 벗어나 한 여자를 편안하게 사랑힐 수 있을 것 같았다. 인류 공통 강박적 욕망인 애욕에만 온몸을 던지면 되었다. 그녀가 바치는 몸을 충분히 누리기만 하면 되었던 것이다. 그런데 바친다, 라는 말이 '사요나라'의 상처를 상기시킬 줄이야. 쾌락의 절정에서 마르셀이 거친 숨으로 토하는 나를 바치겠어요, 라고 하는 말이 사요나라, 라고 들릴 줄이야. 자기도 모르게 손아귀에 힘이 들어갈 줄이야.

　마르셀과는 관계를 할 때마다 그녀의 목을 조르곤 했다. 그녀는 벌써 몇 번이나 죽었다가 살아났다. 지금까지 해온 대로라면 그가 목에서 손을 떼고 삼사 초 뒤에 그녀는 다시 살아나야 했다. 그래도 숨을 쉬지 않으면 그가 그녀의 입을 열고 숨을 불어넣곤 했다. 그러면 그녀는 깊은 잠에서 깨어나듯 숨을 토해내며 눈을 떴었다. 그 모습은 마치 그가 신이 된 듯한 기분을 느끼게 했다. 세상에 처음 여자를 태어나게 한 것 같은 그런 기분이라면 이해할 수 있을까. 물론 그녀를 죽인 뒤에 다시 숨을 불어넣는 것이므로, 정확히 말하자면 죽였다 살렸다, 하는 것이지만 말이다.

　가느다란 목덜미를 손아귀에 움켜쥐고 천천히 힘을 주어 졸라서 숨이 딱 끊어지는 순간을 겪고 다시 목을 받쳐 들고 숨을 불어넣어 살릴 때의 그 감동은 다른 모든 쾌감을 압도해버릴 만큼 큰 것이었다. 말 그대로 한 사람의 목숨이 손아귀에 있는, 순전히 물리적인 힘을 느끼는 것이니 그 즉각적인 쾌감이야말로 다른 무엇과도 비교가 되지 않을 수밖에 없었다.

　마르셀은 어눌한 한국어로 더듬더듬 바친다고 했다. 그녀는 언제나 파멸하고 싶어 했다. 말 그대로 배를 가르고 피를 흘려 그 피를 바칠 누군가가 필요했는지도 모른다. 속죄의 제물로서가 아니라 누군가의 욕망에 실제 자기 몸을 바쳐버리는 것, 그것을 원했던 것인지도. 요즘 우울증을 유발하는 기질적 성향에 대해 논문들이 쏟아지다 보니 개중에는 마약을 하는 사람은 당연하거니와 담

배를 피우는 사람도, 술을 과다하게 먹는 사람도 자살 성향이 있는 것이라는 연구 결과까지 나오는 모양이다. 왜 아니겠는가? 자기 자신을 서서히 파멸시켜가는 그런 욕망이 내재되어 있는 게 아니라고 누가 잘라 말할 수 있겠는가?

마르셀의 자기 파괴적인 성향이 나에게 자기 몸을 바친다는 표현을 낳았는지도 모르겠다.

─누군가를 안고 싶어 애탈 때 젖꼭지가 아파오고 거기도 뜨겁게 아파요. 그런데 그거 알아요? 그때의 내 몸은 부드럽게 안아주기를 바라는 게 아니에요. 어쩌면 남자를 안고 싶어서 뜨거워지는 게 아니라 몸을 찢고 싶어서 뜨거워지는지도 몰라요. 뜨겁게 아픈 젖꼭지와 살갗을 길게 찢어버리면 얼마나 시원할까요? 칼을 이렇게 잡고 젖가슴에 칼을 콱 꽂아 배까지 길게 긋는 것을 자주 생각해요. 내 몸을 쫙 찢고 이 살갗에서 벗어나면 아주 시원할 거 같은 그 기분, 알아요? 이 피부가 더 없이 무겁고 답답해요. 내 속이 내 살갗에서 툭 터져나가는 순간이 올 것만 같아요.

장은 이불을 걷어 올리고 다리를 침대 아래로 내렸다. 다리에 힘을 주고 일어나면서 보니 속옷 차림이었나. 만사직으로 파자마 하나쯤은 있지 않을까, 라고 중얼거리자 문득 그녀의 물건들을 보고 싶은 생각이 들었다. 침대를 빙 돌아서 여행 가방과 옷장이 있는 곳으로 가는데 무언가 발에 걸리는 것이 있었다. 내려다보니 종잇조각이 하나 발에 밟혀 있었다. 그는 어떤 예감에 사로잡혀 몸이 바짝 긴장하는 것을 느꼈다. 허리를 천천히 굽히자 엄지발가락 옆으로 글자가 보였다. 진료. 발가락을 살짝 비켰다. 예약증. 종이를 집어 들었다.

마르셀은 그동안 병원에 다녔던 것 같았다. 날짜가 적혀 있었다. 어제였다. 마르셀이 사라진 다음 날이자 그가 요양원을 찾아 떠난 날이었다. 그런데 종잇조각의 아래 왼쪽이 찢어져 병원 이름이 안 보였고 '클리닉'이라는 글자만 보였다. 그는 진료 예약증을 뚫어지게 들여다보았다. 거기 쓰인 몇 자 안 되는 글자를 달달 외울 정도로. 무슨 말인가가 나올 듯 나올 듯 혀끝에서 맴돌 뿐 여간해서 나오지 않았다. 장은 서성거리다가 종잇조각을 들고 밖으로 나왔다.

마르셀의 방에서 벗어나자 대기의 비중이 두 배가 된 것처럼 온몸이 무거워졌다. 그의 마당은 검은 새가 비명을 지르며 날아가는 황량한 고원처럼 암흑에 잠겨 있었다. 마당에 내려서 마르셀의 방을 돌아보았다. 마르셀의 방 창호에서 푸른빛이 넘실거렸다. 마치 짙푸른 바닷물이 가득 들어차 금방이라도 얇은 창호지에서 새어 나올 것만 같았다. 그것은 마쓰코를 떠올리게 했고, 진료 예약증을 보았을 때 혀끝에서 맴돌던 말이 입 밖으로 툭 터져 나왔다. 열린마음 클리닉! 마쓰코가 다녔던 병원!

다음 순간 장은 퍼즐을 푼 것인지, 새로운 퍼즐 하나를 추가한 것인지 알 수 없어 부르르 떨었다. 어쩌다가 마르셀과 마쓰코는 몇 년을 사이에 두고 한 병원에 다니게 되었을까. 그 병원은 이 집에서 멀고 먼 데다 그 두 사람이 서로 알고 있는 사이도 아니니 어떤 교집합도 없는데 말이다. 혹시 그 병원은 외국인을 전문적으로 진료하는 곳인 걸까? 그렇다면 가능성이 높아질 수 있겠다. 순전한 우연이라면, 이것 역시 운명의 한 조각인 것일까.

마쓰코를 진료했고 마르셀이 다녔다면 그 의사는 어쩌면 자기보다 많은 것을 알고 있을지도 모른다. 장은 당장 병원에 가봐야겠다고 마음먹었다. 솔직히 고백하자면 마쓰코도 마르셀도 자기 상상 속에서 빚은 인물일지 모른다는 생각을 안 해본 것은 아니다. 왜 아니겠는가, 가장 쉬운 설명은 바로 그것일 것이다. 여행에서 돌아오면 방 안이 싹 달라져 있다거나, 웬 여자가, 그것도 세상에서 가장 아름다울 것 같은 여자가 제 발로 걸어와 사랑을 나누자고 속삭이다가 죽어버렸는데 어느새 감쪽같이 사라져버렸다, 그것이 몇 년 새 두 번이나 반복되었다, 는 것이니 이 정도 되면 환각이나 환청을 유발하는 정신병일 가능성이 가장 높을 것이다. 그 병원에 가면 적어도 두 가지 중에 한 가지는 알 수 있을 것이다. 장이 정신병자인지 마르셀이 실존하는 인물인지. 그걸 푼다면 나머지는 자연히 풀리게 될 테지.

장은 옷을 갈아입었다. 오늘 역시 이렇게 개인적인 일로 시간을 허비할 상황이 아님에도 불구하고 그는 방송국으로 갈 마음이 전혀 없었다. 장의 성격이 워낙 제멋대로인 것은 다들 알고 있거니와 봄맞이 개편이 하루 이틀로 해결될 게 아니니까 말이다. 복안이 전혀 없는 것도 아니었다. 건전한 주제로 한 건, 추잡하고 선정적인 주제로 한 건.

건전한 주제로는 한국사 50년의 변천 과정을 다루되 문화 예술계의 인사들을 선정해서 그들이 자유롭게 정한 주제를 집중 취재하는 것을 생각해두었다. 이를테면 화가를 선정해서 아름다움의 변천사를 주제로 삼아 문화 예술 분야의 변화를 짚어본달지, 작가를 선정해서 여성의 직업에 대해 50년 동안의 변화를 보여준달지, 음식과 통신 등, 생활 속의 소재로 한국사 50년을 보여주는 대규모 프로젝트였다. 대략 25편 남짓 생각해뒀으니 제작팀들의 일이 많아지고 복잡해지겠지만 일단 꼭지를 따고 보면 재미있게 진행할 수 있을 터였다. 물론 선정된 인사들이 정할 나름이겠지만 자유로운 영혼들에게 맡겨두면 방송국 사람들보다 훨씬 폭넓은 주제가 나올지도 모르니 일일이 매 꼭지마다 뻔한 제작팀 머리를 쥐어짜야 하는 것보다 나을 게다.

추잡한 주제로는 지금까지 해온 작업을 일시에 뒤집는, 그러나 한편으로는 지금까지 해온 작업의 연장선이 될 수도 있는 것이다. 요즘처럼 리얼리티 프로그램이라든지, 오디션 프로그램들이 예능판을 싹쓸이하는 시절에는 그만그만한 것들을 훌쩍 뛰어넘는 파격적인 프로가 될 것이고 어쩌면 대박을 칠지도 모른다. 그의 복안은 미국에서 시험 방송을 했고, 영화로도 비슷하게 만들어진 것처럼 〈빅 브라더〉의 포맷을 사들여서 똑같은 상황을 만들어보는 것이다.

각계각층의 남녀 열 명을 하우스에 격리시키고 모든 생필품은 인터넷을 통해 구입하도록 하면서 일주일에 한 명씩 만장일치로 반드시 추방시키도록 하는 것이다. 거기서 살아가는 데 무슨 자격이 정해져 있는 것도 아니고 규칙이 있는 것도 아니다. 따라서 쫓겨날 만한 이유가 있어서도 아니고 정의의 심판 같은 것이 있는 것도 아니다. 그러니 정당한 추방 같은 것도 없다. 그저 어떻게든 한 사람을 추방하고 그 이유를 대는 것이다. 여기서는 누구든 먼저 선수를 치고 먼저 다른 사람을 선동하며, 다른 사람들이 모두 함께 손가락을 쭉 뻗어 한 사람을 지목하도록 책략을 쓰는 사람이 끝까지 살아남을 것이다.

쫓아낸 사람과 남아 있는 사람 사이의 우열이란 없다. 모범 행동자도 없고 있다 하여도 그가 쫓겨나지 않으리라는 보장도 없다. 매주 한 사람씩 희생자를 골라야 하며 그 이유를 어떻게든 만들어내야 한다. 우리가 생명을 붙이고 살고 있는 이 세계에서 추방당할 때는 아무 이유가 없는 것이다. 장은 평범한 사람들을 모집하여 그 억울하고 부당한 진실을 직접 겪어보게 하고 싶었다.

〈빅 브라더〉는 현대인의 불안과 공포를 적나라하게 드러내는, 현실을 집약한 리얼리티 프로그램이다. 누군가를 당장 희생시켜야 내가 희생되지 않는다는 안도감을 가질 수 있는. 알레한드로 곤잘레스 이냐리투 감독의 〈바벨〉이라는 영화가 떠올랐나. 북미 대륙과 서유럽, 그리고 호주는 자신들을 위해 전 세계의 자원을 무자비하게 끌어들이고 있다. 특권층을 위해 전 세계의 자원이 집중되고 있다는 사실은 이제 누구라도 잘 알고 있다. 특권층은 전 세계의 자원을 과도하게 축적하다 보니 자기들을 제외한 전 세계의 다른 유색 인종들이 언제라도 자기들을 공격할지 모른다는 과도한 불안에 시달리고, 당연히 유색인종은 모두 순식간에 법질서를 무너뜨릴 수 있는 야만인으로 보일 수밖에 없게 되어버렸다. 특권층과 유색인종 간의 언어는 바벨의 시대처럼 전혀 소통하지 못하게 된 것이다. 낯선 아랍인이 미국인에게 바짝 다가서면 그 행위 자체만으로도 미국인에게는 위협의 신호로 해석된다고 한다. 아랍인은 그저 가까이 지내고 싶다는 의미로 바짝 다가서는 것이지만 미국인은 살을 섞는 사이가 아닌 이상 다른 사람, 그것도 낯선 사람이 팔 하나 거리 안으로 바짝 다가서는 것은 침입에 해당하기 때문이다. 그 두 민족 간에는 마치 개와 고양이처럼 모든 제스처의 의미가 서로 가장 반대편에 있어서 반가움의 손짓도 폭력을 휘두르고 침입하려는 시도로 해석된다는 것이다.

하지만, 이런 우열의 싸움은 비특권 계급 내에서도 나름대로 치열하게 진행되어간다. 우리나라 안에서 동남아인이 어떤 취급을 받는가 하는 것은 일일이 예를 들 필요조차 없지 않은가.

누구라도 호감을 가질 단아한 여자가 어떻게 저열하고 날카롭게 변하는지, 누구라도 군침을 흘릴 섹시한 여자가 어떻게 저항하는지, 점잖고 남을 배려하는 것이 몸에 밴 남자가 어떻게 다른 사람을 지목하고 핑계를 만들어내는지, 자유분방한 라이프스타일을 추구하던 젊은이는 또 어떻게 그 작고 폐쇄된 집에 남아 있으려고 변명거리를 만드는지. 여자와 남자, 늙은이와 젊은이, 잘생긴 사람과 누가 봐도 못생기고 어리바리한 사람, 엘리트와 노동자를 함께 거주하게 할 것이다. 거기에 한 가지 더, 이미 사회적 약자로 자리매

김된 후진국의 이민자들을 포함시킬 것이다. 〈빅브라더〉가 장악한 사회에서 명백히 구별 지어지는 약점이 어떻게 작용하는지 모두들 똑바로 보라고 할 것이다.

인간들이 얼마나 남의 속을 까발리기 원하는지, 얼마나 다양한 추잡함을 즐기는지 말이다. 이 방송은 미국 사람들을 TV 앞에 붙잡아두는 데 지대한 공헌을 했다. 객관적으로 비평을 해야 하는 사람들에서부터 남의 속살을 까발리고 자극적인 경쟁과 싸움에서 감칠맛을 느끼는 보통 시청자들까지. 그런 프로그램을 만들고 거기서 서로를 물어뜯느라 교묘한 술수를 쓸 사람들을 상상하다 보니 장은 뱃속 깊은 곳에서부터 기운이 샘솟았다. 그는 힘차게 액셀을 밟았다. 그런데,

안국동 길을 빠져나올 때부터 슬슬 신경이 곤두섰다. 꽉 막힌 길에서 난데없이 나타나 끼어드는 검은 티뷰론 때문이었다. 앞뒤옆 할 것 없이 어느 쪽이나 틈이 없어서 아예 천천히 앞차 꽁무니만 따라가고 있다가 사거리에서 좌회전이나 우회전을 해야 해서 차선을 바꾸려 하면 어느 순간 티뷰론이 끼어들었다. 어느 정도 가다보면 사라져서 까맣게 잊은 채 멍하니 앞차를 따라가다가 차신을 바꾸려 하면 어느 틈엔가 또 그 티뷰론이 알짱거리는 게 아닌가.

남산 1호 터널 앞까지 그렇게 티뷰론과 신경전을 벌이면서 엉금엉금 기어가고 있었다. 터널을 앞에 두고 100여 미터 앞에서부터는 숫제 1미터도 안 움직이고 서 있다시피 하며 간신히 한 바퀴씩 굴러가고 있는데 티뷰론이 또 끼어들 작정을 하고 오른쪽에서

밀어붙이고 있었다. 주먹이라도 흔들어주려고 차창을 내리고 바라봤지만 티뷰론은 어찌나 선팅을 진하게 했는지 전혀 안이 들여다보이지 않았다. 그래도 밖은 보일 테니까 주먹질을 해주고 창을 올림과 동시에 짧게 속도를 올렸다. 분명 의사 표현이 되었으리라 생각하면서.

그런데 어느 사이엔가 티뷰론의 왼쪽 꽁무니가 눈앞에 있는 게 아닌가. 상향등을 켜고 깜박이면서 경고를 보내는데 티뷰론의 번호판이 눈에 들어왔다. 아주 익숙한 번호에다 오른쪽 귀퉁이가 구부러진 것이 누구 차인지 금방 알 거 같은 기분이 들어 순간적으로 멈칫했다. 혹시 저 안에는 장을 알아보고 엿이나 먹으라는 손짓을 하는 사람이 있을지도 모른다는 생각이 들어서였다. 기억이 날 듯 말듯 했다. 얼마 전에 계약을 끝내버린 안나 송인가, 최근에 인터뷰 원고를 프로그램의 성격과 맞지 않게 제멋대로 짜깁기하는 통에 작가를 하려면 만화책이라도 자주 읽으라고 비아냥거려준 오작가인가.

티뷰론이 완전히 끼어들어 번호판과 번호판이 입을 맞출 지경이 되도록 거리가 좁혀졌지만 딱히 누구의 것인지는 기억나지 않았다. 지금까지 제작팀을 이끌면서 불화를 일으킨 사람이라면 셀 수도 없이 많을 테니 일일이 기억나지 않는 것도 당연한 일이겠다. 다시 액셀을 밟아 녀석의 뒤꽁무니에 더욱 바짝 붙였다. 아는 사람이건 모르는 사람이건 여차하면 받아버리겠다는 듯 상향등을 깜박이며. 그런데 문득 몇 미터 앞에 거대한 구멍처럼 열린 터널이 눈에 들어왔다.

　그 앞에 길게 늘어선 차들이 모두 스스로 움직여가는 게 아니라 거대한 점액질에 갇혀 느리지만 일정한 속도로 빨려 들어가는 것 같았다. 이게 무슨 일이지? 하고 눈을 비비고 다시 보니 구멍에 들어선 차들이 하나하나 차례로 감쪽같이 사라지는 것이었다. 터널 밖에서 으레 보이는 두 줄의 노란색 등들도 보이지 않았다. 그냥 시커먼 어둠뿐이었다. 차들이 목구멍 너머로 삼켜지는 것처럼 쏙 삼켜졌다. 화들짝 놀라 액셀에서 발을 떼었지만 바로 앞의 티뷰론이 강력한 힘으로 끌어당기는 것처럼 그의 차가 맥없이 끌려갔다. 오른발은 브레이크를 밟고 왼발은 힘을 주어 버텼지만 바퀴가 멈춘 채 억지로 질질 끌려가는 느낌이었다. 혹시나 하여 계기판이 제멋대로 돌아가는 건 아닌지 확인하고 깜박이도 확인하고 심지어 에어백까지 확인했다. 오금이 저리면서 오줌이 마렵기 시작했다. 브레이크도 엑셀도 밟을 필요가 없어진 오른쪽 다리를 마구 떨어대면서 핸들을 잡아당겼다.

　그의 차가 터널 가까이 다가갈수록 구멍은 점차 좁아졌다. 억! 그는 자기도 모르게 소리를 질렀다. 조금 전까지 바로 앞에서 시커멓게 반들거리는 외양에 오른쪽 귀퉁이가 구부러진 하얀 번호판을 딱 갖다 붙이고 그의 차를 끌어당기던 티뷰론이 구멍 속으로 쏙 빨려 들어가버렸다. 구멍은 이제 그의 차가 간신히 통과할 만큼 작아져 있었다. 브레이크를 죽자고 밟았지만, 마침내 그의 차는 구멍 속으로 빨려 들어갔다.

그리고 그가 기억하는 한, 한동안은 하얀 눈발이 가득한 세상이 이어졌다. 터무니없이 졸였던 가슴이 서서히 가라앉았다. 가만보니 하얀 눈발들이 알알이 모두 사람이었다. 그가 알았던, 알고 있는, 수많은 사람들. 그들이 무중력 공간에서 오르락내리락하며 그를 주시하고 있었다. 수많은 사람들이 그를 꿰뚫어보는 눈을 하고 있었지만 이상하게도 그 주시가 그리 기분 나쁘지 않았다. 그중 할머니다 싶을 만큼 나이 들어 보이는 노인이 그에게 다가왔다. 흰자위와 검은자위의 경계가 거의 무너지고 검은자위는 탁한 회색이 되어버렸지만 이상하게도 따뜻한 시선이었다. 새하얀 머리카락은 짧게 잘린 채 머리통에 찰싹 달라붙어 있었고 거기서 노인의 냄새가 물씬 풍겨왔다. 그의 손아귀에 딱 잡힐 만큼 작고 때글때글한 작은 머리통이었다.

가만 보니 요양 시설에 갔을 때 휠체어에 태워져 그의 곁을 지나갔던 노파 같았다. 노파가 바짝 마른 손을 내밀었다. 뼈만 남은 손이 달달달 떨리는 게 기력을 완전히 잃은 노인네 맞았다. 그 손이 가까이 다가오는 동안 그는 가만히 노파의 눈을 들여다보았다. 흰자위랄 것도 검은자위랄 것도 없이 경계가 무너진 그 눈자위는 그에게 아무것도 묻지도 따지지도 않았고, 그는 그 눈이 지금까지 알아온 그 어떤 눈보다 더 깊이 더 잘 아는 느낌이 들었다. 노파의 손이 그의 어깨를 붙잡더니 가만히 뒤쪽으로 돌려놓았다.

그는 빙그르 돌았다. 거기에 수많은 일본인 처들이 있었다. 그는 순간, 가슴 아래쪽이 너무도 무거워 터질 듯 뻐근해지면서 가슴

위편은 너무도 따뜻하고 뭉글뭉글한 다정함이 가득 들어차는 것을 느꼈다. 각기 다른 얼굴로 각기 다른 곳을 향해 걸어가거나 벤치에 앉아 누군가와 얘기를 나누거나 허리를 굽혀 빗자루로 쓸고 있거나 그에게로 천천히 다가오는 노파들. 한결같이 노인네 몸에서 나는 비듬 냄새를 풍기는, 하나같이 한 손에 파리한 배꽃가지를 든, 처음 보는 얼굴들이며 며칠 전까지만 해도 그의 인생에 전혀 끼어든 적이 없지만 또한 전혀 낯설지 않은 노파들이었다. 어머니의 어머니의 어머니의 어머니였을까, 그 모든 노파들이.

줄줄이 손을 맞잡고 공중에서 오르락내리락하는 노파들에게서 벗어나 두 발이 살며시 착지하는 순간 급작스럽게 무거워진 몸뚱이를 누군가가 끌고 가는 게 아닌가. 앞을 보니 아뿔사! 바퀴벌레처럼 반들반들한 검은 티뷰론이 또 그를 끌어당기고 있었다. 그런데 웬일인지 좀 전의 감정은 사라지고 녀석이 이끄는 대로 가면 좋은 일이 있을 것만 같은 기분이 되었다. 발정 난 암컷의 엉덩이를 쫓는 수컷처럼 열렬하게 달라붙자 꽉 막혀 있던 한남대교 남단이 저절로 뻥 뚫려주는 게 아닌가. 장은 티뷰론을 뒤따라 어디 놀러라도 가는 것처럼 시원하게 뻗은 올림픽대로를 타고 달렸다. 자기도 모르게 입에서 노래가 흘러나왔다. 눈이 부시게 푸르른 날은~. 자기가 무슨 노래를 부르고 있는지 깨닫고 머쓱해졌을 즈음, 그는 오래된 베이지색 아파트들 사잇길로 들어섰다.

눈 한 번 감았다 떴는데 티뷰론이 감쪽같이 사라져서 두리번거리며 검은색 차체를 찾다 보니 그것이 눈에 띄었다. 세로로 길쭉하게 달린 '열린마음 클리닉' 간판. 장의 차는 공교롭게도 딱 병원 현관 앞에 멈춰 서 있었다. 병원은 2층에 있었고 2층으로 올라가는 계단 현관문이 열려 있었는데 그 안으로 날려 들어간 눈가루가 유리문 뒤편과 우편함 아래 구석에 희끗희끗하게 쌓여 있었다. 그는 핸드브레이크를 잡아당기고 느릿느릿 문을 열고 푸대 끌어내듯 엉덩이를 끌어냈다.

장은 진료실 문을 열고 들어서자마자 차트를 들추던 의사와 눈이 딱 마주쳤다. 두 사람의 시선은 가느다란 다리가 걸쳐진 아슬아슬한 벼랑 양쪽에서 막 한 발을 내디딘 사람처럼 겁에 질린 채 부딪쳤다. 눈동자가 흔들리는 의사를 보고 장은 순간적으로 알아챘다. 이 의사는 분명 무언가를 알고 있고 어쩌면 서로 같은 문제를 안고 있으며, 이 의사 또한 자기를 필요로 하고 있고 둘이 함께 퍼즐을 풀어가야 할 것임을.

별 얘기를 나누지도 않았고 속내를 감추고 의뭉을 떠느라 건네주는 인성 검사지를 기꺼이 받아들었지만 의사가 무언가 알고 있다는 것을 확인한 것만으로도 큰 성과라고 생각하며 장은 병원을 나섰다. 물론 준비해 간 진료 예약증을 슬쩍 떨어뜨리는 것도 잊지 않았다. 심지어 안도감까지 느껴졌다. 공은 내 손으로 넘어왔지, 하는 기분으로 병원을 막 나서는데 갑자기 뒤가 켕겼다. 누가 따라오는 것 같기도 하고 진료실에서 본 무언가가 뒤통수를 잡아끄는 것 같기도 했다. 뒤를 돌아본 순간, 의사의 뒤통수 뒤에 붙어 있던 글자가 머리에 떠올랐다.

　세상의 유일한 진실은 이성을 잃은 사랑이다. —알프레드 드
뮈세

　하지만 무겁게 한 걸음씩 발을 떼어 계단을 내려가 현관문을
밀어 열면서 구석에 몰려 있던 눈가루들이 휘이 일어나는 것을 보
자, 보라색 니트 카디건 속에 연분홍색 셔츠를 받쳐 입은 부드러운
인상을 가진 의사의 뒤통수 뒤는 분명 하얀 칠이 칠해진 텅 빈 벽이
었다는 것을 깨달았다. 가슴을 커다란 망치로 얻어맞은 것 같았다.
착각도 착각일 뿐만 아니라 그 내용도 그랬다.
　차문을 열고 엉덩이를 밀어 넣으며 장은 의사의 눈에서 그 문
장을 읽었던 것임을 깨달았다. 의사는 눈으로 그렇게 말하고 있었
고, 자신이 그런 상태에 빠져 있음을 고백했으며, 너 역시 그렇지
않느냐고 묻고 있었다. 사랑이라면 콧방귀를 끼어댔던 장이었다.
그런데 가슴이 쪼개지는 것 같은 난생처음 느끼는 이 아픔은 대체
뭐란 말인가. 장은 지금까지 만난 여자에 대해 사랑이라는 이름을
붙여본 적이 없었다. 마쓰코도 마르셀도. 고통? 아픔? 슬픔? 장에
게 이런 단어는 비웃음을 사서 마땅한 것들이었다. 마치 유령 같은
할머니가 느닷없이 나타나 그를 막고 서서 기괴한 눈으로 쏘아보
며 이것 네가 놓고 간 거지? 하며 커다란 보퉁이를 퍽 안겨준 것 같
았다. 얼떨결에 받아 든 보퉁이에서 후드득 쏟아져 그의 발등을 찍

는 사랑, 고통, 아픔, 슬픔들. 뒤늦게 자기 발등을 찍고 가슴을 후려치는 것의 정체를 알아내고 다시 허겁지겁 쓸어 담아 낯모르는 사람에게 떠넘겨버리고 달아나려는 장.

장은 사거리에 다가갈 때마다 티뷰론이 다시 나타나지 않을까 두리번거렸다. 그러나 바퀴벌레 같기도 하도 예쁜 풍뎅이 엉덩이 같기도 했던 티뷰론은 집에 도착할 때까지 나타나지 않았다. 티뷰론이 끝내 보이지 않자 이상하게도 불안했다. 그는 차에서 내리기 전에 옆 좌석에 던져놓았던 다면적 인성 검사지를 아무렇게나 들춰보았다.

첫눈에 들어온 문항은 이랬다. '나는 아버지를 사랑했다'. 그 옆의 네모 칸, '그렇다' 1, 2, 3, '아니다' 1, 2, 3. 장은 집에 들어오자마자 그 부분을 펼쳐서 뾰족한 하이테크 펜이 종이를 뚫을 정도로 힘주어 '아니다'의 1에 까만 색칠을 했다. 그리고 한참을 앉아 있었다. 집 안 공기가 얼마나 찬지 손에 들고 마시는 것을 잊은 커피가 금세 차디차게 식었다.

\#

나는 아버지를 사랑했다

—닥터 정의 눈길이 무척이나 살갑고 따스했다. 장은 그 눈길 아래에서 순식간에 어린 장이 되었다. 다정스레 내려다보며 두 손을 내미는 정이 금방이라도 어린 장을 안아 올려 목말이라도 태울 것 같았다. 닥터 정의 눈 속에 잠겨 있지도 않은 추억을 더듬거리던

장은 정신이 번쩍 들었다. 뺨의 근육을 다잡고 이빨을 굳건히 깨물고는 그 문항을 손가락으로 톡톡 두드리며 닥터 정에게 말했다. 나는 아버지를 증오했어요. 태평양 너머로 달아나 머리카락 한 올 보여주지 않았지만 나는 그들을 증오했어요.

송파에 있는 작은 집으로 내쫓긴 뒤에 나는 호시탐탐 아버지의 집 담을 넘을 기회를 엿보았죠. 맨 처음 담을 타 넘을 때 담장 위에 얹은 기와 조각이 떨어져 그 소리에 아버지가 밖으로 나왔어요. 나는 담장 아래 구석에 숨어 숨을 죽이고 있다가 아버지에게 들켰지요. 아버지는 아무 말 없이 나를 내려다보고 나는 쪼그리고 앉은 채 아버지를 쏘아보았죠. 내 눈에서는 분노와 원망이 지글거렸을 거예요. 아버지는 끝내 아무 말 없이 뒤돌아섰어요. 아버지가 뒤돌아서기 전에 주먹을 꼭 쥐는 것을 보았어요. 그 주먹이 언제까지고 내 기억 속에 남아 있어요. 그때 나는 아버지한테 들키지 않았다면 집 안으로 들어가 누군가에게 칼질을 하려고 주머니 속에 칼을 숨기고 있었죠. 목말요? 하하하. 목말 타본 적 없어요.

두번째로 담을 넘을 때는 기왓장을 아예 내려놓았어요. 세 줄쯤 내려놓으니까 올라가고 내려올 때 다리에 걸리지 않을 거 같디라구요. 그런데요, 아버지가 개를 데려와서 풀어놓았어요. 이놈의 개가 어찌나 영리하던지 미리 짖지도 않고 담 아래 와서 나를 노려보고 있더라구요. 내가 담장 위에 딱 몸을 걸치고 다리를 올리는데 싯누런 눈빛이 번쩍거리는 게 어둠 속에서도 또렷이 보이더라구요. 나를 막으려고 아버지가, 개를 풀어놓았어요. 이해하시겠어요?

그놈은 한번 물면 절대 놓지 않는다는 시커멓고 날씬한 도베르만이었어요. 내 허벅지나 종아리, 팔을 단단히 물어 옴짝달싹못하게 잡아놓고는 의기양양하게 아버지에게 자랑하겠지요.

나는 담장 위에 몸을 걸친 채로 저놈 목을 따버릴까, 말까 한참을 생각했어요. 도베르만이 한 번 짖지도 못하고 목이 따져 있다면 아버지는 어떤 표정을 지을까. 그다음에는 무엇을 데려다놓고 나를 막으려 할까. 하지만 놈의 목을 따기에는 내가 가진 칼이 너무 작았지요. 송파로 돌아가서 적당한 칼을 가지고 다시 와야지, 그렇게 생각하고 담장에서 내려왔어요. 며칠 뒤에 10센티미터가 넘는 칼을 가지고 담장을 넘었을 때 놈은 물론이고 집이 텅 비어 있었어요. 나는 칼을 마루 한복판에 꽂았지요. 피를 토하는 심정으로 진실을 말하리다. 나는 아버지를 사랑하지 않았어요.

\#
사랑하는 사람에게 괴로움을 주는 것을 즐길 때가 있다

—닥터, 당신은 알지요? 내가 그녀에게 준 것은 괴로움이 아니라 당장 죽어도 좋을 기쁨이라는 것을요. 나와 그녀는 의식을 집전하듯 숭고하게 하나하나 절차를 밟았다는 것을요. 아무 데서나 부둥켜안고 치마를 걷어 올리는 추잡한 인간이 아니라는 것을요?

인적이 끊긴 새벽 도로변. 눈이 왔지요. 버스정류장 벤치에 내가 먼저 앉습니다. 그녀를 오른쪽 무릎에 앉히지요. 내 오른팔은 그녀의 허리를 부드럽게 감싸 안습니다. 왼손은 코트 윗단추를 두세 개 풀고 앞섶을 살짝 벌린 뒤에 카디건을 헤치고 블라우스 단추를 풀어 젖가슴을 드러냅니다. 허리를 감았던 손은 나도 모르게 엉덩이를 움켜쥐게 됩니다. 눈이 온 버스정류장에 앉아서 옷깃 속으로 여자의 희디흰 젖가슴을 들여다보는 것, 그거, 정말 짜릿합니다. 손가락 끝으로 젖꼭지를 문지르다가 빼내고 슬쩍 치마 속으로 들어갑니다. 손바닥으로 허벅지를 지그시 누르며 쓸어 올리면 버스정류장에 앉은 얌전한 여자가 등줄기를 떨면서 다리를 벌리게 됩니다.

　물론 마쓰코나 마르셀과 함께 이런 짓도 하고 싶었지요. 하지만 그런 짓을 한 건, 오래전입니다. 이런저런 일로 만난 여자들, 숱하게 버스정류장에 앉혔습니다. 내 오른쪽 허벅지 위에 앉은 여자의 둥글고 탱글탱글한 엉덩이가 슬슬 움직이기 시작하고, 그녀들의 무릎이 내 사타구니를 압박해오면 눈 내린 새벽 세시의 거리가 그렇게 멋질 수가 없습니다.

　네, 인정합니다. 마쓰코를 만나기 전까지는 그런 애정 행각을 좋아했습니다. 여자는 누구라도 좋았지요. 길거리에서 그런 짓을 하고 두 번 다시 만나지 않은 여자가 대부분이었습니다. 여자들은 처음 내 무릎에 앉혀질 때까지만 해도 행여 누군가의 눈에 띌까 봐 조마조마해하며 내 손을 밀치기도 하고 허리를 빼며 앙탈을 부리기도 하지만 점차 누가 가까이 지나가도 아랑곳하지 않을 만큼 달아오르곤 했지요. 그런 짓 하기에 좋은 길이 몇 군데 있습니다. 가르쳐드릴까요?

에두르지 말라구요? 네, 마쓰코에게 괴로움을 준 것은 사실 같습니다. 마르셀에게도요. 닥터, 당신이라면 그 따위 길거리 애정 행각으로 만족이 되겠습니까?

#

불타는 것을 보면 황홀해진다

─장, 당신을 보니 왠지 털어놓고 싶은 얘기가 있습니다. 닥터고 나발이고 다 때려치우고요. 우리 어머니는 불에 타 죽었습니다. 가스 폭발로 아파트가 순식간에 날아갔지요. 나는 그날 늦게 귀가하던 중이었습니다. 지금 돌이켜보면 우리 어머니는 우울증을 앓았던 것 같습니다. 아버지는 어머니를 끔찍이 사랑하셨기 때문에 어머니의 손발이 되어서 돌봐드렸지요. 나도 어머니를 도와주고 싶었지만 아버지는 가까이 가지도 못하게 했습니다. 내가 자랄 때 우리 집에는 일가친척 중 그 누구 하나 오는 사람이 없었습니다. 아무도 초대하지 않았고, 아무도 오려고도 하지 않았습니다. 할머니 할아버지조차 우리와는 거리를 두고 있다는 것이 어린 나에게도 여실히 느껴질 정도였습니다.

할아버지 댁에는 나와 아버지만 갔지요. 누구도 어머니의 안부를 묻지 않았습니다. 나를 보면 쯧쯧 혀를 찼습니다. 그걸 보면 아버지는 불같이 화를 내며 내 손을 낚아채 할아버지 댁을 박차고 나오곤 했습니다. 내가 아주 어려서부터였으니까 어머니는 어쩌면 나를 낳은 뒤부터 바로 아팠는지도 모릅니다. 우리 집은 언제나 어둑어둑한 고요 속에 잠긴 채 어머니의 한숨 소리만 간간이 들려왔습니다. 아버지 또한 외부와 거의 교류가 없다시피 했습니다. 아버지는 작은 병원에서 환자를 진료하고 나면 곧바로 집으로 돌아와 엄마를 돌봤습니다. 어머니는 거의 침대에 누워서 지냈고, 가끔 일어나도 방 안의 의자에 앉아 있는 것이 다였지요.

나는 죽어 있는 듯한 집 안 분위기가 너무 싫었습니다. 아버지는 어두컴컴한 주방 구석에 쪼그리고 앉아 양방 의사답지 않게 약초 냄새가 나는 것들을 달이고 졸이고 있었습니다. 나는 그 따위 식이 요법과 약초 요법대로 조리되고 달여진 냄비들을 발로 차버리고 어머니 손을 이끌고 환한 햇살 아래로 뛰어나가고 싶었습니다. 하지만 성큼성큼 주방으로 갔다가도 묵직하고 힘센 목소리로 "조용히 있거라"라고 하는 아버지의 목소리를 들으면 즉시 기가 꺾이고 말았습니다.

고등학생 때였지요. 우리 아파트 창문이 터져 나가면서 붉은 불길이 확 치솟는 것을 바로 아래에서 목격했습니다. 나는 순간적으로 내 삶이 그때서야 불꽃처럼 타오르고 있다는 환상에 빠져들었습니다. 창문을 터트리며 치솟는 불실. 내 피부를 터드리고 뛰쳐나오는 내 심장을 보는 것만 같았습니다. 그때 내가 느낀 생생한 환희를 짐작할 수 있겠습니까? 저 안에서 어머니가 죽어가고 있으리라고, 그 순간에는 전혀 생각지 못했습니다. 진정 그 순간, 파멸을 통해서 희열이 솟구치고 있다는 것을 몰랐습니다.

한참 뒤에 얼떨떨한 상태로 정신이 들자 도망치고 싶었습니다. 집에 발을 들여놓는 것이 죽기보다 싫었습니다. 안방 침대에 누운 채 그대로 불에 탄 어머니를 발견했고, 가스레인지 앞에서 아버지로 짐작되는 완전히 부서진 사체를 발견했습니다. 아버지는 지쳐버렸는지도 모르겠습니다. 실수였을까요. 확실한 건 없었습니다. 뭘 알아내려고도 하지 않았습니다. 가스 폭발에 대한 조사 결과요? 가스 폭발이 확실하다, 원인은 가스 밸브 조작 실수였거나 가스가 새는 걸 모르고 가스를 켰는가 보다, 라더군요. 나는 그 뒤로 아픈 여자에 대해서 과민 반응을 보이게 되었습니다.

\#

키 큰 여자가 좋다

거구의 흑인 남자한테 둘러싸인 적 있나요? 아니, 단 한 명만이라도요. 어스름 녘에 인적 없는 골목길에서 덩치 큰 흑인과 딱 맞닥뜨린 적이 있는데 꼭 맹수를 만난 것 같습디다. 즉각적으로 식은땀이 쫙 흐르고 털이 쭈뼛 서면서 공격 자세인지 방어 자세인지 상대에게 시선을 꽂은 채 상반신을 낮추게 되더라구요. 나는 가끔 궁금해지곤 하는데요, 덩치 큰 어떤 흑인이 또 다른 덩치 큰 흑인을 만나도 우리들만큼 공포를 느낄까요? 낯선 존재여서만은 아니겠지요? '덩치'가 '큰' '흑인'이라는 조건이 있어서일까요? 작은 소년이라면 공포심은 덜하겠죠? 하지만 똑같은 덩치의 우리나라 소년에게 느끼는 것과는 분명 다른 기분을 느끼겠죠?

그래요. 피 얘길 하는 겁니다. 우리와는 어느 면으로라도 전혀 동질감이 없으니까요. 그들이 우리를 무력으로 점령했다면 일본인에게 점령당한 것과 어떤 점이 다를까요? 내 생각이지만 처음부터 발 디딜 틈도 없게 만들었을 겁니다. 야금야금 먹히지 않았을 거라고요. 내가 일본 여자를 한국여자처럼 사랑할 수는…… 당연히 없지요. 내게는 일본 여자가 더 가까우니까요.

그런데 나는 왜 마쓰코를 죽이려 했을까요. 진부한 희생 제의였을까요? 그렇다면 희생자적 이미지와는 전혀 상관없는 프랑스 여자를 희생시켜버리는 완고한 한국 사회는요? 그녀는 그저 의지할 데 하나 없는 타국인으로, 연약한 여자로, 약자가 되어 불공정한 게임에 휘말린 채 무슨 일이 일어나고 있는지 깨닫기도 전에 희생돼버렸습니다.

\#

다른 사람에게는 보이지 않는 물건이나 동물 또는 사람이 나에게는 보인다

—닥터 정, 마쓰코의 하얀 블라우스와 하얀 목덜미와 손에 쥔 하얀 배꽃이 생각납니다. 그녀가 설마 내가 만들어낸 여자는 아니겠지요?

—장, 엊그제까지 여기 와서 저 카우치에 누워 눈을 감고 두 손을 배 위에 얹은 채 당신의 전통 가옥에서 일어난 신비한 사건들을 얘기하던 마르셀이 설마, 내가 만들어낸 여자는 아니겠지요?

우리 두 사람 다 분명 마쓰코와 마르셀을 만났던 거지요? 그렇다면 마쓰코와 마르셀은 어디로 간 것일까요?

\#

내가 산산조각날 것 같은 느낌이 들 때가 있다

—이 문항을 보자마자 나는 바로 그 느낌에 휩싸였습니다. 사나운 동물의 이빨에 갈기갈기 찢긴다기보다는, 단번에 폭발해서 산산조각, 말 그대로 산산조각 나서 쫙 흩어지는, 그런 느낌입니다.

어느 늦은 가을밤, 나는 산정호수에 앉아 있었습니다. 밤이 깊어질수록 땅속에서 습기가 올라와 엉덩이가 점점 축축해져오고 대기가 젖어들며 어깨에도 눅눅한 습기가 배어들었지만 나는 좀처럼 일어날 수 없었습니다. 그날 밤에는 날씨조차 흐려서 달도 뜨지 않았고, 따라서 호수면도 시커멓기만 할 뿐이었습니다. 그러니 아름다운 광경에 홀려서 그런 것도 아니었지요.

그런 어느 순간이었어요. 갑작스레 달이 나타나면서 호수면이 번뜩인 겁니다. 내 다리 사이로 물이 길게 번뜩이는 것에 나는 몹시 놀랐습니다. 놀라서 벌떡 일어섰지요. 그 짧은 순간에 나는 달빛이 번쩍 비쳤다고는 생각지 못했습니다. 달빛이 호수 저편으로 물을 뚫고 달려가는 모습에 짱짱한 얼음이 쩍 갈라지고 내가 빠져버리고 말았다고 느낀 겁니다. 호수에 비친 달빛에 감미롭게 녹아들어야 마땅했는데 말이죠. 쫓기듯이 그 자리를 뜨면서 나는 한겨울 얼음물 속에 빠진 것처럼 온몸이 찢어지는 아픔을 느꼈습니다. 무슨 일인지 모르겠습니다. 그게 번개였다면 그럴 법도 하련만, 그건 아주 아름다운 달빛이었단 말입니다.

　　—장, 나와 함께 그 방에 들어갑시다. 우리는 어쩌면 그 방에 들어가서 지금까지 나라고 알고 있던 내가 아닌 다른 사람을 만나게 될지도 모릅니다. 그리고 우리가 기대하지 않았던 일에 맞닥뜨릴지도 모릅니다. 하지만 우리는 반드시 그 방에 들어가야 합니다. 산산조각이 나서 다시는 나 자신으로 돌아오지 못하더라도 말입니다.

　　#

아프리카에 가서 사자 사냥을 하고 싶다
—장과 닥터 정은 아프리카로 떠났다. 사자를 만나러.

　　장과 정은 전통 가옥 단지에 들어서 좁고 가파른 골목을 걸어 올라갔다. 높은 담장이 성벽처럼 굳건하게 솟아 있고 그 높은 담장 위로 기와가 얹힌 집이 바로 연결되어 물샐 틈 하나 없는 철옹성 같은 집들이 연이어 있었다.

　　닥터 정은 자기가 분명히 기억하고 있는 지난밤의 방문 외에도 몇 번 와본 적이 있는 것 같은 기시감에 이끌려 장보다 누어 말짝 앞서 성큼성큼 걸었다. 온몸은 긴장감으로 터져 나갈 것 같았다. 보도블록 틈새에 발이 끼어 앞으로 고꾸라질 뻔했을 때 닥터 정의 차디차게 식은 등줄기로 뜨거운 땀이 주룩 흘러내렸다. 가까스로 호흡을 가다듬고 몸을 곤추세우면서 정은 마르셀이 마주쳤을 법한 중년의 잘 차려입은 남자가 길가의 차에 올라타는 것을 보았다. 닥터 정과 장, 말없이 발을 옮기는 둘 사이로 서릿발이 비껴 내리는 것 같았다.

마침내 장의 집 앞에서 서게 되었을 때 장은 마치 초대받지 않은 사람처럼 신중해졌고, 일이 분 뒤에야 주머니에서 열쇠를 꺼냈으며 자물쇠를 열고서도 일이 분 뒤에 대문을 밀었다. 대문이 아주 천천히 밀려났다. 20여 미터 앞에 아치형의 또 다른 문이 보였다. 장과 정은 무릎을 높이 들어 한옥집의 높은 문턱을 넘었다. 장과 정은 마르셀의 방 앞에서 멈칫거리다가 단호히 고개를 돌리고 걸음을 옮겨 아치형의 문을 열었다. 그러자 깊은 어둠에 잠긴 마당이 그들 앞에 거대한 심연처럼 열렸다. 그 우물 깊은 곳에서 아스라이 하얀 배꽃이 떠오르고 있었다.

일본과 한국의 중간쯤에 놓인 작은 섬, 그 앞에서 장과 정은 걸음을 멈추었다.

마쓰코

마쓰코

당신이 죽어 이 터널로 들어서는 순간 마술적인 삶의 순환에
이끌릴 것입니다.

그러니까, 마쓰코가 장의 얼굴을, 중간 부분이 치켜 올라가 날
카로운 삼각형을 이룬 눈썹과, 그 끝이 내려찍을 것처럼 날카롭고
도 강한 코와, 길게 파인 듯한 뺨의 흉터와 섬세한 입술을 제대로
본 것은 바로 그 샤프펜슬이 장의 손에서 그녀에게로 건네질 때였
다. 첫 대본을 받아들고 마쓰코가 곧바로 한 일은 펜을 찾으려고 두
리번거린 것이었는데 바로 그때 그 행동의 의미를 기가 막히게 빨
리 알아챈 장이 가지고 있던 샤프펜슬을 건네준 것이다.

건네진 것이 파버 카스텔인 것을 알아챈 마쓰코는 혈색 좋은 장의 손바닥에서부터 셔츠 소매를 반쯤 걷어 올린 팔을 따라 올라가 장의 얼굴을 똑바로 보게 되었다. 장의 눈과 마주치자 마쓰코는 잠시 현기증을 일으키며 어릴 적의 어느 날로 곧장 거슬러 올라갔다.

마쓰코가 막 학교에 들어간 그해 봄, 새집으로 이사 와서 얼마 되지 않아서 맞은 그녀의 생일이었다. 삿포로시 외곽에서 자동차 정비소를 운영하는 아버지는 정비소에서 멀어지더라도 번잡스러운 도시에서 벗어나고 싶어 했다. 그래서 미나미 삿포로에 작은 정원이 딸린 일본식 집을 마련한 것인데 3월은 아직 눈이 그대로 남아 있는 때였다. 아버지는 산벚나무와 작은 대나무들과 다년생 화초들이 심어진 정원의 눈을 깨끗이 쓸어 가장자리로 몰아놓고 물을 뿌려 마당을 정결하게 씻어놓고는 테이블을 꺼냈다. 담장이 거의 없는 일본식 집들은 담장 대신 정원수를 바깥쪽으로 돌려 심거나 대나무를 얼기설기 엮어서 일부분만 두르거나, 크고 작은 돌들을 배치해서 집의 경계를 표시하곤 했다.

마쓰코는 학교에서 집으로 오는 버스 안에서 도로 아래 저 멀리로 자기 집을 알아보았다. 도로는 집들이 있는 평지보다 한층 높은 데다 달릴수록 점점 높아져서 그녀는 언제나 집을 지나쳐 한없이 떠나가버릴 것만 같은 두려움을 느끼곤 의자 손잡이를 부여잡고 필사적으로 집에서 시선을 떼지 않았다. 그래서 비슷비슷한 검은 지붕과 회칠한 집의 벽과 검은 문들 사이에서 자기 집을 뚜렷하게 알아보았는지 모른다.

그녀가 대문 역할을 하는 향나무와 바위 사이로 들어섰을 때 엄마와 아빠는 아직 봄의 물기를 가지 끝으로 올리지 못해 바짝 말라 있는 벚나무 아래에 차려놓은 둥근 테이블 앞에서 그녀를 맞아주었다. 그 뒤로 다시는 정원에서 생일을 맞지 않았기 때문에 그녀는 처음이자 마지막이었던 생일파티를 선명히 기억하고 있었다. 크리스마스에 썼던 녹색과 빨간색 체크무늬 테이블보가 아직 우중충한 정원에 활기를 불어넣었고 새하얀 케이크에 올려진 빨간 체리와 샛노란 오렌지와 초코시럽이 기분을 한층 돋우었다. 투명한 유리잔에는 노란 주스가 채워져 있었고 커다란 도자기볼에 과일 샐러드가 잔뜩 담겨 있었다.

아빠가 케이크에 불을 붙이자마자 오리털 파카를 입은 엄마는 박자를 무시하고 빠르게 축하송을 부르더니 어서 촛불을 끄라고 손뼉을 쳤다. 마쓰코는 엄마의 눈을 흘깃거려 신호를 받는 즉시 재빨리 촛불 몇 개를 끄고 나서 자랑스레 엄마와 아빠를 올려다보았다. 아빠가 함박웃음을 지으며 짙은 초록색 포장에 노란 리본으로 장식된 선물을 건네주었다.

어린애들이 흔히 받음직한 알록달록한 포장이 아닌 데다 그 크기에 비해 묵직한 느낌이 전해져서 마쓰코는 왠지 이전에 맞은 생일과는 다른 느낌을 받았다. 포장을 뜯자 고급스러운 벨벳 케이스가 나왔고 케이스를 열자 케이스에 걸맞은 펜이 꽂혀 있는 것을 보았다. 마쓰코는 망설였다. 무슨 용도로 쓰는 것인지조차 금방 알 수 없었다. 날씨가 아직 쌀쌀해서 빨리 생일파티를 끝내고 집으로 들어가고 싶은 엄마가 펜을 꺼내 그녀 손에 쥐어주었다. 굵은 심이 들어 있는 독일제 샤프펜슬이었다. 생일 때마다 외할아버지로부터 외국산 필기도구를 선물 받아온 엄마가 선택한 최고의 선물이었다. 엄마는 유선형으로 배가 불룩한 갈색 단풍나무 몸통에 아름다운 영문 필기체로 새겨진 마쓰코의 이름을 가리켰다.

　─마쓰코, 이것 봐라. 특별히 네 이름을 새겼단다. 이제부터 너는 특별한 사람이 되어야 한다. 아무도 네 나이에 이런 펜을 선물받지는 않으니까 말야.

　마쓰코는 엄마가 눈앞에 바짝 들이미는 영문 이름을 보았다. 덩굴줄기 같기도 하고 복잡한 선의 엉킴 같기도 한 새김은 어린아이의 눈으로 보기에도 특별한 그림 같았다. 잘 배운 아이답게 고맙다고 고개를 숙였지만 금방 흥미를 잃고 보통 아이들이라면 제일 먼저 손을 뻗을 케이크에는 관심조차 두지 않고 그 옆에 놓인 분유통을 집어 들었다. 마쓰코는 아기 때부터 먹어온 깡통에 든 분유를 가장 좋아했다. 그 푸근하고 달콤한 향기와 사르르 녹는 첫맛에 이어 이빨에 찰싹 달라붙는 촉감과 손바닥에 바슬바슬 묻어나 결국 끈적끈적해지는 가루는 언제 어느 때고 곧장 그녀의 미각을 돋우었다. 미각만이 아니라 한 번도 완전히 가져보지 못한 것에 대한 그리움을 불러일으키곤 했다. 엄마는 그녀에게서 분유 깡통을 빼앗아야 한다는 강박관념에 시달렸지만 결국 아직까지도 성공하지 못했다. 분유 깡통을 대체할 것을 알지 못했기 때문이다.

재일교포로 온갖 차별을 받으며 근근이 자동차 정비소를 차린 아빠와 일본 최고의 대학교를 나왔지만 원했던 직업을 갖지도 못하고 아빠를 따라 도망치듯 부모님 곁을 떠나온 엄마는 몇 해가 지나자마자 후회하기 시작했다. 아빠는 아주 잘생긴 데다 부드럽고 상냥했다. 엄마는 아빠를 사랑하긴 했지만 그것은 아빠라는 한 개인에 국한된 것이었고 한국인을 비롯한 아시아인은 열등한 사람들이라는 대부분의 일본인들 인식이 엄마에게도 철저히 박혀 있었다. 엄마는 미국이나 유럽인 같은 우월한 인종으로 살고 싶어 했다. 그런 엄마는 일본식 집보다는 서양식 집에서 살기를 원했지만 일본인으로 살고 싶어 하는 아빠가 설득하고 애원하는 바람에 하는 수없이 들어준 것에 지나지 않았다.

아직 추운 계절에 정원에서 생일파티를 하자고 한 것도 엄마였다. 살림을 잘하는 것도 아니면서 격식 차리는 것을 좋아하고 까다롭기 그지없는 엄마는 이른 봄의 야외 테이블에는 어떤 테이블보를 써야 하며 중앙을 장식할 꽃은 무엇을 쓸 수 있는지 고민하다가 겨우 하루 전에 결정했으며, 추워서 먹지도 못할 과일을 차가운 느낌이 덜한 컴포트에 담아놓아야 했고, 겨우 케이그나 띠먹고 말 포크조차 냅킨과 고리로 온전히 장식해야 했다. 결국 이런 것들을 차리느라 정원을 여러 번 오가야 해서 마쓰코가 집에 도착하기도 전에 엄마는 몸이 너무 차가워져버리고 말았다. 연신 손을 비비며 파티의 순서를 빨리 진행시키고 싶어서 서서히 짜증이 나는 참이었다. 케이크를 한 번 떠먹고는 자기도 모르게 분유통으로 손을 뻗다가 마쓰코는 다리 사이로 들락거리는 고양이들을 보았다.

고양이는 꼬리를 높이 세워 그녀의 다리를 휘감았다. 분유 가루만큼이나 보드라운 느낌이 그녀의 다리에 감겼다. 그새 한눈을 파는 마쓰코에게 어서 케이크를 더 먹으라고 채근하며 드디어 화를 내려는 엄마를 아빠가 지그시 잡아당겼다. 아빠는 엄마를 다독이며 살아가는 일에 결코 지친 적이 없었다. 아빠는 엄마의 손을 잡고 따뜻하게 주물러줌으로써 엄마의 신경을 누그러뜨리려고 했다. 하지만 엄마는 신경질적으로 손을 홱 빼냈다.

엄마는 드디어 과민 반응을 보였다. 결국 엄마는 분유통을 빼앗고 노트를 펼쳤다. 마쓰코는 오늘 배운 삼각형의 꼭짓점처럼 이마를 찌를 듯이 날카롭게 일어나는 엄마의 눈썹을 보았다. 툭 튀어나올 듯이 도드라지는 검은자위와 튀어나가려는 검은자위에 잔뜩 놀란 흰자위도 보았다. 바짝 타서 뜨거움이 훅 끼치는 입내가 그녀의 뺨을 덮었다. 차디차고 막대기처럼 뻣뻣한 엄마의 손가락이 그녀의 손을 낚아채듯 잡고 펜슬을 억지로 쥐어주는 것을 말없이 내려다보았다. 마쓰코는 엄마의 뜻에 순순히 따르기로 했다. 분유통을 제외한다면 거의 아무것도 엄마의 뜻을 거스르는 일이 없는 마쓰코였다. 차가운 막대기 같은 엄마의 손가락이 아직 그녀의 작은 손등을 잡고 있을 때 무엇을 쓸까 잠시 생각했다. 그녀가 펜을 움직이기 시작하자 엄마가 손을 치웠다. 마쓰코는 검은 고양이, 하얀 고양이라고 쓰고 막 그녀의 다리를 벗어나 정원 뒤로 달아나는 고양이를 쫓아 펜슬을 냅다 집어 던지고 뛰어갔다. 뒤에서 엄마가 날카롭게 부르는 소리가 들렸다. 마쓰코!

고양이들은 집 뒤로 달려갔다. 마쓰코는 아직 집의 뒤편으로는 가보지 못했다. 검은 고양이의 등줄기가 산맥처럼 한 줄로 날카롭게 일어서 있었다. 마쓰코는 그 줄기를 따라 뛰었다. 키 작은 대나무들이 집의 모퉁이를 감싸고 2미터 남짓 심어져 있었고, 뒷집과 경계를 짓기 위해 인공적으로 만든 구릉 안으로 향나무와 소나무, 아직 이파리가 돋지 않은 산벚나무가 서 있었다. 흰 고양이가 소나무와 향나무를 빙글빙글 감고 돌더니 대나무들 틈새 어딘가로 휙 숨어 들어가버리고 검은 고양이가 쏜살같이 뒤따라 뛰어들었다. 마쓰코는 고양이를 놓칠세라 몸을 던졌다. 그녀는 덤불에 가려진 작은 구멍으로 미끄러졌다.

구멍은 길고 둥글게 구부러져 마쓰코는 왼쪽 어깨를 부딪치며 미끄러지다가 환한 햇살 속으로 툭 떨어졌다. 모든 색채와 무게가 다 날아간 듯 눈이 부시고 희끗희끗 어떤 형체가 보일 듯 말 듯 했다. 마쓰코는 무릎을 털고 일어섰다. 일어서려고 했다. 하지만 겨우 길 수 있을 뿐이었다. 손과 무릎 아래는 해변처럼 바짝 마른 고운 분유가 깔려 있고 그녀는 이제 막 무엇인가 거대한 덩치에서 벗어난 것이었다. 마쓰코는 뒤를 돌아보았다. 커다란 두 개의 다리가 벌거벗은 채 거대한 문처럼 버티고 있었고 휘장이 드리워진 아래로 깊고 어둑하며 맑은 물이 흘러내리는 자궁이 있었다. 그곳은 깊고 그윽한 못처럼 푸른 이끼가 끼어 있어서 마쓰코는 온몸에 이끼를 덮어쓰고 있었다. 그녀가 다시 고개를 돌려 앞을 보며 엉금엉금

기었다.

저 앞에 커다란 형체가 아른거렸다. 진흙을 뒤집어쓴 커다란 사내가 스르르 윗몸을 일으켰다. 어떻게 그게 사내라는 것을 알았는지 모른다, 그건 아마 본능이었을 게다. 진흙에 뒤덮인 사내가 일으킨 건 윗몸이 아니라 커다란 성기였다. 거대한 진흙이 움찔움찔하더니 갈라지면서 거대하게 부풀었다. 거대한 손이 진흙을 뚝뚝 흘리며 들쳐졌다. 뒤돌아서 엉금엉금 도망치는 마쓰코의 머리 위로 손이 올라왔다. 마쓰코는 서서히 내려오는 손을 커다랗게 치뜬 눈으로 쳐다보았다. 도망치려고 팔과 다리를 빨리 움직거렸지만 어림도 없었다. 진흙손이 그녀를 잡아 성기 위로 올려놓았다. 그녀는 발버둥 쳤다. 아주 어린 그녀였지만 평생 발버둥 칠 걸 알았다.

그녀가 구멍 위로 기어 나와서 보니 겨울 코트 단추가 다 풀려 있었다. 안에 입은 모직 원피스의 허리에 묶은 긴 새틴 리본도 풀려서 땅에 질질 끌렸다. 엄마에게 혼나지 않으려고 리본을 잡아당겨 꼼꼼하게 묶고 머리를 매만졌다. 고양이들은 보이지 않았다. 테이블이 있던 자리로 돌아와보니 테이블은 어느새 치워지고 없었고 분유통만 나동그라져 있었다. 분유가 엎질러졌던 자리는 고양이들이 싹싹 핥아먹고 흙에 스며든 자국만이 희끗희끗하게 남아 있었다.

그녀는 텅 빈 분유 깡통을 손에 들고 울었다. 분유통은 그녀가 그때껏 입에 물고 다니는 배냇담요와 마찬가지로 떼려야 뗄 수 없는 것이었다. 그런데 엄마는 그날 이후로 분유를 사주지 않았다. 그녀는 빈 깡통을 보물함에 소중히 넣었다. 보물함의 덮개를 덮으면서 용돈을 모으면 분유를 살 수 있다는, 기가 막힌 생각이 번뜩 머리에 떠올랐다. 그녀의 얼굴에 승리의 웃음이 번졌다. 용돈을 받을 때마다 가게를 들락거려서 마침내 분유 값을 채운 그녀는 드디어 분유를 손에 넣을 수 있었다. 그것을 보물함 속에 숨겨두고 엄마가 없을 때 몰래몰래 한 숟가락씩 떠먹었다. 한 숟가락만 먹어도 분유는 여전히 그리움을 불러일으켰다. 보드랍고 달달한 가루를 입에 넣고 뽀드득거리며 찰싹 달라붙은 것을 혀로 살살 녹이면 그 풍미가 혀에 감겨들면서 입안 가득 번졌다. 그러면 금방, 만날 수 있을 것 같았다. 그리운 그 무엇을.

미나미 삿포로의 아담하고 아기자기한 정원에서 맞은 첫번째 생일이자 마지막 생일이었다. 다음 생일이 되기 전에 그녀와 엄마는 그 집을 떠났다. 엄마는 그녀를 데리고 도쿄로 갔다. 그때부터 마쓰코는 따뜻하고 다정한 아빠를 그리워하게 되었고 그리워할 대상이 분명해지자 차라리 마음이 편해졌다. 그 뒤로는 분유를 떠먹으면서 아빠를 생각했다. 아빠의 거칠거칠한 턱, 둥그런 눈, 다정한 미소. 그녀의 그리움을 딱 충족시켜주는 것은 아니었지만 그런대로 쓸 만은 했다. 한 달에 한 번씩 엄마와 마쓰코를 만나러 아빠가 도쿄로 왔고, 거꾸로 내려가는 일은 없었다. 그리고 그녀와 엄마는 다시는 미나미 삿포로로 돌아가지 않았다.

어린 친구들 중 그 누구도 가진 것을 보지 못한 파버 카스텔의 샤프펜슬로 마쓰코는 히라가나와 가타가나, 구구단을 수십 번씩 쓰며 혹독한 공부를 해야 했다. 그때부터 그녀가 가지고 놀던 레고

블록도, 반짝이는 은가루가 두둥실 떠다니는 커다란 수정공도, 분홍 이층집에 갈아입을 옷도 여러 벌에 주방 도구까지 갖춘 바비인형 세 개도, 고리던지기 장난감도, 8자로 도는 기찻길이 포함된 기차 세트도, 모두 없어졌다.

그것들이 채웠던 책장은 이제 책으로 빼곡히 채워졌다. 엄마는 그녀의 손에 파버 카스텔만 쥐어줬다. 남들은 적당한 무게감에 그립감이 좋은 유선형이며 심 또한 굵직해서 좋다는 샤프펜슬이 그녀의 손에서는 너무 길이가 짧게 느껴졌으며 동글동글한 몸체 때문에 손가락 사이에서 뒹굴기 일쑤여서 유독 힘주어 잡아야 했기 때문에 셋째손가락 마디에 굳은살이 잡혔다며 그녀는 무슨 일로든 화만 나면 샤프의 몸체를 씹는 버릇이 생겼다.

유려한 유선형의 몸뚱이는 긁히고 씹힌 자국투성이가 됐지만 부러지거나 고장 나지 않았고, 이상하게도 잃어버린 적도 없었다. 엄마는 해마다 새로운 파버 카스텔을 사줬고 낡은 펜은 도로 케이스에 담겨 엄마의 책상 서랍에 차곡차곡 쌓여갔다. 파버 카스텔에서 벗어난 것은 그녀가 도쿄대학에 들어간 뒤였다. 샤프펜슬은 반영구적인 만년필로 바뀌어 그녀에게 주어졌지만 그녀는 만년필을 어느 서랍인지 기억 못하는 서랍 깊숙이 집어넣은 뒤로 다시 잡아보지 않음으로서 영구적으로 벗어나려고 했다. 그런데 그로부터 6년이 지난 뒤 전혀 예상치 못했던 장의 손바닥에서 다시 보게 된 것이다.

파버 카스텔 때문만은 아니었을 것이다. 비록 그것 때문에 장의 얼굴을 자세히 올려다보게 되었고 알 수 없는 그리움이 분유 냄새를 타고 그녀의 입안과 목구멍을 가득 채웠지만, 그렇다고 그것이 어릴 적부터 누적되어온 갈망을 한순간에 되살린 것이라고는 딱히 말할 수 없겠지만, 어쨌든 분유 냄새를 타고 그녀의 모든 점막을 휘감은 갈망이 장에게 가서 꽂혀버렸고 그로부터 얼마 뒤 어느 비 오는 날, 장의 전통 가옥 문턱을 넘게 되었다.

당신은 잡채 같아요. 마쓰코가 그렇게 말했을 때 장은 눈썹머리를 도드라지게 치켜 올렸다. 그녀는 제대로 발음한 것인가? 잡채가 뭔지나 알고 그러는 건가? 안다고 하면 내가 잡채 맛 같다는 건가? 잡채 맛이라니? 마쓰코는 살며시 웃음 지으며 두 손의 엄지와 검지를 맞붙였다가 옆으로 길게 잡아당기는 시늉을 했다. 손가락을 떼면서 탁 튕기는 시늉까지 덧붙여 당면의 보들보들한 탄력을 느끼게 했다.

아! 하며 고개를 끄덕이긴 했어도 장은 알 듯 말 듯했다. 마쓰코가 부슨 밀인지 알아들었죠? 하는 눈빛을 건네며 고개를 마주 끄덕였다. 장은 끄덕이던 고개를 갸우뚱 기울였다. 마쓰코는 검지를 길게 뻗더니 그의 왼쪽 뺨에서 오른쪽 뺨까지 가늘고 긴 줄을 그려보았다. 그 손가락 끝이 닿은 듯 닿지 않은 듯, 솜털을 일으켜놓아서 그의 입술이 마치 젖을 찾는 아기 입술처럼 손가락을 따라 저절로 씰룩였다. 오른쪽 귓바퀴 앞까지 갔던 손가락이 그의 입술로 되돌아왔다. 장은 혀를 내밀어 마쓰코의 손가락을 휘감아 입속으로 끌어들였다. 장은 마쓰코가 표현하려던 것이 어떤 것인지 알 것 같았다. 그러나 자신이 그렇게 보드라운지는, 여전히 믿기지 않았다.

—내가 잡채를 어떻게 맛보게 되었는지 아세요?

장은 고개를 저었다.

—아주 친한 쌍둥이 친구가 있었어요. 그 애들은 호텔 음식을 전공하고 있었죠. 고등학교 때 친구들이었는데 다른 대학에 진학했지만 사는 곳이 가까워서 가끔 만나고 있었어요. 내가 서울에 오게 된 직접적인 계기가 바로 잡채였어요.

쌍둥이 자매는 일본 전통 요리를 배우고 있던 참이었다. 그녀들은 유명한 호텔 조리부에 들어가기 위해 요리 학교에서 거의 매일 여섯 시간에서 여덟 시간은 쑥갓과 미나리와 콩나물을 다듬고 두부를 만들고 최상의 가쓰오부시를 최상의 대패를 써서 한입에 사르르 녹을 만큼 얇게 갈며, 도미와 다랑어를 가장 신선한 상태로 저장하는 방법을 비롯하여 각종 식재료의 최적 상태를 유지하는 법을 배우면서 가스불 앞에서 프라이팬을 들고 살았다. 그런 쌍둥이 자매에게서 가이세키 요리를 코스로 얻어먹어본 지 채 한 달도 지나지 않아서, 감칠맛이 아직도 입안에 맴도는 도미 요리를 잊지 못하는 시점에, 쌍둥이 자매는 폭탄선언을 했다.

—우리는 한국인이었어.

—뭐라구?

—그래, 네가 놀란 것보다 우린 훨씬 크게 놀랐지. 더구나 우린 한국인을 꽤 싫어했거든.

마쓰코는 아직까지 자기가 재일 교포 자손이라는 것을 밝히지 않았으며 내색할 필요조차 느끼지 못하고 살아온 터여서 굉장한 충격을 받았다. 그래서 쌍둥이 자매가 그녀에게 구태여 그 사실을 고백하는 이유를 짐작할 수 없어서 얼떨떨했다. 잠시 뒤에 마쓰코는 그것이 고백의 차원이 아니라 선언의 차원이었다는 것을 알게 되었다.

　—우리가 한국인이라는 것을 알기 전까지는 한국을 무척 싫어했었어. 너도 알잖아, 여러 가지로 우리가 그랬다는 거. 그런데 말이야. 참, 이상한 일이지. 이제 한국은 나와 아무 상관 없는 나라가 아닌 거야. 갑자기 한국에 대해 호기심이 생긴 거지. 도대체 한국이란 어떤 나라일까. 일본인으로 자라왔는데 과연 한국인이 될 수 있을까.

　언니의 말이 길어지자 동생이 딱 잘라 말했다.

　—그래서 말이야, 우린 한국으로 가기로 했어. 한국에 가서 한국 요리를 배울 거야. 한국에서 최고의 요리사가 될 생각이야.

　그러면서 방금 완성한 한국 요리를 맛보라고 젓가락을 건네주었다. 젓가락을 받아 든 마쓰코는 자기도 재일 교포의 자손이라는 것을 밝혀야 하는지, 이런 분위기에서 그것을 밝히면 굉장한 동질감에 사로잡혀 자기마저 엉뚱한 결정을 해버릴 것만 같은, 감당할 수 없는 혼란에 휩싸였다.

　마쓰코는 그녀들이 만든 요리를 내려다보았다. 쌍둥이 자매만큼이나 마쓰코도 한국이라면 멀고도 먼 나라였고, 한국 요리라곤 먹어본 적도 없었다. 기껏해야 귀동냥으로 한국의 배우들에 관한 가십이며 드라마에 관한 이야기를 들은 정도이고 요리라고 해도 여행객들을 통해 불고기와 떡볶이 정도나 알았을까. 그러니 처음 본 잡채는 무턱대고 거부감을 불러일으켰고 그런 거부감에 휩싸인 자신에 대한 불안감 또한 선명하게 느껴졌다.

　─이 면발은 투명하고 가늘고 탄력 있게 볶는 게 가장 중요해. 대강 물에 불려서 기름 넣고 무치면 미끄덩거리고 뚝뚝 끊기게 돼서 미감도 촉감도 보는 맛도 다 떨어지게 돼. 자, 한번 먹어봐. 그리고 우리가 만들어준 첫번째 한국 음식의 맛을 기억해줘.

　쌍둥이 언니가 한 마지막 말은 이상한 힘을 발휘했다. 마지못해 젓가락을 받아들고 머뭇거리던 마쓰코는 갑작스럽게 이 음식의 맛을 기억하고 싶다는 강렬한 갈망을 느꼈다. 처음 보는 갈색 투명한, 몹시도 부드러워 보이는 면이 그녀의 손을 끌어당겼다.

　노란 계란 고명과 잘게 썰어 볶은 소고기 고명을 다갈색의 투명한 면발과 함께 조심스럽게 집어 올렸다. 젓가락에 감긴 투명하고 낭창낭창한 면이 입술에 닿았다. 혀에 닿은 그 감촉 또한 사르르 녹아 그녀를 가슴 설레게 하면서도 녹작지근하게 만들었다. 그 촉감은 뭐라 말할 수 없는 그리움을 불러일으켰다. 그리움 때문에, 그녀는 다시 한 젓가락 집어 올렸고, 또 한 젓가락 집어 올렸다. 가슴 깊이 숨어 아주 조금씩 흘러나오는 그리움은 되짚으면 되짚을수록 오히려 깊어졌다. 그녀는 어느샌가 잡채 한 그릇을 다 먹었다. 그것을 먹는 동안 한국이라는 나라는 까마득히 멀어졌고 오직 그리움만이 그녀를 가득 채웠다. 쌍둥이 자매는 그녀가 잡채를 다 먹고 나자 의기양양한 표정을 지으며 말했다.

―우리가 처음 완성한 한국 음식이야. 성공적이잖니?

마쓰코는 고개를 끄덕였다.

―그래, 특별한 맛이야.

잡채의 맛은 적어도 마쓰코에게서 호기심을 끌어낸 것은 분명했다. 마쓰코는 쌍둥이 자매가 한국으로 떠나기 전까지 그녀들이 만드는 한국 음식에 관심을 갖게 되었으니까. 쌍둥이 자매는 결심을 실행에 옮기는 데 평소의 단호한 성격을 유감없이 발휘했다. 그녀들이 모든 수속을 밟고 짐을 싸서 일본을 떠나기까지 그로부터 단지 몇 주일이 걸렸을 뿐이었다. 쌍둥이 자매는 떠날 때 어찌나 빨리 떠났는지 친구들과 일일이 작별 인사를 하지도 못했다.

그리고 그녀 역시 쌍둥이 자매처럼 바다를 건너 한국에 오게 되었다. 그녀는 한국으로 떠날 결심을 하면서 쌍둥이 자매가 만들어준 잡채의 맛을 기억했다. 그래서 그녀는 한국의 공항에 내려 출국장을 통과해 가방을 찾는 컨베이어벨트 앞에서 엉뚱하게도 잡채의 냄새를 맡았다. 코를 크게 벌름거려 보았지만 옆에 늘어서 움직거리는 사람 중에서 잡채 냄새를 풍기는 사람은 없었다. 출국장 앞은 어디나 그렇듯이 입점해 있는 가게라곤 하나도 없이 휑뎅그렁할 뿐이어서 그 누구라도 서둘러 빠져나갈 생각밖에 안 들게 하는 곳이었는데도 말이다. 그녀는 누가 금방 잡채를 먹고 왔나 싶어서 자기 가방을 찾느라 눈을 번득이는 사람들을 향해 남몰래 코를 벌름거렸다. 아무도 잡채 냄새를 풍기지 않았다. 하지만 캐리어를 끌고 거대한 대리석 타일 위를 바삐 걸어가는 동안에도 잡채의 향기와 질감이 그 차디찬 풍광을 뒤덮어서 그녀는 두려움보다는 호기심으로, 누군가 기다리고 있을 것만 같이 왠지 친근한 기분으로 출국장 밖으로 빠르게 걸어갔다.

마쓰코는 외할아버지가 한국인이었다는 것을, 전공을 살려 일본사 관련 정부 산하 기관에 입사를 하기 위해 신원을 확인하는 절차를 거치면서 알게 되었다. 외할아버지는 태평양 전쟁에서 공을 세운 대가로 일본 성을 하사받았는데 한국 성을 일본식으로 바꾼 것이 아니라 아예 일본 성을 썼기 때문에 엄마도 자신이 한국인의 자손이라는 것을 전혀 눈치채지 못했다. 그래서 그 사실을 오히려 마쓰코가 엄마에게 알려주는 입장이 되었다. 할아버지는 재일 교포이며 할머니는 일본인, 외할아버지도 귀화인, 외할머니는 일본인, 그러면 마쓰코의 피는 절반은 한국인인 건가. 마쓰코는 자기 삶에서 철저히 배제된 한국이 비로소 궁금해졌다. 그제서야 쌍둥이 자매가 한국 요리의 일인자가 되겠다며 과감히 바다를 건너간 것을 이해하게 되었다. 엄마는 자신의 더러운 피에 거의 넋이 나가서 마쓰코가 한국으로 가겠다고 선언했을 때 아무 대답도 하지 못했다. 그녀는 엄마가 걱정되어서 아버지가 있는 삿포로로 돌아가도록 간청했다. 엄마는 마치 운명에 저항하듯 입술을 꼭 깨물고서 삿포로에는 절대로 돌아가지 않겠다고 단호히 거절했다. 작은 아파트에 엄마를 남겨두고 마쓰코는 뒤도 돌아보지 않고 바다를 건넜다.

마쓰코는 한국에서 한국 문학을 전공하기 위해 어학 코스에 등록하여 공부하는 중에 가끔 엄마에게 전화를 하면 엄마는 거의 식물처럼 대답만 간신히 하곤 했다. 그러다가 그녀가 〈미녀들이 사는 법〉에 출연한다는 것을 알리자 엄마는 살아나기 시작했다. 그리고 얼마 안 있다가 아버지와 함께 미나미 삿포로를 떠나 작은 유럽으로 불리는 오타루로 옮겼다고 했다. 작은 유럽 오타루. 엄마는 결코 한국인이 되고 싶지 않았던 것 같다. 자동차 정비소를 하는 아빠와 오타루에서 행복하게 살아갈 엄마를 생각하며 마쓰코는 엄마에 대한 걱정을 놓았다.

지나치게 보드랍고 가벼운 나머지 살갗에 달라붙어도 촉감조차 미미한, 촉감이 미미해서인지 자꾸만 더 잡아당기고 싶어지는, 다갈색의 투명한 면발처럼 장이 감겨왔다. 장은 가슴을 크게 열어 그녀와 닿는 표면적을 최대한 넓히며 폭 끌어안았다. 그렇게 안길 때면 마쓰코는 자기가 아주 작게 느껴졌다. 마쓰코는 가슴에 얼굴을 묻고 그다음을 기다렸다. 두 손으로 턱을 치켜들고 입술을 뜯어먹을 듯이 빨기를. 그리고 세상 다른 누구와도 다른 마쓰코만의 살을 맛보기를. 하지만 장은 다정한 눈길로 내려다보며 그녀의 입술에 자기 입술을 지그시 눌렀을 뿐이었다. 그녀가 입술을 열고 혀를 내밀어 장의 입술을 핥자 장이 놀라서 얼른 입을 떼었다. 마쓰코는 횡격막을 치밀고 올라오는 뜨거운 열기를 온몸을 뒤틀어 뿜어내고 싶었다. 목구멍을 크게 열어 장의 혀를 깊숙이 끌어들이고 싶었다.

뜨거운 숨을 그의 얼굴에 토하고 싶었다. 장의 눈과 코와 뺨과 눈두덩과 입술과 턱, 그의 뺨에 늘어진 머리카락을 가리지 않고 핥고 물고 빨고 싶었다. 머리카락에 송골송골 매달려 얼굴로 뚝뚝 떨어지는 땀방울마저도 갈증 나게 핥을 것 같았다. 하지만 장이 입술을 떼자 순식간에 그 모든 열기가 주춤거렸다.

장은 몹시도 부드럽게 그녀의 귀밑머리를 쓰다듬으며 길게 늘어진 한 가닥을 귀 뒤로 쓸어 올렸다. 그녀는 고개를 거칠게 흔들어 머리카락을 도로 흐트러뜨렸다. 그까짓 머리카락 따위, 신경 쓰지 마, 아무려면 어때, 하고 소리도 질렀다. 아니, 지르고 싶었다. 그런데 장이 지그시 내려다보는 게 아닌가. 그런데 장의 눈빛은 이런 분위기에 어울리는 눈빛이 아니었다. 마치 부모를 여의고 둘만이 남아 가여운 어린 동생을 보는 듯한, 또는 가장 아끼던 동생을 아주 오랜만에 극적으로 만나, 이젠 너를 돌봐줄게, 이젠 헤어지지 않아도 돼, 라고 하는 것 같은 눈이었다.

그의 사인을 잘못 읽은 걸까? 그는 사랑을 나누자는 게 아니었나? 이런 것은 꼭 말로 하지 않아도 만국 공통의 느낌으로 통하는 거 아닌가? 우리는 남매가 아니지 않은가? 마쓰코는 용기를 내서 등을 감싼 그의 팔을 끌어당겼다. 장의 손이 영문을 모른 채 천천히 끌려왔다. 마쓰코는 장의 손을 잡아 셔츠 앞섶으로 밀어 넣었다. 장의 손이 젖가슴을 물컹 쥐었다 싶었는데 그가 화들짝 놀라 손을 빼냈다. 장은 그녀를 밀쳐 자기 가슴에서 떼어내고는 휘둥그레 놀란 눈으로 마쓰코를 바라보았다. 장의 손이 젖가슴에서 도망치자마자 마쓰코의 몸은 순식간에 식어버렸다. 진한 뻘처럼 장의 모든 것을 빨아들일 것 같았던 몸이 장을 냉랭하게 튕겨버리는 것을 두 사람 다 동시에 느꼈다. 장은 마쓰코에게 다시 손을 뻗지 못하고 어리둥절해서 고개만 갸우뚱거렸다. 지금 무슨 일이 일어난 거지? 왜 마쓰코는 나를 거부한 거지?

마쓰코는 하얀 셔츠의 단추를 잠그고 깃을 세웠다. 마치 외출을 하는 사람처럼, 장의 집에 들어왔을 때와 똑같이 재킷까지 입고 옷을 반듯하게 매만졌다. 의자에 단정히 앉아 파우치에서 콤팩트를 꺼내 거울을 보며 립스틱을 고쳐 바르고 파우더를 뺨에 눌러 찍고는 파우치에 도로 집어넣고 핸드백 지퍼를 닫더니 허리를 곧추세우고 일어났다. 볼일을 다 마치고 돌아가는 사람처럼 예의 바르게 인사까지 챙기고 마쓰코는 장의 집을 나섰으며 하이힐을 신고 또박또박 걸어 나와 중문을 건넜다. 등 뒤에서 장이 자기의 뒷모습을 응시하고 있는 것을 알면서 돌아보지 않고 중문을 꼭 밀어 닫았다. 마쓰코는 방으로 들어와 침대에 몸을 던졌다. 가슴 깊은 곳에서 주먹만 한 핏덩어리가 울컥울컥 치밀어 오르는 것 같았다.

번번이 이랬다. 마쓰코는 한 번도 성공한 적이 없었다. 고등학생 때 사귀었던 슈이치와의 관계도 그랬다. 온몸에 땀은 흘러내렸지만 정작 그곳은 바짝 말라 있었다. 슈이치는 괜찮다고 다독이며 그곳을 적시기 위해 안간힘을 썼다. 대학 때 사귀었던 후미노리 역시 마찬가지였다. 남자들은 그녀를 사랑했고 함께 절정에 오르고 싶어 했다. 그러나 번번이 남자들은 마쓰코의 손에서 절정을 맞이

해야 했다. 그건 어느 누구라 해도 견딜 수 없는 노릇이어서 남자들은 떠나갈 수밖에 없었다.

물론, 마쓰코는 남자가 떠나갈 때까지 미적거리지 않았다. 어설피 사랑을 나누고 난 뒤엔 두 사람의 눈동자는 달라지게 마련이었으니까. 만족을 표시하는 만국 공통의 표정이 있게 마련이고, 언제 몸을 떼어내야 할지 망설이다가 어딘지 타이밍이 맞지 않는 박자와 동작으로 어색하게 몸을 떼어내고 눈을 들지 못하는, 그런 만국 공통의 불만족스러운 표정이 있게 마련이어서, 감추려 하면 할수록 더 잘 드러나는 그런 표정들을 읽어내는 데 거의 통달해버려서 그녀는 떠나야 할 시점을 정확히 포착할 수 있었다.

언제나 마음 깊은 곳을 잡아끄는 그리움, 애타는 갈망에 몸부림치며 남자에게 다가가면 진흙의 거대한 사내가 스르르 일어나고 마쓰코는 허겁지겁 도망치곤 했다. 시간이 갈수록 이런 갈망은 풀리지 않고 누적되었지만 그녀는 그것을 내부로 깊숙이 밀어 넣어서 아무에게나 속을 내보이지 않도록 해왔다. 그녀는 이따금 보물함 깊숙이 숨겨둔 분유 깡통을 떠올렸고 장이 그녀의 눈을 뚫어져라 응시했을 때 그가 분유 깡통을 정확히 봤다고 느껴 소름을 일으켰다. 장이라는 남자는 그녀가 지금껏 만나왔던 남자와는 달랐다. 아무도 몰라보던 그녀의 분유 깡통을 알아본 남자였고, 상대의 상처에 주눅 들어 뒷걸음치는 남자가 아니었으며 누구보다도 깊게 파인 상처를 지니고 있는 남자였다. 그는 그녀를 완벽히 사로잡을 만해 보였다.

그런데 그런 장이 그녀를 불태우지 못했다. 도대체 그녀의 육체를 불태울 생각조차 없는 듯했다. 장이 들여다본 것이 분유 깡통이 맞는 걸까? 그녀가 착각한 것일까? 장이 그녀를 통해 얻고자 하는 건, 뭘까? 그런데 또한 장은 다른 남자들과는 달랐다. 절대로 그녀를 떠날 생각이 없을 뿐만 아니라 그녀를 완벽히 갖고 싶어 했다. 마쓰코 역시 그걸 읽을 수밖에 없었다. 그건 너무 강렬해서 도저히 외면할 수가 없는 것이었으니까. 장은 그녀를 말 그대로 눈에 넣을 듯이 바라봤다.

어느 이른 새벽, 배꽃 향이 그녀를 깨웠다. 장이 왔다기보다는 새하얀 배꽃 한 무리가 들어왔다. 배꽃과 장의 눈을 번갈아보고 그녀는 가슴이 내려앉았다. 그가 간절히 원하는 것이 무엇인지 알 것 같았기 때문이었으며, 그것을 이뤄줄 수 있을지 의심스러웠기 때문이다. 그래서 그녀는 마음을 가다듬을 준비를 했다. 멍하니 올려다보다가 장이 갈아입을 옷을 건네주자 느릿느릿 갈아입었다.

장은 그녀를 도코노마 앞에 앉히고 등 뒤에 앉았다. 서울 한복판에서, 그것도 한국 전통 가옥 안에서 도코노마를 만날 줄 꿈에도 생각지 못했었다. 엄마가 삿포로의 집으로 이사했을 때 가장 번서 없앤 것이 객실의 도코노마였다. 아버지와 그것 때문에 얼마나 오랫동안 옥신각신했는지 잘 기억하고 있었다. 나는 거기에 족자 같은 거 걸 생각이 없다구요. 거기에는 클래식 소파를 놓을 거예요. 꽃병은 테이블 위에 놓을 거구요. 엄마는 강하게 주장했고 아버지는 결국 그 말을 들어주었다. 아버지는 일본식 가옥에 사는 것으로 만족해야 했다. 물론 도코노마 없는 일본식 가옥에 서양식 소파를 놓고.

그녀는 배꽃 가지를 가만히 집어 들었다. 마쓰코는 도코노마를 장식할 줄 몰랐다. 하지만 등을 뚫고 들어오는 장의 눈길을, 그 기대에 찬 눈길을 거부할 수 없었다. 하지만 창을 타고 들어온 새벽 빛이 새하얀 배꽃가지에 흘러 푸르스름한 여운을 자아내자 그녀는 스르르 손을 뻗었다. 나뭇가지의 우둘투둘한 질감이 느껴졌고 손가락을 내려 가지 끝을 잡자 사선으로 날카롭게 잘린 면이 닿아 어깨가 움찔했다. 차디찬 물에 손끝을 넣었다. 손가락 끝에 날카로운 침봉이 닿았다. 몸이 오싹했다. 물이 동그랗게 흔들리다가 잦아들었다. 그녀는 꽃가지 한 줄기를 침봉 한가운데에 꽂았다. 직선으로 내려온 빛이 사선으로 퍼졌다. 그녀는 또 한 가지를 들어 비스듬히 꽂았다.

동그랗게 흔들리던 물이 그녀의 손가락을 넣으면 오히려 고요히 잦아들었다. 장은 그것을 고스란히 지켜보고 있었다. 그녀의 혈관을 흐르던 피톨들이 아주 오래전 선조의 행위를 기억해냈다. 매일같이 수반에 꽃을 꽂았던 여인이 그 자리에 와 살포시 앉았다. 할머니의 할머니였던 젊은 여인이 그녀의 귀에 속삭였다. 수반 중앙에서 곧바로 위로 뻗어가는 꽃가지를 신(眞)이라 하고, 신에 곁들어져 양(陽) 방향으로는 소에(副, 곁가지)가 뻗어 올라가고, 음(陰) 방향으로 다이(本, 상단 또는 하단의 중심가지)가 뻗는 것이랍니다. 이것을 기본으로 하여 곁가지를 치는 것이지요. 가지 끝을 단단히 잡고 조심스럽게 깊이 눌러 단번에 꽂도록 하고 너무 많이 꽂지 않는 것이 요령이랍니다. 할머니의 할머니였던 젊은 여인이 사르르 물러났다. 그녀의 귀밑으로 장의 숨결이 밀려들었다.

도코노마에 꽂힌 여남은 가지의 배꽃 향이 그와 그녀의 숨을 틀어막은 게 아니었다. 도코노마 앞에 흩뿌려진 배꽃가지들이 내뿜은 향기가 얇은 보자기처럼 그녀를 뒤덮어 숨통을 덮은 게 아니었다. 아니, 아니, 그랬다. 향기가 숨을 틀어막고 초승달같이 둥글게 휜 목을 졸라버린 것이다.

그와 그녀를 둘러싼 울퉁불퉁한 배꽃가지에 등이 찔리고 젖가슴이 찔렸다. 강철로 벼려진 전정가위에 날카롭게 잘린 꽃가지들이 그녀의 뺨을 찌르고 엉덩이를 찌르고 사타구니로 파고들었다. 장이 그녀를 찢어놓은 게 아니고 꽃이 그녀를 찢어놓았다. 꽃이 찔러서였을까. 그녀의 깊은 곳은 더없이 촉촉해지고 부드러워지며 기쁨에 겨워 눈물을 흘렸다. 새하얀 작은 꽃잎이 분분이 흩날리며 그녀를 뒤덮어 숨을 막았다.

그녀는 젖가슴을 쓸어 올리고 목을 쓰다듬으며 올라오는 장의 두 손을 잡아 목에 감아주었다. 그리고 뱃구레에서 터져 나오는 소리를 질렀다. 장은 그 소리에 놀란 나머지 순간적으로 손에 힘을 주었다. 엄지손가락 두 개가 나란히 그녀의 턱을 치켜 올리며 얼마나 세게 졸랐던지 목이 똑 분질러질 뻔했다. 그러자 그녀의 깊은 곳이 장을 깊숙이 빨아들인 채 조르고 졸랐다. 장은 그녀의 몸속에서 물결을 탔다. 뱀이 물결 모양으로 기어가는 것은 우연이 아니다. 탄수

화물의 달달하고 부드럽고 낭창낭창한 맛처럼 너무 부드러워서 촉
감조차 미미했던 사람이 뱀처럼 포악해지고 폭력적인 힘을 갖게
되었다.

마쓰코의 기대는 이루어졌다. 장은 그녀의 가장 깊이 숨겨진
분유 깡통을 딸 수 있는 사람이었다. 그녀는 마침내 그리워하고 또
그리워해도 또 그리운 사람을 만났던 것이다. 왜 사랑에 빠진 남녀
가 죽어도 좋아, 라고 외치는지 이제야 알 수 있었다.

그녀는 매일 장에게 목을 내밀었다. 장은 언제나 망설였다. 장
은 언제나 처음 프러포즈 하는 사람처럼 꽃가지를 어설프게 내밀
었다. 마쓰코는 꽃가지를 받아 뒷걸음질 쳐 도코노마에 다가가 등
뒤로 떨어뜨렸다. 도코노마는 손쉽게 부정해졌다. 거기에 걸터앉
으면 장이 더 빨리 덤벼들었다. 수반의 물이 엎질러지면 장은 더 성
급해졌다. 그녀의 머리카락이 수반의 물에 빠지고 그 서슬에 꽃가
지가 그녀 머리로 쏟아지면 장은 참지 못했다. 도코노마에서 뒤엉
켜 뒹굴다 떨어지면 장은 그녀에게 끌려 들어갔다. 그리고 신호처
럼 높은 소리가 울려 나오면 장은 마쓰코의 목을 졸랐다. 신호는 어
겨지지 않았다. 배꽃이 피어 있던 그 이른 봄, 그녀는 매일 장의 손
에 죽어갔다.

마쓰코는 제대로 일어설 수가 없었다. 엉금엉금 몇 걸음 기어
서 간신히 일어나 침대로 가서 눕곤 했다. 며칠 동안 머리가 어지럽
더니 급기야 코피를 쏟았다. 진즉에 눈 밑은 거무죽죽해지고, 뺨이
핼쑥해졌다. 요즘 안 좋은 일 있어요? 마주치는 사람 대부분이 인

사 삼아 그렇게 물었다. 방송실 파우더 룸에서 분장사들이 파운데이션을 더욱 밝은 색으로 바꿔야겠다고 했다. 그녀의 방송용 드레스는 날이 갈수록 점점 더 많은 핀을 꽂아 줄여야 했다. 어느 날은 다리가 너무 가늘어졌다고 긴 드레스를 입혔다. 목소리는 더욱 작아져서 진행자가 목을 빼고 네? 하고 다시 묻는 일이 잦아졌고, 그 때문에 방송은 늘어지기 일쑤였다.

그녀는 점점 목 졸린 뒤에 회복되는 속도가 느려졌고 완전히 의식이 돌아와 몸을 움직이기도 전에 다시 의식을 잃곤 했다. 의식을 잃는 것과 잠이 드는 것을 구분할 수가 없다가 차츰 구분하게 됐는데 환각을 겪었는가 아닌가로 구분하게 되었다. 까무룩 잠에 빠지면 환각과 환청이 쏟아졌고 의식을 잃은 경우는 아무것도 보지도 듣지도 못하고 몇 시간을 버려진 옷처럼 널브러져 있기도 했다. 토스트를 만들어 겨우 몇 입 목 안으로 넘기고는 다시 까무룩 의식을 잃었다. 그리고 저녁이 되어 정신을 차려보니 힘없이 펴진 손 옆에 3분의 1쯤 남은 토스트가 내용물을 다 토해놓은 상태로 나동그라져 있었다.

이렇게 목을 졸리다가는 얼마 못 가 죽을 것 같았다. 마쓰코는 죽기 직전의 공포에 질려 무턱대고 안내 전화를 돌렸다. 마음의 상처를 치료해줄 수 있는 병원이 어디 있나요? 안내인은 잠시 망설이더니 '열린마음 클리닉' 말씀이십니까? 안내해 드리겠습니다, 하면서 병원 전화번호를 불러주었다.

안국동에서 버스를 타면 바로 병원 앞까지 갈 수 있었다. 아직 신새벽, 비가 부슬부슬 내리는 텅 빈 버스정류장에서 그녀는 버스를 애타게 기다렸다. 백팩을 맨 학생들이 하나 둘 모여들기 시작하자 저 멀리서 143번 버스가 스르르 그녀 앞으로 미끄러져왔다. 어슴푸레한 푸른빛이 가득 찬 버스 속으로 그녀는 마치 무거운 영혼처럼 올라탔다. 버스는 오래전에 지어져 나무들이 우거진 아파트 사잇길을 돌고 돌아 두 시간 가까이 달려서 안내 방송에 귀를 기울이느라 신경을 다 써버리고 지칠 즈음 그녀를 열린마음 클리닉 앞에 떨어뜨렸다. 그녀는 꼬박 밤을 새우고 길고 긴 노선버스에 시달린 탓에 우산을 쓰고 있었지만 그 장대비를 다 맞은 것처럼 축 늘어져버렸다.

닥터 정은 그녀를 떠안듯이 맞아들였다. 마쓰코는 장과 몹시 닮은 닥터를 보자 마음이 놓였다. 장처럼 파고드는 눈빛을 가진 것도, 입술을 움직이면 금방 파이는 뺨의 상처가 있는 것도, 직설적으로 쏘아대는 말투를 가진 것도 아닌데, 마치 성직자처럼 피부 빛이 바래 보이는 사람이었는데도 묘하게도 장을 닮아 있었다.

주저하며 서두만 꺼냈을 뿐인데 닥터 정은 다 알아들었다.

—난 곧 죽을 거예요. 그의 손에 목이 졸려 죽고 말 거예요.

그렇게 한마디 했더니 고개를 끄덕이며 응답했다. 나도 그런 적 있지요. 나도 사랑하는 여자를 목 졸라 죽인 적이 있어요, 라고 말이다. 닥터 정은 연민이 가득한 시선으로 말없는 사람에게서 고백을 이끌어내는 데 탁월했다. 그녀는 닥터가 이끄는 대로 어슴푸레한 조명이 내리는 카우치에 누웠다.

―내 몸이 내 몸이 아니었던 날로 돌아가고 싶지 않아요. 하지만 죽고 싶지도 않아요.

―나는 언제나 다리에서부터 마비가 왔어요. 아무리 살갗을 문질러도 아무 느낌이 없었어요. 나는 다리에서부터 다른 사람이 되어가는 것 같았어요.

―내가 한국에 온 것은 사랑하는 사람과 사랑을 나누다 죽어버리려고 온 게 아니에요.

―물론. 물론, 그러려던 게 아니에요. 하지만 내 몸을 찾은 건, 어째야 하죠? 난 이제 바비인형을 들고 혼자 대화를 나누듯 내 성기를 갖고 놀고 싶지 않아요. 자. 어때? 손가락이 두 개인 게 좋으니? 아니, 그건 전혀 좋지 않아. 그럼, 이건 어때? 젤을 듬뿍 바르니 부드럽지 않니? 내가 왜 부드러운 걸 좋아한다고 생각해? 전혀 아니야! 그 따위 대화는 이제 필요 없다구요.

카우치 옆에서 닥터 정이 그녀의 말에 눈을 감고 귀를 기울이며 고개를 끄덕이고 있었다. 비는 유리창에 흘러내리고 조명은 아늑하고 고즈넉했다. 그녀는 자기를 버리고 싶으나 잃어버리고 싶지 않다고 중얼거리며 잠이 들었다.

―사요나라, 사요나라, 당신은 이제 충분해요, 그러니 사요나라.

닥터 정이 마쓰코의 목덜미를 향해 손을 뻗었다. 장을 떠나겠다고? 아직은 아냐, 아직은 안 돼. 장을 떠난다는 말은 정을 떠난다는 말로 들렸고 아니, 꼭 그건 아닌데도 장을 떠나면 무언가가 완성되기 전에 망쳐버리는 것만 같은 이상한 강박관념에 휩싸여 마쓰

코의 목을 손아귀로 싸 안았다. 카라 한 묶음을 손아귀에 쥐었을 때
의 감촉. 낭창낭창하지만 만만하지는 않고, 서늘하지만 냉혹하지
는 않으며, 모가지를 길게 휠망정 비참하게 톡 꺾여버리지는 않는,
흰 목을 손에 쥐고 닥터 정은 잠이 들었다.

　마쓰코는 도저히 이해할 수 없었다. 그녀는 말 한마디 때문에
프로그램에서 하차하게 된 것은 물론 단 하루 사이에 전 한국인의
공적이 되어버렸다.
　그날 〈미녀들이 사는 법〉의 드레스코드는 신비의 보라색이었
다. 금발머리 미녀들에게는 몸매가 잘 드러나도록 전체적으로는
달라붙으면서 한쪽 어깨가 노출된 디자인의 심플한 원피스를, 검
은 머리의 라틴계 미녀들에게는 치맛단과 허릿단에 풍성한 주름이
잡힌 진한 보라색 미니 원피스를, 동양계에는 비교적 단정하고 현
대적으로 그대로 입은 채 지금 당장 길거리에 나가도 좋을 만한 스
타일의 옷을 입혔다. 그중 마쓰코의 옷은 기모노가 연상되도록 상
의는 네크라인이 뒤로 넘어간 듯이 뒷덜미가 드러나고 앞은 V자
로 파인 형태에 허리에는 넓은 오비를 두른 듯한 모양이 잡힌 짙은
보라색 새틴 원피스였다. 드레스에 맞춰 마쓰코의 검은 머리는 뒤
로 풍성하게 올린 업스타일이었다. 다른 미녀들의 의상은 거의 대
부분 짧은 미니스커트였지만 유독 마쓰코만은 허벅지에서 조붓하
게 달라붙어 무릎 아래까지 내려오는 펜슬스커트였다. 그녀는 눈
에 띌 만큼 현대적인 일본 여성의 외모를 완벽히 갖추고 새초롬하

게 앉아 있었다.

톤을 달리한 보라색 드레스들은 서로서로 어우러져 홋카이도 후라노의 라벤더 밭을 연상시켰고, 미녀들이 움직일 때마다 잔잔한 보랏빛 물결이 일렁대며 밀려와 보는 사람들의 마음을 요상하게 울렁거리게 했다. 그날 프로그램이 최고의 효과를 거두고 싶었다면 솔직한 말을 못하도록 미녀들의 입을 꿰매놓든가, 대본을 꼼꼼히 체크하여 거부 반응을 일으킬 만한 대화를 걸러내든가, 하다 못해 논쟁을 일으킬 소지가 있는 대답이 나왔을 경우에는 편집을 철저히 하든가, 그래서 바람에 살짝 휩쓸리며 화사하게 향기를 흩뿌리는 라벤더처럼 웃고 손짓하며 탄력 있는 젊은 여성의 몸짓만 보여주었어야 했을 것이다. 그런데 하필 그날의 주제는 기부에 관한 것이었다. 그리고 하필, 시기적으로 일본은 후쿠시마 현의 지진과 쓰나미, 원전 피해로 쑥대밭이 된 때였다. 그리고 한국의 모든 방송은 성금을 걷고 있던 시점이었다.

마쓰코는 일본인은 자신과 깊은 관계에 있지 않은 사람으로부터 은혜를 입는 것을 몹시 싫어한다는 애기를 했을 뿐이다. 이렇게 한국으로부터 기부를 받는 상황을 일본인 대다수가 어떻게 받아들일지, 더구나 한국인들이 기부를 하는 배경을 어떻게 생각할지, 그건 알 수가 없다는 말을 했을 뿐이다.

일본인은 온(恩) 개념이 아주 강한 사람들이다. 온을 입는 것은 빚을 지는 것이었다. 그 빚은 반드시 갚아야 하고 심지어 대를 물려 갚아야 하는, 함부로 입어서는 안 되는 것이었다. 만약 온을 입어야 한다면 그 가족, 친지, 상사, 등 범위가 정해져 있어서 그 안에서만 입을 수 있었다. 이번 지진과 원전 사고만 해도 일본인 스스로, 책임을 진 자들이 철저히 해결해야 하는 게 우선이었지 무턱대고 다른 나라의 원조를 받는 게 아니었다. 보통의 한국 사람들이 생각하는 은혜나 정과는 상당히 다른 개념이다. 이 온에 관한 한 아주 예민해서 쉽게 화를 내고 쉽게 안절부절못하는 게 일본인이다. 그래서 일본인은 외국인들에게는 아주 성마른 사람들로 비쳐지곤 한다. 길가는 사람에게 담뱃불 하나 빌리는 것도 꺼리는 사람들인 것이다.

대부분의 일본인들처럼 아무에게나 함부로 온을 입는 것에 대해 거부 반응이 심했던 마쓰코는 장으로부터 싼값에 집을 빌리는 것조차 불편하기 짝이 없었다. 그녀는 자기 형편에 맞는 집을 구해서 빚진 마음 없이 살고 싶었다. 그런데 장은 지나친 호의를 베풀려고 했다. 행여 그것을 빌미로 무리한 요구를 해올까 싶어 그녀는 경계를 늦추지 않았다. 마쓰코가 계속 거절하자 장은 마침내 협상을 제의해왔다. 집을 자주 비우는 장을 대신해 집을 봐주는 대가로 집세를 덜어준다는 조건을 제시했던 것이다. 그제서야 마쓰코는 장의 집으로 이사를 한 것이다.

이미 한국에 와 있는 일본 사람들 중에는 미디어를 통해 친한파니 뭐니 하면서 한국인들의 입맛에 맞는 말만 해서 환심을 샀다가 어느 대목에서 냉정하게 비판하는 말 한마디 함으로써 몰매를 맞고 미디어를 떠나야 했던 사람들이 한둘이 아니었다. 아직 한국에 온 지 얼마 되지 않았고 한국의 매스컴을 접한 것도 오래되지 않은 마쓰코는 이런 현실을 거의 알지 못했다. 그녀는 우연히 그 프로 그램에 출연하게 되었을 뿐이었다.

그리고 마쓰코는 엄밀히 따지면 일본인도 아니었다. 그녀의 피는 절반이 한국인이었기 때문이다. 그녀는 그렇기 때문에 비교적 한일 간에 객관적인 발언을 할 수 있다고 생각했다. 하지만 한국 인이 보기에 그녀는 백 퍼센트 일본인이었다. 이번 일로 한국인의 일본인에 대한 뿌리 깊은 혐오와 경멸, 일본인의 한국인에 대한 경멸과 깔봄은 어느 한쪽도 결코 무너뜨릴 수 없는 벽을 확인했을 뿐이었다. 어떤 한국인은 그녀 말대로라면 일본인들은 자기 나라보다 경제적으로 낮은 위치에 있는 한국인에게서 도움 받는 것을 수치로 생각한다는 말이냐, 하며 부르르 떨었다. 어떤 한국인들은 그러게 봉급쟁이가 재벌 도와주는 꼴인데, 왜 기부 같은 걸 하냐면서 일본은 일본 혼자 일어서게 하면 된다고도 했다. 아이티가 재난을 입었을 때는 구호물자도 제대로 보내지도 않고 구경했으면서 가난뱅이보다 재벌에게 더 동정심을 느끼는 참, 대단한 인심들이라고 비아냥거리기도 했다.

점점 더 마쓰코와 일본에 대한 비난이 함께 들끓으면서 인도적 차원에서 코흘리개에게까지 성금을 걸어 천재지변을 당한 이웃 나라를 도와줬건만 은혜도 모르고 당장 교과서에 독도는 일본 땅이라고 주장하는 글을 싣는 일본이다, 일본에 지진이 일어난 것은 다 하늘이 내린 벌이다, 일본은 바다로 가라앉아라, 라고 저주를 퍼부었다. 네티즌들은 그녀에게 당장 일본으로 떠나라고 했으며, 아니 도망가라고 했으며, 도망가지 않고 뻔뻔하게 고개 들고 서울 거리를 걷는다면 언제 어느 때 누구 손에 맞아 죽을지 모른다고 했다.

네티즌들은 하루 사이에 마쓰코가 재일 교포라는 것을 알아냈다. 그러니 일본인도 아닌 주제에 일본인 행세를 한 것도 충분히 욕먹을 짓인 데다 더더구나 일본인의 입장에서 한국인의 호의를 무시하고 비난한 것이 되어버렸다. 그녀는 공식적인 입장에서 얘기한 것도 아닌데 한국과 일본 양쪽에서 그녀를 향해 맹렬한 폭격이 쏟아졌다.

그동안 한국의 네티즌들이 크고 작은 물의를 일으킨 연예인이나 일반인들을 초죽음 상태로 몰아가는 것을 지켜본 『산케이신문』에서는 한국의 네티즌을 가리켜 형태는 알 수 없지만 대단한 살상 능력을 지닌 괴물이라고 했다. 지속력은 없지만 일시적 파괴력은 대단한 네티즌들이라고 말이다.

〈미녀들이 사는 법〉이라는 프로그램에서 마쓰코는 1년 넘도록 대중의 절대적 사랑을 입어왔다. 대중에게서 사랑을 받을 때 그녀는 그것의 정체를 자세히 알고 싶어 했다. 단 한 번도 만나보지도 못한 사람들의 사랑이 어떤 경로로 그녀의 갈증을 해소시켜주는지 신기하기만 했다. 수많은 사람들의 사랑. 세는 것이 불가능한 사랑의 양적 힘인 것일까. 그 절대적인 질량에 대한 경외, 이미 내 손을 떠나 스스로 움직이는 거대한 대양의 물결 같은 것에 대한 경외, 그런 것일까. 그런 것은 내 작은 몸에 넘치도록 큰 것이기 때문에 감히 그것을 의심하는 것조차 스스로 허용하지 않았던 걸까.

그토록 넘치던 애정이 한순간에 썰물처럼 빠져나가고 하루 사이에 그 만큼의 거대한 비난으로 바뀌어 달려들자 마쓰코는 진정한 공포를 느꼈다. 후쿠시마를 강타한 지진과 쓰나미가 자신에게 달려든 것 같았다. 그녀는 습관적으로 인터넷에 접속했다가 수천수만의 비난 글과 댓글에 심장이 얼어붙어버렸다. 그녀는 자기 자신뿐만이 아니라 일본인 전체에 대한 분노를 불러일으킨 꼴이 되어버렸음을 깨달았다.

장은 문제의 그 프로그램이 방영되기 전날 아침에 출장을 떠나버렸다. 어김없이 마쓰코의 목을 조른 뒤였다. 장이 떠난 것도 모르고 마쓰코는 도코노마에 반쯤 걸쳐진 채 의식이 들어왔다, 나갔다 하며 아침나절을 보냈다. 잠깐 비가 그친 사이로 햇빛이 강하게 비쳐들었다. 사타구니에서 뜨거운 것이 뭉텅 쏟아지고 온몸을 쥐어뜯기는 통증에 그녀는 정신을 차렸다. 뜨거운 것이 빠져나가면서 오싹 오한이 들었다. 몸을 일으키는데 하반신에 아무 느낌이 없었다. 온몸이 만신창이가 되었다는 것을 깨달았다. 여기서 그만둬야 했다. 절대로 이 이상 계속되게 내버려둬서는 안 되었다. 상반신을 일으키다가 다시 쓰러졌다. 그녀의 다리 사이에 엄청난 핏덩어리가 고여 있었다. 다시 정신을 잃었다. 얼마나 시간이 지났는지 밖이 어두컴컴했고 거센 빗소리가 들렸다. 간신히 몸을 일으켜 울음을 삼키며 핏덩어리를 치우고 옷을 버리고 샤워를 했다. 따뜻한 욕조에 들어가자 다시 핏물이 번져 나왔다. 그녀는 또다시 까무룩 의식을 잃었다. 정신이 들었을 때는 이미 깊은 밤이었다. 음식을 먹어야 한다는 생각이 그녀를 일으켰다. 다행히 남은 밥이 있었다. 된장국과 밥에 눈물이 뚝뚝 떨어졌다. 장의 전화기는 꺼져 있었다. 장은 일과를 마치면 전화를 끄고 완전한 휴식으로 들어가는 습관이 있었다. 그녀는 메일을 보내려고 엉금엉금 기어 책상에 올라앉아 컴퓨터를 켰다. 첫눈에 〈미녀들이 사는 법〉 방영 소감이 올라오는 게시판이 눈에 들어왔다. 수많은 글 중 몇 글자도 읽을 수가 없었다. 하나하나 읽을 수 없었지만 한눈에도 그 많은 글들이 그녀를 비난하고 있다는 것을 알 수 있었다. 말실수를 저지른 작은 여자 하나의 목을 따겠다고 벼르는 사람이 수천이었다.

그녀는 온몸을 떨며 의자에서 스르르 미끄러져 주저앉았다. 한국과 일본 간의 과거에서부터 현재까지의 모든 문제가 그녀 때문에 벌어진 것처럼 그들은 몰아붙였다. 하긴 자기 집의 뒤뜰에 장애인 시설이나 쓰레기 소각장을 들일 수 없다며 폭력을 써서 이웃을 몰아내는 세상이 아닌가. 얼굴 맞대고 사는 이웃을 이익에 방해가 된다며 폭력을 쓰는 마당에 하물며 얼굴을 모르는 사람에게랴. 제발 이러지 말라며 자제를 당부하는 글 또한 수없이 많았지만 몰아치는 비난을 잠재우기에는 역부족이었다.

밤새도록 혼자서 열에 들뜬 채 두려움에 떨다가 그녀를 향해 쏟아지는 폭격처럼 장대비가 쏟아지는 이른 아침, 그녀는 열린마음 클리닉으로 달려갔다. 하혈은 멈췄고 몸을 추스르는 것보다 마음을 추스르는 게 더 급했다.

그날따라 닥터 정은 자꾸 입술을 빨며 그녀를 채근하는 게 왠지 불안정해 보였다. 마쓰코는 네티즌들에 대한 공포에 대해 얘기하고 있는데 닥터는 장에 대해서만 물어봤다.

—장, 네티즌, 아니 장, 그러니까 네티즌들요, 그 손에 내가 죽고 말 거예요. 어젯밤에도 목을 졸렸어요.

—장은 비 오는 날에만 목을 조르는 건가요?

—네? 무슨 말씀이세요? 네티즌들이 내 목을 조른다구요. 비 오는 날이라서가 아니구요. 요즘 장마잖아요. 일본보다 태풍이, 아니 장마가 심한 것 같아요.

—장은 당신의 공포에 대해 어떻게 생각하나요?

마쓰코는 아직 카우치에 눕고 싶지 않았지만 닥터 정이 카우치 옆에 앉아 누울 자리를 쓰다듬으며 부드러운 미소를 짓자 어쩐지 지금쯤 눕는 시간이 된 듯해서 엉거주춤 엉덩이를 내려놓고 옆으로 몸을 눕혔다. 그리고 눈을 내리깔자 닥터 정의 바지 앞섶이 보였다. 닥터 정이 의자를 끌어당겨 조금 더 바짝 다가앉았다. 마쓰코는 그가 다가앉는 속도에 따라 등을 굴려 똑바로 누웠다. 다른 때와 달리 닥터의 숨이 느껴질 정도였다. 마쓰코의 무의식 어딘가에선 조금쯤 께름칙한 기분을 느꼈을 테지만, 지금 마쓰코는 너무 다급한 상황이었다.

—저는 죽을 거예요. 자꾸 의식이 나가요. 까맣게 비워지는 시간이 하루에도 수십 번이라구요. 학교도 못 나가고 공부도 못 하고 있어요. 방학하면 곧바로 휴학을 하고 일본으로 돌아갈까 해요. 그

래야겠죠? 여기서 더 있다가는 저는 정말 죽고 말겠죠?

마쓰코에게로 몸을 숙이던 닥터 정은 순간적으로 멈칫하고 말문이 막힌 채 멍하니 마쓰코를 건너다보았다. 한참 대답을 못하다가 겨우 더듬더듬 말을 꺼냈다. 엉뚱한 말이 튀어나왔다.

―일본으로 돌아간다구요…… 장은 어떻게 하구요?

마치 나는 어떻게 하구요? 하고 묻는 것 같았다. 여기서 더 있다가는 저는 정말 죽고 말겠죠? 라는 절실한 물음은, 그녀가 떠난다는 현실, 그녀가 없다는 현실을 의미하므로 곧장 패닉 상태로 접어드는 닥터 정의 귀에 들어오지 않았다.

마쓰코는 닥터 정의 무의식 속에서 어떤 일이 벌어지고 있는지 전혀 짐작하지 못했다. 그럴 수밖에 없었다. 마쓰코는 피해자이며 자칫 한순간 죽임을 당할 수 있는 사람이므로 닥터의 마음이 어떤 변화를 일으키고 있는지 헤아릴 이유가 없었다. 그러니 닥터라고 해서 언제나 평정을 유지한 채 합리적이고 객관적인 판단만 하는 것은 아니라는 것을 마쓰코가 알지 못한 건 당연한 일이었다.

―수많은 사람들에게 사랑을 받다가 한순간 바로 그 사람들에게서 완전히 버려지고 죽임을 당하는 걸, 겪어보셨나요? 아니, 단 한 사람에게라도 그런 일을 당해보셨나요? 장이 문제가 아니에요. 아, 물론 장도 큰 문제죠. 장은 실제로 내 목을 조르고, 네티즌은 거대한 쓰나미가 되어 나를 덮치고 있어요. 내가 스스로 목을 매야 할 것만 같다구요.

닥터 정은 한참 동안 아무 말도 하지 못했다. 충격에 빠진 건 그녀가 아니라 닥터 정인 것 같았다. 닥터 정은 일본으로 떠나겠다는 말을 들은 뒤부터는 더 이상 그녀의 말에 귀를 기울일 수 없었다. 그는 진심으로 항상 환자 편에서 귀를 기울이는 사람이었다. 자기 이상으로 환자와 교감을 깊이 하는 사람은 드물다는, 어찌 보면 과신일 수도 있는 의식을 갖고 있는 사람이었다.

호흡을 가다듬는 닥터 정의 손이 가느다랗게 떨렸다. 떨리는 그 손은 마쓰코 가까이 놓여 있었다. 가까스로 말을 꺼낼 때 그 손이 살며시 카우치를 거머쥐었다.

―당신이 떠나면 장은 어떨 것 같은가요? 장이…… 견디지 못할 거 같지 않나요?

마쓰코는 무슨 소리냐는 듯 잠시 눈을 힐긋 돌려 닥터를 보고서는 곧바로 자기의 위급한 상황 속으로 되돌아갔다.

―장이 나를 죽이지 않아도 이대로 가면 며칠 못 가 죽고 말 거예요. 지금 몸이 너무 안 좋아요. 하지만 몸을 추스를 때까지 버티지를 못할 거 같아요. 지금 당장 비행기를 타고 부모님께로 돌아가야겠죠? 이센, 정말 하룻밤도…… 견딜 수가 없어요.

두려움으로 인한 긴장 상태가 심해서인지 마쓰코는 여느 때와 달리 잠이 들지 않았다. 계속 초조해하며 손으로 옷자락을 잡아 비틀고, 목에서 무언가를 떼어내려는 것처럼 자꾸 털어댔다.

닥터 정 또한 초조해졌다. 그녀가 떠나면 장이 어떤 상태가 될지 전혀 아랑곳하지 않는 마쓰코가 원망스러웠다. 나를 사랑에 빠뜨린 건 너잖아. 네가 나를 찾아오지 않았다면 나는 아무렇지도 않았을 텐데, 성욕에 눈멀어 여자의 목 따위를 졸라대는 변태가 되지 않았을 텐데, 나를 이렇게 파괴시켜놓고 나를 떠나 너 혼자 살아보겠다는 거야? 닥터 정은 계속해서 속으로 주절거렸다. 네가 나한테 어떤 의미인지, 네가 더 잘 알잖아? 넌 나에게 엄마이고, 애인이고, 그 모든 걸 포함한 성스러운 의미잖아?

하지만 그녀가 이렇게 긴장해서 잠이 들지 못하니 작전상 후퇴다.

—그 누구도 당신을 해치지 못해요. 아무도, 아무도 당신을 해치지 못해요.

마쓰코의 어깨를 가만히 다독거렸다. 다독다독다독다독…….그녀가 초조하게 놀리던 손을 깍지 끼어 가만히 배 위에 얹었다. 일정한 리듬으로 빗소리가 들려오고 시계 초침이 빗소리와 리듬을 같이하고, 정의 다독임도 리듬을 같이했다. 따스한 카우치에 누워 발치에 내리는 따스한 불빛을 바라보던 마쓰코의 눈이 스르르 감겼다.

마쓰코의 눈이 감기다가 미간이 꿈틀 찡그려졌다. 입술 끝도 일그러졌다. 편안하게 잠이 든 것이 아니었다. 닥터 정은 그것을 보자, 순간적으로 분노가 치밀었다. 나를 믿지 못하는 거냐, 내 품에서 편히 잠들 수 없다는 거냐, 너에게 나는 무엇이었냐, 너는 그저 네 불감증을 치료하는 방편으로 삼은 것이란 말이냐, 네가 나에게 죽임을 당할지도 모른다고? 푸하하. 이렇게 되면 내가 너에게 죽는 것이나 다를 게 뭐냐, 정말 한번 죽어볼 테냐? 장의 입장이 되어버린 정의 고삐 풀린 의식은 이제 맥락도 없이 제멋대로 비약했다.

닥터 정의 뺨이 잔인하게 굳었다. 부드럽게 미소 짓느라 눈가에 잡혔던 주름이 뻣뻣해지더니 싸늘하게 식었고 다음 순간 뱀 같은 차가움이 번쩍 빛났다. 닥터 정의 두 손이 마쓰코의 목을 향해 뻗었다. 손아귀에 한가득 칼라를 쥔 것 같았다.

간혹 피해자와 동일시를 쉽게 하는 사람 중에 피암시성이 강한 사람이 있다. 피암시성은 일정한 방향성을 가진 게 아니라서 보통 피해자와 동일시하곤 하다가도 정반대로 방향을 틀어버릴 수 있다. 환자와 갈등 관계에 있는 사람을 자기 자신으로 착각해버리는 것이다. 언제나 피해자의 입장에 있다고 호소하는 내담자와 깊이 교감하던 닥터 역시 한 번만이라도 상처를 주는 입장이 되어보고 싶은, 잔인하고 냉정한 사람이 되어보고 싶은 무의식의 소원에 따라 자기도 모르게 입장을 뒤바꿔버렸다. 마쓰코에 대한 증오가 치밀어 올라 어쩔 줄 몰랐다.

—난 너 같은 여자들이 싹 다 없어졌으면 좋겠어. 사랑을 줄 듯하다가 언제 그랬냐는 듯이 차갑게 돌아서지. 사랑을 애처롭게 기대하던 남자는 느닷없이 뒤통수를 맞는 거야. 다 쏟아부어서, 너 없인 하루도 살 수 없을 때에, 넌 냉정하게 말하지. 우린 아무것도 아니었다고, 당신에게서는 아무것도 얻을 게 없다고. 하! 다른 아무것도 바라지 않고 오직 너의 사랑만을 애타게 기다리는 사람에게 너는! 너는! 우리 사인 아무것도 아니라고 말하지! 네가 그렇게 도망치고 나면 나는 어떻게 될지 전혀 생각지도 않지!

평소와 다르게 마쓰코와 함께 잠에 빠지지 않았던 닥터 정은 분명하게 인지하고 있었다. 자기가 마쓰코의 목을 조르고 있다는 것을. 마쓰코가 눈살을 찌푸리다가 배 위에 얹고 있던 손을 스르르 들어 올려 그의 손을 풀려고 했으나 손에 힘이 주어지지 않아 그러쥐고 있을 뿐, 손톱자국을 낼 만큼은 되지 않는다는 것을. 그는 마쓰코의 얼굴을 뚫어지게 노려보며 점점 손아귀에 힘을 주었다. 검지에 힘차게 뛰는, 점차 더 힘차게 뛰어오르는 경동맥이 만져졌다. 마쓰코의 입이 벌어지고 눈꺼풀이 치켜 올라가 흰자위가 드러나기 시작했다. 다리가 오그라들고 등이 긴장하여 휘기 시작했다. 그러나 의식은 돌아오지 않았다.

선뜩한 기운을 느끼고 닥터가 화들짝 놀라 손을 뗐다. 마쓰코의 새하얀 목에 붉은 줄이 남아 있었다. 그는 정신이 번쩍 들어 그녀의 목덜미를 마구 문질렀다. 그녀는 숨을 쉬지도 얼굴에 표정이 돌지도 않았다. 가슴을 덥석 잡고 흔들어보아도 아무 변화가 없었다. 닥터는 두 손을 교차시켜 심장 위에서 짧고 탄력 있게 팍! 압력을 가했다. 네 번 압박하고 코를 쥐고 목 뒤를 받쳐 기도를 열고 길게 숨을 불어넣었다. 다시 심장을 다섯 번 압박하고 숨을 불어넣었다. 아무 변화가 없었다. 닥터는 머리로 피가 확 쏠리는 것을 느꼈다. 머리가 온통 화다닥화다닥 타올랐다. 미친 듯이 빠르게 심장을 압박했다. 가슴이 들썩이는 게 확연히 보일 정도로 숨을 가득 불어넣었다. 그리고 양쪽 뺨을 톡톡 두드렸다. 갑자기 화가 확 치밀어서 뺨을 후려 갈겨버렸다. 그녀가 긴 숨을 내쉬었다.

카우치에 널브러진 마쓰코는 마치 생기가 다 빠져나간 칠십 노인네 같았다. 가냘팠지만 물기를 머금어 미려한 윤기가 감돌던 피부가 바람 빠진 것처럼 쪼그라들어버렸다. 한눈에 버려진 여자, 라는 느낌이 확 몰려왔다. 닥터 정은 너무나 가슴이 아팠다. 아니, 가슴이 아프기 전에 자기가 치료받아야 할 사람이라는 것을 깨달았다. 그리고 그것을 깨닫기 전에 그건 이미 오래전에 알고 있던 사실이며 선배로부터 치료를 권유받은 적이 있었다는 것을 떠올렸다. 그는 당분간 병원 문을 닫고 쉬고 싶었다. 쉬면서 선배에게 이 모든 사실을 털어놓고 치료를 받아야겠다고 마음먹었다. 마쓰코가 했던 말을 그가 중얼거렸다. 더 이상은 안 돼요. 더 길게 가면 우린 서로를 죽일 거예요.

마쓰코는 여느 때와 달리 한참을 몸을 가누지 못했다. 건강이 너무 상했나 보다고, 시간을 끌어 미안하다고 고개를 숙여 사과했다. 닥터 정이 커피를 내려주며 괜찮다고 손을 저었다. 그녀는 커피를 마시며 정신을 차리려 애를 썼다. 조금 힘이 생기자 옷매무새를 단정히 고치고 스커트를 손바닥으로 쓸어서 폈다. 그리고 허리를 곧추세우고 일어나 공손하게 인사를 하고 진료실을 나왔다. 그녀가 손잡이를 잡을 때에야 닥터 정은 아아, 아, 이런 소리를 내며 뒤따라 일어섰다. 그녀는 뒤도 돌아보지 않고 문을 닫았다.

아무도 그녀에 대해 진심으로 걱정하지 않았다. 그녀를 돌볼 수 있는 사람은 그녀 자신뿐이었다. 그녀는 장과 닥터와 네티즌의 파괴를 피해서 도망가야 했다. 그러나 예전의 그녀로 돌아갈 수는 없었다. 병원에서 집으로 돌아오는 버스 안에서의 두 시간 동안 그녀는 그때까지의 자기 자신과 결별했다. 그녀는 너무 야위어서, 피를 쏟아내서 한 줌밖에 안 되는 허리를 곧추세우고 버스에서 내렸다. 사요나라. 모든 것에서 사요나라. 내 목숨을 걸고 사요나라.

#

'생명은 방탕하다. 생명은 헤프다. 여자의 몸속의 난자들은 한 여자, 한 남자가 되기 위해 매일 무수히 죽어간다. 태아기에만 최대 600~700만 개의 난자가 죽어간다. 사춘기 무렵에는 40만 개의 난자들만 남아 있다. 난자들의 세포 자살을 아는가. 세포가 지닌 본래의 프로그램을 통해 세포들은 깨끗이 파괴된다. 난자는 단순히 죽는 게 아니라 자살한다. 그들의 막이 세찬 바람에 펄럭이는 속치마처럼 헝클어지면서 산산조각 난다. 그리고 그 조각들은 이웃 세포들 속으로 흡수된다. 멜로드라마까지는 아니어도 우아하게 스스로 떠남으로써, 그 희생적인 난자들은 자매들이 부화실을 널찍이 쓰게 해준다. 난자는 팽팽하게 빛을 반사하며 마지막으로 잠깐 반짝였다가 펑! 하고 터지는 비누 거품처럼 흩어진다. 태아기에 그녀의 난소에서는 금방 만들어진 신선한 난자들이 매일 몇만 개씩 터져나갔다. 그녀가 태어날 때쯤이면 난자는 그녀 몸에서 가장 희귀한 세포가 될 것이라고 나는 생각했다.'*

---

*『여자, 그 내밀한 지리학』, 나탈리 앤지어 지음, 이한음 옮김, 문예출판사, 2003.

그녀는 이런 글을 읽을 수 있었던 지난 며칠이 있어서 그나마 다행이라고 생각했다. 그녀의 아기는 또 다른 아기를 위해 자리를 비웠다. 마지막으로 잠깐 반짝였다가 펑! 하고 사라진 아기를 생각했다. 아기는 사산되면서 그녀를 살려주었다. 아기의 죽음과 자신의 생명을 맞바꾸었다는 것을 깨달았다. 그녀는 남은 아기들을 지켜야만 했다. 이 파괴적 욕망으로부터 벗어나야만 했고 그러려면 장을 떠나는 것이 먼저가 되어야 했다.

그녀의 몸은 아직 완전히 파괴되지 않았다. 그녀 자신의 깊은 동굴 속에서 은신하며 몸과 마음을 추스르기로 했다. 얼마 전 나가사키에서 한 남자의 집 벽장에서 남자가 전혀 모르는 웬 여자가 1년이 넘게 살았다던 뉴스가 기억났다. 그 여자가 숨어 있었다던 벽장이 생각났고 그녀 역시 엄마의 잔소리를 피해 숱하게 들어가 숨어 있던 벽장이 생각났다. 일본식 벽장 오시이레는 보통 깊숙하고 2층으로 나뉘어 있다. 아래 칸과 위 칸을 용도별로 나누어 쓰기도 하지만 대체로 위아래로 이불을 넣어두는 용도로 쓰곤 한다. 요즘 아파트를 지을 때 한쪽 벽을 파고 들여놓는 붙박이장을 생각하면 되는데 오시이레는 그보다 폭도 깊이도 넓은 편이다. 미닫이문 두 쪽으로 되어 있는 경우와 한쪽은 벽에 묻혀서 열리는 쪽 문만 하나 있기도 한데 주로 한쪽만 열게 되었다.

그녀의 어머니는 살림에는 젬병이라 오시이레 깊숙이 무얼 넣어두면 곧 잊어먹고 찾아내지 못하곤 했다. 위 칸에는 손에 쉽게 잡혀야 하는 물건들, 예컨대 머리 고데기와 롤, 용도별 가방들, 수영

용품, 크고 작은 모자들, 심지어는 마른 홍합 봉지와 콩가루 봉지, 미역 봉지가 무질서하게 엉켜 있었고 그 안쪽으로는 오래된 이불이 밀쳐져 있어서 묵은 솜 냄새가 났다. 아래층에는 평범하게 이불을 넣어두었다. 그녀는 바로 그 위 칸의 안쪽 오래된 솜이불 속으로 파고들어가 이불을 적당히 펴고 반듯이 드러누웠다.

불빛이라곤 전혀 없이 지극히 깜깜한 그 작은 공간은 그녀를 아늑히 안아주는 느낌이었다. 그곳에 숨으면 잠이 아주 잘 왔다. 상당히 높은 위치였지만 그녀는 그 높이가 딱 좋다는 생각을 자주 했다. 바닥에서 붕 떠 있는 느낌이 좋았다. 왠지 다른 사람은 절대로 이런 짓은 하지 않을 거라는 생각이 들어서 더 편안히 잠이 들었던 것 같았다. 아래 칸에서는 문을 빼꼼히 열어놓고 이불 위에 배를 깔고 엎드려 엄마 몰래 분유를 먹으며 책을 읽곤 했다. 그 작은 공간은 곧 분유의 달콤하고 끈끈한 향기로 가득 찼다.

그녀가 숨어드는 벽장이 있는 방은 한갓진 구석방이었다. 언젠가 〈조제, 호랑이 그리고 물고기들〉이라는 영화를 보았을 때, 그때까지만 해도 전혀 생각해본 적이 없었지만, 아, 나와 똑같은 취미를 가진 여자애가 있구나, 라는 생각을 했고 벽장 속에서 책을 읽는 여자는 저 여자와 나 말고도 상당히 많을 것이란 추측을 했었다. 하지만 실제로 그런 여자를 만난 적은 없었다. 그런데 나가사키에서 벽장에 숨어 살았던 여자를 알게 된 것이었다.

그녀는 지금 바로 그런 공간이 필요했다. 번개와 천둥이 몰아치는 늦은 밤, 그녀는 장의 집 문을 열고 들어갔다. 마침 번개가 번쩍 내리 꽂히며 장의 마당을 하얗게 비춰 낯설면서도 친숙한 공간으로 길이 열렸다. 그녀는 장이 집을 비우는 동안 아무에게도 열린 적이 없는 방을 하나 알게 되었다.

그 방으로 꺾어드는 복도는 갑작스레 좁아졌다. 거칠거칠한 마루를 발소리 없이 걸어 미닫이문 앞에 섰다. 깊은 바닷속처럼 고요했다. 문을 열자 오래된 다다미 냄새가 확 풍겨왔다. 마쓰코는 깜짝 놀랐다. 별안간 어릴 때 잠깐 살았던 미나미 삿포로의 집이 떠올랐다. 다시는 갈 일이 없을 거라 생각했던 집이었다. 오래된 집이라 다다미 아래 도코를 짚으로 했는지 짚이 썩는 냄새가 났다. 어째서 한옥에 이 방만 다다미가 깔려 있을까, 문간방에 들여놓은 생뚱맞은 도코노마와의 연관은 없을까, 하는 의문이 찰나 스쳤지만 아무것도 생각을 할 수 없었다. 마쓰코는 살며시 방 안으로 발을 내디뎠다. 오래도록 관리를 못 해 가실가실한 맛이 없이 눅눅했지만 발꿈치가 살짝 내려앉는 다다미 특유의 감촉에 그녀는 발을 딛자마자 모든 긴장이 풀려 폭 고꾸라져버렸다. 오랜 세월 동안 발효하고 있던 짚이 그녀를 따스하게 삼싸 안았다. 깊이깊이 가라앉았다. 바로 그곳이 그녀가 태어난 자리인 양.

그녀가 죽음만큼 깊은 잠이 든 사이에 배꽃이 분분히 흩날렸다. 어둡고 축축했던 장의 마당이 새하얀 배꽃으로 뒤덮였다. 회색 기왓장 위에도, 담장 위에도, 문지방 위에도, 창턱에도. 새하얗게 뒤덮였던 배꽃이 누렇게 시들며 땅에 녹아들었고 땅은 더욱 기름져갔다. 꽃이 떨어진 자리에선 작은 열매가 송골송골 맺혔다. 그녀

가 잠을 자며 상처 입은 세포를 회복시키는 동안 달콤한 배가 익어
갔다.

창백하게 식어 있던 엄지발가락이 움찔 떨었다. 나머지 발가
락들도 파르르 떨더니 간질간질 피가 돌기 시작했다. 발가락이 부
챗살처럼 좌악 펼쳐지며 기지개를 켰다. 그녀는 두 발을 들어 맞비
비고 뒤꿈치를 밀어 쭉 뻗고는 일어나 앉았다. 애타게 그녀를 부르
는 장의 목소리가 들렸다. 그녀는 목소리를 따라 문을 열고 뛰쳐나
가려다 우뚝 멈춰 섰다. 그녀의 내부에서 사요나라, 라고 뇌는 목소
리가 장의 목소리를 덮었다. 뒤돌아서 어둑시근한 방 안을 둘러보
았다.

미닫이의 반대편에 도코노마가 있었고 벽에는 그림과 바탕이
모두 갈색으로 변색되었지만 한눈에 보기에도 일본 그림이 아닌
족자가 하나 늘어진 채 걸려 있었으며 그 아래에 넓적한 사발이 있
었다. 옹색하게나마 그것을 화기로 삼았던 모양이다. 무릎걸음으
로 도코노마에 다가갔다. 사발 속에 작은 침봉이 놓여 있고 침 끝이
간신히 보일 정도의 흙가루가 담겨 있었다. 순간적으로 명치를 밀
어 올리며 슬픔이 가득 차올랐다. 마치 그녀가 꽂아둔 꽃이 오랜 세
월에 흙가루가 되었고 그 긴 세월 뒤에 깨어난 것 같았다. 그녀의
엉덩이로 더럽혔던 그곳이 이렇게 퇴색하여 남아 있는 듯했다. 당
장 뛰어가 장의 무릎 위에 올라앉고 싶은 욕망을 느끼자마자 그녀
의 엉덩이가 맑은 물을 흘리며 방탕하게 벌어지려 했다. 그녀는 호

흡을 멈추고 괄약근을 꼭 조였다. 복도 끝에서 장의 한숨 소리가 들리는 것 같더니 점차 멀어지고 마침내 완전히 사라졌다. 복도는 예전처럼 텅 비어 부연 먼지만이 부슬부슬 떠다녔다.

앞으로 어떻게 할 것인지 방 한가운데 앉아 생각을 좀 해보려는데 맞은편에 벽장이 보였다. 이 방은 무슨 사연인지 모든 것이 일본식이었다. 벽장의 손잡이도 동그랗게 파인 전형적인 일본식 오시이레였다. 벽장문을 열자마자 마쓰코는 아! 하고 숨을 쏟아냈다. 2층으로 나뉜 선반 위에 뚜껑 있는 고리버들 바구니가 큰 것 작은 것 첩첩이 쌓여 있었다. 망설이다가 그중 하나를 손끝으로 건드려보았다. 바구니가 쉽게 움직이지 않는 것으로 보아 안에 물건이 들어 있는 게 틀림없었다. 꺼내기 좋게 왼쪽 끝자리의 중간 것을 빼냈다. 생각보다 가벼웠다. 바구니를 내려 자리에 쪼그리고 앉았다. 조심스레 뚜껑을 열었다. 커다란 무쇠 가위가 맨 위에 얹혀 있었고, 목 칼라가 보이도록 반듯하게 접힌 윗도리와 동그랗게 말린 굵은 실 뭉치가 놓여 있었다. 윗도리를 들어 펼쳐보았다. 옅은 회색 줄무늬가 있는 소년의 셔츠였다. 팔 뒤꿈치가 닳아 구멍이 나 있었다. 다른 쪽은 실로 꿰맨 구멍이 메워져 있는 것을 보니 아마도 나머지 한쪽을 꿰매려다 무슨 사정으로 그만둔 것 같았다. 마쓰코는 셔츠를 적당히 접어 도로 넣었다.

그 상자 위에 있던 상자를 내렸다. 그건 양말을 조각내놓은 것, 자투리 옷감, 실 뭉치, 단추를 모아놓은 작은 상자, 삭아 내린 고무줄 다발 등이 들어 있는 반짇고리였다. 옆으로 가서 아무거나 중간의 것을 빼냈다. 이건 상당히 무거웠다. 위에 얹힌 바구니도 무거워서 한 손으로 들추고 한 손으로 빼내기 어려울 정도였지만 손목에 힘을 주고 가슴으로 받히고는 끌어냈다. 여긴 뭔가 있을 거 같다는 기대를 품고 뚜껑을 열었다. 아! 흑백 사진들이 여남은 장 놓여 있었다. 사진 아래쪽에는 노트 같은, 책 같은 것들이 보였다. 그녀는 떨리는 손으로 사진을 집어 들었다. 기모노를 입은 자그마한 여인이 맨 먼저 눈에 들어왔다. 옆에는 작은 소년이 여인의 손을 잡고 한쪽 손을 허리에 얹은 채 두 다리를 쩍 벌리고 서서 이쪽을 쏘아보고 있었다. 여인의 기모노는 할머니에게서 자주 보던 검정색이 날아간 대나무 무늬였다.

다른 사진을 집어 들었다. 기모노를 입은 사진은 그거 하나뿐이었다. 여인은 블라우스에 치마 차림의 평상복을 입고 아기를 안고 있었다. 여인의 입가에 미소가 보였다. 품에 안은 아이가 점점 자랐지만 배경은 그다지 달라지지 않았다. 사진이 작은 데다 여인이 몸으로 가려서 잘 안 보이지만 아기 때는 다른 방인 것 같은데 소년이 된 무렵에는 분명 이 방 안인 것 같았고, 기껏해야 마당이었을 것 같고, 여인은 대부분 의자에 앉아 있었다. 사진 아래의 노트를 꺼냈다. 표지에는 아무것도 적혀 있지 않았다. 주르륵 넘겼다. 어린아이의 글씨 연습장이었다. 어떤 책을 보고 옮겨 쓰며 글씨와 문장을 연습한 것 같았다. 그런 노트가 대여섯 권 들어 있었다. 특이한 것은 한글과 일본어가 각각의 노트에 따로따로 쓰여 있었다는 점이었다. 이곳엔 일본 사람이 살았던 것이 틀림없었다. 그리고 이 여인이 일본 사람인 것이 분명했다. 누구인지는 알 수 없지만.

마쓰코는 다 꺼낼 필요는 없는 것 같아서 다른 상자를 뚜껑만 열고 들춰보았다. 봄 여름 겨울용으로 잘 구분되어 담겨 있는 소년의 옷가지와 여인의 옷가지들. 단 한 벌의 이불과 요. 그리고 하나는 크고 하나는 작은 베개 두 개. 이불과 베개를 가만히 쓸어보았다. 어린 소년을 꼭 끌어안고 체온을 나누며 잠이 들었을 추운 겨울이 떠올랐다. 아래층에는 살림살이가 빼곡히 들어차 있었다. 식기였음이 분명한 크고 작은 사기그릇들, 소쿠리, 아마도 식수가 담겨 있었을 작은 항아리와 작은 솥과 곤로, 작은 석유통, 곤로의 심까지. 방 한쪽 면을 차지하고 있어 제법 큰 이 벽장에는 두 사람이 소박하게 살아가는 데 필요했을 거의 모든 물건들이 차곡차곡 쟁여 있었다. 마쓰코는 벽장에서 물러나 다시 바닥에 앉아 사진을 들여다보았다. 뭐니 뭐니 해도 사진 만큼 정보가 풍부하게 담긴 게 없을 터였다.

이 여인은 누구였기에 이곳에서 유폐된 생활을 했을까. 이 소년은…… 장인 걸까? 뚫어지게 들여다보니 소년의 얼굴과 지금 장의 얼굴이 겹쳐졌다. 아직은 소년답게 동그란 얼굴이지만 미래에 그렇게 변할 조짐이 보이는 유난히 강한 콧등과 쏘아보는 듯한 눈동자, 자신만만하다 못해 건방져 보이는 자세가 더욱.

그녀는 상자를 다시 올려놓다가 이상한 것을 보았다. 선반의 왼쪽은 물건을 안 쌓고 여유 있게 비워두었는데 왼쪽 벽에 손잡이가 달려 있었다. 가운데 반은 선반이 가로지르고 있어서 잘 몰랐는데 아래층 앞쪽으로 동그란 손잡이가 손에 걸린 것이다. 희미한 바람이 새어 들어오는 게 느껴졌다. 그녀는 손잡이를 밀었다. 덜컹거렸다. 고개를 숙여 아래층 안으로 몸을 넣고 한 번에 힘주어 세게 밀었다.

덜컹! 빗기 묻은 바람이 밀려들었다. 몸을 잔뜩 구부리고 문밖으로 목을 쭉 뺐다. 뒤뜰이었다. 아니, 뒤뜰이라기보다는 뒷담이었다. 사람이 오고 갈 정도의 사이를 두고 뒷담이 있었고 뒷담 앞으로 오죽이 조르르 심겨 축축하게 젖어 있었다. 빛이 들지 않아 항상 축축한지 담장 아래와 오죽이 심긴 흙 위로 푸른 이끼가 끼어 있었다. 아주 오랫동안 아무도 밟은 적이 없는 게 분명했다. 촉촉한 흙이 몹시 부드럽고 둥싯둥싯하게 부풀어 있었다. 그녀는 맨발을 내딛었다. 물기에 젖은 매끄럽고 차진 흙이 발가락 사이로 살큰 밀려들었다. 밑동이 거뭇거뭇한 대나무 틈으로 작은 문이 있었다. 문고리를 잡아보고 그녀는 잠시 가슴을 가라앉혔다. 누군가가 여기 거의 숨어 있다시피 살았고, 작은 몸 하나가 간신히 들락거릴 수 있는 작은 문이 그 누군가를 아주 몰래 내보내고 들여보냈을 것이었다. 그 누군가는 누구였을까?

그녀는 여기 머물기로 했다. 이곳은 그 어느 곳보다 익숙했다. 구조는 일본식이되 내용물은 한국식이었다. 단 한 벌뿐인 요와 이불을 내려서 그 속에 들어가 눕자 다시 의식을 잃었다. 이번에는 누군가의 품에 안긴 듯 몹시도 평화로운 졸도였다.

그녀가 눈을 뜨고 맨 처음 한 일은 도코노마에 칼라를 한 줄기 꽂은 것이었다. 자신만만하고 세련된, 자기 관리를 완벽히 해내는 전문직 여성 같은 분위기의 칼라를 보니 기운이 솟았다. 지금까지처럼 남의 손에 죽어 나가는 수동적인 여성의 삶은 때려치워야 했다.

일본 역사를 전공했던 마쓰코는 한국사를 공부하기로 마음먹었다. 일본 역사에서 누락되었던 부분은 한국사에서 채워질 수 있을지도 모른다. 한국사 역시 마찬가지로 일본의 역사 자료에서 도움을 받을 수 있을 것이다. 뿌리가 같은 사람이지만 아닌 척하고 살아온 사람들이 얼마나 많을까, 마쓰코는 자기만이 할 수 있는 일을 깨달았다. 그녀는 역사의 누락된 틈에 자기 몸을 끼워 넣을 것이었다. 그녀의 몸 하나에 수많은 인간들이 담겨있었다.

이따금 장의 체취가 완벽히 사라지곤 했다. 장이 집에서 물러나면 마쓰코가 집을 차지했다. 그녀가 좁은 복도 저 끝에서 한 걸음 한 걸음 걸어 나오면 복도 끝부터 공기의 질감이 달라지기 시작했다. 그러면 색채가 달라지기 시작하고 점차 달라진 색채가 마침내 온 물체에 번졌나. 마치 북쪽에서 고기압이 밀려올 때면 푸른 하늘과 건조한 공기와 노랗고 붉은 잎사귀들을 몰고 오는 것처럼. 그것들이 온 세상을 바꿔놓는 것처럼 마쓰코는 작은 세상을 바꿔놓았다. 언젠가는 장을 전혀 다른 색채로 물들일 것을 믿었다.

집으로 돌아오면 장은 언제나 새로운 세상으로 진입하는 기분이었다. 수없이 세트를 바꾸는 방송국에서도 작은 세트 하나 완벽히 색다르게 만들기 위해서는 공사 현장을 방불케 하는 작업이 벌어져야 한다. 그런데 그의 집은 손 하나 까딱 안 했는데도 2~3일 사이에 감쪽같이 변신해 있었다. 분명, 마법이 지배하는 집이라는 게 그의 판단이었다.

그런데 언제부터인가 마쓰코의 마법은 제동이 걸리기 시작했다. 마쓰코는 낯선 여자가 장의 문간방에 자리를 잡았으며 그 낯선 여자의 마법과 충돌하기 때문이라는 것을 알게 되었다. 낯선 여자의 마법은 그러나, 마쓰코의 마법과 완전히 다른 것은 아니었다. 마쓰코가 대륙성 고기압이라면 낯선 여자는 아열대성 고기압과 같았다. 그래서 차디찬 혹한으로 몰려갈 우려가 있는 마쓰코의 고기압은 적당히 따스해지고 적당한 습기를 머금어서 라임 색깔을 라임 오렌지 색깔로 만들었다. 마쓰코는 낯선 여자가 다녀간 뒤에 라임오렌지로 바뀐 장의 집을 보며 라임오렌지색으로 물든 게 훨씬 보기 좋다는 것을 인정했다. 보기 좋다기보다, 어쩌면 라임오렌지로 바뀌어야 할 것이 마쓰코 혼자로는 부족해서 라임이 되었던 것인 게 아닌가 싶었다. 장을 사랑하는 낯선 여자가 부족한 부분을 메웠던 거라고, 그녀 혼자 힘으로는 장의 파괴적 힘을 바꿀 수 없었던 거라고, 마쓰코는 생각했다.

이상하게도 오늘은 그 여자의 마법이 힘을 못 쓴다 싶고, 또 평소보다 너무 일찍 풀린다 싶어 복도로 살금살금 나와보았다. 장이 허겁지겁 밖으로 뛰쳐나가는 것이 보였다. 불길한 예감에 마쓰코는 활짝 열린 방으로 들어갔다. 아니나 다를까, 낯선 여자가 의식을 잃고 새하얀 양털 가죽 위에 알몸으로 널브러져 있었다. 어떻게 된 것인지 순식간에 상황을 파악했다. 생각하고 말 것도 없이 양털 가죽째 질질 끌고 구석방으로 낯선 여자를 데려갔다. 방까지 끌고 가자 힘에 부쳐 그만 여자를 다다미 위에 굴려버리고 말았다. 여자가 한 바퀴 구르다 고개를 옆으로 꺾은 채 멈췄다. 마쓰코가 크게 놀라 여자를 마구 흔들었는데 그 서슬에 여자가 숨을 크게 토해냈다. 마쓰코는 안도하며 두 손을 가슴에 얹다 말고 황급히 양털을 주워 들고 나가 장의 방에 가져다 놓았다.

그녀는 여자를 요 위에 반듯이 눕히고 이불을 덮어주었다. 그리고 머리맡에 앉아 가만히 내려다보았다. 손과 다리를 좀 주물러줄까 하는데, 여자의 입술에 분홍빛이 어리더니 파릇 떨렸다. 눈을 뜨면 먹이려고 따뜻한 물을 준비했지만 여자는 깊은 잠에 빠져든 것 같았다. 아마 여자 역시 그녀가 통과했던 동굴을 지나는 중일 게다. 오도카니 앉아 간간이 이마를 짚어보는 마쓰코와 진땀을 흘리는 여자를 덮고 어둠이 깊어졌다. 마쓰코도 여자 머리맡에 스르르 드러누웠다.

마쓰코는 깊은 물속으로 가라앉았다. 머리카락이 얼굴을 휘감고 위로 치솟았다. 목이 점점 죄어왔다. 더 이상 참을 수 없어서 숨을 크게 들이쉬었다. 물이 코와 입속으로 밀려들어오고 눈이 터져나가는 것 같았다. 그녀는 의식을 잃었다.

며칠이 지났을까. 복도의 작은 창과 미닫이문을 투과한 햇빛이 그녀들의 얼굴에 아른거렸다. 그녀들은 동시에 눈을 떴다. 마쓰코는 숨을 크게 들이마시고 몸을 일으키다가 빳빳한 목덜미 때문에 간신히 머리를 들었다.

금발의 여자가 일어나자 마쓰코는 곤로에 작은 솥을 얹고 석유통 앞의 레버를 돌려 심을 올렸다. 심이 적당히 올라오자 불을 붙였다. 이걸 사용하는 방법을 익히느라 손에 기름칠 좀 해야 했었다. 석유 냄새가 아릿하게 콧속으로 파고들었다. 미음이 보글보글 끓어올랐다. 계란을 하나 터뜨려 넣고 간장과 참기름을 떨어뜨렸다. 다시 한 번 보글보글 끓어오르자 사발에 덜어 담아 숟가락으로 휘휘 저어 한 김 식혀서 마르셀에게 건네주었다. 이건 마쓰코가 감기에 걸려 편도선이 잔뜩 부었을 때 엄마가 해주던 라이스 스프였다. 일본 사람들은 해먹지 않는 것이었지만 엄마는 외할머니가 해주던 것이었다고 했다. 마르셀은 마쓰코가 만들어준 옅은 갈색의 걸쭉한 스프를 한 스푼 한 스푼 떠 넣었다.

마르셀은 한국어를 잘하지 못했고 마쓰코는 영어나 프랑스어를 잘하지 못했다. 둘이서 그나마 통하는 언어라고는 한국어뿐이었기 때문에 짧은 대화를 나눌 수밖에 없었지만 굳이 무엇을 억지로 말할 필요도 없었다. 그녀들은 서로가 비슷한 죽음을 겪었다는 것을 알았고 그것으로 충분했다. 이제 살아났고 살아났다는 것만이 중요했다.

두 사람은 장에 대해서는 전혀 입에 올리지 않았다. 다만 이런 말은 더듬거리며 몇 번 시도했다.

—당신이 궁금했어요.

—나를 궁금해해요? 내가 여기 있는 것을 알았나요?

—아무도 없지만, 누군가 이 집에 있다는 것을 분명히 알았어요. 내 귀에 바짝 대고 나를 부르는 당신의 목소리를 들었어요.

—그랬군요. 나도 언제나 당신의 존재를 느꼈어요.

그녀들은 마주 보고 빙그레 웃었다.

마음을 먹고 정신을 차린 마르셀은 떠나겠다는 의사를 전했다.

—고마웠어요. 이제 그만 가야겠어요.

—갈 곳은 있나요?

—프랑스로 돌아가겠어요. 외할머니 집에 갈 거예요.

마쓰코가 고개를 끄덕였다.

—외할머니 집에 엄마의 물건들이 있어요. 외할머니와 함께 지낸 뒤에 또다시 생각해봐야죠.

마르셀은 장이 집을 비운 사이에 문간방에 들어갔다. 그 방에 들어서자 그녀 몸에 지니고 혹은 걸치고 몇 개국을 다녔던 그 모든 소지품들이 낯설기만 했다. 마치 남의 방에 몰래 들어온 기분이었다. 거기 있는 모든 것은 전혀 모르는 것들이었다. 행여 지문이라도 남길세라 남의 물건을 뒤지듯 손기락 끝으로 가방 덮개를 들춰서 여권만 꺼냈다. 여권을 손에 쥐자 뒤돌아보지도 않고 재빨리 방을 빠져나왔다.

마쓰코는 마르셀이 대나무 사이의 작은 문을 열고 나간 뒤 밖에서 꼭 밀어 닫는 것을 보고 돌아섰다. 자기를 떠나보낸 것 같은 허탈함이 밀려왔다. 그녀는 까다로운 엄마를 보듬어 안은 아빠가 생각났고, 오타루에 가야 할 때가 다가왔다는 생각이 들었다.

마쓰코는 한국 근대사와 동양사 교재와 어제 투썸플레이스 구석에서 작성한 과제 파일을 가방에 챙겨 넣고 노트북을 켰다. 쌍둥이 자매가 보낸 메일을 먼저 열었다. 쌍둥이 자매는 지난겨울 강남의 N 호텔에 견습생으로 들어가서 하루하루 호된 훈련을 받고 있었는데 그 바쁜 틈을 쪼개 종종 실습하고 있는 요리를 사진 찍어 보내고 있었다. 그녀들은 지금은 결혼식이나 돌잔치용 뷔페 요리를 담당하고 있지만, 쉬는 날은 온전히 한식 요리 실습으로 보내면서 언젠가는 한식당으로 진출할 수 있을 것이라는 희망을 잃지 않았다. 쌍둥이 자매에게 답장을 띄우고, 시계를 보았다.

아직 뉴스를 검색할 시간이 충분히 남아 있었다. 요즈음은 이슬람의 영웅이자 서방의 테러리스트인 오사마 빈 라덴을 미국 CIA가 사살한 것으로 연일 전 세계가 들끓고 있었다. 빈 라덴을 사살하던 당시 미국의 발표와는 다른 사실들이 속속 올라왔다. 빈 라덴의 인간 방패로 쓰이고 죽었다던 아내가 다리에 총상을 입고 병원에 입원했다는 소식과 빈 라덴 측이 미군 헬기를 격추시키고 격렬한 총격전을 벌여 사살이 불가피했다는 발표와는 달리 무장한 사람은 하나도 없었으며 빈 라덴은 총을 든 적도 없는 것으로 밝혀졌다. 그의 네번째 아내인 스물일곱 살 여성이 아무런 저항도 못하고 그저 남편의 이름을 소리쳐 불렀고, 놀란 남편이 불쑥 튀어나오다가 총격을 당했다는 것이다. 게다가 열두 살 난 딸이 눈앞에서 아버지가 사살되는 것을 목격하게 한 것을 두고 유엔에서 진실을 확인하고

자 한다는 것, 이렇게 작전을 서두른 이유가 사악한 테러리스트가 곧 열차를 폭파시킬 계획을 하고 있었기 때문이라는 또 다른 발표가 줄줄이 이어졌다. 미국에서는 연일 환호성을 울렸고 무슬림들은 빈 라덴이 죽은 곳을 성지로 정하고 참배를 시작했다.

마쓰코는 스크롤을 빠르게 내리며 몇 줄 읽다가 이슬람 국가에서 빈 라덴 사살에 항의하는 반미 시위가 한창이라는 뉴스로 들어갔다. 시위 중이던 이집트의 한 시민은 새로운 빈 라덴이 수백 명이 생길 거라 했으며 파키스탄에서는 성전을 촉구하고, 레바논에서는 무슬림의 영웅인 그를 순교자로 받드는 장례식이 열리는 등 빈 라덴을 둘러싼 정치적 역학 관계가 더욱 복잡해지고 있었다.

'아고라'에서는 각종 연구가이자 전문가임을 자처하며 탁월한 비유와 상징, 풍자와 반전으로 수많은 추종자를 거느린 이른바 댓글 전문가 '일치월장'이 한국이 놓인 국제적 이해관계에 상관없이 테러리스트들의 대명사격인 빈 라덴이라는 인물이 태어나게 된 국제적 배경을 말하며 일제 해방 운동가들에 비유하여 무슬림의 영웅인 그의 죽음을 애석해했다. 그러자 아고라에서는 곧바로 끓는 기름에 물을 부은 것처럼 찬반양론과 더불어 타인종 혐오증이 표출되고 테러리스트에 대한 응징과 비난이 난무했다. 그녀는 마치 자기가 그 수많은 비난의 한복판에 선 듯한 착각에 잠시 어찔어찔했지만 곧 괜찮아졌다.

이제는 시골에서 오직 혼자 농사를 지어 혼자 먹고사는 사람이 아닌 이상, 거대하고도 촘촘한 글로벌의 그물에서 벗어날 길이 없었다. 나의 이익이 바로 내 이웃의 손해가 될 수도 있는, 아니 내 이익이 바로 내 가족의 손해가 될 수도 있는 상황에 놓인 것이다. 이념이 행동하게 하는 것이 아니라 이익이 행동하게 하는 시대에 살고 있는 것이다.

학교에 갈 시간이었다. 그녀에게 한국의 근현대사는 특별히 흥미 있는 부분이었다. 일본사를 공부할 때와는 또 다른 열정에 이끌렸다.

오늘 저녁은 쌍둥이 자매와 함께 그녀들이 만들어준 새로운 한식 요리를 먹을 예정이다. 그것이 무엇일지 궁금했고, 자못 기대에 부풀었다. 그녀는 백팩을 둘러맸다. 백팩 하나만 둘러매면 금방이라도 떠날 수 있었다.

몸을 돌리려는 찰나, 무슨 소리가 들리더니 누군가 다가와 미닫이문 앞에 섰다. 두 사람의 그림자는 선뜻 방문을 열지 못하고 망설이는 게 분명했다. 서로를 향해 조금 몸을 틀며 손을 움직이기도 했다. 서로에게 문을 열라고 떠넘기는 것 같았다. 그녀는 지금 곧 떠나야 한다는 것을 직감했다.

여기 머무는 동안 벽장 속의 물건들을 사용하면서 차츰 이 방의 주인이었던 여자의 정체를 알아갈 수 있었다. 글로 남긴 것은 거의 없지만 어린아이가 연습한 노트를 보면 엄마였을 사람이 어린아이의 글을 수정하고 첨언을 남긴 것들을 보건대 이 방의 여주인은 일본인이었으며 무슨 사정인가로 거의 유폐된 삶을 살았고, 어떤 계기로 이곳을 떠났으며 그 뒤로 이 방은 아무에게도 열린 적이 없었다. 아주 오래전부터 장의 집이었다는 것을 들었던 마쓰코는 조심스럽게 그 여인은 장의 엄마였을 거라고, 추측해보았다. 그렇다면 장은 일본인인 엄마를 둔 사람인 것이다. 그녀는 거기까지만 추측하기로 했다. 장과 그녀의 관계로까지는 연관 짓고 싶지 않았다. 저 문밖에서 안으로 들어오고자 하는 사람들은 이 방의 여주인과 관계가 있을 것이며, 그녀와도 관계가 있을 테지, 싶었다. 그런데 두 사람이다. 한 사람은 장일 테지만 다른 한 사람은 누구일까. 그도 밀접한 관련이 있는 사람이겠지? 어쩌면 둘 다 이 방을 필요로 하는 사람일지 몰라.

죽음의 집. 뭣 모르고 발을 디딘 누구든 이 집에 들어오면 죽어야 하는 집.

그들이 여기까지 온 것을 보니 그들 역시 죽었던 게다. 그렇다면 이 방을 통과해야 한다.

죽음의 집에서 가장 후미지고 가장 어두운 곳, 아무나 이곳까지 올 수 있는 것은 아니다. 마쓰코는 방을 비워줄 때가 되었다는 것을 알았다. 이제 그 두 남자가 차례로 이 방으로 들어와 낡은 몸을 벗을 때였다.

마쓰코는 남기고 가게 되는 자신의 흔적을 재빨리 훑어보았다. 도코노마에 꽂힌 칼라 한 줄기. 한국사 관련 서적들 서너 권과 소설들 몇 권은 벽장 속 바구니에 들어 있다. 매번 가장 간단한 음식을 해먹고 곧바로 원래대로 치워놔서 방에는 아무것도 남아 있지 않았다. 칼라 한 줄기가 그녀를 의미하지는 않을 터, 그녀는 얼른 벽장 속으로 몸을 숨겼다. 그리고 밖으로 난 문을 열고 날렵하게 빠져나갔다. 모르겠다. 밖의 차가운 봄바람이 벽장 속으로 스며들 었는지는.

　사람은 누구나 낯선 피를 가진 사람을 접하면 본능적으로 경계한다. 상대방이 완전히 꼬리를 내리지 않으면 내 영역을 침범하고 내 소유를 빼앗길까 봐 과도하게 공격하게 된다. 하지만 나와는 전혀 다른 유전자에게 매혹되는 것 또한 불가피하다. 공격성을 억누르고 피를 섞을 수 있는 것, 그것은 오직 에로티시즘뿐이다. 하지만 에로티시즘을 통해 피를 섞었다 해도 경계와 배척이 완전히 극복되는 것은 아니다. 낯선 피에 대한 두려움과 의심은 피에 새겨진 본능이기 때문이다. 그래서 사랑과 배신은 계속된다.

　유난히 순혈주의 이데올로기에 묻혀 있는 우리나라 사람들의 타 인종에 대한 배척과 경계, 그리고 낯선 피에 대한 매혹을 은밀하게 이루려는 의뭉스런 민족성에 대해 이야기하고 싶었다.

소설 하나에 매달려 있는 동안에는 거의 아무것도 하지 못한다. 어디든 맘대로 나가서 즐겁게 놀지도 못하고, 좋아하는 책을 몇 날 며칠 붙잡고 있지도 못하며, 심지어 가까운 사람에게도 마음을 깊이 쓰지 못한다. 살아가는 데 꼭 필요한 일만 하고 외출은 최소한으로 줄이고 감정이 뒤흔들릴 만한 일은 삼가면서 작업만 생각하며 하루를 보낸다.

그렇게 긴 시간을 보내다가 원고를 출판사에 보내고 난 바로 그때부터 당분간은 아무 때나 일어나도 되고, 아무 때나 밥을 먹어도 되고, 하루 종일 몇 편의 영화를 봐도 되고, 좋아하는 소설에 푹 빠져 밤을 꼴딱 새도 된다.

얼마 전에 연극을 한 편 보았다. 아는 분인 프랑스문학과 교수가 원작을 번역했고 동료인 프랑스인 교수가 연출한 〈난 집에 있었지, 그리고 비가 오기를 기다리고 있었지〉라는 연극이었다.

정말 오랜만에 연극다운 연극을 보느라 완전히 몰입해 있었다. 요즘 대학로 곳곳에서 공연되는 연극들처럼 가볍고 재밌는 것과는 전혀 다른 클래식한 연극이었다.

맨 앞자리에 앉아 몰입해 있느라 다른 관객들을 전혀 보지 못해서 끝나고 나올 때에야 프랑스인들이 유난히 많다는 것을 알았다. 무대 옆으로 프랑스어 자막이 흐르고 있었던 것도 뒤늦게 알았다. 어찌된 것인지 물었더니 몇 년째 바칼로레아에 출제되는 연극이라는 것이다. 대학을 마치고 한국으로 유학 온 프랑스 젊은이들이 이미 프랑스에서 보았던 작품을 다시 보고 싶어 하며, 한국에서는 어떻게 이해되는지 궁금해한다는 이야기를 전해 들었다.

형식은 조금쯤 모던했지만 내용은 클래식해서 어느 시대, 어느 나라를 배경으로 해도 무리가 없는 것이었다. 형식 역시 내가 느끼기엔 인물들의 행동이나 말투가 상당히 클래식했지만 적어도 19세기 같지는 않았고 요즘 우리나라에서 만들어지는 세태 풍자적 연극 같지 않아서 모던하다고 표현한 것이다. 제목에서 느껴지듯이 취향이 다른 사람에게는 지루하기 그지없을 만한 이야기였다.

집을 나갔다가 십오 년 만에 죽으러 들어온 아들을 두고 그 긴 세월을 기다림으로 보낸 다섯 여자가 각자의 시각으로 아들이 가출한 그 당시에 관한 기억을 끊임없이 반복적으로 말하고 그 아들이 돌아온 현재에 대해 되풀이 이야기하면서 다섯 층위의 감정이 점점 증폭되어 가다가 마침내 폭발하는 내용이었다.

클래식이 없어진 시대. 이렇게 말해도 될까. 한국문학에서 클래식이란 게 존재하지 않는 시대. 당대의 세태에 열광하는 시대. 언제 어느 시대에나 통용되는 인물형이나 존재 방식이란 존재하지 않는 시대. 물론 여전히 클래식한 글을 쓰는 작가들은 있다. 하지만 지나치게 소수라는 말이다.

나는 그동안 장편소설을 통해서 미흡하나마 통시성을 기반으로 한 역사적 시각을 견지하려고 노력했다. 그 어떤 거대한 역사도 통시적 시각이 배제된 역사는 역사로서 의미가 없다고 생각하기 때문이다. 내게 역사란 거창한 것을 뜻하는 것은 아니다. 작은 개인의 이야기일지언정 현재에서 바라보는 과거의 모든 역사적 사건들이 미친 영향—미미할망정—을 말할 뿐이다. 어느 시대를 배경으로 해도 이해되는 인간들의 이야기를 하고 싶다. 당대의 세태를 그리는 작가들은 많으니 나까지 구태여 보탤 필요는 없지 않겠는가.

나는 서구에서 여전히 가스실로 보내졌던 시대의 이야기를 현재 시점으로, 또 과거 시점으로 계속 만들어내고 있다는 점에 감동한다. 하나의 역사적 사건이었지만 수많은 개인의 역사가 있고 개인은 단 하나인 것이고 소설이란 어차피 개인에 대해 쓰는 것이니까 말이다.

우리는 어느새 몇십 년 전의 민주화운동 시대의 이야기조차 '역사소설' 운운하며 들춰보기 짜증스러워하고 있다. 시대극으로서나 겨우 즐길 거리 삼는, 싫증 잘 내는 민족의 한 사람이라는 점이 부끄럽다. 단절될 수 없는 시간을 살고 있는 사람들이 과거를 잘라내고 싶어 한다. 그것도 예전에 실컷 이야기되었다는 것으로. 이제 더 이상 케케묵은 이야기는 읽고 싶지 않다는 이유로. 그래서 우리 문학에서는 현재에서 이야기되는 과거가 없다. 현재를 훌쩍 뛰어넘어 단독으로 존재하는 머나먼 과거가 있을 뿐이다.

나야말로 개인적으로 추억이니 기억이니 하면서 어느 시기를 되돌아보고 추억 속의 물건이니 음식이니 분위기니, 하며 향수에 젖는 일은 거의 없다. 흘러간 음악을 되풀이해서 들으며 그 음악을 들었던 시절을 회상하는 일 따위 역시 거의 없다.

하지만 내가 왜 이런 의식을 지니고 여기, 한국에서 한국인으로 살고 있는지는 이해하고 싶다.

방현희

네 가지 비밀과 한 가지 거짓말

© 방현희, 2012

초판 1쇄 인쇄 2012년 7월 9일
초판 1쇄 발행 2012년 7월 23일

지은이   방현희
펴낸이   강병철
주간   정은영
책임편집   임자영 허원
편집   황여정 최민석
디자인   신경숙 김희숙
제작   고성은 김우진
마케팅   조광진 장성준 박제연 이도은 전소연 윤선영
E-콘텐츠사업   정의범 조미숙 이혜미

펴낸곳   자음과모음
출판등록   1997년 10월 30일 제313-1997-129호
주소   121-840 서울시 마포구 서교동 396-33번지
전화   편집부 02) 324-2347 경영지원부 02) 325-6047
팩스   편집부 02) 324-2348 경영지원부 02) 2648-1311
이메일   munhak@jamobook.com
홈페이지   www.jamo21.net
커뮤니티   cafe.naver.com/cafejamo

ISBN 978-89-5707-658-3 (03810)